诗国

新十六卷
（总第三十三卷）
《诗国》编辑组　编

《诗国》编辑委员会
(以姓名首字笔画为序)

顾　问：丁国成　旭　宇　刘　征　李文朝　李旦初　李栋恒　沈　鹏
　　　　　陈　晋　陈奎元　罗　辉　郑伯农　项宗西　贺敬之　袁行霈
　　　　　顾　浩　高立元　商　震　梁鸿鹰

委　员：王　平：中国书籍出版社社长
　　　　　刘庆霖：中华诗词学会秘书长、《中华诗词》副主编
　　　　　江　岚：子曰诗社秘书长、《诗刊》编辑部副主任
　　　　　李玉平：山西诗词学会副会长、黄河散曲社社长
　　　　　李辉耀：《心潮诗词评论》执行主编
　　　　　李增山：北京诗词学会常务副会长、《北京诗苑》主编
　　　　　杨逸明：中华诗词学会顾问、《上海诗词》主编
　　　　　沈华维：中华诗词学会副秘书长、《红叶》诗刊主编
　　　　　范国甫：河南诗词学会副会长、《天下诗林》主编
　　　　　林　峰：中华诗词学会副会长、《中华诗词》副主编
　　　　　易　行：中华诗词学会顾问、中华诗词研究院顾问
　　　　　周　迈：解放军红叶诗社副社长
　　　　　周啸天：中华诗词学会副会长、《岷峨诗稿》主编
　　　　　郑欣淼：中华诗词学会会长
　　　　　星　汉：新疆诗词学会执行会长、《昆仑诗词》编审
　　　　　秦麒明：中国社科院秋韵诗社执行社长、《秋韵诗词》主编
　　　　　高　昌：中华诗词学会副会长、《中华诗词》执行主编

主　任：郑欣淼
副主任：王　平　易　行
主　编：易　行　沈华维

卷首语

新诗与旧体诗都应与时代同行

　　中国号称诗国，但进入新世纪以来，诗国的新诗与旧体诗有各执一端、分道扬镳的倾向。一些新诗人强调新诗的自由，自由到谁都看不懂的程度。正如诗评家谢冕先生所说："对当前诗歌总体评价我和大众一样，诗歌界不能提供大众心中的诗歌，大众失望，我有同感。诗歌界认为新潮就是好，一味读不懂就是好……"（见《人民日报》海外版）。旧体诗创作呢？一些诗人特别是一些刊物又过分强调格律，不得越雷池一步。他们虽然也同意"求正容变"，但实行起来却只求正，不容变。究其原因，多是正确创作方向的迷失。一些新诗，把思想性与艺术性倒置，认为："诗的艺术性是第一要紧的。"殊不知，文艺创作的根本，是为人民大众，是以人民大众为中心，为人民大众服务的！只有这样才能为大众所欢迎，所热爱。否则大众看不懂，即使看懂了，诗写的那些东西又与他们毫无干系，他们怎么会喜闻乐见呢？同样的，旧体诗若一味追求格律、死守平仄，则会造成艺术性的缺失，从而影响限制诗思想性的发挥，同样会受冷遇。所以，无论新诗还是旧体，都应与时代同行，才能为时代所容、所用、所爱。

　　若想为时代所容、所用、所爱，新诗与旧体诗都应融入时代的主旋律，都不应以"自我抚摸，小天地、小格局、小忧愁、小喜欢"为追求。旧体诗则更应避免大而空，概念化和标语口号式。目前，一些人对旧体诗创作的误解、误判，也会影响旧体诗的写作与创新。

　　对旧体诗的一个主要误解是："古代诗用文言写"而"现代人没有文言写作的习惯，没有古典文学的背景与素养，写成老干体、民歌体"，所以便"不主张现代人用旧体诗形式写作"。首先，古代诗歌并非全用文言写，流传至今，人们耳熟能详的诗几乎全用当时的口语，即当时的白话写成，例如《唐诗三百首》和《千家诗》中的诗，有几首是用纯文言写的呢？王维的《送元二使安西》，王之涣的《凉州词》《登鹳雀楼》，李白的《静夜思》《早发白帝城》，杜甫的《登高》《登黄鹤楼》，等等，都是明白如话。即便其中有文言的成分，就像今天的白话也兼有文言的成分一样，其"文"也已被"白"化了。因此，以此为理由反对用旧体形式创作，不成立。另外对旧体诗还有一个误判，即"诗界革命已考虑变革，没成功，新诗革命成功了，前者没考虑形式问题，保留旧形式，五言、七言、律诗束缚太大，丰富的内容装不进去。"事实是，在新诗快速发展的同时，旧体诗也在快速发展，其成就并不亚于新诗。其中又以鲁迅和毛泽东的旧体诗创作为先导，其他如柳亚子、陈寅恪、郁达夫、聂绀弩以及从新诗转为旧体的臧克家、刘征等文化名人的旧体诗和李大钊、恽代英、夏明翰、吉鸿昌等革命烈士的旧体诗，都达到了很高的水平。说明旧体诗还是有很强的生命力。当然，它也需要不断地改革创新，以保持其生机与活力。不错，诗的格律是束缚，如果死守，它就是手铐脚镣；如果灵活运用，诗就如同被压缩的弹簧，被捆绑的炸药，会产生更大的爆发力。这就是毛泽东诗词具有超强张力的原因之一。

　　总之，新诗和旧体诗都应在改革创新中发展，并在发展中取长补短，比翼齐飞。《中共中央关于繁荣发展社会主义文艺的意见》指出，要"加强对中华诗词、音乐、舞蹈、书法绘画……的扶持"，就是要让这些艺术飞得更高，飞得更远。我们有什么理由厚此薄彼，阻碍仍充满生机和活力的旧体诗展翅高飞呢？（本文曾发表在《人民日报·海外版》）

易行
二〇一七年十一月十五日

目录

卷首语

新诗与旧体诗都应与时代同行 …………………… 易　行（1）

第一编　特载

坚定文化自信，推动社会主义文化繁荣兴盛 …………… 习近平（1）

第二编　诗颂美丽中国·诗家采风作品选

加快生态文明体制改革，建设美丽中国 ………………………（4）
星　汉　满庭芳·珠玑古巷，有感移民赋 ……………………（4）
　　　　水龙吟·乙未秋登梅关 …………………………………（4）
　　　　绕佛阁·与云水僧心光游南华寺，索句赋此 ……………（5）
　　　　永遇乐·宿丹霞山中，夜雨记梦 ………………………（5）
　　　　拜黄庭坚墓 ………………………………………………（5）
　　　　修水晨兴登凤凰山 ………………………………………（5）
　　　　黄楼怀髯苏 ………………………………………………（5）
　　　　丙申春登戏马台 …………………………………………（5）
　　　　放鹤亭中作 ………………………………………………（5）
　　　　汉皇祖陵瞻刘邦雕像 ……………………………………（5）
　　　　歌风台上戏作 ……………………………………………（6）
　　　　八声甘州·丙申春登灵岩山 ……………………………（6）
　　　　松阳大木山看采茶 ………………………………………（6）
　　　　陪丽水诸诗友千峡湖寻诗 ………………………………（6）
　　　　石门洞天留影后作 ………………………………………（6）
　　　　江心屿谒文天祥祠 ………………………………………（6）

	芙蓉古村小饮	(6)
	楠溪江泛舟晚归	(6)
	郑州宿黄河大堤	(6)
	谒岳庙	(7)
	至居延海	(7)
	弱水看日出	(7)
	游黑城遗址	(7)
	游海森楚鲁怪石城	(7)
	再至光严禅院	(7)
	遂溪游孔子文化园	(7)
	游湖光岩小憩楞严寺作	(7)
	天山中遇暴雨后晴	(7)
	七个星佛寺遗址	(8)
杨逸明	咏瀑布	(8)
	元宵节漫笔	(8)
	轩辕庙抒怀	(8)
	春游沈园	(8)
	金缕曲·怀念李白	(8)
	初春戏笔	(8)
	元旦收看维也纳新年音乐会	(8)
	"新天地"戏咏	(9)
	酷暑夜读书	(9)
	书斋寄兴	(9)
	访瓦桥关遗址	(9)
	黄河壶口瀑布	(9)
	游湿地	(9)
	题喜玛拉雅山脉	(9)
	登西塞山	(9)
	游老牛湾堡	(9)
	游黄果树戏作	(9)
	谒阮籍墓	(10)
	东坝头乡黄河岸边作	(10)
	秋兴	(10)

  杂兴 …………………………………………………………………（10）
  听春雨戏作 ……………………………………………………（10）
  北戴河见大雁南飞 ……………………………………………（10）
  游三峡 …………………………………………………………（10）
  题龙泉青瓷小镇 ………………………………………………（10）
  春行 ……………………………………………………………（10）
  题吴江新居 ……………………………………………………（10）
高　昌　匡湖 ……………………………………………………………（11）
  梦笔山 …………………………………………………………（11）
  龙井 ……………………………………………………………（11）
  五佛沿寺遥望黄河 ……………………………………………（11）
  攸县见洣水西流有感 …………………………………………（11）
  巽寮湾海王子酒店721房间听涛口占 ………………………（11）
  咏泉 ……………………………………………………………（11）
  苗寨竹枝词 ……………………………………………………（11）
  金鞭溪印象 ……………………………………………………（11）
  圆山小立 ………………………………………………………（11）
  云龙湖 …………………………………………………………（11）
  那拉提草原寄怀 ………………………………………………（11）
  青海隆务黄河大桥小立 ………………………………………（12）
  北戴河咏老虎石 ………………………………………………（12）
  衡水湖鸟岛口占 ………………………………………………（12）
  舟山之夜 ………………………………………………………（12）
  题朱家角 ………………………………………………………（12）
  瑞鹧鸪·青山关远眺 …………………………………………（12）
  祝英台近·过庐山"花径"白居易作诗处 …………………（12）
  鹧鸪天·乌蒙路上 ……………………………………………（12）
  眼儿媚·青山下 ………………………………………………（13）
  霜天晓角·昌黎黄金海岸观浪 ………………………………（13）
  菩萨蛮·冬过青海湖 …………………………………………（13）
  离亭燕·游庐山仙人洞，于暮色苍茫中看劲松 ……………（13）
  采桑子·神女峰 ………………………………………………（13）
  水调歌头·景泰川电力提灌工程第一泵站印象 ……………（13）

鹧鸪天·过曹妃甸湿地公园 …………………………………… (13)
多丽·山亭遇雨 …………………………………………… (14)
洞仙歌·面朝大海 ………………………………………… (14)

林　峰　福建浦城行吟（组诗） ………………………………… (14)
小密包酒 …………………………………………………… (14)
九龙桂 ……………………………………………………… (14)
观前村遇雨 ………………………………………………… (14)
际岭村 ……………………………………………………… (14)
西江月·浦城访桂 ………………………………………… (14)
临江仙·真德秀故里 ……………………………………… (15)
涿鹿联谊采风因故先回 …………………………………… (15)
鹧鸪天·宿州 ……………………………………………… (15)
虞姬墓 ……………………………………………………… (15)
汴河风光带 ………………………………………………… (15)
灵璧石 ……………………………………………………… (15)
浣溪沙·"水林花海"畅想 ……………………………… (15)
鹧鸪天·丞相府 …………………………………………… (15)
春秋楼 ……………………………………………………… (15)
安平桃花园 ………………………………………………… (16)
兴化千垛油菜花 …………………………………………… (16)
贺新郎·南海巽寮湾 ……………………………………… (16)
临朐沂山 …………………………………………………… (16)
浣溪沙·福建南安五里桥 ………………………………… (16)
水调歌头·开化根宫佛国 ………………………………… (16)
赴根宫佛国诗会途中 ……………………………………… (16)

宋彩霞　磁县溢泉湖 ……………………………………………… (16)
仙女盆瀑布 ………………………………………………… (17)
观音壁 ……………………………………………………… (17)
游扎鲁特山地草原 ………………………………………… (17)
南湖漫步遇雨 ……………………………………………… (17)
南湖湖畔行 ………………………………………………… (17)
杨柳尖村观九龙桂 ………………………………………… (17)
际岭村随笔 ………………………………………………… (17)

戏题花海 …………………………………………………… (17)
访大青沟望望火楼 ……………………………………… (17)
吉首马鞍山村放歌 ……………………………………… (17)
黄河壶口瀑布 …………………………………………… (17)
舟游南阳湖随想 ………………………………………… (18)
秋日与王青、晓京兄访五渡河 ………………………… (18)
临江镇镇安桥写意 ……………………………………… (18)
望梅花·踏雪寻梅 ……………………………………… (18)
鹧鸪天·雨中登岳阳楼 ………………………………… (18)
减字木兰花·初访广元千佛崖 ………………………… (18)
巫山一段云·南尖岩远眺 ……………………………… (18)
鹊桥仙·渔浦印象 ……………………………………… (18)
鹧鸪天·济南墨泉 ……………………………………… (19)
南乡子·重访宝峰湖 …………………………………… (19)
玉楼春·金鞭溪 ………………………………………… (19)
木兰花慢·登天子山 …………………………………… (19)
沁园春·山海关远眺 …………………………………… (19)

江　岚　晓别成都天辰楼望杜公塑像感怀 ……………………… (19)
　　　　过台南出延平郡王祠南门见大小榕树戏咏 ………… (19)
　　　　过泾县桃花潭 ……………………………………………… (20)
　　　　过平原县咏花园村一百零八棵古梨树 ………………… (20)
　　　　清晨赴珠日河观那达慕开幕式途中所见 ……………… (20)
　　　　科尔沁那达慕开幕式上听蒙族一青年女歌手唱歌 …… (20)
　　　　丙申春日赴巩义参加天下诗人礼拜诗圣仪式 ………… (20)
　　　　过大井毛泽东旧居咏读书石 …………………………… (20)
　　　　丙申夏日谒井冈山小井红军烈士墓 …………………… (20)
　　　　丙申仲秋随友人赴延庆东门营村小住杂咏三首 ……… (20)
　　　　丙申秋日赴开化途经郴州有怀 ………………………… (20)
　　　　丙申秋日过钱江源二首 ………………………………… (21)
　　　　丙申秋日谒光孝寺咏怀 ………………………………… (21)
　　　　丁酉夏日过灵璧谒虞姬墓 ……………………………… (21)
　　　　登宿州埇桥涉故台二首 ………………………………… (21)
　　　　丁酉七月二十四日信阳东站感怀 ……………………… (21)

	丁酉秋日过秭归谒屈祠	(21)
潘 泓	水龙吟·丁酉新正游大观园	(21)
	雁栖湖	(22)
	倒水河	(22)
	八声甘州·唐山机车车辆厂铸造车间地震遗址	(22)
	八声甘州·唐山南湖	(22)
	清河赵匡胤饮茶处漫笔	(22)
	清河油坊镇国家重点文物运河古码头	(22)
	南歌子·泰州兴化千垛油菜花景区	(23)
	谒泰州兴化郑板桥故居	(23)
	南开大学周恩来雕像前	(23)
	灞陵桥	(23)
	水龙吟·许昌行记	(23)
	临江仙·钱江源	(23)
	邢台太行山行记	(23)
	望海潮·邢台红石沟速写	(23)
	西江月·中国传统村落观前村	(24)
	香港金紫荆广场	(24)
	好事近·寒露后数日磁县	(24)
武立胜	游庐山双潭	(24)
	夜宿草原	(24)
	游仙霞关	(24)
	游长峪城水库	(24)
	登棋盘山	(24)
	黄河口夕眺	(25)
	山城堡战役遗址感怀	(25)
	兴城鼓楼咏袁崇焕《边中送别》	(25)
	雨中游太阳山月亮湖	(25)
	春登鹳雀楼	(25)
	游珍珠湖	(25)
	过金沙滩	(25)
	游瘦西湖	(25)
	刘公岛谒中华海坛	(25)

	秋登雁门关	(26)
	文瀛湖驰怀	(26)
	暮登广武长城	(26)
	凤台抒怀	(26)
	夏游焦岗湖	(26)
	刘公岛怀古	(26)
	登东湖港华北第一梯	(26)
	过草原天路	(26)
朱超范	西湖十章	(27)
	钱塘江五十章（选十）	(27)
吴　容	过江心屿	(28)
	题汇文书院	(28)
	过通济湖	(29)
	过五泄	(29)
	三沙行	(29)
	秦皇岛	(29)
	阅江楼	(29)
	老龙头	(29)
	过照山湖	(29)
	城河	(29)
	宜兴龙背山登文峰塔不值	(29)
	千岛湖泛舟	(29)
	西兴古渡	(30)
	过南炮台	(30)
	三江口	(30)
沈华维	初春到琼海	(30)
	借宿万泉河畔	(30)
	游博鳌论坛	(30)
	晨起林中漫步	(30)
	井冈山赏杜鹃花	(30)
	过黄洋界	(30)
	井冈山访茨坪	(31)
	北戴河鹰角亭（鸽子窝）望海	(31)

海滩漫步	(31)
海边观日出	(31)
访孙犁故居	(31)
参观中共第一个农村党支部纪念馆	(31)
海潮	(31)
参观三苏纪念馆	(31)
访张良故里	(31)
闽北浦城印象	(32)
浦城咏桂	(32)
浦城美丽乡村大水口村	(32)
富岭匡山双同村	(32)
浦城三山会馆	(32)
海丝外销瓷博物馆	(32)
南峰寺功德院	(32)
过仙霞岭	(32)
衢州望江郎山	(32)
过磁县	(33)
磁县嵩景楼远眺	(33)
秋访花驼岭村	(33)
天宝寨	(33)
八路军兵工厂旧址	(33)
太行古道	(33)
易 行　在厦门集美大学陈嘉庚立像前三思（选一）	(33)
冠豸山阴阳二景观感	(33)
过富春江严子陵钓台	(33)
钱塘观潮四首（选一）	(33)
镜泊湖远眺毛公山三首（选一）	(34)
北大荒千鸟湖湿地纵目三首（选一）	(34)
二上五台山菩萨顶	(34)
云台山四首（选一）	(34)
神农架登顶	(34)
恩施伍家台贡茶饮后	(34)
到洞庭	(34)

华山挑夫 …… (34)
咏酒泉戈壁光电 …… (34)
心在天山 …… (34)
傍晚在香山兰溪小酌神驰 …… (34)
丁酉秋为郏县新建东坡艺苑作 …… (34)
中秋天目山涉险 …… (34)
普陀山禅意 …… (35)
梦回丽水 …… (35)
乘厦门海警舰出海有感二首（选一） …… (35)
武夷山游后 …… (35)
四川富乐山怀古 …… (35)
与星汉同登越王楼后作 …… (35)
丁酉秋壮游喜峰口松亭湖 …… (35)
南乡子·登北固楼 …… (35)
水调歌头·登庐山望远 …… (36)
渔家傲·洞庭秋 …… (36)
自律词·雨后登长城 …… (36)
自律词·五大连池 …… (36)
自律词·青藏高原 …… (36)

第三编　诗颂美丽中国·谁不说我家乡美

美丽中国之美丽海南

郑邦利　雨后登多文岭 …… (37)
　　　　在文昌航天发射塔前留影 …… (37)
　　　　白鹭湖观鹭 …… (37)
　　　　海岸观落日 …… (37)
　　　　铜鼓岭观日出 …… (37)
　　　　重游百仞滩 …… (37)
　　　　海口美舍河 …… (38)
　　　　游金江绿地广场 …… (38)
　　　　曲口港暮色 …… (38)
　　　　海棠湾 …… (38)

秋游松涛水库	(38)
南丽湖记	(38)
临高角月夜	(38)
蜈支洲岛游	(38)
访儒钟村沃老荔枝园	(38)
曲口港暮色	(39)
访鳌头村	(39)
东山岭	(39)
洋浦大桥	(39)
三江湾夜色	(39)
博鳌行	(39)
松涛水库游	(39)
牛蹲岭二首	(39)
访青山莲雾基地	(39)
东水港	(40)
水调歌头·百花瀑布	(40)
沁园春·大广坝水电站	(40)

周济夫
清平乐·偶宿南俸农场	(40)
浣溪沙·银滩度假村	(40)
菩萨蛮·海口东湖莲花	(40)
烛影摇红·临高访澹庵泉	(41)
柳梢青·访三亚南山别院	(41)
鹧鸪天·乡怀	(41)
点绛唇·临高怀王桐乡	(41)
忆少年·文昌溪北书院怀潘存	(41)
清平乐·棋子湾	(41)
踏莎行·暮游南丽湖	(41)
清平乐·云月湖	(42)
虞美人·晨登铜鼓岭	(42)
临江仙·移居金盘闻蛙	(42)
浣溪沙·海口西海岸	(42)
踏莎行·南丽湖水庄晨眺	(42)
鹧鸪天·宿七指岭温泉	(42)

	鹧鸪天·宿吊罗山森林公园 …… (42)
	鹧鸪天·吊罗山枫果瀑布 …… (42)
羊基广	乘电瓶车上保亭驳白岭 …… (43)
	洋浦大桥甫成桥上漫步二首 …… (43)
	乐东保国农场毛公山二首 …… (43)
	拍摄松涛水库风光照后想入非非二首 …… (43)
	题松涛水库 …… (43)
	与济夫邦利宿南丽湖水中高脚楼，晨起大雾四首 …… (43)
	受邀寻考曾悦墓，误入流西村，村民已悉数入城当了市民 …… (44)
	南乡子·海口世纪大桥 …… (44)
	高阳台·偕诸文友游古琼北地震震中三江湾东寨港 …… (44)
杨居汉	上尖峰岭 …… (44)
	仰望毛公山 …… (44)
	观瀑 …… (44)
	橡胶树 …… (45)
	农垦乘坡农场 …… (45)
	五指山垦区采风 …… (45)
	访琼海南强文明村 …… (45)
	深山黎村 …… (45)
	咏五指山 …… (45)
	游西南沙群岛有感 …… (45)
	浣溪沙·伊春五营国家森林公园 …… (45)
	鹧鸪天·故乡砖瓦工 …… (45)
	行香子·老家 …… (46)
麦造海	临高行 …… (46)
	临高居仁采风 …… (46)
	临高金波村赏荷 …… (46)
	访三都夏贝湖基广雅居二首 …… (46)
	忆云月湖小住 …… (46)
	冬日三亚游 …… (46)
	登儋阳楼二首 …… (47)
	椰城赏三角梅 …… (47)
	中和古镇行 …… (47)

	秋游万绿园	(47)
	故园遣怀	(47)
	东坡书院感怀四首	(47)
	山庄瞭望	(48)
	乡村夕照	(48)
	登海景楼	(48)
莫少玲	霜降天涯秀	(48)
	长征七号海南文昌待发遐想	(48)
	海南文昌龙楼看火箭待发感赋	(48)
	保亭七仙岭远眺	(48)
	题文昌头苑松树村符家宅	(48)
张金英	游清澜大桥公园遇雨而作	(48)
	过新埠桥偶见	(49)
	荔园采摘乐	(49)
	金波荷田	(49)
	澹庵泉	(49)
	登高山岭	(49)
	黎母山风情	(49)
	百花廊桥	(49)
	石头公园观海	(49)
	步胡铨韵也作《买愁村》	(49)
	游"八一"农场长岭森林公园	(49)
	游加林文明生态村	(50)
	谒王佐故居	(50)
	居仁瀑布	(50)
包德珍	谒明代诗人王佐墓	(50)
	太平山瀑布风光	(50)
	白马岭茶园二首	(50)
	琼中百花岭瀑布	(50)
	琼中黎母山	(50)
	咏琼中百花廊桥	(51)
	题琼中加林生态村	(51)
	石花水洞——咏石花	(51)

	同诗友从宾馆至南田温泉	(51)
	文昌八门湾红树林	(51)
	访东坡书院	(51)
	游天涯海角怀苏亭有感	(51)
	谒东坡载酒堂	(51)
	瞻仰东坡桄榔庵怀古	(51)
	敲南山寺慈悲钟	(52)
	洋浦大桥开通有作	(52)
	游三亚海滨有感	(52)
	游假日海滩	(52)
柴勤奎	游保亭七仙岭	(52)
	游铜鼓岭	(52)
	游石头公园	(52)
	丙申中秋游亚龙湾热带森林公园	(52)
	五指山二首	(52)
李杨胜	铜鼓吟	(53)
	航天城行吟	(53)
	仙境八门湾	(53)
	椰林湾	(53)
陈焕泽	秋登七仙岭	(53)
	驾舟南渡江垂钓遇雨	(53)
	孟春游九龙潭溪口	(53)
	游临高居仁瀑布	(53)
钟海珍	昌化江秋思	(53)
	澄江秋月夜	(53)
	游福庆寺	(54)
	天安小桂林	(54)
	天仙子·游俄贤岭	(54)
罗宏安	昌江流韵	(54)
	霸王岭游吟	(54)
	五指山	(54)
	临高角遐想	(54)
	居仁瀑布	(54)

颜桂枝	鹿回头记	(54)
	瞻仰李硕勋烈士纪念亭	(55)
	临高角忆昔	(55)
	登高山岭	(55)
	松涛行	(55)
符和国	冷泉吟风	(55)
	采桑子·端午节南丽湖观落日	(55)
	采桑子·今日老城	(55)
	采桑子·东水港	(55)
黄昌振	参观东坡书院感怀	(55)
	访儋庵泉井	(55)
	访博鳌水城	(56)
	访石花水洞	(56)
	游琼海玉带滩	(56)
卓志勇	五指山	(56)
	东山岭	(56)
	南渡江	(56)
	昌化江	(56)
	万泉河	(56)
	松涛湖	(56)
	渔家傲·南丽湖	(56)
	神州半岛	(57)
	鹊桥仙·万绿园	(57)
	春游儋庵泉迹	(57)
林志坚	三亚白鹭公园	(57)
	宁远河	(57)
	尖峰岭	(57)
	亚龙湾森林公园	(57)
	天涯古道	(57)
	满江红·漫步蜈支洲岛	(58)
	青玉案·槟榔河黎寨	(58)
代古成	海口白沙门公园	(58)
	访澄迈东水港缅怀苏东坡	(58)

	谒澄迈永庆寺	(58)
	澄迈罗驿千年古村	(58)
	鹧鸪天·澄迈姐妹塔	(58)
陈一新	春游澹庵泉迹	(58)
	文昌东郊椰林	(59)
	咏吊罗山瀑布	(59)
	碧桂园	(59)
	昌江木棉花	(59)
陈 雄	冬游三亚	(59)
	文昌东郊椰林	(59)
	西沙永兴岛见闻	(59)
	三亚热带天堂森林公园	(59)
	祝贺洋浦大桥落成通车	(59)
	文昌八门湾红树林	(59)
潘 培	临高居仁瀑布观感	(59)
	观永范花海	(59)
	昌江棋子湾感咏	(60)
	风豪港	(60)
	东郊听椰	(60)
陈廷文	和诗人同登东山岭	(60)
	兴隆热带植物园与诗朋共游	(60)
	初登五指山	(60)
	重游神州半岛	(60)
文武宪	木棉花	(60)
	浪淘沙·颂西沙	(60)
	清平乐·椰城赞	(61)
陈梦新	游五指山栈道	(61)
	傍晚过水满乡	(61)
	游南丽湖遇雨	(61)
	浮渡琼州海峡	(61)
	万绿园	(61)
韩国强	游东寨港红树林旅游区	(61)
	游峨蔓龙门	(61)

	登笔架岭	(61)
	游云月湖	(62)
	初访武莲港	(62)
	泛舟松涛水库	(62)
	寻访昌化岭	(62)
	江城子·重阳登黎母山	(62)
	临江仙·高山岭	(62)
	望江南·八门湾	(62)
王家连	谒冯白驹将军抗日时期定安南曲驻地旧址	(62)
	文笔峰怀古	(63)
	琼中百花岭瀑布	(63)
	南轩瀑布	(63)
	金山寺晚眺	(63)
	马井——洋浦跨海大桥	(63)
	游保亭观和坊	(63)
	儒昂古村落连理大榕树	(63)
	黎母山道中	(63)
	游澄迈九龙溪	(63)
	游罗驿古村落	(63)
王圣任	居仁瀑布	(64)
	金江城	(64)
	姐妹塔	(64)
陈如德	登红树林瞭望塔	(64)
	八门湾绿道游	(64)
	东水港即景二首	(64)
	题木兰港灯标	(64)
王书豪	黎家三月三即景	(64)
	游龙门激浪胜景有作	(64)
	登鹭鸶天堂瞭望楼	(65)
	乡居	(65)
	游两院热作园留韵	(65)
	携游棋子湾	(65)
	天涯行歌	(65)

王书培	高山岭上二首	(65)
	登多文岭	(65)
	多文新兴冼太夫人庙感赋	(65)
	昆青渔港赋	(66)
吴亚雄	儋州光村白沙滩	(66)
	演丰红树林	(66)
	尖峰岭天池	(66)
林春家	七仙岭二首	(66)
	春游百花岭	(66)
	文笔峰	(66)
	游滨江公园	(66)
王玉娟	八门湾红树林	(66)
	美泮生态文明村	(66)
	初访皇桐美巢村	(66)
杨善深	居仁瀑布	(67)
	万泉湖	(67)
	观瞻洋浦大桥	(67)
洪昌光	感叹棋子湾	(67)
	访汉马伏波之井	(67)
	咏南海航母——永兴岛	(67)
王晓冰	居仁瀑布	(67)
	临高角放怀	(67)
	访王佐故居	(68)
	临高金波莲花田	(68)
叶传雄	游万泉河	(68)
	登黎母山感吟	(68)
	攀百花岭	(68)
许荣颂	题文笔峰	(68)
	母瑞山抒情	(68)
	暮游南丽湖	(68)
曾繁景	儋州东坡书院大芒果树	(69)
	天涯海角	(69)
黄少民	黎族三月三	(69)

	水满茶香	(69)
谢世强	蝶恋花·母校生态园林	(69)
	鹧鸪天·月下广德石拱桥	(69)
	一剪梅·永发宝树山寨	(69)
曾宪钊	登黎母山	(70)
	海瑞故居清正园	(70)
	海口白沙门战斗英烈赞	(70)
丁一笑	游罗盆岭	(70)
	长岭森林公园	(70)
	徒步观洋浦大桥落成	(70)
	参观临高金波荷花田	(70)
	五公祠	(70)
	观居仁瀑布	(70)
林　琅	博鳌论坛	(70)
	鹿回头	(70)
	问南天一柱	(71)
	澄迈东水港寻东坡北归处	(71)
	儋阳楼	(71)
	读临高角热血丰碑忆旧	(71)
苏少道	黎村即景	(71)
	河边遐想	(71)
	晚归	(71)
董石宝	山茶村春行	(71)
	驻足春马桥	(71)
	绕行东坡湖	(71)
董永宁	登儋阳楼有感	(72)
	春游云月湖	(72)
	重游鹭鸶天堂	(72)
	蝶恋花·观白沙美女峰	(72)
羊赤波	东坡湖	(72)
	鹧鸪天·儋阳楼	(72)
	鹿母潭	(72)
	鹿母湾两瀑布	(72)

林星煌	鹧鸪天·再谒东坡书院	(72)
	雪梅香·重游松涛水库	(73)
	鹧鸪天·洋浦古盐田	(73)
	鹧鸪天·晚游三亚湾	(73)
	鹧鸪天·游海口火山群世界地质公园	(73)
王衍鏊	海口石山火山口风景区	(73)
	万泉河	(73)
	咏名人山里白鹭湖	(73)
	水调歌头·游三亚南山	(74)
王贵荣	谒王佐纪念馆	(74)
	题儋州东坡书院	(74)
	谒永庆寺	(74)
	谒宋氏祖居宋庆龄雕像	(74)
	谒张云逸大将故居铜像	(74)
	致红色娘子军雕像	(74)
	卜算子·谒临高文庙	(74)
陈礼彦	周末傍晚携友游棋子湾	(74)
	霸王岭行吟	(74)
	琼中百花岭瀑布	(75)
	赏昌江木棉	(75)
赖家仁	五指山	(75)
	咏东方大广坝	(75)
	游昌江棋子湾吟	(75)
卢灵和	三月重游东方水乡	(75)
	鱼鳞洲	(75)
	咏临高居仁瀑布	(75)
	临高金波荷田观感	(75)
	咏东方大广坝库区	(75)
许忠泰	高阳台·游临高角	(76)
	鱼鳞洲	(76)
	东方水乡二首	(76)
	大广坝风光	(76)
	临江仙·木色湖	(76)

	云月湖影	(76)
	参观海南威隆造船厂二首	(76)
	东坡书院	(76)
谢卓石	登高山岭	(77)
	咏松涛水库二首	(77)
	儋州石花水洞	(77)
	百花瀑布	(77)
	乐东天池	(77)
	谒海瑞墓	(77)
	游万泉河	(77)
	屯昌木色湖	(77)
黄秀怀	咏高山岭	(77)
	咏五指山	(77)
	洋浦大桥观感	(78)
	谒王佐公祠	(78)
	澜江之春	(78)
	春游碧桂园·金沙滩	(78)
	登琼台福地	(78)
	澄迈东水港行	(78)
	澄迈美椰村姐妹塔	(78)
	临高角遐想	(78)
	西沙永兴岛夜泊	(78)
	马袅湾观夕阳	(78)
邓文讯	乐东毛公山写意	(78)
	鹧鸪天·澜江新城畅想	(79)
	跃进水库淡水养殖场	(79)
	登高山岭瞭望塔	(79)
	访文笔峰	(79)
	东郊椰林晨景	(79)
符策坚	登铜鼓岭观海	(79)
	月亮湾	(79)
	题桃源江	(79)
	南丽湖行吟	(79)

美丽中国之美丽丽水

蓝贤寿	咏高坪杜鹃林	(80)
	游遂昌乌溪江库区	(80)
	遂昌金矿国家矿山公园	(80)
	王村口红色古镇	(80)
	咏茶园武术村	(80)
	畲乡重阳歌会	(80)
	登遂昌石姆岩	(80)
	遂昌重建启明楼感赋	(80)
	遂昌汤显祖文化节"班春劝农"	(80)
	遂昌九龙山国家自然保护区	(81)
	畲民采茶	(81)
	高坪杜鹃	(81)
	神龙谷华东第一高瀑	(81)
楼晓峰	遂昌昆曲十番表演队	(81)
	遂昌黑陶	(81)
	北斗崖景区一览	(81)
	通济堰大观	(81)
	青田石门洞探幽	(81)
	临江仙·仙县乡村	(81)
	满江红·仙县红烂漫	(82)
陈好武	水东村观社戏	(82)
	咏白云山气象台	(82)
	神龙谷飞瀑	(82)
	通济堰情怀	(82)
	括苍古道感怀	(82)
	春游太极湾	(82)
	喝火令·松阳象溪一村采风行	(82)
	喝火令·小舟山情怀	(83)
	喝火令·高演村采风纪行	(83)
	喝火令·白沙村情怀	(83)
	喝火令·参观明代金窟矿难遗址有怀	(83)
	喝火令·斋郎村红色之旅抒怀	(83)

董筱岑	农家情	(83)
	白沙吟	(83)
	江滨晨曲	(84)
	南明山行	(84)
	游九龙湿地	(84)
	重阳与诗友寻古道上桃花洞有记	(84)
	登应星楼读史感怀	(84)
	玉楼春·旅宿南尖岩	(84)
	浪淘沙令·西溪咏叹	(84)
	画堂春·初二游好溪公园	(84)
	水调歌头·南城新曲	(84)
	念奴娇·游好溪感怀	(85)
傅 瑜	参观丽水生态产业集聚区	(85)
	游丽水东西岩	(85)
	丽水通济堰	(85)
	千佛山朝圣	(85)
	与众诗友游千峡湖	(85)
	庆元黄坞	(85)
	松阳寨头摄影休闲园	(86)
	历史文化名村象溪	(86)
	云和梯田	(86)
	登赤石望乡楼	(86)
	鹧鸪天·云和规溪	(86)
	小顺铁工厂遗址瞻仰周恩来塑像	(86)
	喝火令·龙泉	(86)
	临江仙·游白云山森林公园	(87)
傅祖民	避雨南明山漱雪亭	(87)
	绿谷情	(87)
	元旦登南明山	(87)
	山根畲韵	(87)
	游观音岩风景区	(87)
	避暑南明湖栈道	(87)
	通济堰怀古	(87)

	秋游白云山	(87)
	丁酉重阳登万象山	(88)
	阮郎归·太山人家	(88)
	木兰花·走访里河村	(88)
	鹧鸪天·九龙湿地公园观赏萤火虫	(88)
	临江仙·正月初二重游古堰画乡	(88)
	风入松·杨山茶事	(88)
黄师联	库川	(89)
	过古村	(89)
	山家访旧	(89)
	云和长汀沙滩	(89)
	游平昌鞍山书院书怀	(89)
	谒石门洞文成祠	(89)
	梦里画乡	(89)
	风入松·月亮湖	(89)
	念奴娇·堰头书怀	(89)
	念奴娇·千峡湖	(90)
	江城子·丽水	(90)
李锦华	云中大漈观瀑	(90)
	下陆村	(90)
	雨中过西坑	(90)
	过库坑	(90)
	偕友蝴蝶谷游观	(90)
	贞女桥	(91)
	立秋日好溪楼凭栏	(91)
	景宁小佐村	(91)
	章山观瀑有怀	(91)
	遂昌金矿怀古	(91)
李青葆	登应星楼	(91)
	桃花岭	(91)
	题庆元咏归廊桥	(91)
	赞中华世博第一人陈琪	(92)
	游千峡小镇	(92)

　　　　水调歌头·生态丽水 …………………………………（92）
　　　　西江月·庆元红色廊桥 ………………………………（92）
　　　　西江月·通济堰 ………………………………………（93）
　　　　西江月·丽水九龙湿地 ………………………………（93）
　　　　西江月·今日平风光 …………………………………（93）
　　　　鹧鸪天·南城纪行 ……………………………………（93）
　　　　方山荷花田 ……………………………………………（93）
　　　　咏松阳大木山茶园 ……………………………………（93）
　　　　题松阳界首糙叶树 ……………………………………（93）
　　　　小舟山诗画梯田 ………………………………………（93）
　　　　大尖山 …………………………………………………（93）
沈裕东　西江月·松阳独山 蟾峰阁 ……………………………（93）
　　　　西江月·延庆寺塔 ……………………………………（94）
　　　　南歌子·古道 …………………………………………（94）
　　　　鹧鸪天·紫巾山观紫荆花 ……………………………（94）
　　　　蝶恋花·下坑拍油菜花 ………………………………（94）
　　　　临江仙·瓯江颂 ………………………………………（94）
　　　　行香子·美丽丽水 ……………………………………（94）
　　　　行香子·通济堰 ………………………………………（94）
　　　　满江红·南城诗社共游巾山塔 ………………………（95）
　　　　八声甘州·遂昌高坪乡赏杜鹃 ………………………（95）
　　　　念奴娇·参观应星楼感怀 ……………………………（95）
叶爱莲　却金馆感怀 …………………………………………（95）
　　　　走访云和小顺村 ………………………………………（95）
　　　　重游古堰头村 …………………………………………（95）
　　　　应星楼 …………………………………………………（96）
　　　　美丽南城 ………………………………………………（96）
　　　　金秋重登太山看丽水大花园 …………………………（96）
　　　　减字木兰花·美丽大源村 ……………………………（96）
　　　　醉花阴·登丽水太山 …………………………………（96）
　　　　鹧鸪天·丽水高铁 ……………………………………（96）
　　　　鹧鸪天·九月九日松阳独山登高 ……………………（96）
　　　　鹧鸪天·南城丽景民族工业园 ………………………（96）

	蝶恋花·登中国星象文化第一楼——处州应星楼	(97)
叶松玉	观太平乡桃花	(97)
	大际水花洤瀑布	(97)
	咏白鹤葵花	(97)
	深垟石头村	(97)
	千佛山	(97)
	春游万象山	(97)
叶志深	水调歌头·咏五大连湖	(97)
	江南春·参观竹炭博物馆	(97)
	鹧鸪天·别鹤城	(98)
	千峡湖	(98)
	西江月·披云山	(98)
	游五大连湖	(98)
	咏菇民	(98)
	绿水青山就是金山银山感赋	(98)
	金鸡山林场抒怀	(98)
	丽水旅游所感	(98)
	我以诗书来咏乡	(99)
	丽水古城屿泛舟	(99)
	百山祖冷杉	(99)
虞克有	遂昌南尖岩	(99)
	丽水利山赏荷	(99)
	春访丽水九龙圩	(99)
	云和仙宫湖早晨	(99)
	菩萨蛮·荷花村行	(99)
	古堰画乡	(99)
	松阳章山鹊桥	(100)
	夜宿遂昌汤山头红豆杉庄	(100)
	景宁大均唐樟	(100)
	黄田山庄写意	(100)
	百山祖百瀑沟	(100)
詹　强	侨乡恋	(100)
	高阳台·青田侨乡进口商品城	(100)

	千秋岁·初登应星楼	（100）
	千秋岁·憧憬丽水大花园	（101）
	千峡湖移民颂	（101）
	满庭芳·太鹤山	（101）
	登马鞍山	（101）
	念奴娇 瓯江恋	（101）
	沁园春·大港头	（101）
	颂私立阜山中学	（102）
	梦回千峡湖	（102）
	怀古·谒石门洞刘基祠	（102）
	仙宫湖颂	（102）
李伟平	缙云大洋漕头凌霄石	（102）
	碧水黄村	（102）
	黄村水库坝上	（102）
	夜登白云山	（102）
	春游遂昌汤山头村	（102）
	丽水富岭村	（102）
	山村风光	（103）
	缙云姓潘村	（103）
周加祥	游遂昌金矿时光隧道感怀	（103）
	登白马山	（103）
	桃溪	（103）
	南明湖乘舟游	（103）
	春游岑庄三首	（103）
	初冬登白云山碧瑞崖	（103）
	采风松坑圩四首	（103）
	中央村	（104）
	通鲤鱼头康庄路	（104）
	村头古松	（104）
	村外竹林	（104）
	夜登应星楼感怀	（104）
	沁园春·丽水	（104）
	渔歌子·仲夏傍晚南明湖	（104）

美丽中国之美丽迁西

尹淑莲	鹧鸪天·春访花院玉泉山庄	（105）
	鹧鸪天·滦水湾晨霞曲	（105）
	鹧鸪天·乡间小照	（105）
	鹧鸪天·栗乡春雪	（105）
	游栗香湖	（105）
	渔夫水寨	（105）
	喜峰口长城红杜鹃	（106）
	望雄关	（106）
	金龙口采风二首	（106）
	春雪后榆木岭长城题照	（106）
	游石人山	（106）
	登荞麦山	（106）
	尖山	（106）
褚玉华	鹧鸪天·游滦水湾	（107）
	长城	（107）
	登临五虎山	（107）
	西江月·栗花香	（107）
	清平乐·春到滦湾	（107）
	花院赏梨花	（107）
杜保贤	浣溪沙·锦绣迁西	（107）
	咏潘家口二首	（108）
	石门山二首	（108）
	鹧鸪天·梦境滦水湾	（108）
	五虎山	（108）
	浣溪沙·咏太平寨岩石鼻祖	（108）
	临江仙·兰城沟秋韵	（108）
	登凤凰山摩天岭有感	（108）
	登将军山寻古	（109）
	题松亭关域内长城	（109）
	夜雪晴榆木岭寻梦	（109）
	咏景忠山二首	（109）
	癸巳年春初登玄武山感怀	（109）

高云平	满江红·迁西赞	(109)
	满江红·盛世青山关	(109)
	鹧鸪天·滦水湾	(110)
	鹧鸪天·栗花开时	(110)
	喜峰口抗战纪念碑有祭	(110)
	长城	(110)
	栗乡秋日	(110)
	游花院梨花坡	(110)
	秋游榆木岭长城	(110)
	滦湾春色	(110)
	女儿山	(111)
	游松亭山	(111)
	五虎山	(111)
	游徐庄牡丹园随笔	(111)
	锦湖落照	(111)
	新村春色	(111)
高志安	登五虎山	(111)
	鹧鸪天·栗子熟了	(111)
	鹧鸪天·栗子棚	(112)
	鹧鸪天·春耕	(112)
	游潘家口水库	(112)
	登长城遐想	(112)
	踏莎行·登东山	(112)
	行香子·秋登景忠	(112)
郭振好	临江仙·登喜峰口松亭山感怀	(112)
	情寄潘家口	(113)
	景忠山揽胜	(113)
	秋遊青山关	(113)
	迁西滦河石	(113)
	喜峰口长城遐思	(113)
韩志英	题将军山	(113)
	傍晚登钓鱼岩南山远眺滦河	(113)
	徒步迁西境内长城感怀	(113)

	花院梨花坡即景	(113)
	题景忠山	(114)
	独自登五虎山	(114)
	喜峰口感怀	(114)
	赏榆木岭桃花	(114)
	夏日傍晚滦水湾公园记景	(114)
何丽娟	船庄颂之老爷棋二首	(114)
	船庄颂之山中涧	(114)
	浣溪沙·手工薯粉	(114)
	醉太平·重阳节	(114)
	爱上栗乡	(115)
	日出	(115)
	西江月·晨练	(115)
李岫春	满江红·迁西颂	(115)
	满江红·石门山	(115)
	八面峰怀古	(115)
	青山关抒怀二首	(116)
	景忠山抒怀	(116)
	石门山二首	(116)
李　忠	桂枝香·山城新貌	(116)
	西江月·山城夜色	(117)
	咏栗花	(117)
钱畏宏	梨乡即景	(117)
	山里人家	(117)
	栗乡初夏	(117)
	景忠山香椿	(117)
	雨中登窟窿山	(117)
	登独秀峰	(117)
	迁西新集普陀禅寺即景	(117)
	夏日石门山	(118)
	秋日石门山	(118)
田彩萍	参观下洪寨有感	(118)
	赞老干部局驻村工作组	(118)

	栗乡赞	(118)
	登景忠山	(118)
	咏汉儿庄	(118)
	栗乡初夏	(118)
	游喜峰大刀园	(118)
	"五一"游滦水湾	(118)
	咏东花院梨花坡	(119)
	咏湖心岛	(119)
田凤岐	鹧鸪天·家园	(119)
	鹧鸪天·山城巨变	(119)
	一剪梅·栗乡	(119)
	一剪梅·滦水湾	(119)
	青玉案·潘家口水库	(119)
	行香子·山村春色	(120)
	天净沙·咏新农村四首	(120)
吴小宝	梨花坡	(120)
	红门寺	(120)
	马家沟国学村	(120)
	新集普陀寺	(120)
	长城	(121)
	虞美人·公祭日有感	(121)
	鹧鸪天·风筝	(121)
	沁园春·春日游故乡边塞长城	(121)
杨亚玲	偏爱滦滨五月风	(121)
	凤凰山有赋	(121)
	初登玄武山感怀	(121)
	秋游崆龙山	(121)
	攻书台	(122)
	游仙人谷有感	(122)
	长城赋	(122)
	登临景忠山有感	(122)
	清明登榆木岭赏桃花	(122)
	鹧鸪天·观塞上湖晚霞有感	(122)

	鹧鸪天·景忠山万松禅院即景	(122)
	南乡子·枫林唱晚	(122)
	满庭芳·紫玉颂	(123)
赵印国	念奴娇·烂柴沟寨怀古	(123)
	迁西秋韵	(123)
	浣溪沙·栗乡	(123)
	嘉庆滩	(123)
	新农村采风有感四首	(123)
	滦水湾凤栖岛	(124)
	谒松亭古战场	(124)
	寄情潘家口二首	(124)
	景忠山随想	(124)
	青山关水门	(124)
	鹧鸪天·四大峪赏栗花	(124)
	登长城	(124)
	沁园春·爱我迁西	(125)
赵忠信	鹧鸪天·滦河春	(125)
	秋望	(125)
	春意	(125)
	满江红·游古长城和潘家口水库	(125)
	沁园春·登喜峰口长城有感	(125)
	故乡春日偶成	(126)
	【双调·蟾宫曲】游迁西栗香湖房车营地	(126)
	折桂令·梨花院	(126)
	鹧鸪天·游兰城沟有感	(126)
	鹧鸪天·雪日放歌	(126)
周胜华	景忠明岫	(126)
	梦境庄园	(126)
	雨花谷	(126)
	花香果巷	(127)
	青山关	(127)
	塞北小江南	(127)
	凤凰山	(127)

	岩石鼻祖	(127)
张玉浩	迁西县照燕洲村西山野杏花晨忽见放	(127)
	夜雨青山关	(127)
	端阳诗会	(127)
	潘家口水库二首	(127)
	鹧鸪天·家乡春雪	(128)
刘汛涛	登李家峪长城	(128)
	栗乡吟	(128)
	铁门关	(128)
	潘家口感怀	(128)
	卜算子·河畔独坐	(128)
	江城子·夜宿青山关	(128)
	长相思·登八面峰长城	(129)
	长相思·登韩湘子攻书台有感	(129)

第四编　诗颂美丽中国·旗帜，砥砺奋进的五年

车延高	汉绣	(130)
	汽车城	(130)
	光谷	(131)
	他	(131)
王自亮	阿里巴巴外史	(132)
	吉利汽车制造车间奏鸣曲	(135)
刘起伦	最高处的漫步	(135)
	冰箭	(136)
程步涛	故居	(137)
	边区：一只碗和一粒黄豆	(138)
夏光明	编号1927的镰刀	(138)
黄新初	桅杆	(139)
	河流	(139)
	叮嘱的分量	(140)
刘迪生	在高原水乡纳雍	(140)
苗雨泽	英雄城	(141)

红都的痛与幸福 …………………………………………… (142)
与新时代同行　为新时代歌唱 ………………………… 易　行 (143)

第五编　纪念中国人民解放军建军九十周年

红叶军旗色，西山赤子诗 …………………………… 李栋恒 (147)

纪念建军九十周年军旅诗词选

李栋恒　我航母舰队巡洋有感 ……………………………… (153)
　　　　蝶恋花三首 ………………………………………… (153)
　　　　《红叶》创刊三十年 ……………………………… (153)
　　　　缅怀老社长史进前 ………………………………… (153)
　　　　游甲午海战故战场刘公岛 ………………………… (153)
　　　　调寄十拍子·辞旧迎新 …………………………… (154)
任海泉　抗日英雄（十八首） ……………………………… (154)
　　　　青春常驻 …………………………………………… (156)
李文朝　勿忘九一八 ………………………………………… (156)
　　　　满江红·卢沟桥事变 ……………………………… (156)
　　　　减字木兰花·题南京大屠杀遇难同胞纪念馆 …… (156)
　　　　参观百色起义纪念馆 ……………………………… (156)
　　　　参观四平战役纪念馆 ……………………………… (156)
　　　　十六字令·临高角渡海解放烈士碑咏叹三首 …… (156)
　　　　古风·血肉筑长城 ………………………………… (157)
　　　　抗战胜利大阅兵 …………………………………… (158)
　　　　纪念建军九十周年 ………………………………… (158)
　　　　庆祝建军九十周年朱日和阅兵 …………………… (158)
高立元　赞辽宁舰女兵 ……………………………………… (159)
　　　　退休战友相约兰州参观黄河母亲石雕像有题 …… (159)
　　　　退休老战友雅聚有题 ……………………………… (159)
　　　　回老营区 …………………………………………… (159)
　　　　沙场点兵 …………………………………………… (159)
周　迈　望海潮·祖国颂 …………………………………… (159)
　　　　赞空军女飞行员 …………………………………… (159)
　　　　西江月·贺空军 …………………………………… (160)

赞空军英雄试飞大队 …………………………………（160）
浣溪沙·空军"追梦空天"航空开放日 ……………（160）
鹧鸪天·读英雄遗言感怀 …………………………（160）
浣溪沙·访军委一号台女兵营 ……………………（160）
鹧鸪天·贺辽宁舰远巡凯旋 ………………………（160）
唐多令·纪念建军九十周年 ………………………（160）
南乡子·《红叶》三十周年感吟 ……………………（160）

范诗银 纪念中国人民解放军建军九十周年 ………（161）
倾杯乐·朱日和阅兵有记 …………………………（161）
浣溪沙·舟起大塘乌江红军渡有忆 ………………（161）
浣溪沙·鲁班场红军烈士塔前 ……………………（161）
浣溪沙·也过红军三渡赤水桥 ……………………（161）
浣溪沙·过红军苟坝会议旧址 ……………………（161）
浣溪沙·娄山关 ……………………………………（161）

刘庆霖 弹壳口哨 …………………………………（162）
卢沟枪声 ……………………………………………（162）
过卢沟桥 ……………………………………………（162）
抗战胜利七十周年纪念日，夜访卢沟桥 …………（162）
退役十年有感 ………………………………………（162）
冀中地道战地雷战 …………………………………（162）
一九四五年抗日战争胜利 …………………………（162）
腊子口战役 …………………………………………（162）
巧渡金沙江 …………………………………………（162）
鹧鸪天·卢沟桥事变 ………………………………（162）
鹧鸪天·董存瑞 ……………………………………（163）
邱少云 ………………………………………………（163）
《大刀进行曲》诞生 …………………………………（163）
赠辽宁舰战士 ………………………………………（163）
登辽宁舰寄意 ………………………………………（163）
登辽宁舰感赋 ………………………………………（163）
赠舰载机独立六团 …………………………………（163）

李增山 回乡探老母 ………………………………（163）
凭栏卢沟 ……………………………………………（163）

	谒北洋海军忠魂碑	(164)
	瞻吴起镇红军军旗	(164)
	重访国防施工旧地孤山口	(164)
	人月圆·元夜望乡	(164)
	出塞	(164)
	重到平型关	(164)
	朱日和阅兵	(164)
姚天华	勿忘国仇	(164)
	阔别柳营四十载重登伏牛山寻路未遇感作	(164)
	过祁连山缅怀西路军烈士	(165)
	二连浩特寄情	(165)
	游子吟	(165)
	满庭芳·红叶诗社成立三十周年抒怀	(165)
	临江仙·秋日书怀	(165)
	人民解放军建军九十周年颂	(165)
	沙场点兵	(165)
唐缇毅	破阵子·读《辽宁舰舰员诗歌作品选》	(166)
	建军九十周年朱日和阅兵	(166)
	少年游·登泰山	(166)
	汉宫春·读史	(166)
	大江东去·贺建军九十周年	(166)
	塞外阅兵	(166)
卢冷夫	苏幕遮·戍边	(166)
	卜算子·秋思	(167)
	回乡感赋	(167)
	八一感怀	(167)
	塞外阅兵	(167)
丁浩然	钢铁长城	(167)
王 珍	参观马栏革命遗址有感	(167)
王 琳	卜算子·访于都红军长征第一桥	(167)
	浣溪沙·谒宣化地中原突围纪念碑	(167)
	醉桃源·中秋东风航天城现场观天宫二号升空	(168)
	塞外阅兵	(168)

王世繁	南海涛声	(168)
王品科	浣溪沙·丁酉清明凭吊红军烈士王公植金墓	(168)
王通路	鹧鸪天·战马飞歌	(168)
	塞外阅兵	(168)
叶小明	八声甘州·赞彭德怀元帅	(169)
丛小明	井冈行	(169)
冯卫平	老兵建军节感怀	(169)
朱玉明	纪念八一建军节	(169)
吕文芳	庆祝建军九十周年	(169)
朱佳木	建军九十周年有感	(169)
向友星	入越抗美五十周年战友相聚感怀	(169)
刘学刚	八一喝彩	(170)
刘茂森	临江仙·建军九十周年颂	(170)
刘世恩	建军九十周年述怀	(170)
刘启方	西江月·建军九十周年颂	(170)
刘声祥	金缕曲·建军九十周年	(170)
江　涛	纪念建军九十周年	(170)
汤道深	建军九十周年书感	(171)
孙学长	沁园春·纪念八一南昌起义九十周年	(171)
邢会洪	赞"八一"精神	(171)
李广兴	浪淘沙·献给抗洪战士	(171)
李长江	沁园春·建军九十周年感赋	(171)
李仁瑞	忆江南·白洋淀三首	(172)
李延志	中国人民解放军建军九十周年	(172)
李静声	浣溪沙·庆祝建军九十周	(172)
杨　森	沁园春·改革强军感赋	(172)
	塞外阅兵	(172)
杨石英	解放军建军九十周年志庆	(173)
吴能武	诗颂建军九十周年	(173)
余松生	纪念中国人民解放军建军九十周年	(173)
陈思明	望江怀八一南昌起义	(173)
范志曾	临江仙·纪念建军九十周年	(173)
欧阳毛荣	强军之梦指日圆	(173)

周东葵	亮剑九秩	(174)
	纪念建军九十周年兼怀军旅诗词	(174)
周守和	八一建军节感怀	(174)
周克夫	八声甘州·谒南昌八一起义纪念馆	(174)
胡　剑	建军九十周年有怀	(174)
柳国发	纪念建军九十周年感怀	(174)
段兴朝	纪念建军九十周年	(174)
段德虞	礼赞中国人民解放军建军九十周年	(175)
贾瑞珍	军旗	(175)
钱晓林	纪念建军九十周年	(175)
	鹧鸪天·八一建军节	(175)
徐增产	参观八一起义纪念馆书感	(175)
徐炳奎	纪念建军九十周年	(175)
郭廷瑜	人民解放军建军九十周年感赋	(175)
戚维才	纪念中国人民解放军建军九十周年	(176)
曹艳福	写在人民英烈公祭日	(176)
崔德煌	赞中国海军驶向大洋	(176)
梁安康	满江红·八一颂	(176)
蒋奇才	满江红·建军九十周年祭	(176)
程运钦	送兵	(176)
蔡大营	破阵子·记重颁"八一勋章"	(177)
	朱日和阅兵	(177)
潘家定	纪念中国人民解放军建军九十周年	(177)

纪念建军九十周年塞外阅兵诗选

岳宣义	(177)
张桂兴	(177)
曾卫华	(177)
马旭升	(177)
马英杰	(178)
王玉芳	(178)
叶开平	(178)
闫柱民	(178)
朱永兴	(178)

朱思丞 …………………………………………………………… (178)
乔贵庆 …………………………………………………………… (178)
刘培荣 …………………………………………………………… (178)
汤道深 …………………………………………………………… (178)
孙继革 …………………………………………………………… (179)
李　满 …………………………………………………………… (179)
李东东 …………………………………………………………… (179)
李景全 …………………………………………………………… (179)
杨　义 …………………………………………………………… (179)
杨景俊 …………………………………………………………… (179)
肖正平 …………………………………………………………… (179)
张本应 …………………………………………………………… (180)
张振昶 …………………………………………………………… (180)
陈志生 …………………………………………………………… (180)
陈新民 …………………………………………………………… (180)
陈旭榜 …………………………………………………………… (180)
武俊哲 …………………………………………………………… (180)
范志曾 …………………………………………………………… (180)
周加祥 …………………………………………………………… (180)
周学锋 …………………………………………………………… (180)
赵发洪 …………………………………………………………… (181)
赵全仁 …………………………………………………………… (181)
殷新中 …………………………………………………………… (181)
高庆森 …………………………………………………………… (181)
唐昌棕 …………………………………………………………… (181)
屠爱平 …………………………………………………………… (181)
程启瑞 …………………………………………………………… (181)
谭　泽 …………………………………………………………… (181)

第六编　古体诗及诗评

丁芒诗词 ………………………………………………………… (182)
咏长城 …………………………………………………………… (182)

天亮庄	(182)
与全国第一次诗词研讨会诗友风雨中游汨罗屈子祠	(182)
湖南桃花源	(182)
武则天无字碑	(182)
梦畔之崖	(182)
奔溪	(182)
参观"一汽"车城	(182)
晨赴南坪	(182)
致灵山海防战士二首	(182)
媚香楼即兴	(183)
汤山温泉	(183)
听雨	(183)
家邻鸡鸣寺	(183)
梦游千峡湖	(183)
千峡湖一览	(183)
白鹭四飞	(183)
千峡湖之晨	(183)
千峡湖	(183)
题青田县孝文化研究会	(183)
[双调] 水仙子·江南春	(184)
[双调] 宝鼎现·酷暑自嘲	(184)
[中吕] 朝天子·这般弥陀	(184)
[中吕] 卖花儿·本意	(184)
[正宫] 塞鸿秋·登山	(184)
诗路是条朝圣的路 …… 刘庆霖	(184)

第七编　新古体诗及诗评

贺敬之新古体诗	(193)
登延安清凉山	(193)
莫干山二章	(193)
登岱顶赞泰山	(193)
大观西湖	(193)

长白山天池短歌 ……………………………………………（193）
游崂山 ………………………………………………………（193）
过镜泊湖 ……………………………………………………（193）
阳朔风景 ……………………………………………………（193）
游九寨沟 ……………………………………………………（193）
咏烟台 ………………………………………………………（193）
访桂山岛 ……………………………………………………（194）
登岳阳楼 ……………………………………………………（194）
登武当山 ……………………………………………………（194）
富春江散歌五首 ……………………………………………（194）
咏黄果树大瀑布 ……………………………………………（194）
钱江怒涛抒我怀 ………………………………… 高　昌（194）

第八编　诗国论坛

美哉中华诗词 …………………………………… 马　凯（200）
知古倡今　求正容变 …………………………… 马　凯（201）
再谈格律诗的"求正容变" …………………… 马　凯（204）
致马凯同志的一封信 …………………………… 霍松林（214）
以精品推动中华诗词现代化 …………………… 丁　芒（215）
当代诗词的生命在革新 ………………………… 刘　征（220）
我在诗词形式方面的尝试与探索 ……………… 贺敬之（222）
现代诗应走新古典主义道路 …………………… 旭　宇（224）
中华军旅诗词的千古绝唱 ……………………… 易　行（227）
军旅诗：梦回吹角连营 ………………………… 朱向前（235）
毛泽东诗词与中国新诗的发展 ………………… 吴欢章（245）
贺敬之与中国新诗 ……………………………… 陈玉福（252）
新诗与时代同行 ………………………………… 谢　冕（257）

第九编　诗国钩沉

希望的田野，艰辛的起步 ……………………… 梁　东（262）

第一编 特载

坚定文化自信,推动社会主义文化繁荣兴盛

——本文系十九大报告第七部分

习近平

  文化是一个国家、一个民族的灵魂。文化兴国运兴,文化强民族强。没有高度的文化自信,没有文化的繁荣兴盛,就没有中华民族伟大复兴。要坚持中国特色社会主义文化发展道路,激发全民族文化创新创造活力,建设社会主义文化强国。

  中国特色社会主义文化,源自于中华民族五千多年文明历史所孕育的中华优秀传统文化,熔铸于党领导人民在革命、建设、改革中创造的革命文化和社会主义先进文化,植根于中国特色社会主义伟大实践。发展中国特色社会主义文化,就是以马克思主义为指导,坚守中华文化立场,立足当代中国现实,结合当今时代条件,发展面向现代化、面向世界、面向未来的,民族的科学的大众的社会主义文化,推动社会主义精神文明和物质文明协调发展。要坚持为人民服务、为社会主义服务,坚持百花齐放、百家争鸣,坚持创造性转化、创新性发展,不断铸就中华文化新辉煌。

  (一)要牢牢掌握意识形态工作领导权。必须推进马克思主义中国化时代化大众化,建设具有强大凝聚力和引领力的社会主义意识形态,使全体人民在理想信念、价值理念、道德观念上紧紧团结在一起。要加强理论武装,推动新时代中国特色社会主义思想深入人心。深化马克思主义理论研究和建设,加快构建中国特色哲学社会科学,加强中国特色新型智库建设。高度重视传播手段建设和创新,提高新闻舆论传播力、引导力、影响力、公信力。加强互联网内容建设,建立网络综合治理体系,营造清朗的网络空间。落实意识形态工作责任制,加强阵地建设和管理,注意区分政治原则问题、思想认识问题、学术观点问题,旗帜鲜明反对和抵制各种错

误观点。

（二）要培育和践行社会主义核心价值观。要以培养担当民族复兴大任的时代新人为着眼点，强化教育引导、实践养成、制度保障，发挥社会主义核心价值观对国民教育、精神文明创建、精神文化产品创作生产传播的引领作用，把社会主义核心价值观融入社会发展各方面，转化为人们的情感认同和行为习惯。坚持全民行动、干部带头，从家庭做起，从娃娃抓起。深入挖掘中华优秀传统文化蕴含的思想观念、人文精神、道德规范，结合时代要求继承创新，让中华文化展现出永久魅力和时代风采。

（三）要加强思想道德建设。人民有信仰，国家有力量，民族有希望。要提高人民思想觉悟、道德水准、文明素养，提高全社会文明程度。广泛开展理想信念教育，深化中国特色社会主义和中国梦宣传教育，弘扬民族精神和时代精神，加强爱国主义、集体主义、社会主义教育，引导人们树立正确的历史观、民族观、国家观、文化观。深入实施公民道德建设工程，激励人们向上向善、孝老爱亲，忠于祖国、忠于人民。加强和改进思想政治工作，深化群众性精神文明创建活动。弘扬科学精神，普及科学知识，开展移风易俗、弘扬时代新风行动，抵制腐朽落后文化侵蚀。推进诚信建设和志愿服务制度化，强化社会责任意识、规则意识、奉献意识。

（四）要繁荣发展社会主义文艺。要繁荣文艺创作，坚持思想精深、艺术精湛、制作精良相统一，加强现实题材创作，不断推出讴歌党、讴歌祖国、讴歌人民、讴歌英雄的精品力作。发扬学术民主、艺术民主，提升文艺原创力，推动文艺创新。倡导讲品位、讲格调、讲责任，抵制低俗、庸俗、媚俗。加强文艺队伍建设，造就一大批德艺双馨名家大师，培育一大批高水平创作人才。

（五）要推动文化事业和文化产业发展。满足人民过上美好生活的新期待，必须提供丰富的精神食粮。要深化文化体制改革，完善文化管理体制，加快构建把社会效益放在首位、社会效益和经济效益相统一的体制机制。完善公共文化服务体系，深入实施文化惠民工程，丰富群众性文化活动。加强文物保护利用和文化遗产保护传承。健全现代文化产业体系和市场体系，创新生产经营机制，完善文化经济政策，培育新型文化业态。广泛开展全民健身活动，加快推进体育强国建设，筹办好北京冬奥会、冬残奥会。加强中外人文交流，以我为主、兼收并蓄。推进国际传播能力建设，讲好中国故事，展现真实、立体、全面的中国，提高国家文化软实力。

同志们！中国共产党从成立之日起，既是中国先进文化的积极引领者和践行者，又是中华优秀传统文化的忠实传承者和弘扬者。当代中国共产党人和中国人民应该而且一定能够担负起新的文化使命，在实践创造中进行文化创造，在历史进步中实现文化进步。

（转载自2017年10月30日《文艺报》）

第二编　诗颂美丽中国·诗家采风作品选

加快生态文明体制改革，建设美丽中国

人与自然是生命共同体，人类必须尊重自然、顺应自然、保护自然。人类只有遵循自然规律才能有效防止在开发利用自然上走弯路，人类对大自然的伤害最终会伤及人类自身，这是无法抗拒的规律。

我们要建设的现代化是人与自然和谐共生的现代化，既要创造更多物质财富和精神财富以满足人民日益增长的美好生活需要，也要提供更多优质生态产品以满足人民日益增长的优美生态环境需要。必须坚持节约优先、保护优先、自然恢复为主的方针，形成节约资源和保护环境的空间格局、产业结构、生产方式、生活方式，还自然以宁静、和谐、美丽。

——摘自习近平总书记十九大报告

星汉

满庭芳·珠玑古巷，有感移民赋

已过梅关，遥随日月，整装再向前方。岭南行路，收取几炎凉。回首中原故土，烟尘里、变幻君王。凭双桨，丈量河水，清泪映波光。

深藏，多少事，寻常门户，祭祖烧香。正枯树迎风，倾诉沧桑。词客今朝午到，青云外，笔蘸残阳。高天上，归魂无数，来听满庭芳。

水龙吟·乙未秋登梅关

丹崖红叶残阳，孤筇送我临云表。回头峤外，放眸江右，都成画稿。捧出童心，收来旧事，远随飞鸟。任边疆迢递，霜丝疏荡，雄关在，情难了。

碧宇秋风暗扫，纵高吟，空空无扰。约陈元帅，呼苏学士，陪张阁老。评说诗词，推敲字句，此时嫌少。待天山归去，重支雪案，向前贤讨。

注：陈元帅，苏学士，张阁老：陈

毅、苏轼、张九龄。皆有诗章留于梅关。

绕佛阁·与云水僧心光游南华寺，索句赋此

　　远追大雁，南下粤海，禅寺招唤。松瀑飞溅，也随断续经声到香殿。佛门饱看，昂首碧宇，斜照光灿。愁苦哀怨，已教槛外秋风尽吹散。

　　日日拭心镜，万里同来清秽念。莲座若能通灵听许愿：望助我诗怀，挥笔无倦，砚田涵灌。再走遍天涯，筇杖长伴。与游僧，此生多见。

永遇乐·宿丹霞山中，夜雨记梦

　　山叠如诗，水流如乐，霞涌如怒。索道攀高，游船破碧，尽我经行处。一行征雁，三秋残日，已下青天旧路。歇双眸，初停村酒，鼾声远绕烟树。

　　潇潇竹雨，西风相送，夜半偷敲门户。野店灯昏，相机开启，走出新夫妇。阳元石健，阴元石媚，嬉笑但求词赋。披衣起，思量却是，梦中枉顾。

拜黄庭坚墓

银鹰下望岂徘徊，南指分宁天路开。
九百年前无我在，八千里外拜君来。
山收暮雨留松泪，风扫残云过祭台。
领略人生归去后，昆仑不许带余哀。

修水晨兴登凤凰山

无缘此地作居民，客步今朝自有神。
风过影磨千树老，鸟鸣声醒一山新。
碧江远去破晓梦，红日渐高成比邻。
我不留诗便留我，云烟又起困吟身。

黄楼怀髯苏

千年已换旧彭城，再建名楼向日晴。
碧柳新枝黄鸟脆，黄河故道碧波平。
未能后浪推前浪，但愿来生补此生。
为报当年贤太守，长吟诗句对天倾。

丙申春登戏马台

两千年后又春风，我下天山指顾中。
逐鹿已亡秦二世，沐猴遗笑楚重瞳。
鸿门宴失机心浅，戏马台留幻梦空。
啼鸟也知如许恨，林间叫破夕阳红。

放鹤亭中作

当时一笑傲君王，道士清闲太守狂。
世上由人分楚汉，亭中待我拜苏张。
文章能伴江河老，襟袖犹藏岁月长。
白鹤不归惆怅久，西山缺处正斜阳。

汉皇祖陵瞻刘邦雕像

犹念家乡起布衣，今朝雄立与天齐。

袖藏四海云雷远，剑压千秋日月低。
芒砀斩蛇开智略，中原逐鹿费轮蹄。
大风歌后题诗客，我在玉关西更西。

歌风台上戏作

大风歌起沛宫时，亭长威仪自可知。
烹狗无须真手段，斩蛇却动小心思。
儿孙富邑封千里，父老残羹分一匙。
百二十人归去后，扶犁仍唱野夫词。

八声甘州·丙申春登灵岩山

　　起银鹰呼啸下江南，乘云逐流星。览翻波碧汉，冲天烟岫，拔地新城。一自西施去后，吴越染花腥。艳魄苍穹外，播落春声。

　　霞路师生奋袂，瞰姑苏画稿，稳步清醒。恨玉关人老，白发愧山青。借君家前贤遗韵，唤太湖鱼浪漫沙汀。琴台上，送斜阳远，心绪难平。

松阳大木山看采茶

茶田道道绿琴弦，柔指姑娘续续弹。
我与斜阳都醉了，下山归路两蹒跚。

陪丽水诸诗友千峡湖寻诗

又闻高峡出平湖，浸润青田万象苏。
雪鹭导游争踊跃，凉风开路费踟蹰。
船行两岸翻油画，日落千山托火珠。
观景贪心馀一笑，归来诗句却全无。

石门洞天留影后作

浙南山水已留痕，又被瓯江送石门。
拔地摩崖拦脚步，挂天飞瀑洗心魂。
吟哦云外谢康乐，谋划洞中刘伯温。
并坐书生还有我，于无佛处敢称尊。

江心屿谒文天祥祠

沉凝祠宇坐先贤，应见人间种海田。
青骨长融乔木里，丹心远在夕阳边。
孤臣血泪来千里，两宋江山寄一船。
从此勤王归去后，涛声追梦到幽燕。

芙蓉古村小饮

未饮我先醉，春风似酒醇。
新邻情谊旧，旧圃菜蔬新。
老树藏莺语，残阳挂钓纶。
山歌村外路，知是远归人。

楠溪江泛舟晚归

我到永嘉后，沿江寻四灵。
推敲烟浪起，吟唱暮云停。
手撒一篙碧，心收两岸青。
诗人终不见，指点满天星。

郑州宿黄河大堤

城市不留客，驱车驻月坡。

金风旋碧落，银汉泄黄河。
古树挂衣稳，狂涛湿梦多。
曙星催起后，前路又如何？

谒岳庙

伴我西风万里吹，朱仙镇上拜神威。
云霞变幻钦谋略，草木编排听指挥。
北狩君臣多客葬，南来士马少同归。
若能直捣黄龙府，也有金兵抗岳飞。

至居延海

塞上胸襟阔，驱车我自雄。
黄芦围大泽，碧落下秋风。
沙送马蹄远，云随雁影空。
高吟追落照，浓染半天红。

弱水看日出

挺立沙丘久，凝眸不敢挪。
胡杨擎旭日，柽柳送长河。
万里天云净，三秋气象多。
金光何用买，掌下远摩挲。

游黑城遗址

繁华说西夏，千载费经营。
白草扫苍宇，黄沙抱黑城。
云飞重试马，风起又谈兵。
往事都成梦，今来梦里行。

游海森楚鲁怪石城

为畅吟怀啸一声，远来此处结山盟。
红霞铺地流沙暖，白草摇天晚日晴。
淄博聊斋重振笔，扬州画派欲争名。
风云借我三千里，更向心头筑石城。

再至光严禅院

归去阳关外，重来问佛陀。
楼台曾览历，碑碣再摩挲。
鸟过孤云远，钟敲落叶多。
从今难约会，僧老我斑皤。

遂溪游孔子文化园

读过论语读春秋，圣庙平生我必游。
殿倚青山红日照，风巡碧水白云流。
千年君主频更换，一脉人文赖统筹。
乡党追随老夫子，不辞万里下雷州。

游湖光岩小憩楞严寺作

轻风催动旧袈裟，指点湖光接海涯。
碧水倒悬鹦鹉树，蓝天远醉凤凰花。
山喷心火归沉寂，寺起钟声响迩遐。
来日携诗再经过，老僧当赏赵州茶。

天山中遇暴雨后晴

似我情怀奋，雷声天地间。
有云皆泄水，无浪不摧山。

鄂博神幡荡，穹庐骏马闲。
斜阳吐虹带，千里系斑斓。

七个星佛寺遗址

寺建焉耆国，威灵未尽删。
佛光天地外，僧磬有无间。
云起知山近，风来比我闲。
残阳敲地骨，疑是叩禅关。

杨逸明

咏瀑布

飞瀑遥倾天上湖，雨丝风片满崖珠。
心泉也有三千尺，能向秋山一泻无？

元宵节漫笔

闹市观灯遍绮罗，小斋闲坐欲如何？
水仙一室清芬气，"酒鬼"三杯潋滟波。
今夕倾城放花炮，几时寰宇息干戈？
书生且把幽帘梦，包入汤圆手自搓。

轩辕庙抒怀

来向轩辕一放歌，心声跌宕响高坡。
皮肤未悔同黄土，动脉堪豪有碧波。
安得埙篪长奏乐，终教棠棣不操戈。
诗人自愧升平世，荐血无多荐泪多！

春游沈园

小径花飞土带香，草亭无语立斜阳。
鸟寻幽梦穿林遍，柳写春情蘸水长。
恍惚书生非醉酒，缠绵诗句尚留墙。
沈家园里红酥手，牵尽人间九曲肠！

金缕曲·怀念李白

白也顽童耳！久离家，听猿两岸，放舟千里。爱到庐山看瀑布，惊叫银河落地。常戏耍，抽刀断水。不向日边争宠幸，却贪玩，捉月沉江底。一任性，竟如此！

人间难得天真美，且由他，机灵乖巧，尽成权贵。一句"举头望明月"，九域遍生诗意。身可老，心留稚气。我欲与君长作伴，唤汪伦，组合三人醉。同啸傲，踏歌起。

初春戏笔

春风带电到江南，击活溪流击醒山。
闪闪繁花初点亮，毛毛细雨半吹干。
诗心渐暖飞窗外，灵感微麻颤笔端。
梦片情丝皆导体，书生自笑绝缘难！

元旦收看维也纳新年音乐会

感受荧屏异域情，醉人弦管绕梁鸣。
梦摇河水成蓝色，心入森林作鸟声。
支枕手敲蓬嚓嚓，临窗笔走仄平平。

迎新曲里诗吟就，字字翩跹舞步轻。

"新天地"戏咏

登斯楼也夜朦胧，谁识门墙旧影踪？
人醉新潮天地里，月窥老式弄堂中。
酒吧灯闪星星火，歌手香摇滚滚风。
多少腰金衣紫客，不成仁却已成功。

酷暑夜读书

天张炽热网恢恢，我坐危楼卷帙开。
汗向五千年洒去，风从九万里吹来。
哲人思辨飞成瀑，骚客心声响作雷。
谁及书生一瓢饮，纳凉随处是瑶台！

书斋寄兴

大任无须我辈担，小斋觅句欲闲难。
性情蓄水流心底，气骨生风扫笔端。
吟过万山人未瘦，藏来千卷屋犹宽。
摩挲汉字当琴键，遥向星空即兴弹。

访瓦桥关遗址

一行人立雨潺潺，同向村翁指处看。
超市左边餐馆右，当年雄矗瓦桥关。

黄河壶口瀑布

卷沙裂石鬼神惊，发出黄河怒吼声。
天上不应如此浊！人间更得几时清？
从崖跌落仍昂首，向海奔流又启程。
我敞风衣壶口立，好教襟袖蓄豪情。

游湿地

环境谁开诊断书，不知生态正常无。
鸟群高下翩翩影，正画地球心电图。

题喜玛拉雅山脉

雪域神奇多少山，无名无字耸云端。
随移一座中原去，五岳都须仰首看。

登西塞山

千秋故垒一登临，揽胜何辞汗湿襟。
江水急弯成直角，山亭环望作圆心。
人须有鉴常怀古，天却无言已到今。
骚客尚存兴废感，来寻铁锁久沉吟。

游老牛湾堡

攀登古堡作环游，九曲黄河一览收。
山势竟教天欲堕，水形浑遣地能浮。
岸边人立如纤草，谷底涛奔似犟牛。
骚客自惭方寸窄，小诗无力挽狂流。

游黄果树戏作

天欲豪吟气势雄，银河怒泻诉情衷。
人投崖洞穿行瀑，壑展襟怀架设虹。
奇景方观黄果树，新闻正播白岩松。
世间污秽除难尽，安得飞泉一洗空。

谒阮籍墓

傲然杨树插云高，吊客穿田踩麦苗。
碑上模糊文可辨，墓前湿漉酒谁浇？
咏怀竟至穷途哭，轻礼何妨俗世嘲。
多少诗人皆入土，难埋依旧是牢骚。

东坝头乡黄河岸边作

北呼东啸见惊波，顿觉身心带电多。
胸内血浆添激浪，手中茶盏起漩涡。
万年浓汁真成乳，九曲迂途总放歌。
掬饮神州百川水，能令我哭是黄河。

秋兴

萧斋昼梦忽然醒，雨后西窗爽气生。
久对秋风知骨瘦，时翻古籍觉神清。
红茶沏入残阳色，白发摇来落木声。
善感诗人吟怨句，尽情终不及虫鸣。

杂兴

草根从未觉蹉跎，日脚何妨简淡过。
有趣书须耽久久，无聊人莫识多多。
摩登都市全身隐，狼藉诗笺几句磨。
自信虽非主旋律，流传定不逊莺歌。

听春雨戏作

一夜潺潺未肯停，春波急涨与桥平。
如今好雨知时态，润物那甘不作声？

北戴河见大雁南飞

金风渐减远山青，一字飞来目最醒。
撇捺雁行天上写，世间团队少人形。

游三峡

悠扬汽笛响云头，游艇凭栏纵远眸。
两岸悬崖如肋骨，一条动脉是江流。
淘沙可觅曹刘戟，飞梦难追李杜舟。
安得诗人胸境内，也能天地共沉浮？

题龙泉青瓷小镇

青青釉色沁心脾，造化功夫最秘奇。
整套龙泉山与水，是他烧出一炉瓷。

春行

自然心事有谁知？一路春行细听时。
录得山泉山鸟语，转来由我译成诗。

题吴江新居

情结平生系太湖，苏州湾畔有吾庐。
烟波笔底真能蘸，星月窗前似可扶。
满壁书藏五千册，整天茶沏两三壶。
小城风气无邪味，绝胜魔都与帝都。

高昌

匡湖

碧湖围小岭，拱坝蓄风波。
一似骚人腹，终归块垒多。

梦笔山

江郎旧事留，丹桂一山秋。
欲觅生花笔，先开小阁楼。

龙井

转崖随石栈，分竹见清溪。
一带连慈母，匡山小肚脐。

五佛沿寺遥望黄河

襟怀难似在山澄，起落惊涛九万层。
滚滚清流间浊水，滔滔入海更奔腾。

攸县见洣水西流有感

衮衮清流只向西，孤高格调岂随低。
不同众水争沧海，独抱家山梦一畦。

巽寮湾海王子酒店721房间听涛口占

一窗云动一帘风，荡漾轻波接远空。
大海在旁摇我睡，睡时大海入怀中。

咏泉

青山转过到人前，呼趁清流送纸船。
一路乡愁寄沧海，载些风浪羡林泉。

苗寨竹枝词

芦笙一曲乳泉来，润入心头涤俗埃。
我是寨边青小树，借些灵气把花开。

金鞭溪印象

打著跟头翻出家，细流淘似野丫丫。
金鞭抽得风儿跳，几朵顽皮小浪花。

圆山小立

夜风逐梦绕山流，玉带环成翡翠球。
多少圆山不眠月，清辉偏为不圆愁。

云龙湖

碧湖如镜映群峰，银汉苍茫落九重。
今夕月明君拭目，一天星雨立云龙。

那拉提草原寄怀

芳草连天信手拈，拈来野色为诗添。
添些土味到心底，蜂蝶依依绕笔尖。

青海隆务黄河大桥小立

桥下清水悠悠，碧波一泓。人云转过山去，即浊流矣。
山矗莹如玉，云飘软似绸。
浪从风手底，美到我心头。
忽忆黄沙滚，翻疑碧水流。
前程忧浊染，独对净波愁。

北戴河咏老虎石

昂头吞海啸，怪爪向风挥。
滩浅群氓戏，云深一梦飞。
天边潮暂去，山上月初归。
困久心成石，丛林惜久违。

衡水湖鸟岛口占

湖为候鸟南北迁徙之密集交汇区，素负盛名。
悠然恍见水边仙，紫羽灰毛自在旋。
数百万翎痴梦暖，几千里路苦情缠。
拍船雨点听金磬，绕岛风姿看碧莲。
心脏忽疑成雀卵，胸中有翼扑苍天。

舟山之夜

逢此良宵堪醉卧，一舟好梦系沙滩。
海苍依旧风吹远，野莽无妨韵放宽。
抛去月壶疑玉霰，推来星盏共清欢。
诗心追向礁边水，暖暖春波静处观。

题朱家角

北马南船偶一逢，珠溪妙谛梦中通。
赏心美似丹青染，悦目谐如水乳融。
兰棹彩舟陶古韵，粉墙黛瓦畅新风。
诗从西井河头好，春到放生桥畔红。

瑞鹧鸪·青山关远眺

如烟如梦画斑斓，水帘一道性颇顽。借得长风，笔笔添生趣，不教荒原带素颜。
描来青翠涂金碧，更鸣雅韵潺潺。出岫几朵闲云，点缀多情梦，枕山眠。汹涌黄花到眼前。

祝英台近·过庐山"花径"白居易作诗处

嫩青枝，红紫蕊，小径此偷美。满目芳菲，暂放俗名累。清幽岚气随人，润尘心软，且扶杖、寻诗翁履。
海桑徙，试缘路数枯荣，花犹照欢喜。万里迢迢，春竟躲于此。雨柔风淡云恬，流连沉醉，有无限、多情山水。

鹧鸪天·乌蒙路上

车外群山滚绣球，那花那草那风流。乌蒙曾走泥丸壮，红日今弹锦瑟柔。

蓝湛湛，绿油油，白墙青瓦数新楼。分开苗岭成高速，一路弦歌云上头。

眼儿媚·青山下

红紫芳菲是谁家，远看灿如霞。风传春讯，香催诗韵，梦蘖新芽。

画般挂在青山下，臭美那些花。螽斯儿闹，野蜂儿恋，阳雀儿夸。

霜天晓角·昌黎黄金海岸观浪

柔似轻纱。那顽皮浪花。扯地牵天拍岸，轻一滚，笑声："哗……"

风来说个佳。雨来还美些。万顷波涛齐唤："归去也，海天涯。"

菩萨蛮·冬过青海湖

经幡斑驳迎风送，柔情万顷今成冻。昨夜梦留痕，冰波几缕纹。

白山昏似睡，青海咸成泪。举首长云愁，回眸雪满头。

离亭燕·游庐山仙人洞，于暮色苍茫中看劲松

眼底青峰如簇，头上白云相逐。更遣天风狂扑面，又戛寒泉鸣玉。独立老松苍，日月掌中轮续。

诗似天真花鹿，沉醉一山春绿。不见秋冬风雪酷，那管苍茫棋局。百劫任沧桑，千壑缠绵心曲。

采桑子·神女峰

依稀神女如慈母，千里叮咛，万里叮咛，风雨人间此处晴。

朝朝暮暮凝眸子，日也伶仃，月也伶仃，眼底柔情次第生。

水调歌头·景泰川电力提灌工程第一泵站印象

探岭走虹管，举臂汲沧波。青云舒卷，闲水移步跃高坡。笑看奔腾金浪，喜化醇香美酿，百丈汇天河。漫舞花仙子，绿袂影婆娑。

牵清澈，输甘冽，送欢歌。葱茏山色，玉笪箩里一青螺。招手滩头鸥鹭，共我云间漫步，甜蜜涌心窝。衔醉寻诗久，拾句此间多。

鹧鸪天·过曹妃甸湿地公园

莽莽蒹葭系碧秋，竹台木栈韵悠悠。鸟儿名姓多难识，亦向诗人点点头。

小草野，小花羞，翩跹蝴蝶小风流。潺潺一路难眠水，漫送心头不系舟。

多丽·山亭遇雨

带云来。带温柔小风来。带些花、千红万紫，带清新画儿来。带雷鸣、天惊地坼。龙蛇舞、驭电驰来。箫鼓齐鸣，丝弦漫奏，盗些天火眼前来。戛金响、涩笙寒笛，山鬼醒过来。沈吟久，长门赋就，有泪飘来。

数连珠，凝眉难解，者番痴念由来。忆南园、韭芹鲜美。陇头绿、澎湃春来。忍把关雎，替歌卷耳，桃夭翻唱采薇来。染心事、一枝杨柳，绿似梦中来。缠绵曲，丝丝缕缕，赚却情来。

洞仙歌·面朝大海

面朝大海，唱花开消息。月荡星摇浪飞白。怒风来，隐约惊动蛟龙。云雾渺，鳞甲犹皴赤色。

万年苍茫界，千里波澜，蟹将虾兵岂容寂？斗杓试汪洋，众口喧哗。心还似、海天澄碧。但一笑、群鼾骤醒来。正唤起春潮，向青空拍。

林峰

福建浦城行吟（组诗）

小密包酒

紫霞深处见天鹅，小密池光动翠萝。
一自千坛新酿熟，酒香似比桂香多。

九龙桂

梦中丹桂绝尘埃，蕊挂枝头尚未开。
能使香飘千载久，若非异种即仙胎。

观前村遇雨

山如金斗翠如流，二水烟开八月秋。
最爱仙霞经雨后，来看白浪拍江楼。

际岭村

百里山风涌翠岚，村居错落近云端。
楼头雪彩兰初白，篱畔冰枝桂未丹。
岩作乡邻邀我坐，瀑如琴瑟倩谁弹。
遥看南浦江心月，要共秋芦舞作团。

西江月·浦城访桂

醉里满城丹桂，窗前一盏新醅。
中天风露动珠辉，坐待浓香如沸。
夜放千年幽翠，枝摇万点芳菲。
玉楼深处影低回，只恐今宵无寐。

临江仙·真德秀故里

　　云度仙阳秋欲绽，望中枫紫橙黄。满园草色竞年芳。堂前金鼎古，壁上篆烟长。
　　觅得西山真隐处，何堪往事微茫。力明正学有余光。孤标能续绝，清节自轩昂。

涿鹿联谊采风因故先回

秋来何事竟匆匆，日照桑干菊未红。
壁上龙图知世远，云中凤翼出鸿濛。
波光盈手情难了，月色撩人酒不空。
欲拜轩辕成一梦，几时更约釜山东。

鹧鸪天·宿州

　　万树花堆百尺楼，云都形胜动人眸。襟连河海观星鸟，背倚中原射斗牛。
　　思楚汉，数陈刘。争雄往事几经秋。飘然句落斑斓里，最爱淮南第一州

虞姬墓

红飞塚上剑痕浓，一缕芳魂翠几重。
但恨霸王兵十万，不堪憔悴女儿容。

汴河风光带

汴水潺湲花底流，碧云如锦盏中浮。
谁分一抹斜阳色，醉倒芙蓉两岸秋。

灵璧石

流光倒转万斯年，肇判鸿蒙出大千。
海底乾坤银作柱，洞中岁月玉为天。
清辉已照胎珠澈，灵骨渐磨心镜圆。
解得连城真宝器，磬声撕破五湖烟。

浣溪沙·"水林花海"畅想

　　花气侵人柳四垂，湖心白鹭往来飞。满山紫翠送春归。
　　情注桑田浮绚彩，力开沐水见高辉。如霜明月展天眉。

鹧鸪天·丞相府

　　潇洒如君能几人，豫州往事久相闻。群雄鹿逐三分鼎，帝业图开千岁门。
　　沧海月，灞陵春。短歌要换烂银樽。梦中魏武今犹在，横槊江头夜未昏。

春秋楼

云浮落日渐朦胧，烽火当年照眼红。
月偃青龙惟大义，风行赤兔见孤忠。

楼头烛秉春秋老，堂上金封夜月空。
单骑归来年岁久，横刀英气尚豪雄。

安平桃花园

博陵春色入清眸，一种天香书上流。
只是题诗人不再，枝头犹见古今愁。

兴化千垛油菜花

世有琼田何处寻，黄花千亩见春心。
江南一夜东风起，要洒人间遍地金。

贺新郎·南海巽寮湾

南国秋何晚。喜澄湾，楼前椰绿，滩头波远。欲泛小舟从此去，遍赏红霞轻浅。见三两，飞鸥缱绻。海国仙山何处是，正千寻蜃气连霄汉。风起处，舞衣转。

诗怀酒债凭谁遣。向沧溟，青螺几点，玉田无限。依旧琼池花未谢，拾得瑶珠成串。待把那，流光轻绾。再约伊人同击筑，问梢公知否渔龙现？歌浩荡，翠图展。

临朐沂山

遍揽东南十万山，赏心最是穆陵关。
梦回玉带波如锦，影动花枝月似环。
海石连云堆异彩，禅钟入耳远荆蛮。
我来峰顶花争放，星斗垂肩自可攀。

浣溪沙·福建南安五里桥

红蓼花开十月天，碧波浮动绿杨烟。潮头月色动心弦。

五里桥横鳌海上，十分秋在水云间。长风吹送一年年。

水调歌头·开化根宫佛国

宿雨洗天碧，黛色满秋山。云光隐处，乾坤真气出林端。疑化丹楹玉陛，再化清都佛阁，杰构渺烟寰。纵目鸿濛外，日月涌仙班。

峻谷青，霜根老，桂华寒。伐毛换骨，龟蛇随我入芹川。犹向崖巅高卧，俯瞰钱江浩荡，宇宙一何宽。胸中驻奇彩，夜夜醉松峦。

赴根宫佛国诗会途中

攸远江南道，山重水复重。
风斜秋色渺，雨滴客思浓。
妙相心头月，真如夜半钟。
钱塘东去后，佛国起苍龙。

宋彩霞

磁县溢泉湖

临风青玉案，声散泉湖远。
岸上有人家，传来歌款款。

仙女盆瀑布

百媚千娇拥翠螺，水来万仞泻天河。
佳人撑伞瑶池立，便有激流来试歌。

观音壁

头枕苍天证是非，迎风沐雨布春晖。
尘纷暂远宜僧话，要与莲花共梦飞。

游扎鲁特山地草原

浑涵养得草青肥，蒙古包前思绪飞。
画里南坡真浩荡，羊儿骏马踏芳菲。

南湖漫步遇雨

南湖滚滚山如水，细雨悄然天上起。
我在林中急急行，鸟声却入小诗里。

南湖湖畔行

早许子湖真浩瀚，九龟潜入青青岸。
云开水殿是飞龙，布雨挟风如掣电。

杨柳尖村观九龙桂

飞龙一树九枝缠，坐在小村杨柳尖。
不肯开花因未冷，要留念想到明年。

际岭村随笔

群山环抱小山庄，一派稻秧开野塘。
人立流前无寄语，有诗情处有金黄。

戏题花海

平堤红涨正嫣然，水墨江南到眼前。
信手拈来皆醉态，一枝一叶显狂颠。

访大青沟望望火楼

已下大青沟，迂回望火楼。
高低关跃落，静远见沉浮。
仰觉群山纱，谦收小草柔。
我心何所愿？先借一天秋。

吉首马鞍山村放歌

丘壑抱金丸，茅坪太好看。
妆成黄土地，演绎大诗坛。
瓜缀摇钱树，楼开聚宝盘。
银屏生绝响，鼓韵振长鞍。

黄河壶口瀑布

咆哮天欲堕，浊浪荡无垠。
雨露生何日？雷霆试此春。
珠流光五色，湍吼势千钧。
澎湃真能借，东西万象新。

舟游南阳湖随想

故地炊烟白，南阳野水黄。
芳舟初落座，快意正汪洋。
易逝春秋约，常怀岁月伤。
新词波影外，百感向苍茫。

秋日与王青、晓京兄访五渡河

风吹红蓼麓汀幽，山影清波带叶流。
取暖小鱼浮水面，催甜新果挂墙头。
谁怜百姓多贫苦，自认诗中太瘦柔。
何日学他蓑笠叟，一竿烟雨钓金秋。

临江镇镇安桥写意

日照风轻热浪秋，天高云卷接平畴。
子蛙点水逍遥坐，骚客穿廊自在游。
横跨东西魔可镇，斜镶今古岁能留。
客怀正在台阶上，借此临江百尺楼。

望梅花·踏雪寻梅

遍寻芳径。为赏古梅疏影。真个不随桃李艳？老却风流和靖。佳句后人当拾得，岂可空虚此境。

水寒光迥。瘦了鹭鸥闲艇。我坠世间香雪海，一醉花间不醒。柔骨谁怜天可证，必有诗情千顷。

鹧鸪天·雨中登岳阳楼

安得丹青历代谋，光昌气象意方遒。伤心斑竹空将见，满眼湘波湿欲流。

天一笑，洒温柔，纤纤小雨洗清秋。先忧后乐当铭记，襟抱能开是此楼。

减字木兰花·初访广元千佛崖

洪荒画卷，斑驳离离风不管。峭壁无涯，雨雪风霜刻岁华。

莲花迭翠，造像万千灵异最。我佛慈悲，总向人间玉步随。

巫山一段云·南尖岩远眺

青涨林成海，云低岭若天。纤纤小雨洒缠绵，婉约哪知边？

思绪栏杆外，初心千佛山。风声无赖总回旋，一抹白云间。

鹊桥仙·渔浦印象

浦阳风雨，钱塘心事，天许水云相约。小舟踏碎富春波，混不管、漩涡升落。春秋更替，船衣斑驳，浪底悄然难觉。举头咫尺大潮声，正此刻、江天寥廓。

鹧鸪天·济南墨泉

闷重风声不可扶，常年不涸润枝枯。无边黑暗和谁说，一瓣冰心隔石呼。

天莫问，且糊涂。难能见底总唏嘘。雪涛四溅红尘里，早把芳魂贮玉壶。

南乡子·重访宝峰湖

仙境喜重游，呈现清幽那镜头。风入琼枝金缕细，回眸，浅黛横波翠欲流。

春水总温柔，不做行云易去留。试合少年诸伴侣，轻讴，唱遍峰湖一百舟。

玉楼春·金鞭溪

一甩金鞭溪北岸，波浅浪轻春水满。顽猴攀树逐轻柔，此会此情真浪漫。罢采小花收玉腕，小径荫浓增眷恋。东风回晚日迟迟，留住杜鹃开小宴。

木兰花慢·登天子山

正鹃花烂漫，又风雨、近端阳。看天子山头，青云索引，桑植矛枪。匆忙。欲登绝顶，唤青春小子陟平冈。烟锁西山林莽，蹒跚小径跟跄。辉煌。忽见晴光。

风淡淡、水茫茫。乍雨过、潋滟花肥九陌，玉叶腾芳。难忘。故人何在，见春潮滚滚向东方。元帅精神不老，人生易老何妨。

沁园春·山海关远眺

有尘惹海，无壁粘天，一望清眸。看琼鲨驾水，老鱼吹浪，渔夫弄网，白橹扶舟。春去春来，潮生潮落，握把风帆算去留。危栏外，见波涛又急，逐起沙鸥。

朝云暮雨春秋，问滚滚凌波可解忧？怅沧江绪乱，银鳞喋血，桅杆残裂，断缆漂艘。欲挽狂澜，何妨雨骤，一洗乾坤不再愁。关情处，任翻江倒海，击楫中流。

江岚

晓别成都天辰楼望杜公塑像感怀

高窗犹夜色，灯火送将归。
影壁数竿竹，萧萧动客悲。
先生尚流寓，圣代已重辉。
若拟游京洛，何妨结伴回？

过台南出延平郡王祠南门见大小榕树戏咏

谁家门外两株榕？细瘦才堪一握中。

几绺棕须垂过腹，居然颇有老成风。

过泾县桃花潭

难觅当年送客舟，汽轮突突作闲游。
桃花落尽歌声远，忍看青苔满渡头。

过平原县咏花园村一百零八棵古梨树

依稀好汉下平原，虎卧龙拏古木间。
莫向空林诵《水浒》，梨花如雪落珊珊。

清晨赴珠日河观那达慕开幕式途中所见

红瓦鳞鳞绿树间，乍看风物似中原。
初阳才照松林坳，三两黄牛已上山。

科尔沁那达慕开幕式上听蒙族一青年女歌手唱歌

宛如云雀想青霄，韵比黄鹂觉更娇。
始信人间有天籁，一支听罢客愁消。

丙申春日赴巩义参加天下诗人礼拜诗圣仪式

先生端坐处，朱殿仰嵯峨。
大笔青峰架，高林黄雀歌。
千秋谁不朽？万卷信难磨。
香火犹缭绕，应怜比仲多。

过大井毛泽东旧居咏读书石

万劫犹存一片石，至今守望在门前。
春风秋雨勤洒扫，不见当年毛委员。

丙申夏日谒井冈山小井红军烈士墓

清溪流不尽，红土尚含血。
兄弟阋于墙，当年何惨烈。
杀戮到伤员，曾无一寸铁。
云杉皆肃立，雨余寒侧侧。
生前为战友，死后共此穴。
青山明月好，英灵其来歇。

丙申仲秋随友人赴延庆东门营村小住杂咏三首

一

斜阳不肯下西墙，几树葵花照水黄。
行到村头成久立，军都山色入微茫。

二

清晨妻子卷帘处，瞥见当庭一点红。
却是菜畦竹杆上，南瓜晃作小灯笼。

三

天光漠漠起来迟，小院秋畦惊碧滋。
何似阮亭妙笔下：豆棚瓜架雨如丝。

丙申秋日赴开化途经郴州有怀

高铁如龙翔晚秋，忽闻到站古郴州。
郴江犹绕郴山碧，不见词人秦少游。

丙申秋日过钱江源二首

一

大瀑雷鸣亦壮哉！势如巨蟒擘山开。
振衣我欲登高处，无那飞流扑面来。

二

诸公把伞作闲游，正是钱江源上秋。
小雨安能败尔兴？清溪端可浣吾忧。
风尘出处无高下，钟鼎山林任去留。
翠阜丹崖岂不好？愿从沧海泛轻舟。

丙申秋日谒光孝寺咏怀

文章传世远，富贵逐烟灭。
君看越王殿，忽作虞公宅。
面海起绛帐，弟子常数百。
弦歌听已遥，诃林犹翠色。
莫恨骨相屯，高洁鉴明月。
莫恨无知己，千秋多吊客。
而我亦何恨？凭轩且暂歇。

丁酉夏日过灵璧谒虞姬墓

项王已逐美人死，霸业任由江水东。
闻道乌骓伤旧主，不时长啸月明中。

登宿州埇桥涉故台二首

一

耳边苦雨尚飘潇，篝火狐鸣破寂寥。
绝路黔黎不畏死，霎时镐杵化为刀。
花开大泽春犹在，草长平台事已遥。
年少谁无鸿鹄志？聊因暇日一登高。

二

竿木亡秦话尔曹，故台登眺碧云高。
白花犹似祭张楚，翠柏空教想战袍。
耕读渔樵自有味，王侯将相本无聊。
农家远近斜阳里，燕雀回翔乐更饶。

丁酉七月二十四日信阳东站感怀

青山无恙又斜晖，长叹音容自此违。
高铁穿行快如电，可能重载故人归？

丁酉秋日过秭归谒屈祠

当年流放屈原者，已被岁月永流放。
当年抱恨怀沙者，翻教百代同仰望。
笑尔称王又封侯，死后无非土一丘。
光争日月《离骚》在，名字长共大江流。
江水滔滔山峨峨，西陵峡口白云多。
新祠高矗秋阳暖，嘉木森森垂女萝。
山鬼窈窕犹相待，一樽聊此酹烟波。

潘泓

水龙吟·丁酉新正游大观园

依然快绿怡红，乱芳不待江梅引。潇湘院落，稻香村野，苔安泥润。万仞牌坊，九重笔墨，元妃新晋。正田舍喧嚣，王侯趋奉，宁荣一，宫廷允。

漫道月星虔谨。这风光，恐如

长信。皇恩似水，须臾顷刻，乐奔哀滚。朝暮茅庵，春秋荷坞，更谁销损。只何言买票，夫人照相，雪芹蓬鬓。

雁栖湖

燕山环臂抱银泓，曜日潜鳞浪不惊。
春雨涨溪来汩汩，晨鸥扇棹去轻轻。
似知藻长虾将醒，便有芽忙草可名。
未是东流皆济海，天教涓滴润苍生。

倒水河

杨柳堤边水一泓，梦中屡被浊流惊。
莫非游子思家累，便畏浮萍寄浪轻。
丁酉回看波不语，溪桥再践渍难名。
乡亲但莫谈鱼鳖，夏蓼秋蒲认已生。

八声甘州·唐山机车车辆厂铸造车间地震遗址

是家园翻覆劫余身，不折丈夫腰。说画城花市，马龙车水，倾刻烟消。绝似山涯江渚，闲坐老渔樵。问冢茔谁奠，一滴春醪。

几缕风吹衰草，感死神何近，死骨何遥。有月星长夜，鬼哭咽如箫。望新芽、渐青杨柳，信雏鸦、不日便能巢。沉凝久、听残垣上，机器声飘。

八声甘州·唐山南湖

唐山城市中央生态公园，系开滦采煤沉降区改造而成

正晴明万顷碧粼粼，和气动杨腰。许游人接踵，香车连毂，浊涤尘消。湖畔垂纶人物，前日或谐樵。嗅软泥柔水，馥郁胜醪。

却说前生前世，是膏腴地塌，灿烂天遥。便黄芦似竹，栽尽不能箫。感愚公、移山何只，造汪洋、付与水禽巢。天鹅戏、伴欢欣语，水溅花飘。

清河赵匡胤饮茶处漫笔

寂寞喧阗八尺亭，漫教翁妪说曾经。
老槐枝已称龙爪，古井波难照帝星。
遍地乡心春燕动，那年人事暖风听。
茶堂匿迹茶姑去，麦野依然二月青。

清河油坊镇国家重点文物运河古码头

陌上春风送暖多，码头眠去柳婆娑。
森严标识砖堤立，婉转声音苇岸过。
兴废万般须得道，堵疏二字在降魔。
舟帆再望叹乌有，呼唤江涛济运河。

南歌子·泰州兴化千垛油菜花景区

彩蝶穿花去，红巾打桨临。纵横河道一篙深。片片春风垛上正摇金。

且听安和意，摇成欸乃音。卖姜买芋两开心。谁说天堂须向画中寻。

谒泰州兴化郑板桥故居

萧然竹立百千竿，翠叶摇风瑟瑟寒。
壁上西歪东倒字，世间忧国爱民官。
无亏赤胆谈何易，敢掷乌纱事最难。
院落卑微居闹市，教人都作泰山看。

南开大学周恩来雕像前

海棠花雨落悠悠，晚照春烟一径柔。
恬静声从湖畔响，铿锵事向眼中收。
书生自要恩天地，禹甸谁将靖寇仇。
起凤腾龙青石壁，百年回望是风流。

灞陵桥

清涟当日是狂涛，抱义肩忠四顾豪。
赤兔要寻星月辔，青龙未愧雪霜刀。
姑从战事探人事，似见鞍劳叠马劳。
再过三千三百载，石雕应也说刘曹。

水龙吟·许昌行记

一千八百年间，去来多少拿云手。汉宫秋月，魏都春水，许君昌否。逐鹿擎旗，赋诗横槊，风流觞豆。想杳然铜雀，泫然甘露，南与北，皆苍狗。

依旧马耕牛耦。正从容，灞陵垂柳。深沉亢健，悲凉慷慨，古风仍有。碣石辞章，建安旋律，笙弦新奏。但登楼四望，将更替事，佐渔樵酒。东。

临江仙·钱江源

自在山中无虑水，沾唇润似琼浆。天蓝云白气清凉。林禽升袅袅，岫瀑溅茫茫。

一旦濯巾还濯足，他年安敢相忘。俗思幸莫浊钱塘。伴他流到海，心事绿如江。

邢台太行山行记

阴阳变幻瀑泉流，欲睹桃源共仰头。
抚面峦风仙子气，醉心湖水美人眸。
秦王塞堡残犹立，赵国云霞散不收。
总是沙河多胜景，经行囊得万般秋。

望海潮·邢台红石沟速写

核桃收罢，葡萄摘了，风摇大

豆高粱。沟垒石红，溪流水绿，盈畦谷子初黄。清气漫重冈。任鸟来人去，撷馥分香。指点沙河，太行东麓沐晴光。

当时岂是仙乡。是山披乱石，地寄汪洋。炎魃恨多，洪湍恨屡，年年夏痛秋伤。金匮得良方。点金看圣手，虎伏龙降。从此叹奇啧胜，不若赏麻桑。

西江月·中国传统村落观前村

几只白鹅戏水，两山翠竹披云。茅洲渡卧老樟根，静等舟船音信。

水自西来东去，云犹暮聚朝分。临江溪上雨纷纷，也可廊檐闲听。

香港金紫荆广场

维多利亚净无尘，湾仔中环入眼新。十月风吹金蕊树，五星旗映白头人。雪霜到底难浓缩，刀俎于斯感弱贫。伫此听山还听海，波声鸟语向来亲。

好事近·寒露后数日磁县

无数夏春秋，无数岭风湖月。无数暮烟晨露，更无穷花叶。

原知佳日去还来，不问甚时节。嵩景四楼闲立，望云霞明灭。

武立胜

游庐山双潭

路畔秋烟散玉凉，深潭两处各黑黄。时人勿作清浊判，本是龙宗一脉长。

夜宿草原

久厌城中躁，心逐平野来。
迎人牧羊犬，卧醉落鹰台。
月隐难托梦，风微不满怀。
深宵篝火淡，星落乱添柴。

游仙霞关

锁钥东南气势雄，云天高处放心胸。
群峰抱日山山耸，碧水环乡路路通。
紫塞秋声听未远，黄巢旧迹望成空。
菊花香里长安梦，已是轻轻一阵风。

游长峪城水库

高峦直上看缤纷，漫舞蛱蝶绕水襟。
入画石桥屏半扇，佐餐鸟语酒三巡。
白杨树系摩托艇，驴友团跟红领巾。
谁是嚣嚣尘外客，花间闲坐放蜂人。

登棋盘山

此处谁言好下棋，峰穿云幛笑天低。

金边镶嵌冬前草,银角连接崖畔畦。
不向经书求诡道,全凭实践解玄机。
一局弈败何当紧?推倒重新摆一局。

黄河口夕眺

你自西来我自东,长潮景象半浮空。
霜河日落三秋碧,沙渚舟飞两岸红。
道改千条终向海,思分万缕总成风。
心间一片回头浪,打在苍茫夕照中。

山城堡战役遗址感怀

清霜正探陇东枝,故垒犹闻战马嘶。
血沃城头花万朵,身飞坑道旅三支。
功碑就日我来此,国难临时谁在兹?
听罢红军那些事,秋风溅泪雨丝丝。

兴城鼓楼咏袁崇焕《边中送别》

登高又惹寸心伤,恍见楼头剑甲光。
脚下已成新世界,忆中还有旧泥墙。
尸分五体千人肉,塞阅单骑万里疆。
社稷艰危良将殁,更谁策马扫秋霜?

雨中游太阳山月亮湖

山势巍巍隐画图,来寻不怕此行孤。
雨从崖畔分疏密,日向心中看有无。
水榭风前秋意浅,篷舟梦里晚凉初。
临别应有云边月,泻作清清一片湖。

春登鹳雀楼

正是曦阳醒绿乔,无边春色下中条。
芳菲沐雨接天艳,鹳雀行空入碧遥。
汉塞秦关声杳杳,雄台古渡日昭昭。
凭栏最欲风回暖,释尽残冰好弄潮。

游珍珠湖

高峡有水谓珍珠,借取苍山入画图。
桥卧澄波虹上下,屏开孔雀尾收舒。
群峰纵目夕晖远,细浪濯心物欲除。
但有轻舟凭我驾,诗怀也可阔成湖。

过金沙滩

打开历史阅前朝,满目黄花剑影遥。
点将台收征鼓烈,雁门关竖酒旗高。
踪藏旷野臣和主,梦逝金沙宋与辽。
南海涛声东海浪,听来已似马萧萧。

游瘦西湖

行遍扬州客路遥,烟花渐染柳枝梢。
初鸣杜宇长春岭,乍泄晴光廿四桥。
驿路寻芳花解语,云舟近岸月生潮。
湖边听罢相思调,心瘦难容水一瓢。

刘公岛谒中华海坛

云天目仰一坛高,魂断沧波无处招。
岛外鸥风侵舰冷,滩头渔讯向东遥。

百年海事杂心事，千丈心潮共海潮。
望尽繁华犹可虑，杭州城里起笙箫。

秋登雁门关

百尺雄关看塞碉，黄花兀自落萧萧。
残墙欲诉狼烟事，锈刃难除壁垒蒿。
叶落秋声接近紫，霜寒朔雁拒绝高。
今临战地听嘶马，犹似当年剑在腰。

文瀛湖驰怀

岸草桥花鸢影高，诗情也涌韵滔滔。
满湖秀色烟中雨，半壁江山魏后辽。
柳挂莺弦风手抚，荷盘蛙鼓桨锤敲。
千杯不够图一醉，端起文瀛作酒瓢。

暮登广武长城

四望群峰秋气匀，回眸野旷暮将沉。
寻踪寂寂关一阕，照影煌煌日半轮。
荒冢演终八卦阵，残墙沸热火烧云。
幽思断续栖何处，头在明朝尾在今。

凤台抒怀

书生意气也开怀，越古穿今上凤台。
梦底珠花凝碧露，云空彩翼扫阴霾。
修为我是无为客，济世谁称旷世才。
块垒胸前酒浇去，征帆百里挂长淮。

夏游焦岗湖

天坠瑶池下蔡间，迷人仪态总堪怜。
淮西鸟唱千株翠，皖北云流一抹蓝。
澄碧芳容能入雅，清凉本色不趋炎。
来迟何必恨时晚，日落潮平霞更妍。

刘公岛怀古

史又轮回甲午年，沧波载耻忆从前。
云涵志士千颅血，岛泣悲歌百丈澜。
昏主何堪成霸业，衰朝枉自造坚船。
身临此境心翻浪，涨破天青与海蓝。

登东湖港华北第一梯

身穿雾幛上天梯，看日东升看月西。
瀑雨惊潭珠聚散，山光悦鸟色离披。
霜深每覆侵阶草，风烈频吹越壑笛。
临顶任其秋露冷，红霞三尺可裁衣。

过草原天路

一坡花草绿当前，百里松廊车马喧。
大野秋光虚象外，长空雁影动云边。
收缩袖袂霜风小，转过偏狭眼界宽。
便是前途行欲尽，心中有路也通天。

朱超范

西湖十章

一

西子情思一苇杭，碧波万顷共天长。
苏堤柳醒青春静，曲院莺啼丽日匡。
十里荷花撑绿伞，三秋桂子洒清香。
而今停棹澄泓里，足令诗人泛侑觞。

二

柳浪莺飞翠黛迷，万家烟火夕阳西。
锦堂玉馔东坡肉，湖畔馨饴叫化鸡。
一瓿龙茶舒倦眼，几杯绍酒入灵犀。
烟波醉在清吟处，欲上天堂不用梯。

三

水荡山光卉木萋，苍峰叠叠白云齐。
俯看碧浪江湖窄，高眺晴空日月低。
两岸垂杨风旧拂，一泓春水雨新犁。
遐思无限情无限，胸有诗囊句好题。

四

空濛潋滟倚丹霞，望里湖山莫漫夸。
西子浣纱犹绝唱，东坡吟月亦长嗟。
杨花舞处诗痕淡，桃色红时赋迹加。
啼雨乱莺能尽兴？但求品茗谪仙家。

五

洪春岚气拂湖塘，浮玉烟波本渺茫。
武穆胆肝辉日月，坡公章句烨苍黄。
梅妻鹤子时时静，济佛颠僧处处狂。
故事千年如画墨，雄诗谁写绝高唐。

六

高峰南北接青天，秀水云山画墨研。
西子西看邀范蠡，东坡东望召青莲。
早将风雅当成韵，并把烟霞比作笺。
浮白何须大千展，灵波潋滟玉珠联。

七

湖上何人吹凤箫，西施无意领风骚。
柳凭宋韵黄莺唱，潮借唐风白浪摇。
御道腾骐驰碧苑，孤山放鹤入青霄。
欲随钱水东流去，吴越春秋懒拾樵。

八

总把霓烟绣翠帷，也将秀色织旌旗。
登临诵读坡公句，访古清吟白傅诗。
桂子香容盈夏馥，菊英瘦色泛秋漪。
每看游客盘桓处，堪意长留不忍离。

九

仰瞻英烈庙堂珍，义灿云霞映九旻。
于岳胆肝悬日月，竞雄浩气贯天垠。
钱王潮射三千弩，苏白湖留四季春。
盛夏雪飞凉碧水，流芳桂郁溢瑶滨。

十

禅心云水武林生，灵鹫名山对月清。
三竺经师传法印，万松学士满诗名。
儒扬北院瞻天近，道济南屏佛地晴。
俗世红尘堪洗尽，滂沱大雨涤蓬瀛。

钱塘江五十章（选十）

一

天通九脉驭苍龙，一派钱江大海东。
精卫无心馈三水，女娲有意缀双瞳。
而今画卷瀛蓬景，时代图雄诗句中。

几度沧桑追好梦,山河万里沐春风。

二
水阔天空意若何？风高气爽送秋波。
如龙气势奔东海,似镜澄澜印月娥。
怀旧犹闻唐宋赋,迎新不唱大风歌。
三江浩荡凌云意,吟诵山河丽句多。

三
千载涛声去复来,长烟雾树抱江陪。
祖龙辇石何遗恨,胥子潮魂可震雷。
秋色欲随吴地逝,春图当逐越天开。
鲸波夜梦乘槎去,徐福寻仙惜未回。

四
长风怒挟拂云杓,飞涨须臾泛碧绡。
秋夜光分东海月,雷声力动浙江潮。
天遂气涌冲沙岸,云静凌虚上鹊桥。
万派奔腾缈茫里,洪涛直欲御天飙。

五
秋日天风驭海涛,长歌欲唱缓吹箫。
千年吴越兴亡事,万代晨昏起伏潮。
白浪茫茫入迷梦,碧波滚滚破幽寥。
扁舟夜泊好吟句,千里雁回明月邀。

六
碧水无风镜面平,白花远见海门生。
蛟龙入海千军合,鸿鹄排云四座惊。
烟树茫茫入涛色,风帆飒飒驶杭城。
壮观更上层楼望,笛奏江潮万籁鸣。

七
江边高踞越王台,秋菊野花空自开。
狂雪逆冲银汉落,怒涛自激海门来。
烟光暮落笼渔浦,蜃气潮回驭九陔。
试问天吴何处去？白云孤鹤欲飞回。

八
秋涛韵意醉山河,与浪长随感慨多。
渔浦源头唱唐句,西兴渡口涌沧波。
每年八月诗人聚,胜日三江骚客歌。
遗爱钱塘当永记,古今潮咏数东坡。

九
今借江潮涤酒卮,萋迷古岸酹涛迟。
青天飞鹄腾云处,碧海奔涛荡漾时。
宋雨浮云高自出,唐风涌浪靓多姿。
当时八月十八日,沿岸皆吟苏白诗。

十
怒涛汹涌使人愁,一涨横塘天地惆。
强弩三千射罗刹,军声十万遏中流。
六鳌浪驭东溟水,伍相心驰浮海仇。
石垒江堤铁幢列,至今俎豆忆钱镠。

吴容

过江心屿

旧迹难从屿上寻,中洲草木正深深。
一江自在盈虚水,千载如来怜悯心。
南北若无人恻怅,东西岂有塔沉吟。
寺前楹帖重新读,恍把潮音作梵音。

题汇文书院

华表峰前草木盈,汇文院外路难行。
到吟溪涧唯嘈杂,入眼山峦自冷清。
尘迹已留寻理迹,雁声疑作读书声。
昔人已去芸窗寂,乱叶纷纷着雨鸣。

过通济湖

通济湖上鹭鸥飞，水墨人家我忘归。
一片菰蒲好听雨，丁香花露欲沾衣。

过五泄

也把流觞慕禊游，来探形胜越王州。
东西源自青天落，远近山从白浪浮。
水作龙吟过五泄，风生雁叫到三秋。
诗心霜籁俱难老，响入疏钟不许愁。

三沙行

百尺楼船逐海涯，水天豁处是三沙。
石塘万里卧鲸浪，铜柱千年立汉家。
礁岛重滋丝路雨，蓬瀛已引赤城霞。
伏波舣下桨声急，虎啸龙腾事正赊。

秦皇岛

入眼江山最可怜，风流总向海门边。
蓬莱蜃景秦王岛，碣石遗声魏武鞭。
岭岳从来难任性，水云自古只天然。
浮槎一去不知返，旧迹空留若许年。

阅江楼

史事如川未住流，金陵旧迹一尘浮。
卢龙岭对三千界，狮子山临四百州。
危阁峥嵘今谔谔，水天廖廓总悠悠。
我来不作仲宣望，阅罢长江更阅楼。

老龙头

栏杆拍遍意寥寥，块垒从来不可浇。
海岳信知荣辱事，关城冷对古今潮。
千年铜柱瓯犹缺，百尺楼船路正遥。
钓岛依稀如在望，老龙头外浪难消。

过照山湖

照山湖上醉斜晖，叠叠波光皱翠微。
秋水涨时红蓼出，芦烟深处乱鸿飞。
垂纶旧事非难效，搦管心情恐已违。
一日忘机鸥鹭近，可怜菊老蟹鲈肥。

城河

十里城河沁绿苔，岸花影里燕低回。
柳绵似絮沾衣去，樟叶如枫卷绣来。
漫向桥头听逝水，还从心上涤沉埃。
年年春色总依旧，笔底诗情自剪裁。

宜兴龙背山登文峰塔不值

偷闲阳羡作清游，龙背山头草木幽。
怨鸟因风凌乱泣，朝云压水恣横流。
眼前梅雾愁如织，湖上青峰恨欲浮。
文塔有知知我访，启关应许一登楼。

千岛湖泛舟

湖山万里堤，临水望天低。
细雨峰峦寂，群鸥草木萋。

渊深鱼欲舞，眼阔屿如霓。
回首舟行处，烟波忽已迷。

西兴古渡

静对吴山倍阒寥，西陵驿外路迢迢。
一江断雨催梅信，百尺锋棱载伍潮。
浪里鱼龙长寂寂，风前杨柳总萧萧。
关城旧迹今何在，且看层楼起碧霄。

过南炮台

万里惊涛拍岸来，朦胧天气雾初开。
龙泉欲啸枪缨动，错把浮礁作钓台。

三江口

天际烟波落太虚，征帆点点远来疏。
风过渔浦沙鸥起，潮入三江白浪舒。
南北泛流经碛堰，东西山水出桐庐。
秋鲈泼喇吴莼紫，矶上垂竿学钓鱼。

沈华维

初春到琼海

此间生态美，苍翠自无冬。
玉带浓还淡，琼楼绿映红，
风柔花筑岛，氧富客跟踪。
吸饱清新气，游人半醉中。

借宿万泉河畔

环绕清粼水，相看碧翠山。

繁花明石岭，富氧醉神仙。
月影窥椰角，涛声落枕边。
江湖长做客，归隐已无田。

游博鳌论坛

玉带连天外，潮声震海滨。
客商携善意，候鸟拂闲云。
船映波光碧，花明雨露匀。
鳌头纷论道，舌剑破迷津。

晨起林中漫步

此间多富氧，吸氧胜求医。
浓露晓犹滴，片云晴不飞。
粗狂椰挺立，幽径竹重围。
绿谷清溪涨，春明花正肥。

井冈山赏杜鹃花

十里香风醉，烟霞接碧霄。
险峰藏蟒迹，幽谷架危桥。
绮丽花光合，芬芳紫气高。
凭栏回首望，人世仰朱毛。

过黄洋界

云耸重峦险，盘旋向上行。
峰头曾筑垒，岭外共连营。
喋血三千士，冲天一炮鸣。
四围犹叠翠，红土育生灵。

井冈山访茨坪

松阴团草屋，晴日照高台。
火种洪荒起，梭镖赤手来。
救黎须善策，制胜要奇才。
曾许朱毛会，天从此处开。

北戴河鹰角亭（鸽子窝）望海

临海身心阔，苍茫眼底收。
崖高松色壮，波缓汐光稠。
难得清新气，醉封山水侯。
流连碣石处，雪浪又回头。

海滩漫步

赤脚银沙软，绵延形胜幽。
晴光浮蜃景，帆影逐潮头。
有梦宜观海，无求喜钓舟。
来游消半日，俯仰一闲鸥。

海边观日出

伫立晨风里，呼它见我来。
微曦带凉意，羞色扑人怀。
跃水披多彩，痴情上九垓。
初心终不老，日日破云开。

访孙犁故居

秋高清气爽，河畔踏芳茵。
墨润荷花艳，风轻野草深。
老荒凭瘦骨，陋巷守丹心。
一管如椽笔，丰姿立陌尘。

参观中共第一个农村党支部纪念馆

仰望台城上，旗飘第一村。
志高能济世，国破岂存身。
播火还兴火，醒民更富民。
先贤应笑慰，不负故园春。

海潮

涨落风调控，倏间转浊清。
似雷还似鼓，成岭或成峰。
拍岸兼天涌，连云与雾争。
潮头谁踏破，信步不须惊。

参观三苏纪念馆

雨后庭前菊，秋来遍着花。
修心劳远梦，传世读书家。
屡贬随王命，三迁到海崖。
此身由不得，旷放掷乌纱。

访张良故里

岭阔高人卧，苍松计有年。
徒闻邀帝眷，枉费固皇权。
谋略终无用，民生本在先。
秋来访陈迹，萧瑟漫林泉。

闽北浦城印象

纯氧袭来醉,惊呼绿接天。
林幽开翠羽,路畅绕清泉。
人物因时盛,烟汀得地安。
上苍偏向此,致富有金山。

浦城咏桂

枝叶矜持贵,从唐衍至今。
曾栖黄鹤笛,围坐老龙根。
隐约迷人眼,徘徊拾旧痕。
香期还未到,憾比落花深。

浦城美丽乡村大水口村

隐在幽篁里,盘山上辟涯。
绿荫皆带露,翠海尽浮花。
蔬果无公害,鸡鸭静不哗。
竹楼游客满,扶醉到农家。

富岭匡山双同村

尘事柴门少,农闲互说诗。
林深松鼠没,瀑俊紫莺啼。
物阜长相守,人贫已过期。
厨娘勤待客,灶火自烹鸡。

浦城三山会馆

浦溪波影活,浩荡下福州。
峰峻仙霞列,鱼肥细网收。
篷窗凭望月,蓑笠稳遮头。
伫立楼台上,宜人闽水秋。

海丝外销瓷博物馆

一带因瓷盛,扬名数郑和。
玉烧三夜久,人事九分磨。
底蕴青花白,匠心才气多。
鼓帆风给力,丝路正高歌。

南峰寺功德院

松阴疏密处,点缀小园林。
百汇通泉脉,群枝扎石根。
功高章宰相,德硕练夫人。
千载南峰寺,祠宗好共寻。

过仙霞岭

不觉重关险,驱车岭上行。
岩边穿日影,风外挟猿声。
锁钥千秋迹,通衢百业兴。
奇峰如列阵,一过一相迎。

衢州望江郎山

驱雾扶云上,轻车过水滨。
松溪疏且密,隧道古通今。
梦笔诗才拙,流年霜鬓深。
江山堪借力,助我发高吟。

过磁县

闲趁轻风至，兰陵信步游。
柳亭漳渡月，御带滏桥秋。
渐远贫穷路，新封百姓侯。
小乔谁锁得？千古一回眸。

磁县嵩景楼远眺

独倚楼台望，清秋自远岑。
廉颇三尺剑，蔺相一胸襟。
草没铜台古，残荷漳水深。
溢泉湖上鸟，携伴入疏林。

秋访花驼岭村

漫入山深处，秋来兴若何。
路边红柿坠，岭上白云多。
空谷容高枕，神州久息戈。
扶贫鞭未及，父老守穷窝。

天宝寨

巍然居险峤，诗意蕴其间。
秋柿红铺岭，炉峰石补天。
来参大佛面，须过美人关。
似有花骢啸，疑谁破敌还。

八路军兵工厂旧址

遗迹风尘久，凋零感不禁。
古村多阔绝，石碾总酸辛。
聚力筹枪弹，驱倭出国门。
秋光怜父老，依旧未脱贫。

太行古道

扼守通衢路，苍烟漫太行。
山贫花亦瘦，秋瑟夜初长。
栈道怜闲月，奇峰接早霜。
雁歌声婉转，列队正高翔。

易行

在厦门集美大学
陈嘉庚立像前三思（选一）

莫道终生土一堆，灰飞烟灭可逃谁？
鸿毛泰岱分轻重，人世谁能走两回。

冠豸山阴阳二景观感

千里来寻不老峰，奇山异水现神工。
一从盘古开天地，便把阴阳贯始终。

过富春江严子陵钓台

隐者避官如避仇，藏身山野傍渔舟。
朝廷也有钓台筑，只是严陵不上钩。

钱塘观潮四首（选一）

人头攒动水天摇，万里疆开线一条。
海啸山呼突拱起，浊流过后是新潮。

镜泊湖远眺毛公山三首（选一）

功过还须作远观，镜泊湖畔忆当年。
开天扭转乾坤易？辟地安排日月难！

北大荒千鸟湖
湿地纵目三首（选一）

农垦人心大似天，为国辟地造良田。
还留一半蛮荒着，分给鸟们作乐园。

二上五台山菩萨顶

岭上苍松身未退，路边野草已更新。
横穿佛顶三千界，来证青山不老因。

云台山四首（选一）

云台山乃中原深藏之奇山也！
向以飞瀑鸣泉甲冠天下，
云台不与众山争，一世飘然老子风。
头上无冠才烂漫，胸中有水自葱茏。

神农架登顶

万里江天唤我来，远游不计发丝白。
赏心最是登绝顶，无尽青山入壮怀。

恩施伍家台贡茶饮后

夜宿茶乡伴雨眠，雄鸡唱醒梦犹甜。
一杯泡绿清江水，饮后飘飘不欲仙。

到洞庭

人生快意踏歌行，把酒长江万里风。
不赶流云青海上，来迎豪雨洞庭中。

华山挑夫

可笑六十便言老，人家七秩仍挑脚。
肩头挑到夕阳红，脚底磨得华山小。

咏酒泉戈壁光电

酒泉借酒早出名，更有风车昼夜行。
戈壁喜充无限电，太阳来做小时工。

心在天山

不恋荣华不恋权，宽松简朴度年年。
自从心在天山上，静水盈池总湛蓝。

傍晚在香山兰溪小酌神驰

八十年后忆长征，万里新天日照红。
我与香山相对坐，双双沉浸画图中。

丁酉秋为郏县新建东坡艺苑作

花开花落又寒秋，嵩岳巍然立九州。
赤壁穿空千载后，大江依旧向东流。

中秋天目山涉险

一路独行到顶端，人间万象俱宏观。

虚心竹可高十丈,震耳蝉能唱几天?
阶上苔滑无意踩,路边花俏有心怜。
我今涉险登绝境,来解佛家面壁禅。

普陀山禅意

东南最爱普陀孤,浪聚云集有亦无。
百步滩头观彼岸,千寻佛顶觅归途。
观音不肯留洋去,游客偏来住土屋。
若为祈福行万里,不如闭户看闲书。

注:普陀山有百步沙、佛顶(峰)和不肯去观音院等景观名胜。

梦回丽水

或疑昆曲仙人教,牡丹一唱六神飘。
青田石美汤公刻,瓷苑茶香杜丽烧。
高铁声开百岭雾,长堤力举千峡潮。
京城至此无多路,仅只区区一梦遥。

乘厦门海警舰出海有感二首(选一)

随船出海觅雄浑,巨浪长风系一身。
以住苍茫抛脑后,眼前壮阔入胸襟。
远楼幢幢如积木,近日重重似红唇。
千顷波中观万象,才知一岛一乾坤。

武夷山游后

奇峰渺渺水潺潺,亮丽能夺日半边。
玉女亭亭梳秀发,大王愣愣望仙坛。
眼开九曲回肠路,篙点千重荡气天。
南北东西全走遍,独一无二武夷山。

注:玉女,指玉女峰。大王,指大王峰。

四川富乐山怀古

拾级到顶端,一览古今天。
倚柱说诸葛,凭栏笑魏延。
玄德应有悔,阿斗竟无惭。
富乐千川易,提高一蠢难!

与星汉同登越王楼后作

频频回首越王楼,高耸凭谁问九州?
登顶挺身说霸主,出门纵目叹公侯。
唐宗宋祖今何在,李杜苏辛万古留。
汉瓦秦砖终作土,唯独诗赋壮千秋。

丁酉秋壮游喜峰口松亭湖

有诗有酒壮哉游,最壮松亭关上楼。
曾助大刀杀恶鬼,复催库水荡飞舟。
长城影落如龙舞,旭日光投似铁流。
我欲放歌峰欲吼,回声更待一千秋!

南乡子·登北固楼

华夏正金秋,放眼长江万里流。千古英雄皆去也,何愁?五岳三山共神州!

稼轩喜回眸,高铁长桥永固楼。航母神舟说快速,无忧!电掣风驰超美欧。

水调歌头·登庐山望远

访古不辞远,谒圣不厌高。庐山顶上一望,思绪浪滔滔。想大江东去后,铁板铜琶齐奏,谁和念奴娇?一曲昆仑莽,豪放入云霄。

太白讶,苏子叹,是今朝:万峰耸翠,千城屹立彩云飘。处处莺歌燕舞,岁岁神舟火箭,航母挽狂涛。万象入诗绿,澎湃胜春潮。

渔家傲·洞庭秋

极目洞庭真浩渺,君山隐隐十分小。帝子泣别竹也老。云也吵,岳阳楼上秋风早。

且唱渔歌招鹭鸟,保护水质防蓝藻。户户船船秋事了,钱不少,丰年都道休渔好。

自律词·雨后登长城

雨后登城送目,看江山如画,碧空如洗,流云如注。想千古一帝,横空出世,已逾两千寒暑。平六国、定九州,焚经书、坑鸿儒。勃然一怒,气吞万里如虎。问世间,功过谁能比附?

有长城万里高筑,震古烁今,环球独步;有兵马彩俑无数,耀武扬威,惊世骇俗。更何况,书同文、车同轨,一统天下路。真个是,功也千古,过也千古。千古无人可确评,千古无笔能胜诉。

自律词·五大连池

火山一举千年叹,五大连池顿现。遍地焦黑,漫山青紫,湖水连天暗。夕阳一抹,彩珠一串,都是印花宝鉴!

夜深人静轻声唤,万古风云变幻。地覆天翻,桑田沧海,谁主霄汉?看寒星点点,冷月弯弯,霓虹片片。

自律词·青藏高原

也是远古呼唤,也是千年企盼。青藏高原,广袤、深邃、浪漫!一条神奇天路,万里霞红云淡。牦牛、踏出牧歌千百卷,卷卷都是翻身赞。

拉萨南北和风,雪域圣城璀璨。大昭小昭药王山,珍珠玛瑙一串串!八廓街前从头看,豪爽当属康巴汉。一曲卓玛歌,满脸春光绽。

第三编　诗颂美丽中国·谁不说我家乡美

美丽中国之美丽海南

海南在建设国际旅游岛的过程中，坚持生态第一，严守生态底线，今后破坏生态的项目一个都不上。在引进投资的过程中，我们也没有忘记广大的农村。目前海南正在打造"美丽海南百镇千村"工程，全力推进美丽海南百个特色产业小镇千个美丽乡村建设，把绿水青山变成百姓的金山银山。

——摘自海南省委书记刘赐贵在《提升海南国际旅游岛国际化水平工作座谈会上的讲话》

郑邦利

雨后登多文岭

飞步上云天，惊雷动地烟。
春风怡客意，泼翠满人间。

在文昌航天发射塔前留影

庞然巨塔势凌云，共影巍峨欣仲春。
跃跃腾空巡宇去，顶天立地一凡人。

白鹭湖观鹭

水绿山青鹭有情，满天飞絮入眸明。
精灵把我当风景，上下盘旋总不停。

海岸观落日

汽笛唤来霞满天，云鸥影里泊渔船。
老夫到此心胸阔，万里沧波托日圆。

铜鼓岭观日出

旭日吞云豁海怀，椰风掀浪一排排。
江山转瞬添颜色，不是霞来是我来。

重游百仞滩

当年十里听惊涛，飞起银龙百仞高。
偕侣重游痴笑我，拦腰一坝失滔滔。

海口美舍河

谁挥一水鞭，来牧市街颜。
扬几多幽意，去无边燥烦。
开襟饰城媚，横镜映天蓝。
向晚清风至，花香带月还。

游金江绿地广场

坪草连天碧，青岚向我流。
初询花意见，又与树商谋。
树爱栖山鸟，花勤饰仲秋。
风光携不去，一步一回头。

曲口港暮色

港口归舟立，天边落日圆。
鹭从头顶过，鱼在浪中欢。
椰挺春常驻，景幽愁自删。
波清堪湎月，胸阔可容澜。

海棠湾

广场连水阔，风正撽清凉。
听了涛倾诉，方同树细商。
沙滩柔且白，海岸绿而长。
旖旎终萦绕，深宵饰梦香。

秋游松涛水库

万顷烟波渺，雨过醇酒盈。
松摇云外日，鱼逐水中鹰。
犁浪船行缓，逆风歌变轻。
争相留倩影，拍下仲秋情。

南丽湖记

明湖酒满杯，万类敞心扉.
得意鸣山鸟，倾情拥翠微.
星鱼飨琼宴，蜂蝶挟芳菲.
未品人先醉，千年梦一回.

临高角月夜

南风千里吼，唤起满天星。
过雁穿云断，奔潮涮月明。
碑高惊碧落，歌越盖涛声。
绮梦随舟远，新诗共夜生。

蜈支洲岛游

宝珠辉海上，船疾雪龙掀。
澄澈明青眼，葱茏染客襟。
恬熙怜广阔，澹泊喜幽深。
摄影藏冬色，怡情画面新。

访儒钟村沃老荔枝园

如淳新雨酿，满树荔摇红.
簇簇腾丹焰，团团织彩虹.
淋漓涤尘秽，馥郁破空蒙.
胸次随枝炽，拳拳爱众生.

曲口港暮色

港口归舟立，天边落日圆。
鹭从头顶过，鱼在浪中欢。
椰挺春常驻，景幽愁自删。
波清堪湔月，胸阔可容澜。

访鳌头村

林阴摇似浪，池碧露鳌头。
古庙人争赏，名言我慕讴。
风纯邪气少，德厚寿星稠。
幽雅倾骚客，回头望不休。

东山岭

晴空悬画卷，流彩艳奇峰。
林茂苍岩叠，山高曲径通。
梳风篁翠绿，沐日果嫣红。
寺耸香烟绕，游人醉晚钟。

洋浦大桥

威镇烟波连两岸，大桥磅礴入遥空．
春风欣拂腾飞梦，白马远迎驰骋龙．
鹊渡银潢杳神话，谁横天堑架长虹．
勾通南北鲲鹏鬻，喜看沧溟映日红．

三江湾夜色

月出融融亲海港，星悬天际放微光．
鼓蛙响后鸦消影，花瓣落时风挟香．
几杂浮云移碧落，一声轮笛起沧浪．
遥知应羡陶元亮，别有桃源在此乡．

博鳌行

椰影连云鸥燕回，清波酿出酒千杯。
层峦迭嶂犹奔马，海浪河声逐滚雷。
我看博鳌生秀色，博鳌看我壮襟怀。
烟霞缭绕瑶池境，抖落青珠天女来。

松涛水库游

远峰衔日色朦胧，岚汽蒸腾鹭掠空。
蓊郁群山生好雨，澄蓝水库诱清风。
船游库上如天上，人在波中宛画中。
松涛啸处歌声起，客品鱼汤鲜味浓！

牛蹲岭二首

一

笔挺沉香风曳枝，亭亭玉立万花梨。
牛蹲岭上葱茏覆，昔日荒山摇满诗。

二

挺立娉婷树影重，两河环绕浴清风。
华楼红瓦真珠玉，镶在牛蹲画轴中。

访青山莲雾基地

碧空悬画卷，翡翠嵌青山。
莲雾摇浓叶，柠檬绽笑颜。
退休情向庶，创业志登天。

生态还乡梓，喜看心月圆。

东水港

重游东水港，波静气氤氲。
欲觅东坡迹，还寻华夏魂。
会餐增友谊，赏景吮芳芬。
船上同留影，吟哦现彩云。

水调歌头·百花瀑布

位于琼中县百花岭的百花瀑布有三级落差，共180米，为全国之最。

攀越百花岭，十里听喧嚣。飞湍跌宕千丈，雪绢挂云霄。水雾撒珠扑面，古木投阴匝地，暑汗霎时消。阵阵清风袭，身共树轻摇。

登峭壁，观胜概，欲挥毫。水姿百态，腾跃奔泻总多娇。水贵奔流激荡，人贵生生不息，奋搏领风骚。一踏青苔去，高处更妖娆。

沁园春·大广坝水电站

大广坝水电站位于海南省昌化江中游，系国家重点工程。建成后年发电量24万千瓦，可灌溉近百万亩田……

大坝凌空，峻峭雄奇，锁断昌江。似巨龙横卧，喷波啸浪；峡谷成湖，森森茫茫。电站放歌，轮机旋舞，银线弹筝亮八方。奔腾急，似长蛟吐玉，渠水昂藏。

凭谁斧破天荒？唤醒了琼西试盛装。想千年旱肆，青江低叹；肥黄瘦绿，长夜短光。大禹开怀，李冰称道，同慕炎州变水乡。期来日，看粮丰果硕，处处辉煌。

周济夫

清平乐·偶宿南俸农场

四山壁立，聚一泓浓碧。暂别尘嚣寻阒寂，卧听秋虫唧唧。
朦胧踏露蹀行，一肩月冷风清。忆昔五更人起，环山闪闪胶灯。

浣溪沙·银滩度假村

海内争兴度假村，银滩平缀小楼群，游人一宿可销魂。
谁识涛声悠远韵，轩辕古意已无存，卡拉艳曲伴金樽。

注：苏轼别海南诗《六月二十夜渡海》云："空馀鲁叟乘桴意，初识轩辕奏乐声。"

菩萨蛮·海口东湖莲花

亭亭净植风神远，尘飞水滞浑无管。独自若含思，相看情意滋。
昨宵偏有梦，梦入潇湘复。万顷碧田田，清芬浥大千。

烛影摇红·临高访澹庵泉

杖履南来，偏此间，留公迹。遗碑字字说沧桑，况旧时栏砌。

入海求诗豪气，算而今，依稀曾记：一封朝奏，万里苍茫，孤臣胸臆。

注：胡铨贬海南，作《鹧鸪天》词云："不因入海求诗句，万里投荒亦岂宜。"

柳梢青·访三亚南山别院

树老豆红，碧涛声古，院宇新成。风雨当年，烟深瘴重，曾泊高僧。

空山日影匀停，逢午课，梵呗轻轻。一袅馨香，此心何有，海湛云平。

注：高僧指唐代鉴真和尚，他第五次东渡日本，遇风飘泊三亚海岸。

鹧鸪天·乡怀

一带青峰势若弦，荒村旧屋讶孤悬。山空布谷声悠远，夜午挑灯思渺然。

椰月老，露华妍，相睽已是十经年。扬州梦好归何处，遥见轻云过岭巅。

点绛唇·临高怀王桐乡

烂熳晴霞，繁华不逐华车去。田家门户，乐听翁媪语。

携侣同来，暂对临江宿。夜深许，斯人何处，恍惚桐花雨。

注：明代海南诗人王佐因家乡临高多刺桐花，故自号桐乡。尝咏刺桐花云："地迥幸无车马客，闲看花候毕农功。"

忆少年·文昌溪北书院怀潘存

百年往矣，亭亭如盖，枇杷双拂。颠连陌阡远，在珠溪迤北。

修文欲挽山河蹙，莫漫将、此心轻忽。讲堂爱轩敞，有书声清悦。

注：潘存，海南清代名贤，文昌人。溪北书院是他生前所创建。

清平乐·棋子湾

纹枰坦溜，弈子惊如斗。一局千年参未透，屡朽坡仙去后。

常思世事如棋，频更老局新机。放眼苍烟隐隐，荒滩正展春姿。

踏莎行·暮游南丽湖

岭际馀霞，天心月魄，交辉隐映澄湖夕。翩风削起嫩琉璃，縠纹款款连天碧。

岸线如弦，舟驰似镝，徐徐射落林梢幂。归船已是夜微茫，湖亭灯火鱼香溢。

清平乐·云月湖

微云淡月，澄碧环如玦。演漾波光延不绝，华屋临湖几列？四山高卧沉沉，夜深风露无声。蹑步轻登水阁，怕惊湖魅湖灵。

虞美人·晨登铜鼓岭

谁将铜鼓遗海上，崛立峰如障。岸涛终古激昂中，击起冲霄声阵响砰訇。

恍临广武观酣战，戈戟晶光烂。须臾战罢赤云骞，渲染朝阳蓬勃举东天。

临江仙·移居金盘闻蛙

迤逦浅山远抱，稻花流水蛙声。一川莹月立盈盈。虽云秋作苦，胸次得澄明。

可奈此中久隔，市嚣长浼尘缨。谁将逸响入疏櫺。初闻隐约是，哪复旧时情。

浣溪沙·海口西海岸

十里平沙迤逦西，椰风拂惹翠涛依，游人信步且栖迟。

却见香车归去处，玲珑别墅转迷离，此中豪气与云齐。

踏莎行·南丽湖水庄晨眺

夜幕初褰，雾绡始启，微曦翕忽云天际。众峰络绎露容颜，晨妆未就欹鬓髻。

布谷呼晴，瑶台闲倚，岚烟渐敛波如洗。渔舟三五过楼前，相随驶入深悠里。

鹧鸪天·宿七指岭温泉

五指之南一岭横，参差众岫列苍屏：娉婷恍若藐姑女，健武浑如赴敌兵。

云叆叇，水蒸腾，暑烦涤尽昼凉生。城中戚戚拘尘网，爱此悠游两日行。

鹧鸪天·宿吊罗山森林公园

雄峻贪看晋地山，归来琼岛探修峦。峰能涵翠终非浅，瀑可澄膺便觉宽。

人向暮，兴偏闲，无车犹喜远寻源。几番辗转临山顶，却虑明朝下岭难。

鹧鸪天·吊罗山枫果瀑布

辛苦沿讨抵此间，千寻谷底仰

惊湍。砰崖转石青雷吼，沸沫喷珠白日寒。

心魄摄，意恍然，不知洞府抑人寰。群仙可是骖鸾舞，羯鼓笙簧奏未阑。

羊基广

乘电瓶车上保亭驳白岭

曲曲弯弯绕上天，轻车驰在白云间。
山风逐雨旋来急，撩弄人衣似戏鸢。

洋浦大桥甫成桥上漫步二首

一

咫尺沧波隔炮台，行人风雨便兴哀。
如今路架青云上，一脚油门即往来。

注：炮台：指南、北炮台，已毁圮。二台扼住白马井与洋浦之间的进出水道，附近，古来系南北两岸渡口。

二

冲霄双塔衬天低，两岸如横一彩霓。
我似骑霓云下瞰，万轮犁浪笛声驰。

乐东保国农场毛公山二首

一

毛公行事最神奇，甫定之东倏往西。
纪念堂中嫌寂寞，不如来此可亲黎。

二

突出重霾到此山，井冈风格用犹娴。
虽经几阵沙尘暴，我自岿然任众瞻。

注："我自岿然"系毛泽东主席原句。

拍摄松涛水库风光照后想入非非二首

一

结间茅屋近湖湄，辟亩山田种草莓。
也学陶郎栽些菊，篱边把盏观云飞。

二

再种山兰傍岭隈，收来精制酿香醅。
鳙鱼干货微烧烤，遥请纱峰举竹杯。

注：鳙鱼：松涛水库产的名鱼。纱峰，指纱帽岭。

题松涛水库

一水萦回系万村，廪充何必望天恩。
如今铺翠三千里，仰仗松涛几扇门！

与济夫邦利宿南丽湖水中高脚楼，晨起大雾四首

一

雾似纱飘罩一湖，茫然周际小楼孤。
轻舟欸乃窗前过，三二渔人见若无。

二

一旦嚣尘尽隔开，沁人仙气入胸来。

忧烦悉付湖中水，管甚东西南北哉。

三

待到三竿日始红，楼前隐约两三峰。
心中正喜醒来早，俯见矶头一钓翁。

四

不近山川未有情，每临佳景俗心惊。
流连顿悟归来晚，鲈脍堪思羡季鹰。

注：西晋张翰（字季鹰）因怀念故乡鲈鱼而思归。

受邀寻考曾悦墓，误入流西村，村民已悉数入城当了市民

附葛攀藤误入村，往年生气荡无存。
山鸡巡巷呼侪侣，野蔓延檐掩朽门。
豆架柱根头长耳，井台石缝竹生孙。
抬头怅望云开合，世事如棋孰可论。

曾悦：儋州曾氏肇基祖。

南乡子·海口世纪大桥

阵雨洗清秋，暑气蒸人黯黯收。邀得吟坛三五侣，疯游，"胖嫂茶楼"醉两瓯。

入夜阻凝眸，桥下甸溪静静流。远处疍家讴小曲，悠悠，慢诉金风易白头。

高阳台·偕诸文友游古琼北地震震中三江湾东寨港

人道三江，港名东寨，风光不异桃源。携侣来游，方知不是虚言。椰林万亩催情醉，更迷人、红树摇涟。泊登楼，海荡云轻，鸥戏舟闲。

悠悠三百年前事，恨訇然一震，坼地崩天。昔日繁华，空余海底家园。不须嗟怨灾为虐，笑懦夫、只识悲怜。看如今，堤抚波平，人舞翩跹。

杨居汉

上尖峰岭

一路爽风吹，驱车揽翠微。
天池鱼读日，岭气露沾衣。
白鹭悠悠去，青云款款归。
风光无限意，处处入诗帷。

仰望毛公山

峻岭断乾坤，自然形逼真。
雍容弥气魄，雄健壮精神。
仰望毛公像，遥思华夏魂。
千秋归万化，天赐一昆仑！

观瀑

云河净俗尘，瀑泻势千钧。
大幕遮南谷，惊雷震北辰。
摧坚能破壁，赴险敢捐身。
一日离山去，放怀寰宇新。

橡胶树

琼州遍布扎深根,道道刀痕见赤心。
汁乳涓涓流不尽,终生奉献是黄金。

农垦乘坡农场

腑览万泉眸倍明,谁怜石坝雨难行。
采来山韵皆原味,煮得诗思尽野生。

五指山垦区采风

烟霞半锁境清幽,秋日偏同春日柔。
白马骏红招彩蝶,黄橙硕绿润吟喉。
饱餐山色怜红叶,漫品茶香忘白头。
胸中滚滚万泉淌,心上青云五指流。

访琼海南强文明村

客来村子久凝神,乡佬开门接外宾。
昔日危房成别墅,今朝碱地变金盆。
农哥娶进京都女,村妹携回博士君。
欲把田禾天上种,任凭月窟细耕耘。

深山黎村

椰绕新村路绕田,风摇翠竹鸟啼峦。
山兰美酒君须醉,黎锦短衫我亦怜。
院内华车添富丽,楼边甜果品新鲜。
谁将天上仙人境,安在青山绿水间。

咏五指山

沧溟起掌叩天门,指点中原势独尊。
探斗罗霞承玉露,观今鉴古镇琼津。
尽含碧海风云气,欲聚苍天日月魂。
千载先贤多丽句,遥居域外一昆仑。

游西南沙群岛有感

星罗群岛扼南疆,自古烟波属我邦。
暗屿云开棋局出,浮礁浪过石帆张。
欣观舰艇旌旗动,更喜军威士气扬。
游罢归来思国事,防边镇海靠图强。

浣溪沙·伊春五营国家森林公园

百里红松漫翠峦,重重鸟语唱关关,小溪载绿走潺潺。
春色长留花馥郁,俗尘不染气清鲜,天然氧吧胜江南。

鹧鸪天·故乡砖瓦工

地少人多难种瓜,终归无奈卖泥巴。日驮土块汗如注,夜宿工棚雨若麻。
壶倒挂,碗无茶,分分积攒为童娃。偶而也向城中去,路过千门不是家。

行香子·老家

河荡银绸，山舞青纱。村前碧，漾动荷花。荒坡郁果，野岭青茶。喜羊儿跑，鱼儿逐，鳖儿爬。

乡歌嘹亮，菜市喧哗。望溪边，楼阁豪华。白头除草，红袖浇花。见椰摇绿，人欢笑，客争夸。

麦造海

临高行

披霞踏露入诗乡，风物关情兴未央。
王佐吟声犹玉振，胡铨墨迹胜醪香。
连天水阔渔歌漫，遍野苗青牧笛扬。
更喜潮头帆影动，文澜江载梦流长。

临高居仁采风

诗梦追云脚步轻，胶林过后野花明。
抬头瀑布长天落，侧耳风雷深谷鸣。
两岸青山留古韵，一溪碧水唱今声。
凝眸欲觅神仙迹，但见霓虹雾里横。

临高金波村赏荷

仙子凌波款款来，眼前光景是瑶台。
罗裙翠袖轻盈舞，雪瓣冰心烂漫开。
品韵初成诗半首，闻香已胜酒千杯。
醉中谁指村姑俏，人面荷花却费猜。

访三都夏贝湖基广雅居二首

一

初春远足访诗家，款客湖边煮酒茶。
隔树黄莺传妙韵，绕窗紫燕剪丹霞。
群山叠翠牵思渺，一水浮光载梦遐。
更慕先生多雅趣，此间拾句每升华。

二

家在多姿夏贝湖，毗邻洋浦接三都。
居林惯听黄莺啭，养性聊观绿野苏。
曲水行云天帐近，环山抱梦地床酥。
闲来垂钓和风里，时有诗兴把酒壶。

忆云月湖小住

湖边小筑树森森，对岸频传百鸟音。
水荡波光摇竹影，岚浮山色惹诗心。
荷风曳柳蝉鸣曲，蕉雨敲窗我听琴。
曾在蓬莱当酒客，萦怀旧梦化新吟。

冬日三亚游

水映云光惹眼贪，行舟点点碧空含。
天涯树暖啼莺悦，海角风香游客酣。
驻足鹿城思鹿女，回眸山野袭山岚。
今宵再向沙滩卧，漫枕烟波梦亦蓝。

登儋阳楼二首

一

云月湖平宝镜开，岚生旗岭托瑶台。
九层气象摩天去，八面风光入眼来。
西汉伏波征迹在，东坡遗韵绕窗回。
登临胜景思今昔，儋耳诗潮后浪推。

二

放眼儋州画卷开，谁迁故土近蓬莱。
新城梦景环山抱，绿野烟村曲水回。
拂面松风传宋韵，擦肩云影过歌台。
豪情欲咏新潮句，洋浦涛声滚滚来。

注：儋州市古时称儋耳。

椰城赏三角梅

娇容独笑岁寒中，不嫁春光嫁北风。
三瓣心香凝露洁，一团思绪映霞红。
开怀可是迎来客，醉态原为逗过鸿。
尽把激情燃似火，直教冬日暖融融。

中和古镇行

迎面青砖带墨香，铺街石板记年长。
东坡词韵今声朗，西汉兵营古月光。
旧事悠悠随水逝，新风荡荡促人忙。
仰观楼宇摩云起，百世中和百业昌。

秋游万绿园

细雨商风涤俗尘，绿园倍觉气清新。
红枫带韵留骚客，黄菊披霞迓友人。
雪浪歌从帆橹过，银鸥志向海天伸。
无边雅趣随潮起，未梦生花笔也神。

故园遣怀

故土居幽我似仙，忘机山水鹤延年。
渔樵作伴披霞彩，鸥鹭为邻聚月圆。
兴致扬帆犁雪浪，闲悠织梦寄云天。
豪情洒在乾坤里，抱满春秋到枕边。

东坡书院感怀四首

一

拜谒东坡载酒堂，追思缕缕绕桄榔。
映眸树色连诗碧，拂面荷风带韵长。
狗仔花心藏故事，北门江水浣华章。
忆从设帐传书后，故郡儋州翰墨香。

二

怎奈无常世态中，桄榔庵里忆文翁。
人间冷暖情难却，宦海春秋梦已空。
为化冥顽施德泽，甘培俊杰建仁功。
儋州自此文星灿，继后承前启雅风。

三

社稷无端弃至贤，当怜北宋一中坚。
文章练达能明世，韬略超凡可补天。
赤壁词吟犹贯耳，大江浪去几经年。
空怀治国凌云志，无奈南荒执教鞭。

四

莫问千秋怨与恩，浮沉成败自难言。

宫闱玉案留鸿志,僻壤穷乡启后昆。
翰墨流芳酬夙愿,琼州开化慰文魂。
虽然黄土埋忠骨,不朽华章万古存。

山庄瞭望

风送清凉入暮时,凭栏西望日低陲。
长河似带连遥梦,新月如钩钓晚诗。
漫漫层林霞染醉,幽幽沟壑鸟归迟。
神仙赴会蓬莱后,今夜听泉还有谁?

乡村夕照

蜿蜒小道缀芳菲,一片丹霞映牧归。
牛背箫吹村郭近,天边月钓柳风微。
无声池水含翔鹭,有梦田园抱夕晖。
景致如诗人欲醉,唐声宋韵撞心扉。

登海景楼

多情晚景独登楼,碧落无尘宝岛秋。
望去烟波千里渺,飘来云朵百重悠。
丹霞染醉丛丛树,白浪惊飞点点鸥。
惬意轻风撩我梦,诗心寄在远行舟。

莫少玲

霜降天涯秀

晨曦透碧窗,薄雾笼山床。
白鹭翔姿美,红花摇影长。
椰风翻浪雪,夜露润篱黄。
霜降天涯秀,朝阳作印章。

长征七号海南文昌待发遐想

火箭立南疆,琼州创史章。
腾空穿雾障,探秘撷星光。
银汉开耕地,天宫种桂桑。
椰风助羽翼,大地梦流芳。

海南文昌龙楼看火箭待发感赋

天许琼州秀,椰乡箭待飞。
清澜翻雪浪,铜鼓振心扉。
剑气引诗绪,祥云入翠薇。
人欢街巷沸,翘首看龙威。

保亭七仙岭远眺

仙女爱红尘,天南降此身。
峰高云绕颈,日出霞涂唇。
心阔山连郭,情柔月作邻。
凝眸相望久,露润黛眉新。

题文昌头苑松树村符家宅

华宅风兼雨,人间几度春。
台阶生藓色,雕牗掩沙尘。
墙角新枝发,中西故迹陈。
回廊牵我眼,步步阅时珍。

张金英

游清澜大桥公园遇雨而作

花露东风面,一园春绿肥。

参差连蝶径，缥缈隐斜晖。
水阔桥横渡，云低龙欲飞。
身轻尘拂袖，好雨久相违。

过新埠桥偶见

春江怀绮梦，晨醒觅花红。
流水浮天外，轻舟泊日中。
且由云扑影，一任燕追风。
更有高楼起，惟嗟远景空。

荔园采摘乐

山间新雨落，泛起万波红。
垂叶含冰露，馨香隐绿丛。
掰来千颗子，采得一篮功。
满载欢欣去，思君入梦中。

金波荷田

新荷开百亩，迢递碧池东。
晴日梳天貌，馨香恋水风。
谁浮云彩里，我隐叶心中。
静影摇波动，飘来万点红。

澹庵泉

莫道风尘苦，心明景自新。
草枯需活水，苗壮待阳春。
谁牧荒蛮地，方成掘井人。
清泉流过处，缘是点迷津。

登高山岭

白云横碧岭，岭上揽曦晖。
极目收江海，随身采翠微。
心湖何不竭，神庙早诚祈。
谩读毗耶石，谁言已久违。

黎母山风情

黎母风光秀，长留骚客篇。
逢崖银链急，渡岭紫云抟。
蝶恋百花媚，情迷三月妍。
鼻箫声切切，深夜不思还。

百花廊桥

翘首红廊岭下横，百花深处彩云轻。
一桥风月痴痴恋，碧水长流好梦萦。

石头公园观海

最是怡人蓝色调，天涯梦里几多情。
浪敲趣石花翻叠，惊起白鸥三两声。

步胡铨韵也作《买愁村》

新草年年遮驿道，雁声啼过买愁村。
可知今日澹庵井，一口清泉祭蜀魂。

游八一农场长岭森林公园

又是风清四月天，寻幽不觉到云边。

一山碧树遮晴日，几瀑深潭奏乐弦。
小憩亭台方梦醒，漫游芳甸不思还。
林泉拂去红尘躁，拾得怡情题素笺。

游加林文明生态村

胜境当从何处寻，游人笑答数加林。
池鱼且与新居伴，翠竹犹成红瓦衾。
一路香风追好梦，几台趣石入清吟。
难言其美恨才尽，直教山歌落满襟。

谒王佐故居

浓阴一树掩桐乡，风正源清气韵扬。
学富何须权势重，才高怎奈壮心殇。
誓将刚格存经纬，更把雄文铸国梁。
莫道先贤多厄运，云泉蘸笔出华章。

居仁瀑布

壁飞银线万千缕，许是仙娥织锦来。
林海常施生命力，石砝也作瑾瑶台。
三潭印月真如幻，九曲鸣弦合亦开。
欣得苍龙多造化，吐珠溅玉匠心裁。

包德珍

谒明代诗人王佐墓

四面绿参差，清芬万物披。
椰身盘影俏，荔眼向人痴。
飞绪怜难静，吟魂度未迟。
临高春不老，因护佐公碑。

太平山瀑布风光

风雨未停声，亲临意顿惊。
蝉鸣断复续，树影暗还明。
野味缠绵径，飞银翡翠城。
樵歌随瀑起，回荡锁烟平。

白马岭茶园二首

一

一脉敛奇光，根深织锦妆。
遥盘云似鬓，近理垅成章。
绿领千重醉，人衔一路香。
清芽明子夜，月妒挂中央。

二

何缘乌石主，早自春神护。
四处绿翻云，垅间苗得伍。
泉清泫峻峰，物俏环新路。
若悟性甘回，名茶风雨度。

琼中百花岭瀑布

白练三千丈，声吞四面峰。
月光何处落，潭色此时浓。
浪卷无柔态，风翻多醉容。
天心晓人意，雾未锁行踪。

琼中黎母山

丰姿耐远看，细品翠成冠。

足破缠绵径，风摇缱绻兰。
因仙下凡久，此岭觅踪难。
问暖鹦哥语，方知衣不单。

咏琼中百花廊桥

滚滚尘烟无处栖，两边灯火护长堤。
云遮天月心犹妒，水恋廊花势亦低。
难敛情丝飞向野，更贪爱履印于泥。
此间风趣谁同领，对唱黎歌过小溪。

题琼中加林生态村

曲径浓阴布满馨，环村翠叠自成屏。
田头石趣当书看，溪畔蛙声作曲听。
竹月留人瞻皓皓，云山邀客弈丁丁。
迎风放胆开仙境，地上加林天上星。

石花水洞——咏石花

正是花仙列队时，尘埃未敢染丰姿。
嶙峋瘦骨真非俗，缱绻娇容原更奇。
有感神传千万朵，却无叶护两三枝。
能教四季人前媚，好梦深宵唯自持。

同诗友从宾馆至南田温泉

车声响处路弯弯，如链数池呈碧环。
遥指华灯迎客至，回观彩筛引人还。
几枝影映花衣上，双脚香生草色间。
更有情歌能解意，莫教辜负此清闲。

文昌八门湾红树林

横山迤逦到门青，栈道深幽绕画屏。
迎客花姿偏向午，入沟水迹半成汀。
根盘错节游人赏，风动交枝待鸟听。
一路探寻终未解，何由红姓绿娉婷。

访东坡书院

书声好似过池东，遥看夕阳依旧红。
天遣桄榔临宝地，堂藏文气起高风。
古今日月何曾老，俯仰乾坤却不公。
怜想当年谁与酌，黎家樵牧拜坡翁。

游天涯海角怀苏亭有感

天涯海角几迷离，写向当年拓笔迟。
婉转林声赠好句，徘徊云影索狂词。
椰风欲诉千秋怨，海水频淘一代痴。
多少情怀吟未了，魂旋浪迹斗星移。

谒东坡载酒堂

一亭风雨诉沧桑，星斗阑干载酒堂。
烛影摇时榕滴翠，书声落处稻流黄。
人怜茅舍非家舍，自许他乡是故乡。
孤雁南飞啼逝水，黎山溅得尽文章。

瞻仰东坡桄榔庵怀古

官舍何由逐出门，结茅筑室谢黎昆。
飓风吹去虽无迹，鬼火飘来却有痕。

瘴气盘旋难敛恨，灵蛇出没亦消魂。
一场忧怨终归去，梦落潇潇荒野村。

柴勤奎

敲南山寺慈悲钟

痴情无了也无休，揖手钟前默默求。
一木敲成天地愿，三声捣破古今忧。
沉浮世事随其变，得失心途自在游。
遥望行云山断处，几分隐约几分留。

洋浦大桥开通有作

龙门浪激送宫商，雨歇山头云着装。
草仰新邻修雅帐，风梳碧野理奇章。
海潮濡砚春调墨，旌彩紫眸宇作堂。
天堑通途悬索处，竖琴跨过水中央。

游三亚海滨有感

尘中逃过滥香薰，只觉清凉透紫裙。
拾翠人来潮落处，乘风船去水翻纹。
鲲鱼堪卷苍山月，燕雀难披碧海云。
万物生灵均自许，朝南暮北共纷纷。

游假日海滩

眼前椰树向天伸，摇曳情怀倍有神。
接水天涯含日月，浮云海角隐烟尘。
风来梳鬓知迎客，雨唤飞花不避人。
误入荒芜归望远，心陶物外野芳春。

游保亭七仙岭

仰望参差仙女岭，攀登惊喜绿涛迎。
游人梦幻凌波舞，惜别半轮山月明。

游铜鼓岭

登道弯弯无尽头，春山草树碧云俦。
险峰灵动石涛响，疑似铜鼓催战貅。

游石头公园

滩长海阔泛渔船，千里豁然波漫天。
彩石春风吹浅濑，弄潮拍影月牙还。

丙申中秋游亚龙湾热带森林公园

青山隐石绿茸茸，拾级登梯艰步翁。
幽谷兰花香扑面，山巅蝴蝶翅紫枫。
高棚凉伞瞰村里，靖海紫龙腾宇空。
绝顶惊观南海域，洪涛举剑刃千锋。
　　注：紫龙，指紫铜铸造的龙。

五指山二首

一

五指山高犹泰岳，千年未胜岱宗名。
今朝逐梦神州誉，擎天一柱领头兵。

二

山城炎夏气清凉，曲巷流风绿漫香。
缥缈林岚飘玉带，名山五指乱云藏。

李杨胜

铜鼓吟

远眺铜鼓雾色浓，半遮半掩露峥嵘。
潮音阵阵云涛急，浪击波廻震耳聋。

航天城行吟

龙楼拔地架天梯，火箭腾空探奥机。
科技兴邦中国梦，遨游宇宙写传奇。

仙境八门湾

谁把丹青此地描？八方潮涌八门娇。
文昌紫贝蕴仙境，直醉游人竞折腰。

椰林湾

沙白波平天湛蓝，微风柔润椰林湾。
海天一色无穷碧，鸥翔渔歌云水间。

陈焕泽

秋登七仙岭

七仙耸立直摩天，雾绕云遮半壁间。
绿水粼粼披落照，崇山隐隐笼白烟。

嶙峋石笋空中现，苍蟒青龙地上连。
登顶巅峰穷玉宇，滇南奇甸艳无边。

驾舟南渡江垂钓遇雨

日落暮云垂，氤氲笼翠微。
孤舟随浪漾，闲鹭越山飞。
雨细江心洒，风轻水面吹。
天昏无所获，暂且踏歌归。

孟春游九龙潭溪口

氤氲雾绕九龙潭，飒飒东风春意寒。
壁耸巍峨连峻谷，丘笼郁翠接平滩。
心存涓细成江涧，志系云高聚岳峦。
莫道清流溪水浅，轻声入海卷狂澜。

游临高居仁瀑布

胜地寻幽到此行，居仁瀑布久闻名。
锦绸白练苍穹挂，细雾轻烟峻壁萦。
碧落银珠融绝响，清溪黛玉奏和声。
仙姬不恋瑶池乐，偷入凡尘忘帝京。

钟海珍

昌化江秋思

满目青山云静隐，一江秋水却流西。
船夫无意争渔利，摇桨方从彼岸归。

澄江秋月夜

千秋明月点清秋，三两渔排荡未休。

谁道江风不解意,逍遥醉客逐云游。

游福庆寺

禅门半掩网丝连,风扫尘烟佛坐端。
普渡苍生千百载,深山独守旧青幡。

天安小桂林

不媚凡尘不羡神,飞云踩雾自成春。
何人怒斩清泠水,断我青山一缕魂。

注:几年前东方市的天安小桂林名入其实,奇山脚下有清清溪水流经,且有猕猴出没,实为人间桃源。可因为筑坝,断了源头,小桂林徒留青山一片,已无甚可看之处。

天仙子·游俄贤岭

漫摄天涯三月暮,云挽青峰田起雾,痴情春水向西行。九龙舞,千禽聚,休问东风谁作主。
檐下老枝花弄雨,冷挑暗香无处诉。俄娘日日懒梳妆。青丝缕,仍如故,不见贵郎依次数。

罗宏安

昌江流韵

天涯筑梦汇知音,峻石神奇道古今。
广袤田园耕画卷,纵横水电织诗吟。
红棉韵醉千千客,芒果香馋万万心。

棋子湾迷仙向往,霸王岭宴凤龙临。

霸王岭游吟

醉眼禅心品画廊,猿攀古木写沧桑。
欣山连理无痕绿,恋壑幽兰别韵香。
情道催君临世外,飞泉问我向何方?
悬崖老树频招手,蝶舞莺歌引路忙。

五指山

虎踞龙盘焘凤凰,巍然屹立镇南疆。
摩天巨手摘星斗,捍岛雄姿挺脊梁。
心溢甘泉迎旧雨,身镶翡翠焕春光。
谁弹万籁和谐曲,豪咏丘诗冠殿堂。

临高角遐想

雄师横渡气冲霄,疾箭当年慑敌逃。
塑像千姿传战绩,英名万古做航标。
家园焕彩民康乐,岁月流金国富饶。
两岸同心谋愿景,江山一统更多娇。

居仁瀑布

平川突兀泻银河,绝唱人间不尽歌。
唤醒三潭环九曲,观音洞府宴仙娥。

颜桂枝

鹿回头记

乘坐缆车到顶峰,鹿山脚下郁葱葱。

悬崖无路回头看，如意情郎入目中。

瞻仰李硕勋烈士纪念亭

青翠环围烈士亭，游人常家悼英灵。
当年冷对敌枪吼，笑迓南天一片明。

临高角忆昔

临高角上狂风烈，海阔浪高敌炮多。
弹雨枪林何所惧，红旗直插美台坡。

登高山岭

丽日郊游上岭巅，碧宫安坐彩云间。
南瞻田野千层绿，北望波涛一片蓝。
石塔巍然宁大地，明池平静映青天。
心随万物峥嵘甚，奔放豪情到日边。

松涛行

朝辞寒舍到南通，乘坐游船乐水中。
一片汪洋清澈底，两崖林木绿葱茏。
送输电网千家亮，浇灌良田万亩丰。
五十年前修大坝，江山受益日繁荣。

符和国

冷泉吟风

怪石古榕影冷泉，水清似镜小鱼欢。
人潮如醉涟漪里，浴罢犹然去又还。

采桑子·端午节南丽湖观落日

榴花五月梢头艳，去岁幽香，
今又幽香，又到南湖观夕阳。

落晖烟袅舟争渡，云水苍茫，
暮色苍茫，聆曲悠悠坠梦乡。

采桑子·今日老城

青山雨润花如锦，旧邑新兴，
水起风生，旌旆澄江富庶增。

高楼酒肆迎商贾，汇聚精英，
经济腾升，恩赐春风惠老城。

采桑子·东水港

骄阳似火金辉映，拍岸涛声，
水荡餐厅，骚客挥毫笑语盈。

波谲云诡天远，点点繁星，阵
阵鱼腥，满载丰收汽笛鸣。

黄昌振

参观东坡书院感怀

南溟谪宦泛孤舟，瘴海曾经风雨稠。
墨洒桄榔遗泽远，诗吟奇绝润琼州。

访儋庵泉井

驻马题诗茉莉轩，春秋大义至今传。
儋庵泉涌才思进，士子挥成锦绣篇。

访博鳌水城

翠峦环抱水潺潺，碧浪排空吞远山。
俯瞰三江开远势，奔流入海啸南天。

访石花水洞

叠石层层垂洞帘，玲珑壁柱瀑生烟。
泛舟览胜思吟骋，无限诗情载满船？

游琼海玉带滩

海浮玉带接天蓝，潮叠千层浴雪滩。
骇浪如山鸥不惧，但看巨石砥狂澜。

卓志勇

五指山

群峦耸翠势豪雄，若指凌霄五峻峰。
鸟道迢迢阶万级，悬崖岌岌嶂千重。
岚烟百象晴倏雨，花木多姿绿映彤。
欲效谢公穿齿屐，寻山陟岭访云松。

注：南朝诗人谢灵运常穿木屐登山，上山去其前齿，下山去其后齿。

东山岭

霞光万道照苍峰，瑞霭祥云接九重。
疑是娲皇补天石，飞来尘世变仙宫。

南渡江

一水滔滔向北流，千回百转泽琼州。
青山郁郁源泉足，沃野茫茫稻菽稠。
拂晓江洲栖白鹭，黄昏河口泊渔舟。
今人重利轻生态，美景长无实可忧。

昌化江

蜿蜒曲折若蛟龙，碧水粼粼山色蒙。
遥见雄鹰翔碧落，时闻小雀叫丛中。
云间村寨琼楼现，江畔田畴绿韵笼。
百里芳原铺锦绣，穷乡僻壤焕新容。

万泉河

穿岩过峡历征途，翡翠盘中一串珠。
玉液滢滢涵日影，柔风习习拂江芦。
傍河村落椰千树，沿岸田园谷万株。
激浪扬波奔瀚海，万泉秀色世间无。

松涛湖

久羡琼崖第一湖，儋阳福地耀明珠。
一泓清澈铺天镜，四野葳蕤入画图。
小艇冲摇波里影，轻风吹荡水中蒲。
悠悠一棹天边去，绿水青山伴旅途。

渔家傲·南丽湖

水秀天蓝翔白鹭，烟波浩渺千鳞舞。潋滟银湖镶绿渚。葩万树，蜂飞蝶舞丛中去。
　　林翳廊桥连别墅，楼台亭榭芳洲伫。夜寐客房奇梦遇。闻仙语，蓬瀛佳景知何处。

神州半岛

南溟阆苑小神州，宛似蛟龙卧海流。
六岭逶迤奇石秀，五湾旖旎白沙柔。
粼粼碧水栖鱼贝，郁郁青林宿鹭鸥。
久锁深闺人不识，今朝开发展鸿猷。

鹊桥仙·万绿园

　　林深园阔，花繁草绿，雀跃莺飞燕舞。柔风丽日彩云飘，浪涛涌舳舻无数。
　　人来车往，欢声笑语，舞榭歌台几许。儿童追逐放风筝，翥碧落逍遥天宇。

春游澹庵泉迹

仲春寻胜到头东，井水悠悠映碧空。
海浪潮声相应和，路花野草竞芳荣。
前朝遗事碑文里，后辈传香茉莉中。
九百余年多少事，临风泉迹念胡公。

林志坚

三亚白鹭公园

一览双湖缀绿洲，临河旁路栈桥幽。
花团锦簇银波荡，楼阁庭台白鹭休。
午夜品茶青壮老，清晨练剑夏春秋。
闲游到此知何处？胜地风光逗客留。

宁远河

锦绣崖州飞巨龙，奔腾不息贯长虹。
激流吻地润田野，大浪淘沙映碧空。
河上平湖生朗月，渠间绿水育新农。
江亭德裕今安在？诗赋歌词寄郭公。

尖峰岭

毓秀千寻出此峰，天池造极接苍穹。
引来神女濯肌靓，播出黎山倾腑融。
峭壁绕云林黯淡，飞泉化雨景朦胧。
名山处处人留恋，敬效前人作醉翁。

亚龙湾森林公园

红霞峻岭仰高天，云绕苍楼清气旋。
魔幻新奇惊妙境，兰香曲径伴幽泉。
索桥飞架白云里，别墅悄藏绿叶间。
得此安居真福地，何须世外览桃源。

天涯古道

巨石惊天卧路途，清幽古道世人书。
半山极眼槟榔树，一水清心土漾湖。
范氏题词留旧址，程公脚迹有新符。
民康物阜家家乐，喜见文门成画图。

满江红·漫步蜈支洲岛

信步蜈洲，抬头望，波清沙白。举目是，磊头奇秀，天工伟绩。海底飞舟人喊美，金堤赤岸花添色。鱼戏游，来往似穿梭，不停歇。

花间舍，垂钓月。妈祖庙，心尤切。日观岩，晨景火红如血。游罢木厢品海味，年庚五十惟今悦。阅不尽，鹿市蜈支洲，景升格。

青玉案·槟榔河黎寨

赏心悦目黎乡路，好山水，轻舟渡。别墅新家河岸住。田飞鸥鹭，家园花圃，浪漫天涯处。

如春四季游人度，兴旺旅游促民富。黄谷香瓜堆满户。千声欢笑，满村擂鼓，快乐竹杆舞。

代古成

海口白沙门公园

一座丰碑秋复春，清风卷浪逐流云。
当年热血沸腾者，今日人民解放军。
伫望沧波思绪远，仰观海鸟国魂存。
婆娑椰影轻衫挽，勿忘白沙那扇门。

访澄迈东水港缅怀苏东坡

青山隐约了无痕，水港兴荣信有因。
甚喜东坡魂尚在，亦期骚客律常新。
琼崖文脉连天宇，南岛清风逐白云。
谁为中华承翰墨，必将赢得后人尊。

谒澄迈永庆寺

欣逢盛世梦翩跹，举步禅林结佛缘。
欲得灵魂超几度，勿求菩萨拜三元。
法无定法心从善，银有赃银眼莫馋。
庶众沓来香一柱，谐和共享祷平安。

澄迈罗驿千年古村

民风淳朴景悠然，遗迹尤多似锦旃。
承继千年阴子嗣，衍迤八景引凰鸾。
诗墙吟诵心生敬，古道挪移绪绕缠。
感叹该村先祖慧，欣将文脉古今连。

鹧鸪天·澄迈姐妹塔

姐妹柔眸相对望，千年不改旧时装。林繁竹茂清幽地，涧响禽鸣古朴乡。
君崇德，史留芳，娇容宛在水流长。沓来吟客同参悟，我借云笺抒一章。

陈一新

春游澹庵泉迹

仲春寻胜到头东，井水悠悠映碧空。
海浪潮声相应和，路花野草竞芳荣。
前朝遗事碑文里，后辈传香茉莉中。
九百余年多少事，临风泉迹念胡公。

文昌东郊椰林

立根沙土撑华盖,更有琼浆硕果奇。
雨剑风刀坚韧甚,擎天直立不分枝。

咏吊罗山瀑布

银练从天抖下山,万雷喧动水珠寒。
甘于跌落三千丈,滋润炎荒绿大川。

碧桂园

碧桂春来胜景开,连天浪影上楼来。
沙滩玉臂挽堤岸,无限风光任剪裁。

昌江木棉花

一路芬芳一路花,火红片片漫山崖。
为因青帝偏怜爱,独有春光秀物华。

陈雄

冬游三亚

仲冬时节到天涯,暖意融融灿百花。
北客纷纭如候鸟,爬山赏翠沐晴霞。

文昌东郊椰林

高低错落顶云天,硕果如球水最甜。
陪护渔民亲海浪,五洲游客把情牵。

西沙永兴岛见闻

椰树成林掩海天,码头硬化好停船。
军民携手培花木,岛上生机诱旅团。

三亚热带天堂森林公园

鸟巢挂在半山中,栈道高悬若巨龙。
泛绿森林香馥郁,游人如鹜浴春风。

祝贺洋浦大桥落成通车

洋浦湾边传喜讯,凌空海上起飞龙。
行车自古途中断,圆梦如今路已通。
马井高楼齐玉宇,渔村小院沐春风。
儋州日日添新景,游客流连天际红。

文昌八门湾红树林

纵横交错根须壮,绿色长城固海边。
守护游鱼藏鸟兽,葱葱郁郁逼云天。

潘培

临高居仁瀑布观感

激流飞泻落瑶台,霹雳惊雷动九垓。
倒海翻江豪气啸,疑如万马破空来。

观永范花海

孰见荷花十月开,奇观一派费疑猜。

蓦闻佛国梵音起，果是东山灵气来。

昌江棋子湾感咏

碧海蓝天衔夕阳，矫鸥巧燕剪金光。
是真是幻谁能解，如醉如痴客已狂。

风豪港

天涯多胜景，此处独非同。
月隐银滩里，日衔金浪中。
橹歌翔碧海，渔火笑东风。
尤喜长桥起，沧波跨彩虹。

东郊听椰

非丝非管亦非钟，如幻如痴如梦中。
起落随波萦瀚海，张弛任意驭长风。
奇声巧弄芳心荡，雅趣纷来盛世逢。
籁曲须知天上有，人间焉得此神功。

陈廷文

和诗人同登东山岭

雅朋天外至，携手共登攀。
瑞石殷殷揖，灵泉脉脉弹。
亭高听浪鼓，窟馥探仙丹。
更有诗情伴，神游兴未阑。

兴隆热带植物园与诗朋共游

情满芳园里，人游画景中。

鸟飞千树碧，蝉唱众花红。
恋曲高邀日，耽茶细揽风。
金秋撩逸兴，雅客赋诗雄。

初登五指山

新访南荒第一尊，清风引我到天门。
空中玉笋烟霞裹，掌上明珠宿月分。
黎寨争高楼耸汉，苗家致富步凌云。
行经前哲吟诗处，早有黄莺报好春。

注：丘浚《五指山》诗有句云："雨余玉笋空中现，月出明珠掌上悬。"

重游神州半岛

胜境裁芳趁晓清，迷眸意象笑相迎。
锦车高厦诗重构，媚女骄男梦复生。
灯月交辉花蝶愿，鹭鸥留客海天情。
更深未觉朦胧醉，犹恋三湾鼓浪声。

文武宪

木棉花

年年三月应春风，叶落花开胜火红。
夺目姿容皆一色，南天添秀万千重。

浪淘沙·颂西沙

碧海尽天涯，翠点西沙。千般景色独无他。长夏暖冬容四季，水映春霞。

赤帜五星花，艳丽无瑕。飘红万里耀中华。热血丹心儿女志，效国安家。

清平乐·椰城赞

高楼栉比，古树椰林密。碧海蓝天花满市，四季浓情春意。

五公海瑞清风，庶民公仆英雄。更有人才荟萃，共描省会繁荣。

陈梦新

游五指山栈道

山沟曲径紧相邻，古木两旁遮日轮。
奇石沿途当向导，清泉伴我到溪津。

傍晚过水满乡

青山夕照美如虹，袅袅烟生楼阁中。
归鸟嘤嘤鸣绿树，清泉天落响咚咚。

游南丽湖遇雨

深秋雾雨雁声无，翠岭空蒙绕碧湖。
玉境游鱼足下戏，云楼凝雪水中浮。
长开东阁迎贤客，直绘南扶入画图。
遥望烟波犹幻境，恍然陶醉在蓬壶。

注：南丽湖原南扶水库。

浮渡琼州海峡

笛鸣一晌箭离弦，碧水和风羁客欢。
回首椰城如巨舰，星流似驶指蓬山。

万绿园

填瀛植木郁葱葱，万物争奇纳海风。
椰树立如仪仗队，层楼映似水晶宫。
鸟依琴调歌原野，人抱春心舞太空。
意满方圆酬绿地，应知精卫创奇功。

韩国强

游东寨港红树林旅游区

百里追陈梦，春风绿万枝。
轻舟穿彩锦，翠鸟晒英姿。
水涨鲜鱼美，村沉古迹奇。
晚潮如画涌，激活一湾诗。

注：明万历年间（1605年）一次大地震，造成海口市琼山区东寨港至文昌市铺前镇一带72个村庄垂直下沉，形成举世罕见的"海底村庄"。震后的"海底村庄"遗址呈现出奇特的水下景观。

游峨蔓龙门

是谁挥斧造，倾倒客光临。
岸晒神奇石，风扬美妙音。
飞舟追旭日，激浪饰门襟。
画卷藏西域，徐观任啸吟。

登笔架岭

挺立青云上，琼州响大名。

轻烟飘岭顶，巨石助涛声。
墨捧光荣史，崖开烂漫英。
春风苏大地，奋笔写峥嵘。

游云月湖

民众一声吼，丛山现大观。
琼楼披白雾，碧水印青峦。
叶动栖鸿闹，标沉钓翁欢。
悠闲临胜境，品茗对清澜。

初访武莲港

采风边徼去，放眼见繁忙。
机转抒怀切，旗悬炫目扬。
碧波迷海鸟，新港沐朝阳。
装卸千船急，飞歌万里航。

泛舟松涛水库

果真游艇过山梁，悦目长途似画廊。
百座山峰呈倩影，一湖碧水闪金光。
新鲜鱼肉锅中滚，欢快调声舱内扬。
借得东风人惬意，尽收美景入诗囊。

寻访昌化岭

宋元丰五年七月，被诏封为峻灵王。苏东坡居儋期间，曾到昌化拜谒峻灵王，谢其保佑，平安北归，作《峻灵王庙碑》。

久闻昌化大名香，百里寻踪意气昂。
苗壮丛生龙血树，神奇独立峻灵王。
苏公拜谒留珍墨，庙宇重修表热肠。
放眼周遭萌感慨，坡仙到处长风光。

江城子·重阳登黎母山

驱车破雾向东行，鸟歌鸣，翠峰迎，越岭穿林，狭道绕山萦。幸得家人陪远足，登顶望，绿盈睛。

此时烈日若铜钲，却风轻，汗消清，不插茱萸，孝敬已心铭。但愿年年人永健，圆美梦，好心情。

临江仙·高山岭

绿染山峦横老眼，登临感受仙踪。天湖叠映彩云容。古碑存史迹，战地勒军功。

岁月如流千载过，香烟仍绕神宫。有名岂只在高峰。凭栏东俯瞰，感慨涌心胸。

望江南·八门湾

湾如画，翡翠映双瞳。绿道沿湾联锦绣，行吟疑是逛仙宫。船泊碧波中。

重阳近，游客摆长龙。椰荫农家炊火旺，鲜鱼美酒染腮红。快意满心胸。

王家连

谒冯白驹将军抗日时期
定安南曲驻地旧址

瞻观旧址忆将军，拔剑摧魔志步云。

南曲青山除日寇，琼崖古邑扫妖氛。
依稀钓岛风云涌，仿佛神州鼓角闻。
保钓群情传九域，白驹浩气动乾坤！

文笔峰怀古

层峦拾级上文峰，山色湖光一览中。
沃野披金呈旖旎，丛林吐翠叠葱茏。
遥观古道浮思涌，俯瞰仙踪行迹朦。
胜景寻芳怀古哲，乡贤最忆玉蟾翁。

琼中百花岭瀑布

三叠飞泉素练明，溅花喷雪泻涛声。
曩年李白如临此，题破百花千古名。

南轩瀑布

飞瀑奔流天半倾，危崖峭壁震雷声。
四时雨雾卷琼玉，到此游人百感生！

金山寺晚眺

金山寺上望澄城，灯火千家眼底明。
叹慨神州兴鼎革，楼台栉比起歌声。

马井——洋浦跨海大桥

大桥飞渡势凌空，南北海天腾巨龙。
古地千年臻道畅，繁华日胜昔时隆。

游保亭观和坊

保邑山川呈画卷，七仙云海泻清流。
和坊崇阁凌空起，甘旺雕图着意修。
绕地温泉迷旅客，连天秀木掩华楼。
风光百里皆浮瑞，始信仙乡成乐州。

注：甘旺雕图，指黎族图腾甘工鸟雕塑和旺蛙雕塑。

儒昂古村落连理大榕树

老干交柯连理榕，浓阴簇拥古村中。
沧桑阅尽凡尘事，势似苍龙卷劲风。

黎母山道中

飞驰山顶豁明眸，碧嶂岚光一望收。
四顾苍茫天宇阔，绿茶如海覆坡畴

游澄迈九龙溪

奔流百曲九龙溪，两岸葱茏山鸟啼。
传道九龙栖宿处，龙潭千丈尚依稀。

游罗驿古村落

瓦屋参差景物幽，腾龙画壁立村头。
连云乔木浅深绿，绕道鲜花浓淡稠。
石塔谈文人健语，祠堂鉴史士风流。
千年古地堪歌颂，最是文明此处留。

王圣任

居仁瀑布

悬崖泻下九条龙,翡翠清潭百丈荣。
侧耳忱听交响乐,蝉鸣仙境壑徊声。

金江城

横岭牵南廓,澄江逆北流。
云峰悬宇远,龙马绕城稠。
仰视千金塔,平观叠阁楼。
物华人俊杰,康泰谱春秋。

姐妹塔

寥寂随山尽,云天椰树崇。
百年修旧事,千里拂新风。
姐妹德臻美,川流月朝东。
承弘传孝道,大地自葱茏。

陈如德

登红树林瞭望塔

纵览茫茫泛绿洲,碧珠错落漾清流。
一桥隐约临天际,万国衣冠乐畅游。

八门湾绿道游

木造栈桥曲径游,红林狭道自通幽。
单骑滚滚行人让,微笑点头惬意稠。

东水港即景二首

一

渔排列港湾,过客泛游船。
水上吟俦聚,抒怀唤月还。

二

沙堤障绿峦,出港海天宽。
怀古思贤士,水云一片丹。

题木兰港灯标

拔地凌霄照碧穹,分明经纬判鸿蒙。
指迷津渡千帆过,一放光芒万代同。
闪电惊雷无畏惧,狂风暴雨亦从容。
人间难得真情在,笑迓波澜映日红。

注:该灯塔位于文昌市最北角。塔高74.6米,被誉为"亚洲第一塔"

王书豪

黎家三月三即景

三月百花娇,黎歌和竹敲。
裙旋青眼乱,峰竞白云邀。
春树腾灵鹊,新居换旧寮。
山兰香意暖,十里醉人潮。

游龙门激浪胜景有作

慕名寻胜地,不为跳龙门。

浪濯千行足,风舒百虑身。
攀崖观涨落,临海悟烟云。
我落峥嵘后,先生莫恚嗔。

注：清康熙朝儋州知州韩祐题《龙门激浪》,诗云"儋南头角峥嵘者,试听春雷快步瀛"。

登鹭鸶天堂瞭望楼

闲来登望楼,光景眼中收。
山作青龙舞,水含碧玉流。
鹭鸶忙觅食,农妇早耕畴。
鸟语随人乐,何须向风求。

乡居

闲栽树几行,叶下果初黄。
粉蝶邀风舞,灵禽配乐忙。
诗沾三径露,墨染一春香。
梦与杯中酒,时时濯月光。

游两院热作园留韵

迁自南洋地,移从印度林。
须根各盘土,翠樾已连阴。
同此天凉热,由之地浅深。
和风抚玉指,万绿共瑶琴。

携游棋子湾

欣逢云脚轻,携侣踏歌行。
霞约舟同渡,风呼雁共鸣。
新潮翻岁序,大梦枕棋声。
寻得忘机曲,平添海月明。

天涯行歌

天涯独步值秋深,夕照风匀满目金。
喜伴南山传暮鼓,闲观北鸟闹琼林。
山兰醉客方留客,椰水醒心始换心。
一阵黎歌云外送,翩翩竹舞待登临。

王书培

高山岭上二首

一

庙侧闲游恋池亭,水面澄清倒影明。
回首登高山口处,方圆视野尽诗情。

二

苍茫林海碧融天,山下临城楼厦连。
北去文澜江水荡,风光两岸拓怀宽

登多文岭

早上登盆岭,花香草木葱。
雾消呈影靓,云散露天晴。
遥看胶林翠,近观水果青。
蔗浪朝吾笑,登临不尽情。

多文新兴冼太夫人庙感赋

横刀立马显威风,杀敌英雄屡建功。
驰骋岭南平叛乱,扶危护国万民崇。

昆青渔港赋

轻舟破浪捕鱼虾,喧闹港湾镶夕霞。
竞秀新楼呈瑞气,小康生活入渔家。

吴亚雄

儋州光村白沙滩

千秋海浪堆沙白,一片光明天地间。
尘世此留清净镜,好教人类正容颜。

演丰红树林

延绵千载扎深根,甘为人间护绿春。
天海有情留屏障,不随污浊起沙尘。

尖峰岭天池

纵步峰尖唤日升,漫山春色见吾亲。
傍池安得一棚住,不染人间半点尘。

林春家

七仙岭二首

一

绿掩青峦雾掩峰,温泉飞瀑韵千重。
世嚣繁覆难清静,漫步山林惬意浓。

二

闲登仙岭看云风,世上岚烟意不同。
雪月风花随水去,青山自在我心中。

春游百花岭

又是山花烂漫开,染眸春色任心裁。
清风一缕飘然过,送我豪情上翠阶。

文笔峰

青山挥笔起云烟,蘸得朝霞润墨妍。
不写红尘风月事,但书幽雅在人间。

游滨江公园

柳绿莺穿晴日暖,娇花簇簇缀枝开。
滨江一卷春天画,任尔东风来剪裁。

王玉娟

八门湾红树林

一湾红树豁胸襟,长与天涯作好邻。
笑对年年风浪卷,岿然屹立不惊心。

美泮生态文明村

湖边翠柳啭黄莺,九曲虹桥映影明。
岸上黄花随处美,山间玉竹满坡青。
簧门美泮堪怡目,联韵闲亭最动情。
富路连通天外远,文明风尚万民崇。

初访皇桐美巢村

古榕树茂立村前,砼路周边鸣杜鹃。

驿道胡公留古迹，美巢胜景入诗篇。

杨善深

居仁瀑布

雷奔玉泻落虚空，半洒云天雾影雄。
万仞珠帘千古仰，笑看仙洞锁蛟龙

万泉湖

馨香缭绕沁心头，崇峻入云青欲流。
脉脉秋波含日月，溶溶春水露宫楼。
恍如隐见玉人浴，又似正临仙女游。
莫不瑶池西母赠？分明此处是瀛洲。

观瞻洋浦大桥

蛟龙追日舞长空，海裂风生气贯虹。
玉帝惊询小郎将，天兵喜报大唐功。
银须万缕紫云碧，麟爪千根立地雄。
滚滚车流驰政德，帆帆歌洒浪烟中。

洪昌光

感叹棋子湾

一湾碧水银滩伴，点点渔舟撒网忙。
云石腾翻千态变，青林绵续十里扬。
群鸥逐浪影轻远，数女戏沙情重长。
沧海奇观人筑梦，东风可效峻灵王？

注：峻灵王——高高俯瞰棋子湾的昌化岭上有巨石，宋元丰五年七月，被诏封为峻灵王。苏东坡曾到昌化拜谒峻灵王，作《峻灵王庙碑》。庙里有副对联曰："神呼神呼北宋勅封功第一，山也山也南洲座镇品无双"。

访汉马伏波之井

伏波跨海滩，十所掘清泉。
士壮含甘露，军威平岭南。
积功千许载，泽惠万余园。
今吊古营地，一瓢思马援。

咏南海航母——永兴岛

蓝水邀云伴我航，金盘盛满绿珩璜。
宽宽机道连天远，荡荡港湾临地藏。
鱼戏千瑚清影舞，鸥招百鸟碧空翔。
人修母舰难长久，宝岛神舟永傲洋。

王晓冰

居仁瀑布

银瀑日嚣嚣，青山何寂寥。
蛩声行径远，造势激情豪。
水气漫林壑，流溪闹石礁。
寻来探真趣，凉爽好逍遥。

临高角放怀

海天蓝蔚复茫茫，滨地成园郁郁苍。
展馆丰碑陈事迹，高楼新路入风光。

红花秾艳疑熏血,绿影婆娑幻战场。
今日重游人未倦,旷然好境慰情长。

访王佐故居

高名炳耀壮琼州,我辈身临尽醉眸。
坊石悠悠耸云梦,祠堂默默仁风流。
鸟啼花灿春无恨,日照人怀地岂愁。
归去还将《鸡肋》读,斐然一卷艳千秋。

临高金波莲花田

莲叶田田碧,花红艳艳开。
浮香自清矣,映日各悠哉。
赏玩催人惬,行留组画来。
风光无限好,秀句不须裁。

叶传雄

游万泉河

椰风频送爽,携友万泉游。
雪瀑声声壮,青山座座幽。
黎歌惊皓月,玉液醉良俦。
仿佛临仙境,诗香漫一舟。

登黎母山感吟

奇峰琼岛现,托日帝惊心。
树茂三江碧,风清百鸟歆。
云依黎母庙,月醉海波岑。
万众来朝觐,谁闻仙佛音?

攀百花岭

莺和鹊竞吟,山路入云深。
款款三重蝶,幽幽万叠岑。
银龙频吐玉,贵客甚开心。
邀月观仙迹,花香袭我襟。

许荣颂

题文笔峰

名山福地峙奇峰,拨地千寻气势雄。
怪石幻形千样变,重楼叠阁一门通。
宗坛瑞气浮仙屾,神殿烟霞响晚钟。
世态沧桑惊世变,丹炉苔迹觅仙踪。

母瑞山抒情

母瑞云迷叠叠峰,喜添早雨倍苍茏。
清溪流水映山影,绿树新楼倚碧嵩。
高岭新茶香醉客,平坡蔬果绿摇风。
山苍水碧多奇丽,景色迷茫霭烟中。

暮游南丽湖

山色空濛烟霭漫,湖光潋滟水波清。
满天星月湖中灿,几缕虹霞水底生。
风息湖天飞白鹭,浪平湄岸照明灯。
高楼赏景吟诗韵,绿岸听歌亦有情。

曾繁景

儋州东坡书院大芒果树

久识履声何所思，总牵明月读书时。
亦怜瘦骨寒窗苦，雨后花开一院诗。

天涯海角

天涯浪击雪千秋，海角风横石影悠。
一柱撑开天万里，人随日月踏沙游。

黄少民

黎族三月三

阳春三月值初三，喧闹黎家漫舞欢。
唢呐声声传爱意，鼻箫阵阵诉情缘。
才临篝火彤妍羡，又伴芳姿曼妙旋。
笑语欣然同姊妹，华装美饰乐开颜。

水满茶香

云雾氤氲仙境中，山乡春早显葱茏。
长汲地宝精华好，久沐天霖品质明。
醇郁甘甜神气健，清凉平淡馥香浓。
漫山遍野灵峰上，万亩荫荫迎远朋。

注：五指山市水满乡茶清香醇郁，名闻遐迩。

谢世强

蝶恋花·母校生态园林

海大临江依古渡。满院香蝶，眷恋花汁露。百万桃李争荟萃。峥嵘草木春怀处。

潮落潮高枕浪岁。晨沐朝晖，夕浴云霞醉。红树一塘挺拔翠。千山姹紫夺玫瑰。

鹧鸪天·月下广德石拱桥

月色穿林古驿遊，湖光映竹老桥幽。干戈铁马千年过，荟萃铭文万古留。

芦苇荡，小舟悠。满天红叶故园秋。江湾渔火陶心魄，瀑布山泉入海流。

一剪梅·永发宝树山寨

驿外桃花伴浪倾。蜂觅昙花，蝶恋花芯。山鸪影下叫春天，燕子衔泥，白鹭蹁跹。

寨峪槟榔吐郁金。红杏妖姿，绿柚风轻。春晖柳萃荡残烟，木翠山深，岸秀泉清。

曾宪钊

登黎母山

吟友出山城，盘行绿海中。
峰高林茂盛，崖陡路难行。
岭远观鹰疾，坡旋听鹿鸣。
登巅敬黎母，心慕守山人。

海瑞故居清正园

翠竹围青瓦，葱茏映绿阴。
洁流冲浊水，骤雨洗腐尘。
气正除时弊，政廉革谷陈。
椰风迎日出，万古海天琴。

海口白沙门战斗英烈赞

枪炮声声伴浪吟，雄师登陆白沙门。
孤军奋战弹粮绝，勇士献身肝胆存。
昔日烟尘藏远梦，今时景色慰忠魂。
英名刻石垂千古，招展红旗励后昆。

丁一笑

游罗盆岭

亲近罗盆光脚丫，欢声惊鸟掠飞花。
香风奏乐绿丛舞，一路踏歌披彩霞。

长岭森林公园

长岭天梯接帝庭，青林霞绕鸟争鸣。
盈盈春色抱湖岸，绿水悠悠蕴激情。

徒步观洋浦大桥落成

跨海凌空竖巨琴，骚朋健步入天门。
随风奏响迎宾曲，气势如虹白马音。

参观临高金波荷花田

仙子凌波韵味浓，柔情万种话初衷。
倾心骚客陶然醉，欲作出泥不染翁。

五公祠

红墙花簇漫氤氲，寻迹诸公客若云。
雁落天涯何所憾，千秋南海诵忠魂。

观居仁瀑布

水花四溅洒温馨，汇集山泉涌爱心。
观赏游人携手笑，平畴瀑布蕴黄金。

林琅

博鳌论坛

一海三江汇，群龙聚博鳌。
任凭风浪起，力可挽惊涛！

鹿回头

水尽山穷喜缔姻，猎人欣与鹿传神。
江山胜迹由谁造，半是英雄半美人。

问南天一柱

欲问根基有几深？千年埋没万年喑。
狂潮撼过何耸立，为有擎天铁石心。

澄迈东水港寻东坡北归处

欲觅征鸿不见痕，立于古渡望归魂。
悠悠岁月流东水，不泯东坡教化恩。

儋阳楼

气势巍峨彻紫微，山川环抱景神奇。
天湖漾眼舒蓝缎，林海含岚泛绿漪。
日月升沉人岂识，风云变幻我先知。
每登楼阁常怀古，忧乐推谁百世师？

读临高角热血丰碑忆旧

弹痕岬角尚依稀，想见当年炮火时。
流水王冠如败叶，围城猛士扫残棋。
丰功不朽红旗下，正义终将青史垂。
值此运筹同筑梦，更须忧患读碑辞。

苏少道

黎村即景

岭下山村四五家，炊烟袅袅夕阳斜。
黎姑汲水来河畔，舀起天边七彩霞。

河边遐想

妹家住在水南边，哥住迢迢北岸湾。
欲把长河来对折，将哥折到妹门前。

晚归

肩上鸬鹚似半眠，渔翁撑筏过江边。
长篙点碎波心月，惊起芦丛鹭一滩。

董石宝

山茶村春行

本拟春波始出游，春牙淘气噬心头。
小花路近何劳马，野草情多不碍楼。
屡发童狂追蛱蝶，偶吟残曲应雎鸠。
兴来兴去俱随意，岂限南朝王子猷。

驻足春马桥

停车坐爱日晴柔，春马桥头春色稠。
海漾唇楼浮北岸，滩分苇草下新州。
流霞似火烧红树，牧笛穿云出白鸥。
赶海同归儋耳女，调声曲子逐潮流。

绕行东坡湖

东坡湖色眼中浮，一半婀娜压旧州。
湖面来风荷曳伞，发丝掠水柳梳头。
不嫌船窄多情侣，略怪桥宽少酒俦。
最是啰嗦蝉正午，教人归去把情留。

董永宁

登儋阳楼有感

仰头碧汉紫霞飞,眼底湖山景色奇。
追梦人奔千里马,弄潮我作一涟漪。
振兴国运开新局,顺应民心注活棋。
心系万家忧乐事,儋阳楼上揽春时。

春游云月湖

云亲月恋水环峰,柳岸莺啼绿映红。
纵使满湖皆是酒,仍然不足醉春容。

重游鹭鸶天堂

四野争春气,银翎下翠微。
乘东风振翮,随白鹭腾飞。
山壑蒸岚霭,林涛展锦衣。
开襟欣拾萃,啼鸟共吟诗。

蝶恋花·观白沙美女峰

眷眷翠娥香满袖,风韵悠悠,眉目堪清秀。头仰蓝天思慕久,盼郎日夜长相守。

魂被纯情仙女诱,如醉如颠,知客痴心否?纵使旅人离别后,青山绿水情依旧。

羊赤波

东坡湖

扩展莲塘景致妍,曲桥栈道妙相连。
湖波荡漾千荷曳,载舞欢呼载酒仙。

鹧鸪天·儋阳楼

览胜观光及九州,独钟儋耳古风楼。遥峦翠岭连芳野,黛壑明湖派碧流。

城郭美,岫岚悠。云飘足下化千愁。人间仙境何方觅?登阁高瞻不复求。

鹿母潭

石岸光圆似宝盘,潭中鹿母沐其间。
维肖维妙神工造,天赐人间景物妍。

鹿母湾两瀑布

雅韵高山流水音,回峦荡壑扣人心。
哪来悦耳和谐曲,两峙飞泉两古琴。

林星煌

鹧鸪天·再谒东坡书院

默伫坡亭认古碑,池清荷举又葳蕤。桄榔影子眉山月,笠屐情融琼岛诗。

芒果树，凤凰枝。春华秋实赖公滋。烟云早已随风去，化育金凰海角飞。

雪梅香·重游松涛水库

日初上，郯郯森森载霞行。任波光流注，身心一沐风清。鸟曳峰回出新画，云拖江绕入层青。又酬我，雨织丝帘，添锦归程。

多情！满湖酒，先醉游人，后醉歌声。可记当年，拓荒劈岭群英？万户星灯耀青史，千田碧水送春馨。思轩鬒，好瞰明珠，华彩蒸蒸。

鹧鸪天·洋浦古盐田

古石层槽镜面平，如龟如砚倒悬铃。风吹雨打多瘢迹，海润阳蒸献雪晶。

胸磊落，境奇闳。客询盐史话文明。盐田村品盐鸡味，别样风情伴笑声。

鹧鸪天·晚游三亚湾

十里华灯引我行，驱车新景动心旌。欲听涛语寻童梦，悄褶椰馨向夜溟。

沙细细，浪声声，无边思绪滤风清。湾伸两臂怀渔火，点亮深情待月升。

鹧鸪天·游海口火山群世界地质公园

青驻雨林湖映蓝，熔岩叠美隐深山。万年裂谷留荒穴，今日公园荐景观。

旋百蹬，抱层峦。地心跃上彩云间。秋风吩咐天开朗，远近楼群任我瞻。

王衍鳌

海口石山火山口风景区

青山变赤山，顷刻百花残。
沉积滋元气，宽松修五官。
团团红荔坠，队队小羊欢。
举目凝望远，恍驰登马鞍。

万泉河

游琼莫漏万泉河，文帝当年韵事多。
倘得轻身添一趣，漂流酷女不成婆。

咏名人山里白鹭湖

名人山里览名湖，缕缕纹丝委婉舒。
椰篦梳光鎏钓影，岚纱滤浊护明珠。
凌空白鹭云裳洁，出水礁岩稚鸟腴。
我欲推舟偷一瞥，怎生得意恁踌躇。

水调歌头·游三亚南山

寺座南山麓，收尽瑞和幽。椰风润颊酥骨，海韵醉魂柔。高矮崖屏乱目，大小洞天迷腑，试剑斩闲愁。歆对龙松问：既寿复何求？

穿林径，登佛殿，逐人流。善男信女朝拜，我自纵情游。罗汉观音偶像，悉数雕装玩物，焉能断春秋。无意香烟绕，最喜鸟声留。

王贵荣

谒王佐纪念馆

门前碧草滤嚣尘，台柱龙飞欲入云。
爱国诗魂昭日月，人间大地暖如春。

题儋州东坡书院

先生依旧立中庭，一咏诗书天放晴。
远道而来多骇浪，儋州造化涌文星。

谒永庆寺

清风紫气绕佛门，禅韵梵音涤客心。
今日我来三叩首，平生遗憾了无痕。

谒宋氏祖居宋庆龄雕像

僻地腾飞金凤凰，穿云破雾远天翔。
神州板荡风雷激，铸就丹心作栋梁。

谒张云逸大将故居铜像

戎马生涯几十年，崇山峻岭战功镌。
而今魂魄归乡梓，脉脉含情望稻田。

致红色娘子军雕像

斗笠钢枪征战苦，神州才见万山红。
而今转守柏油路，喜看万泉水更清。

卜算子·谒临高文庙

背依远山青，门对澄江碧。地利天时已俱全，鼎盛香烛馥。

桥挤客虔诚，堂坐先师熠。一瓣心香静静说，踏上阳光路。

陈礼彦

周末傍晚携友游棋子湾

一路晚风轻，寻芳昌化行。
浪淘棋子白，舟泛海鸥鸣。
拾月三分色，听潮万古声。
心随天海阔，万象眼中明。

霸王岭行吟

黎家新雨后，野岭任行踪。
谷底涛声绿，花前蝶影重。
猿啼千古韵，松唤九天风。
放眼流云处，山高我是峰。

琼中百花岭瀑布

白练川前挂，清心石上磨。
跳珠欢入谷，飘绺汇成河。
纵有千条坎，仍飞一路歌。
长怀黎母嘱，春意寄荒坡。

赏昌江木棉

不计寻芳路几程，笑谈山水丽人行。
燕归陇上传春讯，雾入林间润鸟声。
世外风和凭绿野，黎乡客醉借花明。
回眸南北千般景，不及红棉映铁城。

赖家仁

五指山

海纳胸中万里情，邱公山上仰天清。
风云变幻桑田改，电抉雷掀手自擎。

咏东方大广坝

自从大坝崛城东，一库烟霞漫碧空。
潋滟波光鱼弄月，朦胧紫气鸟穿穹。
田畴岁岁飘香稻，灯火时时映彩虹。
极目湖山谁造就？家乡胜景乐游踪。

游昌江棋子湾吟

昌城魅力世人崇，棋子湾边逸兴浓。
避浪翻沙寻古韵，栉风沐雨觅仙踪。

思随银燕追天外，心逐蛟龙探海中。
对月花开三径暖，倾情歌唱满江红。

卢灵和

三月重游东方水乡

青山夹岸水泱泱，草绿花香画幅长。
雅兴逍闲垂钓去，心身陶醉水云乡。

鱼鳞洲

鳞洲高耸立云天，怪石奇峰紫翠连。
浪击千层磐骨挺，分明佳境驻神仙。

咏临高居仁瀑布

一帘云雨挂仙山，绕石穿林步履跚。
昼夜奔流何处去，愿将清白洒人间。

临高金波荷田观感

皇桐林里舞金波，百亩平畴长满荷。
花接彩云相映艳，寻芳蜂蝶喜穿梭。

咏东方大广坝库区

峰峦叠翠画中摇，鹰影猿声水上飘。
碧浪千层惊大禹，谁铺绿野尽挥毫。

许忠泰

高阳台·游临高角

云淡天高，三秋轻暖，临高岬角重游。碧海金滩，林荫铁塔朱楼。排排激浪相追逐，弄潮儿、戏水沉浮。眼迷离，绿紫红黄，侧畔飞舟。

雄师渡海先登处，正丰碑矗立，永照千秋。扫尽阴霾，铺成锦绣神州。万方奋起倾全力，迈征程、大展宏猷。看人间，造化无穷，涌上心头。

鱼鳞洲

鱼鳞洲耸刺青天，云雾当胸夹雨连。
脚下惊涛高百丈，眼观万里照行船。

东方水乡二首

一

翡翠湖光风景秀，依山傍水靓仙乡。
怡然小憩槟榔下，领略春来一片香。

二

湖泊采风寻野趣，回肠荡气坐飞舟。
岚山白雾妙图景，不负悠闲此日浮。

大广坝风光

春来广坝艳阳天，十里长龙卧库间。
沿岸湖光多秀色，远山水影最新妍。
境区磅礴连云界，机站巍峨耸碧巅。
名冠亚洲称第一，为民造福万千年。

临江仙·木色湖

木色湖光风景俏，水清沙净人慈。雷公湖上展天姿，疑曾昔日，仙女欲游池。

岭作围屏湖作镜，层峦叠嶂雄奇。丛林簇翠发新枝。夏凉冬暖，旅览最相宜。

云月湖影

云月湖光风景异，天涯侠客一身轻。
痴心鉴赏松林晚，疑是灯船雾海行。

参观海南威隆造船厂二首

一

火狐闪亮射晨天，龙吊奔忙夜未眠。
蒙得订单飞雪至，船厂盛况喜空前。

二

货运巨轮初出港，长空破浪疾如风。
赢来信誉堪赞颂，荣获海南第一功。

东坡书院

院庑常新非昔比，德行胜迹铸心碑。
才思豪气江河涌，无处神州不入诗。

谢卓石

登高山岭

胜日登高岭，群花将我迎。
眼观千仞石。耳听万泉声。
红日抬头近，绿丘俯首平。
春风亲笑脸，百匝绕山行。

咏松涛水库二首

一

移山倒海论功殊，潋滟波光一碧湖。
万顷田园甘水浇，琼州大地展宏图。

二

山上飞泉满岭坡，驱除旱虐笑呵呵。
万年秃野今披绿，齐沐党恩唱赞歌。

儋州石花水洞

山下石花呈万千，今时观赏笑开颜。
洞深百丈阴沟处，竟有兰舟送我还。

百花瀑布

百花瀑布久长流，峭壁清池逗客游。
山洞拦腰歌水库，潺潺泉水报丰收。

乐东天池

崇山嵌着翠天池，鸟语林幽楼阁奇。

仙境凡间何处有？尖峰岭上尽娇姿。

谒海瑞墓

清官不泯好名声，石墓弥坚万载馨。
冀望当官仿海瑞，无贪无媚一身轻。

游万泉河

万泉风景最堪赏，白石沙洲引兴长。
花卉吐芳留蝶舞，楼台望月敞心舫。
椰风椰韵迷骚客，翠阁霓灯尽丽妆。
何处瑶池圆美梦，博鳌胜境似仙乡。

屯昌木色湖

白泉潺潺汇平湖，四面山林景色殊。
湖里鱼游迷远客，夕阳斜照绘妍图。

黄秀怀

咏高山岭

谁伸巨手向空悬，欲卷长风更远翻。
四壑深青霞影细，三湖淡绿月痕弯。
烟萦不掩山中庙，尘扰无关石上禅。
崛起能擎天一角，已铺春色到云边。

咏五指山

五指相连峙大江，几经抖擞振南荒。
依天玉垒云烟暖，拔地金茎雨露香。
敢与星芒参北斗，巧将春色护东皇。

登攀谁会嶙峋碧，正是琼崖万仞刚。

洋浦大桥观感

一座长桥两岸连，如虹跨海峙遥天。
平分月殿三秋色，结识星河七夕缘。
已辟云程通正道，敢将胜迹换荒烟。
小康路上同描梦，白马飞奔捷足先。

谒王佐公祠

透滩桥畔谒桐乡，祠宇春深润泽长。
大德不随风雨淡，清名永在刺桐香。
肩挑云月徊三郡，足遍关山眺八荒。
"鸡肋"雄文光一页，千秋磊落启忠良。

澜江之春

绿掩新城亦焕然，五桥诗涨叠文澜。
和风燕剪云中锦，细雨莺梳湖上烟。
大治垂成民渐富，小康在望梦犹酣。
东君若问荣枯事，古邑春来已换天。

春游碧桂园·金沙滩

金沙十里亦温柔，一派洋风海上楼。
正是澜江春又绿，先香碧桂莫须秋。

登琼台福地

拾级登临望眼开，人文造化耀琼台。
雕龙绕柱腾云起，杰阁凌虚入画来。
莫笑炎州无圣境，方知福地有良材。

江山信美留芳躅，公道于民不自哀。

澄迈东水港行

一跃飞舟望海遥，天连水尾涌新潮。
欲寻苏子北归路，走过残生第几桥。

澄迈美榔村姐妹塔

无求耸立峙重霄，风雨难磨别样娇。
一叩佛门惊世俗，殊途但见品同高。

临高角遐想

枪声已化浪潮吟，血筑丰碑振古今。
一统方成天下事，澎台何日结同心？

西沙永兴岛夜泊

波堤夜泊梦魂清，难却潮声鼓盛情。
知是翻腾应有意，高歌南海筑长城。

马袅湾观夕阳

一抹残阳卧水崖，还将余热煮天霞。
凭栏我却添惆怅，好梦消磨逐浪花。

邓文讯

乐东毛公山写意

操心天下事，难得一时闲。
尔等休高语，伟人刚入眠。

鹧鸪天·澜江新城畅想

楼阁连云起草滩，新城兀立展奇观。牌坊一列龙蟠舞，别致园林花木妍。

城靓丽，梦魂牵。球弦诗画客流连。若能斯地长留住，不羡天堂不羡仙。

跃进水库淡水养殖场

长堤拥抱碧澄湖，日月浮游云卷舒。
十里网箱鱼戏跃，小船巡荡绘新图。

登高山岭瞭望塔

高塔出云端，纵眸天地宽。
川原腾绿浪，沧海射征帆。
城焕楼林立，江澄鸥翅旋。
登临无限意，雅趣储心间。

访文笔峰

浴汗登攀峰顶观，河山万里拓怀宽。
江郎才尽来瞻仰，好借神毫续雅篇。

东郊椰林晨景

疏星悄隐鸟交鸣，碧海琼波托日升。
离港渔船载歌去，椰林伫望寄深情。

符策坚

登铜鼓岭观海

月亮泊涯中，宝陵流韵浓。
听蛮弥古道，看海绕奇峰。
灵石风头动，云帆浪影空。
凝眸人伫立，初日泛腮红。
注：月亮即月亮湾，位于海南东北角文昌市境内。灵石即风动石。

月亮湾

月新如练降瑶台，载日乘风天上来。
未见吴刚将桂酒，渔船劈浪雪涛开。

题桃源江

桃江梦里寻千遍，万顷田畴绿接天。
笑我不如晋陶令，悠然赏菊到南山。
注：桃源江又名头苑江，故乡的一条小河。陶晋令即陶渊明

南丽湖行吟

仙湖南丽水莹莹，楼榭亭台沥雨声。
挥手启帘观远翠，乘舟放目望前程。
银鳞戏逐清波里，笑语穿行秀色中。
绿浪深深秋曲近，恐惊林鸟步轻盈。

美丽中国之美丽丽水

2006年7月29日,时任浙江省委书记的习近平同志到丽水调研时谆谆教导我们:"绿水青山就是金山银山,对丽水来说尤为如此。"

——摘自丽水市委书记史济锡《在丽水市三届十一次全体会议上的报告》

蓝贤寿

咏高坪杜鹃林

万亩杜鹃绽碧巅,红欢紫笑远尘烟。
迎来游客垂青眼,春入桃园别有天。

游遂昌乌溪江库区

画船缓缓顺江游,两岸青山竞倒流。
对对鸳鸯迎远客,风光逗我醉吟眸。

遂昌金矿国家矿山公园

青山围里景鲜妍,坑道前头见秀川。
古代矿工流泪处,今朝游客意情牵。

王村口红色古镇

昔日战旗高举处,今朝游客觅踪忙。
缅怀先烈凌云志,薪火相传正气扬。

咏茶园武术村

红旗山下种粮忙,古树林中武术扬。
祖业传承今有望,旅游开发振家乡。

畲乡重阳歌会

畲乡摆起赛歌台,四面八方宾客来。
习俗走亲情意重,祖传文化显奇才。

登遂昌石姆岩

也恋自然风景妍,石公石母结良缘。
相亲相爱长厮守,留给乡人宝一盘。

遂昌重建启明楼感赋

鲤鱼山上最高楼,古邑新城一望收。
今日传承先祖意,汤公遗爱惠千秋。

遂昌汤显祖文化节"班春劝农"

清明致祭稷神前,来效汤公重稼篇。
县长扶犁亲下地,田家播种自扬鞭。

承传善政黎民裕，启后勤耕岁月绵。
若问世间何事重，民为国本食为天。

遂昌九龙山国家自然保护区

奇峰旖旎画屏中，古木葱茏送好风。
涧水清流朝日艳，青山翠叠晚霞红。
鱼虾同伴溪间戏，麂雉双珍榜上雄。
秀景连连观不尽，唯留记忆影重重。

畲民采茶

披星戴月上山冈，一路畲歌喜气扬。
巧手穿梭如织锦，归来满袖透清香。

高坪杜鹃

万亩杜鹃绽碧巅，红欢紫笑远尘烟。
迎来游客垂青眼，春入桃园别有天。

神龙谷华东第一高瀑

神龙飞瀑势腾骧，溅玉喷珠奏乐章。
银练高垂三百丈，奔流直泻汇瓯江。

楼晓峰

遂昌昆曲十番表演队

雅乐名工尺，洪音响九韶。
晨兴耕陇亩，待月弄笙箫。
曲目轮番演，声情逐浪高。
草根翻古曲，逸韵动云霄。

遂昌黑陶

辗转乔迁三万里，人陶相伴五千年。
而今复古还元色，别有乾坤在此间。

北斗崖景区一览

远上高坪瞻北斗，通天索道直登临。
雄峰雾列三千丈，峻瀑云垂八百寻。
旷谷徘徊疑虎啸，群峦震荡听龙吟。
苍霄此去知何许，指点星辰若比邻。

通济堰大观

八百松阴马下鞍，中流截断驻龙蟠。
田园万顷凭通济，水利千秋赖并涵。
从此三农兴社稷，至今五谷起波澜。
沧桑见证风云老，遗产刊来报宇寰。

青田石门洞探幽

天偏地僻小乾坤，变幻烟岚隐石门。
履践苍苔三万级，心悬涧瀑百千寻。
杳无俗相耽名利，剩有闲情对柏椿。
莫道文祠长寂寞，仙游不乏往来人。

临江仙·仙县乡村

山色空濛敷水墨，溪流横纵西东。四时野籁送天风。鹭飞草长盛，蝉噪绿阴浓。
　　稻粟瓜疏纷烂漫，谁家正采莲

蓬。耕耘稼穑不偷工。感其情切切，慕此乐融融。

满江红·仙县红烂漫

民主红潮，东南涨，风云激越。闽浙赣、燎原星火，纵横炽烈。高举锤镰纷暴动，平分土地频移夺。朽木摧、百里辨尘埃，飞军捷。

追兵阵，遭切割；毛战略，凭调协。任驱驰捭阖，铲除时桀。风卷旌旗红烂漫，剑酬壮志真豪杰。慕名来、古镇仰天高，翻新页。

陈好武

水东村观社戏

秋高气爽筑高台，潮涌乡民赶闹来。
菜点飘香馋诱客，人欢喧笑涨红腮。
刀光剑影标英史，粉面娇声夸俊才。
圆梦农村天地变，龙翔盛世乐悠哉。

咏白云山气象台

踩云摘日趁风行，千里空山放眼明。
咫尺瑶池观玉舞，数寻弯月听琴鸣。
寂寥幽境离尘远，盘踞天台报雨晴。
炼就一身金嘴甲，腾飞经济助民情。

神龙谷飞瀑

女娲难补银河缺，天泻清波九叠连。

翠壑雷鸣山岳动，莹珠风舞壁花翩。
岚飞扑面疑如雨，日坠疏林泛若烟。
幻若神龙临古邑，高歌圆梦庆丰年。

通济堰情怀

远山青翠出云霞，绿水澄幽映草花。
龙庙门前长坝卧，文昌阁外古樟斜。
洞桥交错流千载，网渠蜿蜒润万家。
历代同尝甘露汁，留芳司马庶民夸。

括苍古道感怀

香沁花丛袅紫烟，阶痕屦印觅先贤。
民挑盐米风寒袭，官驶钦文昼夜传。
月落日升千古越，南来北往百关穿。
而今崛起康庄道，万里江山一线牵。

春游太极湾

静寂野寮春盛时，清波荡漾最迷痴。
妙龄芳色缠花树，豆蔻霞光动客思。
石将迎风添威武，村魁耀祖显神奇。
山庄土洒农家菜，半醉朦胧出好诗。

喝火令·松阳象溪一村采风行

雨涤青山净，风吹碧水长。古村龙脉绕前庄。祥气独笼幽境，千载盛名扬。

秀丽蓬莱处，盈香进士乡。一方灵地毓贤良。至美清纯，至美孝诚昂。至美旧痕新貌，借史创今芳。

喝火令·小舟山情怀

细雨迷廖廓，轻烟袅岫梁。壑边风竹叩新房。儒雅韵中谋略，宏景画中央。

打扮梯田色，迎来古训妆。小舟轻驭九州扬。创业芝田，创业铸辉煌。创业孝诚同步，美丽富侨乡。

喝火令·高演村采风纪行

岭竣云飞急，峰高鸟越难。一帧风景醉人闲。桥古碧莹泉涌，行孝亮光环。

旧邑青山秀，新村别墅冠。广开门道展奇颜。古色为先，古色拓今宽。古色美成圆梦，致富庶民欢。

喝火令·白沙村情怀

蹦跳晶莹水，扶摇缱绻岚。数峰飘逸露青衫。幽径直通云顶，陶醉石门潭。

雅致诗缘结，豪情酒兴添。十年磨砺舞吟坛。爱惜清纯，爱惜入迷憨。爱惜世间真缔，韵海揽真参。

喝火令·参观明代金窟矿难遗址有怀

背耀祥龙气，头缠彩凤冠。谷深山俏富雍颜。盘古结成稀物，千载采尤艰。

洞砸三千尺，风鏖九百弯。擦肩生死过阎关。至宝难求，至宝饰金銮。至宝掠归权贵，矿难泪流涟。

喝火令·斋郎村红色之旅抒怀

逐日尘嚣远，追风绿水闲。净空清逸韵无边。迎客古杉含笑，晨雾醉人欢。

水口弹痕在，岩崖国史镌。昔年鏖战铸英篇。赤色旌旗，赤色夺江山。赤色踏平顽敌，四海尽开颜。

董筱岑

农家情

一池荷卷秋，五谷共香畴。
斜照田间色，鲜风江上洲。
山归随倦鸟，月卧恋高楼。
妻问来杯否，笑看频点头。

白沙吟

雨霁流泉逗雀啼，呼吾尽兴踏花蹊。

迎眸翠竹扶檐角，惊出桃花五柳题。

江滨晨曲

晴空万里爽人心，漫步花蹊香沁襟。
犁破青山飞艇影，载来白凤忘年琴。
谋篇匡稷弹清曲，执政亲民送福音。
瓯水长流呈万象，一轮旭日满江金。

南明山行

晨曲绕阶穿竹行，山门扑面石梁横。
高阳洞录瓯江泪，漉雪亭传仁寿声。
迥出灵崇空远目，平临云阁有新城。
丹崖古迹葛洪井，正可沏茶听啭莺。

游九龙湿地

绿闹溪湾白鹭飞，风闻水色鳜鱼肥。
三舟斜影添神韵，五柳垂丝钓怪矶。
今又天鹅临湿地，何须彩墨画芳菲。
廊桥倚处观四野，日浴清波醉晚晖。

重阳与诗友寻古道上桃花洞有记

轮碾秋风九九天，盘山古道拾阶前。
赶京岁恶艰辛迹，使者时平潇洒篇。
感慨亲临方十里，精神冷落已多年，
而今国梦扬旗帜，齐步铿锵广域传。

登应星楼读史感怀

江滨翠拥一名楼，云阁文明古迹留。
分野天人星象奥，群英宿命贡生稠。
千年相术常叹止，历代科研久冀求。
今幸登临怀远听，青山绿水话莲州。

玉楼春·旅宿南尖岩

壑深百丈峰如剑。熙照松涛看潋滟。澧泉翻雪送清音，更听莺歌飞異坎。

陶然醉卧青山簟。不禁弹尘情绪点。平生迷梦又如何，借取夕阳花絮染。

浪淘沙令·西溪咏叹

古宅色斑浮，布满乡愁。九盘山岭看门楼。匾额旗墩曾耀祖，义地碑留。

后裔记心头，续展风流。白墙碧水映高楼。晨读廊桥行孝德，楚宝相酬。

画堂春·初二游好溪公园

高云叠日光浮，曲廊翠隐清幽。偷闲携母赶风流，摄影无休。

指点从前模样，纵横一片污沟。而今碧水锁琼楼，白鹭悠悠。

水调歌头·南城新曲

一夜春雷震，百里翠峰惊。劈山招凤，重谋时代崭新城。云嵌高楼万象，商贸奇葩竞绽，绿谷道纵横。拓展家山梦，龙雀亦齐鸣。

园百卉，山百果，彩分层。恢弘洒脱，生态林苑总迷情。水库碧波荡漾，游客轻舟唱晚，掬起万千星。更听采莲曲，催得旭阳醒。

念奴娇·游好溪感怀

潺潺溪水，正悠然沐日，波光絛烁。摄入画檐金凤影，醉了巡堤沙鹤。水榭廻廊，花蹊垂柳，更把幽香约。惊吾栏拍，直呼谁此杰作。

记得一片曾经，小沟浮叶，洪患成荒漠。寒骨堆丘听鬼哭，留下臭名熏恶。整治开工，齐心圆梦，直把河宽拓。看如今是，涟漪春色相托。

注：好溪原名为恶溪。

傅瑜

参观丽水生态产业集聚区

秋风送爽艳阳天，生态新区看变迁。
七彩鸿图辉岁月，一城秀色靓晴川。
高贤广纳看鹏骘，富路多开引凤眠。
拭目来年花盛放，春潮滚滚梦新圆。

游丽水东西岩

夫妻相伴共年华，底事含羞面笼纱。
地拔双崖浮翠谷，天开一线仰丹霞。
花妆万树诗情暖，鸟啭千山韵味嘉。
最是畲乡人好客，献歌敬酒德传家。

注：东西岩也称夫妻岩。

丽水通济堰

松阴两岸翠岚浮，一坝横溪名九州。
巧遣洪流苏万物，甘拼热血润千畴。
香樟曲径唐风在，古堰雄姿青史留。
纵目田园禾稼壮，潺湲成韵唱丰收。

千佛山朝圣

西域飞来佛一尊，左狮右象守山门。
清泉汩汩藏灵气，古木葱葱沐瑞暾。
仄径蜿蜒隐禅院，香烟缭绕唤诗魂。
心无俗念虔诚拜，不老吟情万载存。

与众诗友游千峡湖

湖天雨霁雾朦胧，如幻农家悬半空。
浪笑人欢惊鹭鸟，水随山转挟松风。
碧波荡漾春光媚，雅韵萦缭情趣融。
洗却心尘消俗虑，诗花更比杜鹃红。

庆元黄坞

丰收田野缀金黄，送爽清风拂脸庞。
村圃长廊瓜果熟，农家小院酒茶香。
文明烙在人心里，楼厦藏于林荫旁。
古朴天然如画卷，归来趁兴赋词章。

松阳寨头摄影休闲园

古道幽深入九霄，凉风习习胜空调。
岭头取景多惊喜，木屋休闲远市嚣。
飘渺流云如画卷，叮咚逝水若仙韶。
天然端午茶酬客，气爽神清俗虑消。

历史文化名村象溪

山环水抱秀才村，鼎盛文风家族魂。
诗画田园芳草绿，牌坊楼影古时痕。
一元复始开新宇，五福临门承祖恩。
耕读并行传代代，流长德厚泽儿孙。

注：一元复始、五福临门均为该村景点名称。

云和梯田

层层叠叠望无边，曲线悠悠不计年。
云气蒸腾疑作海，畲歌清脆幻成仙。
风吹金穗千重浪，水击山坑万古弦。
景色总随时令变，诗情画意概难全。

登赤石望乡楼

登楼纵目喜还忧，疑是家园泗渡洲。
四面彩屏堪作画，满湖翡翠软如绸。
穿梭白鹭掠空舞，破浪轻舟逐水流。
愿作天边云一朵，飘回故里了乡愁。

鹧鸪天·云和规溪

碧水无波一镜平，长虹横卧暖风轻。
千畴油菜铺金毯，七彩农家列画屏。
飞白鹭，啭黄莺，湖光柳影倍温馨。
日新月异怡人景，特色山村树典型。

小顺铁工厂遗址瞻仰周恩来塑像

回首当年烽火路，军工奋力支前。心头往事忆翩跹。周黄初握手，国共又连肩。

纪念碑前留小照，莺飞林茂花妍。千秋功业耸云天。湖山呈画卷，虹雨靓诗篇。

注：1939年4月2日，时任中共中央政治局委员、中央军委副主席周恩来，以国民党政府军事委员会政治部副部长的身份，由省政府主席黄绍竑、知名人士陈嘉庚陪同赴小顺"浙铁"总厂视察。

喝火令·龙泉

满目原生态，菌菇四季芳。白云深处水流长。莺舞燕飞鱼跃，香茗润诗肠。

宝剑重磨亮，青瓷又发光。凤阳山岗正朝阳。屡屡情思，屡屡韵铿锵；屡屡锦书新寄，梦笔赋瑶章。

临江仙·游白云山森林公园

正值金秋游兴起,轻车直上鹏霄。满湾秀色醉陶陶。林间黄鸟唱,足下白云飘。

蔽日摇风浓荫罩,流泉哼起歌谣。一周劳顿霎时消。休闲来此地,胜似饮甘醪。

傅祖民

避雨南明山漱雪亭

掩荫修篁里,听泉峭壁前。
神驰天地外,心静胜参禅。

绿谷情

金银栝州邑,遐景入云端。
山水萦乡梦,田园聚宝盘。
感风馨绿谷,搜句骋骚坛。
向往原生态,客临天地宽。

元旦登南明山

一线飞流落九霄,抬望云阁路迢迢。
风侵竹径添清冷,鸟语松间破寂寥。
掬水池浮青嶂月,赏文梁贯彩虹桥。
开年偕侣登高处,沉醉河山垒块消。

注:第三联分别指印月池和石梁。

山根畲韵

大梁山下访畲村,古朴民风今尚存。
飘拂旗幡排宿雾,参差野墅沐朝暾。
香茶代酒真情在,俚曲迎宾笑语温。
今日农家幸圆梦,春华秋实赖天恩。

游观音岩风景区

鸿蒙之际景犹存,隐约岩浆肆意奔。
峭壁掩藏钟磬阁,松阶漫布藓苔痕。
谁挥鬼斧营仙境,我踏云梯叩石门。
豁朗崖分开眼界,琳琅碑刻振诗魂。

避暑南明湖栈道

蝉吟堤柳晚山青,避暑南城长短亭。
波映琼楼光潋滟,人行栈道影娉婷。
江边荫翳森森树,草泽流晖点点萤。
月上中天尘世远,凭栏独坐数繁星。

通济堰怀古

一溪松荫阅千年,司马詹南引碧泉。
渠仿竹枝输野圃,坝沿龙迹渡迷川。
和风甘雨渔樵乐,政绩勋功童叟传。
古堰沧桑载青史,持觞酹酒敬先贤。

秋游白云山

雨后秋山气息新,相偕游览正宜人。
千峰雾袅疑为梦,一径苔侵确是真。

俯瞰莲城浮海市，登攀琼阁出红尘。
村姑待客农家宴，胜似奢靡满汉珍。

丁酉重阳登万象山

拾级登高时序迁，重临故地忆当年。
凤凰山麓题红叶，烟雨楼台析锦联。
赏菊辞青松岭下，游园怀古竹窗前。
凭栏远眺东流水，不尽乡愁一念牵。

阮郎归·太山人家

云山深处故人家，门前石径斜。奇花异果傍篱笆，松杉耸碧崖。

迎远客，沏新茶，厅堂笑语哗。肥豚嫩韭野蔬芽，清风浊酒不须赊。

注：太山村人工栽培猕猴桃已形成产业规模，猕猴桃又称奇异果。

木兰花·走访里河村

牌楼叠阁祥云驻，柳巷雕栏排有序。清流映壁绕花丛，疑是神仙曾住处。

老人三五闲聊聚，笑问争相心语诉。惠农新政建康庄，庆幸尧天千载遇。

鹧鸪天·九龙湿地公园观赏萤火虫

月漾江天气息清，长桥浅渚水泠泠。随波浮黛千峰暗，漫野流金万灯明。

蛙鼓奏，蛐琴鸣。和谐万籁倍温馨。几疑此景身犹梦，不枉家山负盛名。

临江仙·正月初二重游古堰画乡

小镇长街青石埠，人来车往如流。千年古树掩江楼。凭栏烟渚处，白鹭逐渔舟。

新正恰逢春日暖，画乡古堰重游。家山胜地独清幽。抬望天浩渺，指点水春秋。

风入松·杨山茶事

早春云岭鹧鸪天。晨露润茶园。村姑喜摘尖尖叶，心花放、歌漾林间。枝撷清灵纤手，霞飞绮丽芳颜。

娇娥束袖汲山泉。情煮玉芽鲜。松声活火馨芬溢，最宜结、茗谊诗缘。琼液清醇弥久，茶乡逸兴常牵。

黄师联

库川

千山一路浮，万树点青眸。
古屋分中水，闲鱼各小湫。
忽来群雁影，旋上白云头。
相看亭棋手，如何无所愁？

过古村

风临衣感单，水响石生寒。
犬吠山门外，檐沉蝙蝠安。
树重青嶂远，村小冷花残。
庐井两三妇，依依喃木栏。

山家访旧

埠上松溪伊小家，青春作伴浪淘沙。
桃花门外桃花水，只见清流不见花。

云和长汀沙滩

水意云心空谷长，白沙花伞带秋香。
渔舟一曲红波晚，岸上人家飞凤凰。

游平昌鞍山书院书怀

旧院妆成一目新，万般心事踏风尘。
三山秋色云空静，孤水残阳雁影亲。
兴治犹知除愚昧，怜才当续故贤人。
无颜坐爱濂溪岭，莫使清明嗟许身。

谒石门洞文成祠

石门书院晓阴阴，千载祠堂掩翠林。
百鸟和鸣池绽影，秋山着意墨沾心。
郁离子卷辅明帝，烧饼歌谣卜古今。
权重一朝知晚节，长于松下听泉吟。

注：三立——后人称刘伯温立德、立功、立言。郁离子——伯温所著书，烧饼歌——伯温隐语诗。

梦里画乡

嫦娥欲下广寒宫，首设莲都古堰逢。
问以飞船何日便，预她微信一时中。
偕游物化微分里，看足人间十二峰。
临别依依画乡水，相倾不罢酒千盅。

风入松·月亮湖

柳明水嫩照花枝，还记旧华池。新衣五色痴痴路，漫溪头、摘摘香栀。看够雾中细雨，醉迷画里新棋。

十年弹指算今时，流水尽无期。新舟载去心多少。问流年、空上霜髭。昔日一江娱会，天涯不隔相思！

念奴娇·堰头书怀

碧空千里，望家山、无限感怀难遏。古堰画廊芳草地，富庶西乡新畦。槛外群峦，亭边空翠，香树啼莺悦。一江帆影，载来多少情结！

常念秀丽桑田，青龙分水，何澹功高绝。三洞桥横天下智，殚尽人生心血！故地重回，千千心思，阅透沙洲月。彩旗风里，歌声一片清越。

念奴娇·千峡湖

小溪无迹，峡湖起、竟掩蓬莱幽处。鲫女回郎，今已是、红曲霓霞黛圃。滟水轻云，青葱倩影，岭上炉西树。千峰诗画，惹人深里迷误。

巡眺奇岫清川，北山名大了，神州惊慕。细想当年，辛苦泪，阅透高崖归路。故地今游，峥嵘竟令我，激情狂注。云边千舸，载来多少辞赋！

江城子·丽水

桃花溪水两相红，正东风，又重逢。千里瓯江，处处印心中。欲问陶家因几许？三五里，过榛丛。

江南生态景无穷，石玲珑，着文虹。湖光榭影，一度一新容。燕语人家存别韵，走一走，意犹浓。

李锦华

云中大漈观瀑

欣然结伴游，观景久凝眸。
雪瀑掀寒浪，烟霞入晚秋。
云难遮远望，雨更助清流。
情意如山水，不知有尽头。

下陆村

碧水莹莹十里湾，人家居处背青山。
村头鹅鸭浮溪涧，庭院无人门不关。

雨中过西坑

行过田塍复水坳，西坑远望半山腰。
湿云粘岭迷峰岫，急雨涨溪平石桥。
村里祠堂观族史，墙头画像想风标。
当年老屋今犹在，人去楼空倍寂寥。

过库坑

满目青葱四月天，相随吟友蹴高巅。
烟笼层岭云犹绿，水溅巉岩石亦圆。
路外野花迷粉蝶，涧边树影闻啼鹃。
心存一点攀援意，脚力尚能追少年。

偕友蝴蝶谷游观

树密林深晓气清，行来处处啭流莺。
菊丛有蝶穿花影，幽谷无风听水声。

难向此中谋构筑,偏从心底泛诗情。
伴游自有烟霞侣,同惜秋山半日晴。

贞女桥

古树野花清水塘,春云秋月话悽凉。
礼教正似群山压,岁月还需独自担。
谁想青春成破釜,难凭画饼饱饥肠。
寻常袖手旁观者,犹说牌坊千古香。

立秋日好溪楼凭栏

为避城中暑气高,侵晨漫步走村郊。
立秋未见黄花艳,揽镜方知白发飘。
十里荷风愁绪散,满眸清景客魂消。
老来难得是心静,无事闲听早晚潮。

景宁小佐村

幽壑空林百十峰,一条险径入云中。
几声犬吠来新客,满岭烟弥屹古松。
涧泻冷泉消暑气,园栽修竹带清风。
家家城里置家业,留守唯余几媪翁。

章山观瀑有怀

岭头观瀑久耽吟,且借山泉涤客襟。
石径行来花满地,云崖望处笋成林。
深潭仿佛遗龙迹,空谷依稀闻足音。
汩汩清流摇净绿,平生不改是初心。

遂昌金矿怀古

铁车轧轧洞森森,金窟逶迤几许深。
火灸水浇图破壁,血干汗尽岂甘心。
当时枯骨迷高岭,今日青松列碧岑。
游客何曾知往事,倚栏犹自起歌吟。

李青葆

登应星楼

琼楼拔地揽云飞,放眼万山龙马驰。
江忆帝师舟载梦,城怀翡翠鸟啼诗。
千村共饮小康酒,五水同歌大治时。
三宝蜚声名四海,莲花含笑沐晨曦。

桃花岭

幽径弯弯链万山,白云出岫锁雄关。
马蹄响处风声急,豪杰回时血迹斑。
古道犹藏梦千石,桃花难慰恨连环。
举头仰望却金地,松柏青青气自娴。

注:却金地即却金馆,在桃花岭上。史述:为买官,某官员送重金给何文渊,何退还,并晓之以理。后人特建却金馆纪念。

题庆元咏归廊桥

松源溪上一龙飞,两岸联通映翠微。
雨骤护民过天堑,夜长望月盼朝曦。
阁楼几度红星聚,烽火千村金凤啼。

造福人间成胜景，奇功绝世亮非遗。

注：咏归桥又名杨公桥、护龙桥、兴贤桥，位于庆元县城内，横跨松源溪，东西走向，始建于元大德十年（1306年），迄今已有700多年。重建时改今名。抗日期间和庆元解放前夕，中共庆元地下党曾数次在咏归廊桥阁楼上开会。

赞中华世博第一人陈琪

兰薰学问贯中西，世博花开第一枝。
时舛空怀忧国梦，才高难下振邦棋。
强军数度访欧国，劝业几番扬展旗。
遥忆当年阜山月，曾教夜色透晨曦。

注：陈琪（1878-1925），字兰薰，浙江青田阜山乡王费潭村人，秀才出身，陆军中将。精通日、英、德、俄等多国语言。为了强军强国，他曾多次被派往日本、欧洲考察军事；多次举办全国性展览会。1915年，被任命为巴拿马太平洋万国博览会赴赛监督兼筹备事务局局长，第一次成功举办由中国人自己作主的世博会参赛活动，宣扬了中华民族精神，被称为中华世博第一人。

游千峡小镇

梦里飞来林妹妹，同游千峡笑颜开。
眼前碧水醉云白，艇畔银鸥追浪回。
妙笔成峰思太守，红楼仿古赛瑶台。
金陵姐妹若齐聚，亦画亦诗何乐哉！

注：太守，即谢灵运。公元422年，38岁的谢灵运来永嘉当太守，曾来青田北山视察，被两位民女吟诗取笑，留下胜迹妙笔峰和郎回。

水调歌头·生态丽水

朝别百山祖，午进处州城。玉楼花树相映，千里秀山青。爱看瓯江明月，更喜非遗瑰宝，谈笑说传承。万象唱新韵，烟雨画南明。

遇伯温，见灵运，互签名。会仙之所，天下来客似繁星。生态人灵点赞，公仆忠勤垂范，长似领航灯。五水弦歌起，圆梦逐鲲鹏。

西江月·庆元红色廊桥

曲折千山险路，疯狂百涧急流。红旗一展过濛洲，有赖廊桥相佑。

犹见斋郎弹洞，难忘竹口情仇。当年鏖战志方酬，诗化飞虹出岫。

注：斋郎，竹口，即斋郎廊桥、竹口廊桥，分别为粟裕革命军和红军长征部队同敌人战斗取得胜利的重要战役。佑，帮助。岫，山峰或山坳。

西江月·通济堰

一堰山风水韵，万丘春画秋诗。南朝古庙忆当时，司马功垂通济。

碧水飞歌今日，美图妆点四围。五洲游客醉心扉，尽染桃源灵气。

西江月·丽水九龙湿地

翠绿春风芳草，苍茫秋令岚烟。有鱼有水谱新篇，白鹭翩翩留恋。

丰沛桃源湿地，宽容天上人间。养生福地客神仙，十里平川醉遍。

西江月·今日平风光

千丈岩龙腾跃，百峰绿树相连。春鱼秋谷满梯田，户户业兴人健。

村口礼堂齐殿，塘中云朵飞天。豪车宝马待房前，梁上又来飞燕。

鹧鸪天·南城纪行

南国新城速建中，春来雨润杏花红。去年铁臂擎山起，今岁高楼拔地雄。千岭翠，万灯红。满城鸟语话葱茏。

九州来客歌生态，十里荷花沐惠风。

方山荷花田

千红万绿吐清风，荷笔轻摇画意浓。
蜂蝶蜻蜓闻香舞，可知水底卧玲珑？

咏松阳大木山茶园

茶园十里绿如绸，春色打包销五洲。
逢水银芽化金玉，千杯万盏暖心头。

题松阳界首糙叶树

沐雨餐风八百春，绿同万众共清芬。
一生不与花牵手，为恋阳光身入云。

小舟山诗画梯田

天抛灵镜落山前，万片化成层岭田。
春播彩云寄新梦，秋收诗画上蓝天。

大尖山

四面远瞻呈剑锋，包容大气色葱茏。
霜风雨雪甘先受，牵手群山成巨龙。

沈裕东

西江月·松阳独山 蟾峰阁

举首蟾峰高阁，临身浩宇寒宫。云霞更恋此时峰，却似新城栖凤。

眉月塔尖绣景,凌波昼夜描虹。一声钟鼓入心中,坐听松阴慢颂。

西江月·延庆寺塔

古塔久经不败,匠心历练无忧。层层檐角燕莺留,倾听铃声依旧。

每看千年陈迹,追思古国春秋。乡村他日好风流,更教山城增秀。

南歌子·古道

野岭知何处,山深不见人。怜听越鸟论乡亲,更有山风助阵,甚销魂。

石径仍依旧,松涛月疏分。回思他日酒家村,多少英雄在此,念龙门。

鹧鸪天·紫巾山观紫荆花

日照群峰生紫霞,春风摇影出奇葩。祥云朵朵融山塔,喜鹊悠悠啭水涯。

泥石路,细枝桠,清香依旧载芬华。不知万亩谁栽出,今与南城共一家。

蝶恋花·下坑拍油菜花

晨旭凌空人起早,袅袅春风,顿觉精神好。柳眼河边观野棹,村前紫燕枝头闹。

手持像机凭远眺,处处馨香,渐听游蜂道。彩蝶舒眉留玉照,霓裳一曲黄花笑。

临江仙·瓯江颂

八百瓯江东逝水,悬崖瀑布嫣燃。急流飞下壮晴川。巨潮掀百丈,木筏白云间。

雾霭浓浓羞碧树,潭深鱼跃鸿旋。岸边绿柳染如烟。星楼映日暮,浩月照渊源。

行香子·美丽丽水

碧水行舟,白鹭迎宾。更春风、紫气融身。莲都故事,千古传神。看剑生寒,瓷生韵,石生魂。

山城崛起,车行高速,任奇珍、四海留存。楼台耸立,喜讯盈门。正花成果,霞成锦,梦成真。

行香子·通济堰

渠道深深,碧水清清。喜河流、缓缓东征。千年水脉,百姓充盈。看田中稻,空中鸟,夜中城。

松阴依旧，西乡丰盛。忆当时，绝世工程。凤凰山处，石马奇兵。教坝安稳，江安静，庶安宁。

满江红·南城诗社共游巾山塔

细雨纷纷，城郊外，轻车满发。云岭处，客行如水，众心如铁。举足凭栏羞落木，抬头眺石存高洁。视游人，汗雨却难分，风姿悦。

登台望，飞雁越。曦日出，青峰屹，见瓯江两岸，雾霭层叠。巾塔凌风千古事，紫荆沫雨群山烈。几回首、遍看此峰峦，真亲切。

八声甘州·遂昌高坪乡赏杜鹃

对潇潇冷雨洒山川，处处暗云流。见悬崖试胆，峦峰雾绕，万壑春留。几树松虬滴翠，竹海伴莺讴。别问山高远，甚是情投。

可觉今朝春末，更路人相挤，老少无忧。有良家淑女，免费供茶休。看高坪、山花艳丽，品杜鹃、霁雨摄琼楼。登仙境，气清神逸，无意归舟。

念奴娇·参观应星楼感怀

晴空绚丽，更金风微妙，彩云如织。久仰琼楼藏万像，目触飞檐金碧。玉石铺阶，腥红地毯，墙白流星逸。时光超越，细看华夏陈迹。

凝视俊杰千秋，九州八卦，多少能真释？老子神机留著作，难解东西南北。科技今朝，船航宇宙，可否苍穹测？应星楼里，不知身置何邑。

叶爱莲

却金馆感怀

眺望桃花岭，秋云度碧空。
清流缘壑下，古驿隐山中。
落照峰峦映，廉官世代崇。
史如明镜鉴，正气仰高风。

走访云和小顺村

紫云簇拥杏花村，一派生机百鸟喧。
总理英姿标史册，豪言壮语震乾坤。
徜徉勒石摩崖畔，瞻仰牌坊高士轩。
来者毋忘先辈志，苍松翠柏吊忠魂。

注：1939年4月2日，周恩来视察"小顺浙铁工总厂"，为工人们作了工人能"顶天立地"为主要内容的抗日演讲，鼓舞了工人们抗战必胜的信念。摩崖刻有"顶天立地"红色大字，成为爱国主义教育基地。

重游古堰头村

老街小巷漫重游，风雨年轮处处留。

古宅檐悬唐岁月，群樟冠托宋春秋。
欲寻司马当年迹，恰对魁星百尺楼。
瞩目潺湲渠内水，开来继往向东流。

应星楼

处州城外漫追寻，湖畔星楼阅古今。
雨霁层空宴河海，形潜万象任浮沉。
无穷宇宙无穷相，不息江流不息琴。
远眺少微光闪烁，清辉与我共行吟。

美丽南城

野岭荒坡一铲平，拼将热血世人倾。
琼楼座座真如梦，百业腾腾竞向荣。
夹道繁花春烂漫，凌云浩气意纵横。
淘沙大浪奔流去，崛起江南锦绣城。

金秋重登太山看丽水大花园

太山之顶势巍峨，俯瞰山城感慨多。
今日欣看花叠韵，此时闲听鸟成歌。
还乡衣锦心犹切，报效炎黄志不磨。
若大花园松柏茂，从头攀越好山河。

减字木兰花·美丽大源村

远山深处，重踏故园寻那路。旧址今朝，一派新流过小桥。辛劳不负，幸福山村赢美誉。有赖贤良，带领乡民奔小康。

醉花阴·登丽水太山

秋色正深连广宇。野岭风飘絮。九九又重阳，峰插云霄，雾翳神仙府。

太山绝顶登临处。俯瞰枫丹吐。听鸟入林泉，醉笔随心，撷叶新诗赋。

鹧鸪天·丽水高铁

自古处州行旅难，凿通叠叠万重山。刚辞都市喧嚣地，转品乡村热炒鲜。

分水岭，合家园。畲歌回荡白云间。深幽更助游人兴，空谷流清忘返还。

鹧鸪天·九月九日松阳独山登高

鸿雁南飞又一秋，清晖带露独山幽。危崖竞秀迷诗客，群木争荣护玉楼。

同聚首，共回眸。一江碧水绕城流。高登百仞云峰上，物我相融风亦柔。

鹧鸪天·南城丽景民族工业园

异地开园架彩虹，南城大幕拂春风。无垠画面撩人醉，满目生机琢玉功。

佳客引，巨资融。耕云钓月凤栖桐。业经雪浪云涛里，一卷新书赋昌隆。

蝶恋花·登中国星象文化第一楼——处州应星楼

拾级登楼秋气爽。古栝河山，欣喜凝神望。分野星光披万象。处州天地多清旷。

穿越时空琼阁上。炫目愉情，虔拜星君像。四面莲峰开锦幛。人随瓯水心潮涨。

叶松玉

观太平乡桃花

溪岸桃花涩涩开，骚坛游客踏青来。
华国红俏芬芳拂，一片云霓春剪裁。

大际水花洤瀑布

深壑雷鸣振百山，仰观白练挂前川。
喷珠溅玉濯人脸，奇美清泉醉客还。

咏白鹤葵花

百亩葵花沐暖风，心中向日自然红。
芳香扑鼻黄昏里，多少游人醉梦中。

深垟石头村

石砌农房遍小庄，夏凉冬暖一天堂。
恰如原始仙人境，客至流连忘故乡。

千佛山

清晨林表秀，冬日照晴川。
曲径通幽谷，禅钟袅野烟。
鸟声啼婉转，花影映潺湲。
更有虔诚者，来求万事全。

春游万象山

清幽曲径接青峰，漠漠空林日照红。
樟树枝头鸣百鸟，野花园里舞群蜂。
楼亭沐浴深潭里，游艇随风逐浪中。
春到人间苏万物，几多意境出诗丛。

叶志深

水调歌头·咏五大连湖

何处明珠耀？成串靓瓯江。青峰绿谷吟毕，又咏碧波长。四面车行高速，一片白云飘荡，千里雁回翔。水上浮仙屿，堤外接康庄。

抟玉露，飞金盏，入画乡。五湖七日游遍，仿佛览天堂。约集刘基问道，召唤汤公谱曲，笔墨指沧桑。绮梦常相伴，不负好时光。

江南春·参观竹炭博物馆

生添绿，死争雄。隐苍情见骨，泼墨气如虹。频超玉石怀奇韵，久助人家建大功。

鹧鸪天·别鹤城

远望苍穹一抱拳，难分难舍是青田。已将往事呈飞鹤，又拟前程问杜鹃。

挥笔墨，靓山川，正当花季布新篇。他年归去衣襟上，只带清风不带钱。

千峡湖

月朗嫦娥舞，屿浮仙梦寻。
青峰遮不住，共赏水生金。

西江月·披云山

万木翠铺西域，清流奔向三江。仙坛奇石立山梁，云涌百般景象。

簇拥红军入浙，拓开碧野歼狼。风风雨雨剑川昂，时代精神崇尚。

游五大连湖

瓯江载梦展新姿，五大连湖世最奇。
山水多情归胜地，人文佳景入春时。
峰高气爽彤云绕，源远舟轻白鹭低。
最是骚人留恋处，半含清露半含诗。

咏菇民

松声云影里，僻地动菇情。
芽自神奇长，根从腐朽生。
菌棚经细雨，花伞趁和风。
政策归心处，桑麻带笑迎。

白云山森林公园见孵鸟得句

守窝甘寂寞，使命付精神。
任尔风摇树，随他雨打身。
花红常寄梦，叶绿每留春。
倾尽无私爱，担当倍觉亲。

绿水青山就是金山银山感赋

万绿无边且有邻，一流生态惠黎民。
田园累月皆承露，街市终年不结尘。
虎跃龙腾尤逐梦，花香鸟语每联姻。
秀山丽水新希望，付与金银总是真。

金鸡山林场抒怀

群山深处卧金鸡，尚在春时开口啼。
唤取莺飞鹤同舞，摇天绿影染秋衣。

丽水旅游所感

任由山水织情丝，花亦含羞草亦痴。
千里瓯江甘露洒，无边绿谷野风吹。
清泉沾笔书天地，黄鹤腾云话剑瓷。
上万平方公里处，信来一次一相思。

我以诗书来咏乡

沐过朝霞浴夕阳,难分难舍是麻桑。
庐前清静三秋短,心底宽容一梦长。
月影摇时松滴翠,雁声落处稻流黄。
金生丽水情无限,我以诗书来咏乡。

丽水古城屿泛舟

风来杨柳下,解缆泛扁舟。
高塔燕声满,孤洲花影流。
悬桥听闹市,临水见新楼。
举棹向何处,群鸥做导游。

百山祖冷杉

敢同冰雪斗清寒,球果峥嵘挂树端。
风采不图人赞赏,但留高韵伴幽兰。

虞克有

遂昌南尖岩

绝壁千寻覆绿苔,松风随我久徘徊。
生花文笔三神护,透月危崖一线开。
九级飞流心底泻,万重竹浪眼前来。
乘兴更上通天顶,且与仙人共醉杯。

注:文笔峰、三神护禅、一线天、九级飞瀑、竹海、通天顶均是南尖岩景点。

丽水利山赏荷

一片青盘滚玉珠,小荷如笔向天书。
蘸来甘露当浓墨,画出畲民致富图。

春访丽水九龙圩

穿绿轻风吻古樟,径花摇影蝶飞忙。
开心林鸟啼春韵,自在黄牛品草香。
屋外清溪鱼戏水,村前田野嫂抛秧。
儿童赶鸭哼乡曲,柔软竹枝挑夕阳。

云和仙宫湖早晨

婉转渔歌隔岸听,网罗霞彩晓风轻。
船头四五鸥翔影,津口二三鱼跃声。
碧水炎凉谁识透,白云浓淡自分清。
纵然晨雾封湖面,难掩心中吟韵情。

菩萨蛮·荷花村行

荷田蛙鼓鸣声雅,骄阳熏得芳盈野。风起翠盘摇,村姑笑语娇。

莫言春去早,拾句嫌囊小。蝉抱柳枝吟,声声知我心。

古堰画乡

山裹纱巾半露峰,初阳醉得水云红。
一横绿树依村外,几片白帆浮镜中。
鱼恋清江情自许,鹭寻野趣意相通。
轻风已卷诗涟起,今日何愁句不工?

松阳章山鹊桥

伫立潭前静听泉,鹊桥横在白云间。
牛郎滴下伤心泪,溅起相思多少涟。

夜宿遂昌汤山头红豆杉庄

竹影摇窗山月明,枕云静听壑泉鸣。
无求便剪愁丝断,红豆杉香催梦行。

景宁大均唐樟

叶茂枝繁蕴福缘,炎凉识透已成仙。
平生总把心中绿,荫护畲乡一片天。

黄田山庄写意

谷翠水盈盈,波平似镜明。
岸松萦紫气,石壁滴泉声。
鹭恋云山秀,鱼欣春水清。
玉兰花正艳,香袅惹诗情。

百山祖百瀑沟

借得银河水,化成百瀑飞。
晴空喷雪柱,浩气震心扉。
日暖悬虹影,烟寒抚翠微。
山深灵气漫,云湿润诗肥。

詹强

侨乡恋

大厦夹江齐翠峰,唐城半壁缀欧风。
昔寻生路离硗壤,今吐爱丝编彩虹。
护照皮更脸依旧,祖泉脉淌血犹浓。
乡情岂管天遥远,美酒盈杯总向东。

高阳台·青田侨乡进口商品城

红酒排场,洋装笔挺,品牌署着拉丁。国外原装,货真价实无争。琳琅满目珠光闪,客如云,盛誉风行。喜盈怀,抓了良机,圆了乡情。

转型升级谋新计,桥梁华侨搭,共创双赢。江北江南,"欧洲小镇"扬名。丝绸之路重开进,义新欧,昼夜奔腾。顺天时,变了农村,成了商城。

注:义新欧,是来往于义乌、新疆、欧洲的货运班列。

千秋岁·初登应星楼

挑檐翘角。直插云天廓。星宿应,人才博。帝师谋国运,铁笔修名著。风雷动,处州命运人民握。

兴至登高阁。放眼如银幕。碧水笑,青山乐。虹桥飞旧渡,古邑求新作。呼奋进,尽心尽力齐开拓。

千秋岁·憧憬丽水大花园

　　春桃秋桂。四季山林翠。蜂蝶美，莺声脆。白帆飘碧水，高铁穿长隧。谁不赞，眼前满满江南味。

　　灵运瓯潮醉。显祖花亭萃。清风爽，廊桥媚。九龙云照镜，千峡船成队。先天足，丽乡问鼎明星最。

千峡湖移民颂

忽闻千峡起宏图，大坝横陈锁碧湖。
翠谷飞来醉仙阁，众心凝化夜明珠。
毅离故土圆新梦，默用乡愁著史书。
叩问青山动情答，抛家为国建功殊。

满庭芳·太鹤山

　　点易提丹，混元试剑，法师飘逸依稀。长松扶石，白鹤衔芝飞。墨客骚人兴起，挽轻袖，镌字留题。望城垛，瓯江波闪，山水两相依。

　　犹新。曾记得，绺绳攀壁，卧石吟诗。宿环翠听涛，茹苦争魁。隐隐亭台曲径，金鼠跳，鸟叫蝉啼。家乡路，仙朋去久，何日驾云归？

登马鞍山

山花夹道笑盈盈，风鼓松涛别有情。
庙祝茶迎远方客，塔神目注少时朋。
如林高厦摩天立，似画虹桥穿水横。
待看平湖飙快艇，千年古镇变新城。

念奴娇 瓯江恋

　　临窗眺远，见青松挺立，悬岩如漆。云影轻移悠照镜，翠染寒江犹碧。下驻鱼虾，上浮鼋鳖，渔火随波溢。鸬鹚蹲守，骤然潜底偷袭。

　　常见水手背滩，赤身裸臂，呼借风帆力。竹木长排头尾接，月下听涛安席。夏去冬来，年年月月，贸易城乡域。大江东去，伤痕留刻崖壁。

　　注：背滩，即是拉纤，故乡俗语。听涛安席，是指设在排上供工人休息的箬叶篾片制作的草棚（俗称伙凉，烧饭、睡觉两用）

沁园春·大港头

　　樟茂千年，冠盖江亭，古镇换春。昔栈楼傍水，饭香衾暖，船排舶岸，客老朋新。斗转星移，云收雨散，不继繁华农舍贫。山河绿，盼凤凰展翅，再抖精神。

　　溪流依旧东奔。孰能料，荒村

喜降霖。看店家栉比，酒旗招展，
丹青竞艳，陌巷藏珍。日照游舟，
月邀渔火，难得仙乡远市尘。朝阳
美，引红男绿女，踏破津门。

颂私立阜山中学

白云深处筑文坛，培育英才独率先。
贤士吁倡兴国学，醇风耕读若桃源。
怀乡侨客添新瓦，题匾帅翁酬旧缘。
薪火相传承百世，摇篮小曲换鸿篇。

梦回千峡湖

水抱青峰碧胜蓝，满怀兴致上游船。
彩虹横渡云边客，峡谷斜飞天外泉。
岚隐孤村宜揽胜，湖浮新岛可休闲。
乾坤腾挪山河变，九曲连环飘紫烟。

怀古·谒石门洞刘基祠

石门瀑畔古祠苍，赫赫帝师青史扬。
怀志安邦出幽谷，更舟救主在鄱阳。
江山一统功流水，仁德千秋誉满乡。
更著奇文郁离子，名赢诸葛永留芳。

仙宫湖颂

紧水滩头坝似屏，长湖十里翠波明。
琼楼翘角烟云绕，花海飘香飞鸟鸣。
帆影常追瓯浪梦，微风偶度木鱼声。
仙牛岛畔悠垂钓，官欲淡如严子陵。

李伟平

缙云大洋漕头凌霄石

寨背青峰抱，漕头白练横。
金元磐石立，神手巧思惊。

碧水黄村

家用水清纯，几曾思问源。
今朝终得见，溯本到黄村。

黄村水库坝上

山峡拦泉水，烟波白鹭飞。
置身如梦境，遐想几忘归。

夜登白云山

山寒风动竹，父女陡径攀。
峰顶登高眺，星稀霓似川。

春游遂昌汤山头村

风和日暖燕争泥，山嶂村幽草起滴。
红豆杉巍遮古舍，花香泉韵沁心脾。

丽水富岭村

曲岸南明山洞过，煖烟农舍看天蓝。
路边夹竹桃开艳，十里荷花叠翠潭。

山村风光

流云野色少尘埃，知己相邀兴致来。
车驻巉崖观白练，人行斜径踏苍苔。
葱葱毛竹逍遥舞，簇簇山花任意栽。
更上高峰临绝顶，处州胜景画图开。

缙云姓潘村

杏靥莺迷春水绿，心悠闲览姓潘村。
溪边遮柳枝头闹，埠岸搓衣浣女喧。
黄连树前名士路，锁星桥畔富民门。
沿街石径通郊陌，犹见谢公留屐痕。

周加祥

游遂昌金矿时光隧道感怀

山流翠色水流金，隧道悠悠证古今。
矿史千年多血泪，人间豪迈总沉沉！

登白马山

初春挚友共休闲，约会穿云白马巅。
放目乾坤千万里，阶阶路路尽须攀。

注：白马巅：指遂昌白马山最高峰。

桃溪

北斗崖边出树丛，飞岩越岭自从容。
欢歌一路收千水，曲曲弯弯总向东。

注：桃溪，浙江遂昌县北部的河流，北斗崖，为风景区，桃溪的源头。

南明湖乘舟游

举目江边翔鹭群，屿前碧水两边分。
几声欢笑留天外，一任轻舟撞破云。

春游岑庄三首

一

早春二月到山乡，绿色随风待客忙。
岩外云烟飞不尽，山花扑面带幽香。

二

三岩矗立入云端，徽派新楼立翠间。
野鸟家鸡相对唱，天边净水到厨前。

三

林木深深曲径幽，逆流行至道师楼。
白云轻问君何事，洗肺清心到此游。

注：岑庄，丽水莲都区老竹镇一风景点，传说为张天师修炼地。

初冬登白云山碧瑞崖

登阶步步向云间，野菊凌空笑靥甜。
崖上遥看城掠尽，清风洗肺醉悠然。

采风松坑圩四首

2016年10月29日，南城诗社

组织会员到南明山街道松坑圩村采风。这是待开发且有文化底蕴的山村，看后诗兴油然而生。

中央村

翠竹苍松比绣图，幽泉瀑布乱飞珠。
清纯素丽非仙客，待嫁圩中一俊姑。

通鲤鱼头康庄路

跃水穿林路百弯，犹如巨蟒窜乡关。
山民不伴轻车去，最盼东风早入山。

注：鲤鱼头是自然村名

村头古松

圩前耸立柱天空，鳞甲满身势若龙。
作景当材均自在，常隐山寨不争宠。

村外竹林

竹海包村十万弓，根根脉脉总相通。
骚家爱咏其中节，醉美相依抗雪风。

夜登应星楼感怀

遥望星空极目深，近观霓彩胜天琛。
秀山非画千秋画，丽水无琴万代琴。
北苑欢歌歌不尽，南明多韵韵如金。
神思李白重游此，万首诗词万盏斟。

注：应星楼，浙江丽水市地标性建筑，始建于南宋开禧三年（1207），1944年被日军焚毁，2009年重建。

沁园春·丽水

莽莽苍山，叠翠穿云，碧水媚川。有石门奇洞，国师听瀑；仙都独柱，黄帝飞天。如幻岚峰，青衣大佛，不着铅华自秀然。深思忆，问此间何贵？境美人贤。

休闲求索双全，创无数、珍稀满世传。看石雕神韵，名扬四海；青瓷柔润，誉载千年。宝剑横空，辉光映日，欲领风骚天地间。图新梦，正春风送瑞，共与婵娟。

注：国师，指刘基，青田人，曾在石门洞听瀑读书。独柱，指缙云仙都鼎湖峰，相传黄帝在此升天。青衣大佛，在遂昌千佛山景区，一山体高达百丈，形酷似弥勒佛。石雕、青瓷、宝剑，称为"丽水三宝"，是国家非遗项目。

渔歌子·仲夏傍晚南明湖

举目云霞布半空，青山水榭曳波中。堤上闹，水中红。一湖梦幻乘晴风。

注：南明湖，丽水城边截江而成的湖泊。

美丽中国之美丽迁西

迁西，地处长城脚下、滦水之滨，古有"燕赵咽喉、京畿要地"之美誉，今以"诗意山水、画境栗乡"而扬名。迁西之美，美在山水，万里长城，塞上漓江，花乡果巷，处处都有美景；京东名岫，青山古堡，喜峰雄关，景景都有故事。迁西之美，美在当下，中国板栗之乡，最大型钢基地，是全域旅游示范县，国家园林县城、省级文明县城、十大宜居县城……

——摘自迁西县委书记贾京磊《大美迁西，醉美栗乡》

尹淑莲

鹧鸪天·春访花院玉泉山庄

一碧瑶池云水间，钓翁春倦小鱼闲。
青峦风动梨飞雪，画境心怡笑涌泉。
花缱绻，鸟缠绵，销魂时刻比神仙。
劝君常驻山庄里，乐享熏风奏管弦。

鹧鸪天·滦水湾晨霞曲

月隐行踪镜泛银，朦胧紫雾自迷人。
丹霞漫洒琼林道，晓露轻弹柳叶尘。
鹅戏浪，鸟啼晨，渔翁埋首钓金鳞。
驱舟驶向蓬莱界，际会八仙在水滨。

鹧鸪天·乡间小照

飞絮飘飘轻若纱，屋前枣树绽新芽。
梨坡才落千堆雪，桃岭初生几缕霞。
蝴蝶舞，蜜蜂斜，林间布谷唱春华。
山村美景连心路，步步高升到我家。

鹧鸪天·栗乡春雪

衔纬穿经巧玉梭，织成素锦与轻罗。
山头华盖燃霞霭，柳下柔丝漾暖波。
收冷酷，解冰河，路边小草欲吟歌。
惟期桃汛归来早，花满山城笑满坡。

游栗香湖

崎岖小路九连环，旖旎风光窥一斑。
雾锁青峰舟赶浪，霞洇碧水鸟鸣山。
阶前踱步逢新绿，塞上游湖赏湛蓝。
欲向高空寻鹤影，神龙摆尾正飞天。

渔夫水寨

乡间小景路边花，藤吊葫芦蔓坠瓜。
百客垂钩捞锦月，群山照影恋芳华。

桥浮脚下蛮腰软,撸动艄头细浪斜。
疑是八仙从此过,逗留水寨弄闲槎。

喜峰口长城红杜鹃

遥望坡前几抹红,满怀敬畏不由衷。
芳心只慕英雄胆,弱质偏钦壮士风。
志在边关陪傲骨,根扎古塞伴长龙。
青岚有尔添风采,不与周山景色同。

望雄关

壁垒留痕记旧天,金戈一去几经年。
城头似见忠君骨,台上犹闻报警烟。
惊叹长城神不老,重温胜迹志弥坚。
磨刀铸剑强军力,不叫中华战火燃。

金龙口采风二首

一

走进金龙格外亲,山村小景醉煞人。
三沟六峪容颜改,五岭八坡果木新。
福到深宅风信早,祥临小院酒香醇。
惠农举措全民颂,普照仙乡处处春。

二

春到深山冻雪溶,摩天岭下醒金龙。
千坡秀木丛林碧,漫野霞烟紫气彤。
汗洒山河涂美卷,智谋远景创新农。
小村蜕变神仙邸,鸟语花香百业丰。

春雪后榆木岭长城题照

古堡牵情瑞雪痴,归心似箭了相思。
纱披燕岭生娇态,甲罩银龙耸傲姿。
云雀掀开边塞画,习风吟颂故园诗。
长城脚下群英聚,一片深情唱令支。

游石人山

石人端坐面朝东,矍铄悠然老妪翁。
惟妙惟肖夺鬼斧,活灵活现巧天工。
桑麻稼穑难相忘,柴米油盐亦热衷。
耳语悄悄言不尽,晨曦聊到夕阳红。

注:石人山位于迁西三屯营镇境内,山上有巨石。有的像老头和老太太面对面的聊天,形态十分逼真。

登荞麦山

云卷云舒荞麦山,朝思暮想几回环。
凌峰势起三千丈,绝壁风驰九百旋。
玉带当腰添雅气,琼花压鬓助清颜。
声名在外何须赞,到此一游已忘年。

注:山位于迁西太平寨镇与金厂峪镇榆木岭村交界处,据说为迁西第二高峰。山势险峻,高耸入云。

尖山

步步惊心处处奇,尖山景色令人迷。

抬头可见藤缠树，侧耳犹闻鸟唱溪。
林海寻幽逢画境，石川探险遇珍稀。
归来又赏云霞晚，幻景无常暮霭低。

注：山位于汉儿庄乡七棵岭村，这里山势挺拔俊秀，险崖峭壁，宛如刀削斧劈，步步惊心，是一处野外探险猎奇的好地方

褚玉华

鹧鸪天·游滦水湾

信步芳郊路欲迷，竹篱曲径绕清溪。春风和煦吹烟雨，曼曲轻歌唱柳堤。

花蔟蔟，草萋萋，蜂飞蝶舞燕语低。有谁知我此时情，唯有杜鹃耳畔啼。

长城

越岭翻山跨万川，垂峦叠嶂舞蛟龙。
狼烟昔日峰火志，固土今朝震昊穹。
自古英雄多壮志，而今华夏气恢弘。
统军卫域江山固，亿万人民钢铁城。

登临五虎山

攀梁跨岭临绝顶，饱览风光添稚情。
横看九峰竞秀色，纵观群岭舞飞龙。
举眉旭日白云逐，俯首奇葩绿叶争。
锦锈山川多壮丽，漫游细览忘回程。

西江月·栗花香

玉树摇香珠串，丝绦尽展芳容。黄烟翠雾罩轻盈，香絮飘浮无定。

丽质何须壮饰，魂香自有天成。不学群艳苦争春，独有芳菲奉送。

清平乐·春到滦湾

微波潋滟，戏水双飞燕。杨柳鹅黄河两岸，缥缈彩舟浮现。

花繁林茂如织，红嫣绿翠斑斓。堤上游人陶醉，依依不愿回归。

花院赏梨花

青山翠绿郁香浓，花院梨花享盛名。
素粉清妆蝶起舞，冰肌玉骨战霜凌。
晶莹剔透尘不染，坦荡洁身水自清。
不晓红梅何处去，梨花依旧笑春风。

杜保贤

浣溪沙·锦绣迁西

买断春风嫁燕峦，新葩绿叶总相看。一番景色最天然。

滦水飞虹频夺目，忠山披瑞永兴迁。津西金信铸高端。

咏潘家口二首

一

久慕松亭古塞宏,今朝看罢醉心倾。
适逢旭日山坳起,又泛平湖水晕明。
锦带四围烟气袅,翠屏千嶂画舟轻。
长城横亘雄风在,早把征尘洗一泓。

二

固坝横拦濡水平,奇观胜景过蓬瀛。
云屏幻影叠千仞,关塞残垣没一泓。
晒网人家居野渡,凌空鹤侣向边城。
兴游兰径薰风软,烟笼轻舟画里行。

石门山二首

一

幸得机缘访古村,攀沿曲径扣山门。
花风拂面香盈袖,野史寻踪岁有痕。
水峪何时分里外,滦阳历久共乾坤。
日销月铄添瑰丽,野史流芳醉古今。

二

峡谷幽长险壑横,云缠雾绕有无中。
莺歌燕舞清音袅,涧泻珠飞和韵重。
山花烂漫四时异,故事空灵几个同?
石门一扇封神话,千古谁能揭迷踪?

鹧鸪天·梦境滦水湾

改道归流凭政通,根除水患扼狂龙。一湾愿景呈诗意,两岸花潮拥惠风。
辞旧岁,醉芳丛,烟波细细胜蓬瀛。往来谈笑春光里,漫步滦滨踏彩虹。

五虎山

峰环水抱树烟稠,美景曾招帝子游。
揽胜登高撩雅兴,执弓挟矢策骅骝。
九龙巅沐朝阳翠,五虎魂惊剑气休。
圣主喜占山易字,名传千古自风流。

浣溪沙·咏太平寨岩石鼻祖

老态容颜盘古龄,横空出世傲苍生,青光十万与天争。
隧古堪称中华最,擎天一柱太平城。石头鼻祖世人惊。

临江仙·兰城沟秋韵

关隘一隅无限景,小村古堡奇峰。满山红叶映兰城。霜雕颜色好,岁转露华浓。
夜宿农家观树月,魂销绮梦蟾宫。晨鸡偷唤日升东。曦烟弥野谷,隐隐见仙踪。

登凤凰山摩天岭有感

顶天一立在云头,紫气随风四散流。
八面烟光归望眼,千旬故事尽封楼。

白蛇救主存佳话，彩凤于飞看壮游。
多少曾经传社火，年年二月唱新筹。

登将军山寻古

山举威名传剩多，翠峰依旧几蹉跎。
唐宗失马惊滦水，李勣屯兵护玉珂。
戚帅由经戎紫塞，宋公过此战奴倭。
赋闲历数将军迹，一并松崖隐绿萝。

题松亭关域内长城

烽台似箭列关山，几度征尘漫做烟。
胡马曾惊云障外，倭奴尽没水城间。
万方雄阔焉能喻，一壁传奇不可删。
有此神威横紫塞，贼人谁个敢无天。

夜雪晴榆木岭寻梦

雪霁关城万象新，山川易景景怡人。
松开玉朵摇琼蕊，岭泛银光起素麟。
万里边墙犹贯甲，无垠丘壑已绝尘。
几回醉里寻幽境，今日终归一梦真。

咏景忠山二首

一

禅阶一拜到苍穹，霞蔚云蒸九界同。
弄巧元君居宝刹，凌威帅殿奉精忠。
佛经诵遍尘心淡，钟磬长徊俗念空。
远向灵崖寻性在，修身早已乘莲风。

二

一峰兀起众峰低，千古相传话转迷。
妹胜兄筹居圣主，石凭神力化绵羝。
灵山修度慈悲佛，绝壁超生贤惠妻。
望海楼高观野阔，桑田无际远天齐。

癸巳年春初登玄武山感怀

　　幸临玄武感非同，山迭莲台捧帝宫。得立峰端知俊逸，试看天下晓丰崇。

　　漫听禅意抚灵石，犹记趣谈话晚风。野史经年传未朽，便知此处胜崆峒。

高云平

满江红·迁西赞

　　巨舰初航，扬帆处、春风正满。强县梦、筑基强企，万民宏愿。百业同驱腾羽翼，多轮并进接环链。放眼处、大气塑格局，惊人面。

　　功未竟，目标远。前景丽，终须现。抖精神冲破、险关深涧。脚下崇山由志踏，路中顽敌凭征战。待重新、逐鹿定江山，高歌遍。

满江红·盛世青山关

　　浪谷云崖，莺啼处，边城院

落。叠层莽，长林远去，巨龙高卧。塞下春秋藏丽景，楼头风雨迎新客。富千家、日月照关乡，翔金鹤。

雄风在，兵戈远；旌旗换，烽烟灭。望车连远市、路通苍漠。别墅煌煌平地起，奇珍熠熠从天落。看今朝，村野胜明珠，青山乐。

鹧鸪天·滦水湾

古岸凄痕血做斑，乱涛横扫旧城颜。尧风吹断千秋泪，新政裁成一片斓。

明镜里，百花间。四时放眼景连环。苏堤垂柳扬州月，并与山城十里湾。

鹧鸪天·栗花开时

五月村山遍撒金，浓香醉透梦中吟。糊涂不记匆忙日，寂寞常留惨淡人。

呼过客，问花音，眉间景色动游心。无需趁得莺飞早，且向黄昏树下寻。

喜峰口抗战纪念碑有祭

马有嘶声剑有音，丰碑烈烈字生金，英名百丈垂云挂，壮史千篇借浪吟。热血曾浇边塞土，忠魂自奋少年心。一从骨铸凌烟后，惊世篇章说到今。

长城

曲径分花入险关，几回扶堞叹流年。京门锁钥城三百，铁甲营盘路八千。自古烽烟崩石烈，只今河岳锻钢坚。南塘纵有追风旅，何似华疆一统天。

栗乡秋日

玉坠斜枝紫气浮，村涯一望漫山秋。高坡疾步星初落，旧舍归身雾半收。莫道回风吹冷雨，何需借影避炎流。黄昏岭外人犹在，背似雕弓月似钩。

游花院梨花坡

春山梦眼望无涯，雪浪层层叠素纱。飞雨几敲白玉帐，浮岚半罩牡丹芽。欲随痴蝶归身晚，却带香风入酒家。一自莲乡留醉后，他山不愿赏梨花。

秋游榆木岭长城

一峰霜堞一峰秋，眼底苍关无尽头。晨踏高崖收朗日，夜开暖酒坐空楼。横窗划落千年月，追梦邀来万户侯。莫叹边城连朔漠，漫山红叶正堪游。

滦湾春色

衡阳气色绕三塘。雁信还春柳欲狂乍暖平湖惊蝶梦，初柔古岸换梅妆。

诗情一缕飞霞远，画意千重望眼长。
烟雨桥头楼上月，几番错认是苏杭。

女儿山

待字凝眉云锁楼，逃婚独上北峰头。
魂归只带三冬雪，人去空留两壑秋。
幽洞无人收净骨，家山有月照清流。
如今不敢高声唤，恐惹当年一段愁。

游松亭山

莫道山春雪做花，龙城已换旧时纱。
杜鹃漫岭争关色，红杏排云夺晚霞。
北去湖情云梦里，南收竹韵画廊家。
今非故垒寒烟重，二月松亭满翠华。

五虎山

九山昨日树如麻，夜起秋风引骝骅。
五虎啸林腾戾气，三山响箭射高崖。
星驰日换春十岭，云落旗升雨万家。
闲入烟岚寻古韵，松声依旧唱风华。

游徐庄牡丹园随笔

最爱徐庄苑上花，连天国色近窗纱。
晚香佐酒三更月，瑶气出晨七彩霞。
去岁游临花未见，翠岚空罩牡丹芽。
今朝一醉西山里，错把人家做自家。

锦湖落照

远卧横山暮未沉，落阳晚照水方茵。
金丝十里幽如幻，锦墨千层别有神。
渡桨谁摇尘外影，分波原是画中人。
今秋饮罢湖边酒，一梦痴痴醉到春。

新村春色

柳骨颜筋著地魂，村园景色自无论。
行书紫墨流霞软，写意烟池落笔深。
野陌春秋家国梦，浅山云雨故乡晨。
桃源有路君知否，应问东风画里人。

高志安

登五虎山

久闻故里添新景，孟夏初登五虎山。
水细林深小路窄，花疏草浅古松憨。
蜜蜂恋恋追人舞，喜鹊喳喳绕树欢。
乘我祥岚临绝顶，西阳倒映彩云间。

鹧鸪天·栗子熟了

　　夜雨敲窗唤小妞，枝弯果坠又一秋。林间妙语隔山对，树下情歌掩面羞。

　　人早醉，栗才熟，满筐甜蜜用心收。青蓬抿嘴咯咯笑，窃看阿哥抛绣球。

鹧鸪天·栗子棚

各路商家聚栗乡,招牌一挂即开张。货源滚滚如流进,钞票沓沓似水淌。

机快选,秤别慌,边收边售进出忙。商农两利多渠道,便使山珍四海香。

鹧鸪天·春耕

喜雨知时一夜倾,无须布谷唤春耕。鸡鸣头遍炊烟起,地种三坡旭日升。

牛甩尾,尾轰蝇,扶犁老汉曲轻哼。扬鞭撒下千颗粟,只盼金秋五谷丰。

游潘家口水库

峡湖玉镜映娇娥,狂客轻舟漾碧波。痴看长城垂倒影,险将狡兔水中捉。

登长城遐想

长城何故起狼烟,回看千秋百感添。先祖修边权作盾,胡夷犯境赖长鞭。扬蹄敢掠君臣弱,嫁女难结秦晋欢。血性男儿凝众志,敢于亮剑既平安。

踏莎行·登东山

丽日舒怀,春光得意,闲来携友东山去。登临绝顶气吁吁,香风熏得人先醉。

满目青山,一城祥瑞,田间紫燕歌声脆。低头细品眼前花,抬头已是西阳坠。

行香子·秋登景忠

三道茶棚,四大金刚,登天梯,直上祠堂。晨钟暮鼓,气瑞云祥,谒儒之忠、佛之善、道之长。

初步名山,饱赏秋光,倚长风,极目寒霜。残云几缕,归雁一行,看左山红、右山绿、远山苍。

郭振好

临江仙·登喜峰口松亭山感怀

乙酉孟冬,携友人游雄关古塞喜峰口,登长城,临昔日抗战主战场松亭山。公元1933年,国民革命军第二十九军爱国将士手持大刀,于此山之长城隘口与倭寇血战数日,杀敌5000,数千将士壮烈殉国。仰烈士墓地,心潮起伏,感慨系之,其情难抑,欣然命笔,以抒胸怀。

千古长城托晓月,犹闻铁炮狼

烟，大刀砍寇血染砖。青山埋傲骨，滦水伴君眠。

险峻松亭迎旭日，登临远眺幽燕，壮美河山入眼帘。麦新悲壮曲，依旧镇边关。

情寄潘家口

晶莹碧水自生烟，玉镜奁开点点帆。阿满英魂游故地，不识何路去乌桓。

景忠山揽胜

灵秀锦峰生紫烟，千年古刹壮幽燕。林间百鸟鸣禅谷，脚下高炉刺宇天。胜境已非秦日月，云峰依旧冀山川。登高遥望人寰处，当叹元君枉做仙。

秋游青山关

青山叠翠走苍龙，腾跨孤竹数座峰。漫步边城摄彩照，重温旧史赞英雄。秦皇韬略留残迹，洪武不挠唱大风。岁月悠悠多少事，是非留与后人评。

迁西滦河石

滦河遗卵栗乡丰，雨润风琢鬼斧工。雪沃燕山融润泽，浪擢龟口蕴奇雄。天成可鉴禹王梦，隽永能凝华夏风。或是补天难割舍，女娲信手掷京东。

喜峰口长城遐思

古老长城万里长，心中犹敬此秦皇。勤劳筑就丰碑矗。智慧凝成血肉墙。奇迹招来世界叹，恢宏激励子孙强。迎风斗雨历千载，自笑当年小孟姜。

韩志英

题将军山

一径盘桓上碧空，松亭草舍掩葱茏。将军大树飘零未，居高自有远来风。

傍晚登钓鱼岩南山远眺滦河

昨天山有信，今日复登高。
坐看滦河晚，陶然一练飘。

徒步迁西境内长城感怀

长城飞度岭千重，迤逦京东气如冲。关落青山分两翼，龙翔碧水映双虹。蜿蜒古道烽烟远，秀美林川栗色葱。血脉传承无绝缕，人民自古是英雄。

花院梨花坡即景

二月乡村日日新，嫣红姹紫渐迷人。风光最是西山好，千树梨花别样春。

题景忠山

京左藏名岫，位居濡水滨。
一峰危挺立，三教共参真。
曲径通云顶，奇松落紫烟。
登临须会意，心动有缘因。

独自登五虎山

五虎山中趣，林深草木长。
阴阳随影乱，青翠隐花香。
灵鸟时鸣涧，微风偶送凉。
徘徊湖水畔，何事惹忧伤？

喜峰口感怀

万里长城度喜峰，关墙如铁水惊龙。
登楼忆取当年事，一曲大刀书鼎钟。

赏榆木岭桃花

春回榆木岭，千树野桃开。
粉面含轻笑，夭姿不俗来。
临风容且遂，思梦泣还哀。
我本逍遥客，花前独举杯。

夏日傍晚滦水湾公园记景

岸柳徐垂滦水湾，湖光云影各悠闲。
游人趁意天晴晚，漫赏余晖落远山。

何丽娟

船庄颂之老爷棋二首

一

关帝巡回至此庄，峰奇石峻韵流芳。
一时雅兴南山坐，子落闲棋佑水乡。

二

读罢春秋意气闲，削岩挥刃划棋盘。
千年谁识其中奥，留与今人作美谈。

船庄颂之山中涧

三尺之余万丈深，悬崖峭壁险丛林。
脸贴石面攀岩上，慨叹神功凿壁人。

浣溪沙·手工薯粉

灶气升腾笑语高，勤劳巧手举金瓢。丝丝落入釜中漂。
远客初尝言美味，近邻慢品赞佳肴。纷纷竖指叹英豪！

醉太平·重阳节

重阳暮秋，云轻水柔，遥看湖畔高丘，见茱萸几丢。
归心未酬，乡思怎收，沉吟欲与谁谋，有菊花满楼。

爱上栗乡

迁西赢世界，魅力满城春。
户聚八方客，诚邀四海宾！
痴缠滦水秀，醉饮栗乡醇。
君若相思久，佳肴待客真。

日出

步踏丽城东，眼前一抹红。
霞铺青墨淡，晕染翠林朦。
观日越峰岭，光芒耀碧空。
心随天地阔，神韵九州同。

西江月·晨练

梦醒迷蒙即起，简单洗漱匆忙。披衣踏露沐朝阳，顿觉清风送爽。

一路芬芳绿意，丛林鸟语花香。心中有爱步来量，妩媚尽情绽放。

李岫春

满江红·迁西颂

八面峰高，擎为柱，山耸水泻。俯燕岭，长城伏舞，松波啸月。热土可昭千秋史，金瓯无憾英雄血。忆往矣，热血荐轩辕，旌旗猎。

逢盛世，人出杰，国策张，乾坤掖。看群山叱咤，吐金吞铁，紫玉烁丽映四海，滦水汨汨津唐悦，更堪喜，新城日月殊，春光烨。

满江红·石门山

壮哉石门，山排闼，水转峰迭。更拈来，前朝风雨，关山冷月。丽水推开风月景，苍山到处清凉窟。有扶摇，送尔上南天，游神阙。

沧桑梦，成一叶。南华史，何足说。喜旅游强县，名标前列。北国武当开绮梦，三千画境凭人阅。算京东，风物数滦阳，人神谒。

注：天门山，位于迁西县滦阳镇境内，滦河东岸，历史上曾是一处道家道场，庙貌宏伟可观，方圆达20多平方公里，现已开发为一颇具宗教色彩的旅游风景区，世称"北武当"。扶摇，清风。南天，指南天门景区。南华，指道家。谒，拜谒、拜见。

八面峰怀古

八面风吹八面峰，千寻紫塞走游龙。
时光流转山难老，古垛无声寺半空。
士作干城留青史，地凭锁钥有殊功。
一方稗乘关乎国，碧血滋开万壑红。

青山关抒怀二首

一

梦里楼台雾里花，几闻城外尽胡笳。
千秋形胜逐鹿地，万古地轴壮士花。
烽火雄关凭玉垒，狼烟鼙鼓扼黄沙。
将军未入麒麟阁，长与青山伴锦霞。

二

谁点青丸转玉璇，高天丽日映仙銮。
云蒸阡陌飞峰上，松抱绝岩列壁前。
曲径石阶接道场，梵钟社鼓沐桑田。
六龙行处春诗壮，无尽东风醉霞烟。

景忠山抒怀

谁点青丸转玉璇，高天丽日映仙銮。
云蒸阡陌飞峰上，松抱绝岩列壁前。
曲径石阶接道场，梵钟社鼓沐桑田。
六龙行处春诗壮，无尽东风醉晓烟。

石门山二首

一

横空出世北武当，玉笏拔天暗边墙。
庙貌千秋留稗史，灵台一处演玄黄。
天开神岫夺仙室，地到燕陬尽画廊。
更借春风吹福地，四方游客拜高唐。

注：北武当，指天门山，在河北省迁西县境内，其形势与武当山神似，故得名。玉笏，原指大臣上朝时手持的朝板，这里指高耸山峰。边墙，长城。仙室，仙室山，武当山之别名。洞天，道教指神仙所居之地。高唐，出自宋玉的《高唐赋》《神女赋》。这里指神仙居住的地方。

二

北倚边城风雨楼，接天紫塞一望收。
千峰簇拥蓬莱阁，万象峥嵘日月浮。
谈笑劫波留胜处，复兴遗迹起瑠琉。
斯山有幸逢尧日，鸿振滦阳八百秋。

注：风雨楼，长城上的敌楼，即烽火楼。紫塞，北方边塞。晋·崔豹《古今注·都邑》："秦筑长城，土色皆紫，汉塞亦然，故称紫塞焉。"劫波，佛家语，即劫难。胜处，美好的地方。瑠琉，同琉璃，此指琉璃瓦。滦阳，迁西一带古称滦阳县。

李忠

桂枝香·山城新貌

　　登高闪目，见濡水东流，彩虹横亘。翠染山城似玉，碧峰环簇。银河倒泻朝阳里，借东风，水帘如瀑。路通三抚，新楼鹊起，画图难足。

　　喜俊才风流竞逐，绘画卷宏图，绚天争旭。福蕴祯祥济世，笑谈荣辱。关山装点镶金缕，后花园，锦色凝馥。栗乡儿女，与时俱进，再填华曲。

西江月·山城夜色

　　日暮雨歇云散，残霞遥挂苍穹。章台垂柳弄娇容，湖面星光摇动。
　　凝望阑珊灯火，发拂绵软清风。忽闻潭水起蛙声，惊醒山城幽梦。

咏栗花

信步西山花翠微，绒条锦簇独芳菲。
舒姿倩影路旁见，淡雅馨香君自知。
时节惊心非故物，骚人满腹乏新诗。
秋风劲吹罗衣散，拟托红颜寄所思。

钱畏宏

梨乡即景

才知冰雪去，又见燕蝶来。
细雨清风染，梨花随处白。

山里人家

山洼几处野人家，墙北墙南尽是花。
红瓦青砖缠紫燕，清溪绿柳吵白鸭。

栗乡初夏

柏路盘旋小镇来，杏桃熟透栗花白。
红楼栋栋依山落，绿柳排排傍水栽。

景忠山香椿

景忠多宝物，椿树美名扬。
雨细千芽嫩，风清卅里香。
弯根植瘦土，硬干傲寒霜。
昔日宫廷宴，今朝百姓尝。

雨中登窟窿山

云飞树倒日朦胧，峭壁征服忘北东。
仰见苍鹰狂雨里，惊闻锦燕陡岩中。
轻人重己千般缪，有志无恒万事空。
自傲男儿休自傲，英雄背后有英雄。

登独秀峰

飒日独登独秀峰，无边美景向天横。
新村四野随心点，峻岭八方任意生。
橡树叶红千炬火，长河水碧半条龙。
诗翁杜牧如闻讯，拄杖山行共酒风。

迁西新集普陀禅寺即景

京东宝刹誉八方，圣境普陀耀栗乡。
释子隆航播法雨，仙山彩凤映佛光。
疏星淡月迎香客，瑞气祥云绕紫梁。
信女诚男发善愿，中华盛世万年长！

夏日石门山

自古京东濡水秀,燕山胜境在石门。
危崖险壑惊寒胆,绿树清泉净暑身。
宝塔迎宾星未落,将军送客日方沉。
多情莫到滦阳界,美景千般醉倒神!

秋日石门山

石门画境世无争,廿里奇峡鬼斧成。
雨塑风雕岩万象,天生地蕴乳双峰。
仙人洞外仙桃落,老虎崖间老树横。
雾锁层峦迷幻景,凌霄宝殿有歌声!

田彩萍

参观下洪寨有感

富民政策暖人心,老峪深山气象新。
幢幢红楼进苑起,颗颗紫玉见人亲。
湖淼低唱映天影,井架高耸掘地金。
恨少佳词说靓景,空怀感慨在胸襟。

赞老干部局驻村工作组

加强基层建设年,金龙口村换新颜。
穗穗紫槐迎风舞,行行绿柳悦鸟喧。
户户畅通水泥路,家家丰收笑语甜。
驻村工作真过硬,为民造福力争先。

栗乡赞

景忠山挹秀,春色满城乡。

滦水鲤鱼跃,燕山宝矿藏。
一庄椿树绿,百里栗花黄。
盛世人思进,和谐奔小康。

登景忠山

古稀不惧老,再上景忠山。
翠柏奇松秀,悬崖峭壁连。
神钟听百里,金殿入云天。
健步石阶上,游人刮目观。

咏汉儿庄

人事常代谢,日月见古今。
古城留胜迹,吾辈幸登临。
世贵功名假,白袍效力真。
唐代石狮在,激励后来人。

栗乡初夏

画境迁西六月中,风光不与四时同。
燕山翠绿无穷碧,栗海蛾黄遍地绒。

游喜峰大刀园

昔唱喜峰鏖战曲,今游圣地大刀园。
栗花灿烂黄金海,战果辉煌老婆山。
险隘雄关藏水底,浮雕石阵矗山间。
英雄浩气人称颂,赤胆忠心万代传。

"五一"游滦水湾

绿草茵茵杨柳垂,迎春黄嫩李芳菲。

栗乡画境水喷涌，桥彩诗情龙跃飞。
河水滔滔有涨退，人生漫漫不来回。
相依情侣童欢笑，翁妪闲度信步归。

咏东花院梨花坡

又是一年春草绿，东风拂面暖融融。
村舍掩映梨花影，游客徜徉画意中。
下界天孙织锦缎，人间杜蘅动诗情。
栗乡香雪人人爱，羡煞天庭众圣翁。

注：杜蘅，农民女诗人杜宝贤的笔名

咏湖心岛

濡水清清树成荫，野凫双双情意深。
曲径通幽仿古建，楼台水榭乐游人。
瀑布飞溅浪花涌，石翁闲坐诵诗文。
此景只应天上有，人间能得几处存。

田凤岐

鹧鸪天·家园

家住燕山滦河湾，栗树广陌碧芊芊。高楼耸立姿容秀，花香风漫别样天。

到处翠，瓜果鲜，栗子核桃挂满山。姑娘靓丽比花艳，世外桃源酷似仙。

鹧鸪天·山城巨变

水绕山城十里香，百花烂漫绽芬芳。楼房幢幢如春笋，翁妪翩翩似少郎。

山溢彩，水粼光，栗乡优美似天堂。天宫疑惑人间事，山城何时变富强。

一剪梅·栗乡

塞北长城山脚下，峻岭丹崖，异草鲜葩。滦河两岸碧无暇。栗花飘洒，秀水鸣蛙。

每至晨昏景更佳，日罩轻纱，月挂枝桠。翁妪学诗笔生花，歌咏天涯，韵满天涯。

一剪梅·滦水湾

一片山水恋美营。山上油青，水上红亭。数条飞艇绕湖行。鸟语清嘤，笛语宏鸣。

滦水旖旎抱繁瀛。昔日泥泞，今日华城。彩虹银河耀峥嵘。天灿晨星，地灿花容。

青玉案·潘家口水库

长城脚下藏一库，水中岛，峰尖树。荡漾碧波千艇碌。琼宫仙府，龙翔凤翥鸽哨穿云雾。

歌声飞处蜂蝶舞，紫玉飘香黎庶渡。试问客家知几许？天开祥瑞，金乌玉兔，锦绣华章赋。

行香子·山村春色

幢幢新楼，栗树荡漾。美山村，览胜寻芳。风和日丽，水绿山苍。正梨花白，桃花艳，杏花香。

燕飞水面，鱼跃湖塘，小游船，队队成行。翁戏垂钓，客笑斜阳。看青山高，碧天远，水流长。

天净沙·咏新农村四首

一

街清翠柳鲜花，栗乡铁矿金沙。旅客欣居户下，美景如画，高楼铺店商达。

二

电波走进农家，老翁学上网吧。老妪旁边笑傻。儿女筹化，鼠标茧手乱发。

三

青山绿水晚霞，广场翩舞飘沙。鼓响琴声唢呐。妪翁扭跨，笑声飞到天涯。

四

读书大厦沙沙，锁眉一语不发。光照图书满架。脑开智化，科技进入千家。

吴小宝

梨花坡

一方藏秀境，遍处梨花开。
岭翠春风度，柳黄雏燕斜。
邀朋寻野趣，唤友看芳霞。
拾得田园乐，痴迷忘旧家。

红门寺

径幽通得红门寺，称寺寻来不见僧。
村叟躬耕丘壑处，小儿追蝶紫薇藤。
数声清脆林间雀，几点红光树下灯。
蓬舍芝兰藏世外，桃源深处隐贤能。

马家沟国学村

游子廿年回故里，家乡十里费疑猜。
民风纯似诗情写，村貌清如画境裁。
墙绘贤图迎面看，垣书德字入心来。
书香留得传千古，桃李满园次第开。

新集普陀寺

普陀寺里晨钟起，紫竹院中红日微。
胜境四围藏大士，名山一处隐柴扉。
洞幽引得灵狐睡，松翠邀来仙鹤飞。
寂寂沙弥玄妙语，痴嗔芸众悟禅机。

长城

身似苍龙守险关，逶迤万里入青天。
杜鹃啼血长城上，断壁成崖古塞边。
遥想昔时惊战火，谁知今日起炊烟。
国强民富筑军梦，勠力同心比石坚。

虞美人·公祭日有感

铁蹄踏破雄狮梦，血洗山河恸。哀鸿遍野惨无归，卅万孤魂今日可轮回？

八年抗战驱魑魅，朗朗乾坤慰。国强民富入人心，勿忘家仇国耻壮邦林。

鹧鸪天·风筝

又是清明三月天，公园绿地正喧喧。竹身紧系牵肠线，锦羽扶摇碧宇端。

成一点，过重山。遥遥云上探家园。身心收放他人手，无奈乡途落脚难。

沁园春·春日游故乡边塞长城

燕塞春光，青嶂长城，红瓦人家。正炊烟袅袅，山溪清浅；峰峦历历，雁字横斜。鸟语啁啾，云衣舒卷，旖旎山乡敢自夸。又何必，念满怀故里，单骑天涯。

看斜照若丹霞。最妙处、烽台邀月槎。有星灯点点，凭栏把酒；清辉朗朗，泼墨涂鸦。块垒冰消，半酣心醉，倚借东风染鬓华。唯此地，恰春痕似梦，夜色如纱。

杨亚玲

偏爱滦滨五月风

偏爱滦滨五月风，醉山醉水醉重重。
兰馨遍染鹅黄蕊，笔墨难描淡雅容。
秀体慢舒邀月舞，深情遥寄共霜浓。
几番秋梦花前醒，便惹芳菲遍栗峰。

凤凰山有赋

许是灵山信字先，每逢二月雨携烟。
佛光生色晨钟远，凤影呈祥香客虔。
有愿心旌迎百里，无为修境越千年。
唐王此地常归梦，祈我黎民福祉延。

初登玄武山感怀

玄武初登心亦宽，幽怀总在有无间。
帽说趣事随君老，井没烟尘已岁寒。
谁见争峰得累岁，谁凭禅意坐青莲。
南来紫气氤氲渺，可是霞仙拜帝仙。

秋游崆龙山

祥云缭绕雾缠峰，谁射屏帷一洞横。
透眼观云腾骏马，俯身嬉水跃神龙。

松林曲径通天远，秋草幽风悬壁蓬。
辞却凡尘千界梦，枫红送我满山情。

攻书台

天外何神下界来，隐身幽洞伏书台。
潜心修炼三生远，隔界参玄万念回。
白鹤萦天成道首，八贤过海作星魁。
可怜仙迹峦堙没，留此遗踪后世猜。

游仙人谷有感

野岭青溪碧柳池，遥岑向晚为谁痴？
痴情暮霭遥岑醉，别梦青溪碧柳欹。
禅意频生修此景，俗心常濯涤凡思。
经年莫计红尘事，谁见茔前泪久垂。

长城赋

头枕惊涛尾锁关，雄生浩气海天旋。
霜风老去金戈梦，古隘息征铁马闲。
已逝英魂不晓冷，尚存壮志复堪燃。
今时重整山河壮，何惧烽台再起烟。

登临景忠山有感

幽幽雾色玄，三教乃经年。
暮鼓随声老，心经与佛圆。
西风如有意，秋赋唱千篇。
客至登高处，还身可有缘？

清明登榆木岭赏桃花

春归花遍岭，相伴古愁开。
树势任风剪，垣墉待梦来。
桃风犹自老，野色不知哀。
谁捧思亲酒，殷殷滴泪杯。

鹧鸪天·观塞上湖晚霞有感

碧水烟波暮色奇，晚霞恰似日初曦。横云霄汉群山暗，倒影流苏万缕漪。

云入梦，梦漪漪，闲槎寻韵荡秋诗。半帘村酒邀谁醉？点点乡灯笑尔痴。

鹧鸪天·景忠山万松禅院即景

客隐南山兀自悠，但凡俗事勿来求。几分禅意凭风送，万顷松波入韵柔。

山拥翠，月携幽，轻叩问客可诗愁？莫疑身在桃源处，且作三天沽酒侯。

南乡子·枫林唱晚

一地碎金红，片片着醇醉晚坪。惆怅只将枫借酒，初冬，不尽燕山瑟瑟风。

天地正多情，云树参差尽染中。最爱际边红胜火，霞浓，万木霜天触目穷。

满庭芳·紫玉颂

濡水之津，燕山之气，此珍独占天时。颂声久载，乃燕北珠玑。多少文人墨客，尽留下美誉佳诗。晁公笔，赋之精魄，《紫玉》盛名驰。

嘻嘻。看此域，春摇桂蕊，秋舞霞披。揽四季风流，绽放琼枝。更待篷开白露，迎商旅、喧沸边陲。令支栗，后皇佳树，愿尔永葳蕤。

赵印国

念奴娇·烂柴沟寨怀古

漠南燕塞，长城凭绝险，设关山底。风雨雕琢今耐看，壁洞浅深伤累。东向城门，雄姿依旧，邻水陪如始。陈街旧巷，鹊穿杨柳嬉戏。

荞麦山下当年，戚家将士，铁马风霜里。一统河山烽息后，曾是抗倭堡垒。沟改兰城，鼎新时代，人若东篱子。春秋何促，古今长梦连继。

迁西秋韵

万类霜天一望中，斑山斓水耀人瞳。滦湾篱院约陶令，边塞城关忆放翁。缱绻浮烟嫌去远，徘徊啼雁怨归匆。林深是处农家乐，平野鳞鳞看大棚。

浣溪沙·栗乡

绿叶葱茏漫野黄，夜来浸透万家香。人间五月好时光。

缕缕金丝缠岁月，年年紫玉富农商。山村景色逾平常。

嘉庆滩

横空一坝泻津流，叠翠铺茵绿染洲。嘉庆滩头辞旧梦，画廊百里赋诗留。

新农村采风有感四首

一

秋入山乡乐采风，似游美景画图中。路边绿柳迎宾舞，廓外青松邀客诚。古塞旧痕成史记，深川新貌赛天宫。花园楼阁何人住，当代农夫作主翁。

二

依山傍水彩楼新，疑似桃源百卉芬。大路畅通通闹市，小溪环绕绕青茵。窗明几净人纯朴，笑语欢声心善真。昔日穷乡皆致富，今朝崛起乐天伦。

三

长城脚下牧笛扬，滦水河边稻谷香。

绿浪欢腾歌宝地,林峰叠翠唱新乡。
门联荟粹今贤笔,堂匾承传古圣章。
贵客远来休备酒,诗书画影味犹长。

四

一路欢歌一路诗,久闻典范悔来迟。
青松翠柏狼毫笔,峻岭平湖玉砚池。
古木参差堪作赋,新楼栉比好填词。
手掬溪水吟一曲,胜似琼浆倾百卮。

滦水湾凤栖岛

秋深一碧湖心岛,水寨依山伴晚霞。
鸥鹭盘旋围阁绕,杆钩抛甩看轮滑。
文人诗赋嫌辞少,墨客临摹恨笔乏。
仙子来时应有憾,瑶池境界怎如它。

谒松亭古战场

松亭山水挽相生,静如处子肃端容。
遥闻杀砍当年事,慷慨悲歌唱大风。

寄情潘家口二首

一

飞舟踏浪履峰峦,十里烟云画景宽。
塞下桃园惊世外,长城幻化水龙蟠。

二

平湖一碧映关山,要塞于今做乐园。
魏武卢龙成故事,边民永享艳阳天。

景忠山随想

拔地入苍穹,灵山皇帝封。
三忠标异志,群寺寄人情。
鱼鼓知慈信,仙佛悟静空。
登临思梦得,造化鬼神工。

青山关水门

水门唯有此山关,风雨坚贞四百年。
护堡能敌兵十万,通衢不让路三千。
铜闸何处无踪觅,游客此间留影还。
我叹古贤聪与慧,景观遗赠后人缘。

鹧鸪天·四大峪赏栗花

又到花期五月中,冲天香阵透郭重。纷纷闲客穿沟峪,滚滚轻车登顶峰。
黄尽染,绿相溶,栗林无处不情浓。莫言看景他乡好,本色还推燕北名。

登长城

为当好汉上苍关,更叹飞龙在九天。
手抚戚公兵到处,思追将士脚巡边。
焉能息战歇鞍马,须警急攻起炮烟。
钢铁长城谁赐予,国威绝胜垒石坚。

沁园春·爱我迁西

大美迁西，雨露催新，热土焕然。忆让国贤圣，驾鹰帝子，春秋古迹，烽火边关。过境骚人，骋怀喜物，留下激昂诗百篇思来处，遍青山溪水，淳朴乡间。

滦滨风物连绵，引游客闻名度假闲。看长城跨越，凤凰涅槃，景忠耸翠，浭水流丹。紫玉飘香，栗蘑特产，钢铁国标耀宇寰。吾何幸，与诗乡共赋，画境同欢。

赵忠信

鹧鸪天·滦河春

散淡不知岁月移，惊闻春到小桃枝。双双彩蝶花间舞，对对黄鹂树上啼。

蛛网系，柳绵飞，子规阵阵叫春归。登临望断滦河水，十里烟云尽翠微。

秋望

一阵惊雷雨即收，夕阳残照栗园沟。千山拱翠层层绿，万壑掬红处处幽。杨柳半藏沽酒市，芦荻深映钓鱼舟。狂生不是悲秋客，却道天凉好个秋。

春意

隐隐箫声淡淡山，东风巷陌卖饧天。蒹葭才破池塘水，垂柳依依惹暮烟。

满江红·游古长城和潘家口水库

岁月匆匆，秋又去，蛩声未歇。莽荡荡，暮云漂泊，劲风激烈。天际一声征雁远，柴门半掩青霜月。库堰边，古木两三株。

鸣灵鹊。牧羊动，白如雪。秦堞在，烽烟灭。驾轻舟泛过，燕山山缺。渺渺长河青似靛，萧萧落木红如血。待风息，天水互交辉，摇金阙。

沁园春·登喜峰口长城有感

雨霁风清，乘兴登临，万里隘关。看燕山似锦，滦河如带，云藏林海，雾锁青山。放雪梨花，分烟杨柳，无限风光高处看。凝思处，抚残垣断壁，感慨千端。

相隔多少时年，抗倭寇英雄竞阵前。掷孩儿妻子，远离故土，舍生赴死，捍卫家园。义胆忠肝，满腔仇恨，洒向敌人都是冤。方赢得，这红旗高耸，直入云端。

故乡春日偶成

故乡头上云缥缈,桑梓林边泛绪涛。
万丈游丝天外系,千团落絮水中漂。
黄莺出谷寻新憩,紫燕归来觅旧巢。
倏忽辞别亲友日,斜风细雨霸州桥。

【双调·蟾宫曲】游迁西栗香湖房车营地

问房车营地堪夸,百里清湖,八月韶华。叠翠峰峦,参差杨柳,远近山花。宜住宜餐玩耍,半村半郭人家。景致佳佳,早沐晨曦,晚看烟霞。

折桂令·梨花院

问春光何处堪夸,花院西山,芳草平沙。城郭迷烟,车通远塞,栏倚长霞。
娇牡丹方才放蕊,袅垂杨恰吐枝芽。春在谁家,春在梨花,春在吾家。

鹧鸪天·游兰城沟有感

掠世浮光一万重,何因催老烂柴城。旧时缕缕焚香客,移入离离乡梦中。

荞麦岭,挂苍穹,残垣古堡放秋晴。小村又奏园扉曲,十样新篘捧日红。

鹧鸪天·雪日放歌

织女昨宵挥玉梭,做成万件素绮罗。燕山莽莽迷行径,滦水涔涔暗逝波。

冬日尽,柳风和。欣逢盛世曲儿多。先弹下里巴人调,再唱阳春白雪歌。

周胜华

景忠明岫

景忠山明岫,扶摇上云端。
蟾光白幽壑,日照生紫烟。
古刹梵音袅,石阶禅意沾。
千松兴海浪,万鸟隐林间。
奇景意难述,神痴醉犹酣。

梦境庄园

庄园拢诗韵,缥缈水云间。
柳弦弹春韵,杨直上青天。
茅庐结隐士,曲栈赋青莲。
秀鹿鸣幽径,嘶风草浪翻。
沙洲飞鹭鸟,竹筏舞长杆。
东隅升皎月,秉烛阅书山。

雨花谷

袅娜湖东畔,清波对靓颜。

风柔斜细雨,花重首恭谦。
紫玉妍秋色,香梨缀秋帘。
冬雪白谷壑,彩雉画山间。

花香果巷

燕赵雄风世尽详,孰知果巷百花香。
桃夭袅娜兴霞彩,牡丹雍容岂洛阳。
百里梨花冬雪落,千顷李白晓云芳。
虬枝老树千秋度,紫玉蒲棱赋华章。

青山关

雄踞莽莽大青山,八面峰险耸雄关。
水门崖腰升弦月,关口长城舞绝巅。
囚监券楼七十二,月筑狐仙五百三。
古堡戚公抗蛮地,长存浩气耀云天。

塞北小江南

长城入水舞云川,画廊十里贾家安。
鬼斧奇峰象鼻座,神工月牙棒槌岩。
乌龟爬过双眼洞,一线猴攀天柱山。
椭圆穹庐窟窿远,黄崖万塔独木仙。
都山积雪千峰素,叠锦鱼鳞百舸还。
稻花薰风香两岸,漓江塞北小江南。

凤凰山

苍山展翅凤飞天,古庙香烛历千年。
普陀禅寺三星殿,栖凤观音紫竹轩。
金光闪耀神堂穆,垂缕疏桐流响宽。
玄幻仙山云霞蔚,凤鸣清音故乡传。

岩石鼻祖

曾悲命灭与开端,叹息沧海变桑田。
火焚冰冻劫历尽,雄傲三十六亿年。

张玉浩

迁西县照燕洲村
西山野杏花晨忽见放。

忽惊西岭全山白,犹觉香风溢过来。
昨夜方欣春雨落,今朝不意杏花开。

夜雨青山关

珠玉垂帘水幕悬,青峰古堡意无闲;
柔弦夜雨闻天籁,舒曲明风忆汉关;
烽火烟沉藏密剑,英雄气鼓荡群山;
人峦今远倾情话,把酒桑麻绽笑颜。

端阳诗会

榴花灼忆汨罗流,友会仙家画境游;
长水衔山含碧玉,斜风戏栈漾红楼;
文园热血飞书韵,渔寨豪情舞竞舟;
千载诗魂忠义聚,神州复梦意方遒!

潘家口水库二首

一

突耸横空一巨人,双肩担起两昆仑。

唯君方此回天力，笑把滦河舞几轮。

二

欣甩滦河九道弯，轻闻流水细潺潺。
陆离暗石参差立，唤醒梨花饰带间。

鹧鸪天·家乡春雪

丁酉早春，迁西一夜大雪，文人多唱和。

漫舞东风飞锦梭，巧妆春夜罩银罗。燕滦裹素迎红日，风雅舒怀荡碧波。

衣袂舞，韵声和，莺啼婉转暖香多。梨花急作桃花水，细唱丰年悦耳歌。

注：梨花，代指春雪。

刘汛涛

登李家峪长城

己丑正月初七，赴迁西李家峪拍摄长城风光。午后飞雪，入敌楼小憩，舞剑驱寒，燃火读书，别有一番意趣。傍晚雪霁，红光满天，关山愈加壮丽，令人叹为观止，感而赋此。

醉倚危楼阅落晖，旗山若有鼓声催。
不辞剑气凌霜舞，更爱书香伴雪飞。
掩卷古人犹在侧，弹铗双目枉凝眉。
残阳似血关河壮，啸傲长风待月归。

栗乡吟

滔滔滦水飞白练，滚滚奇峰簇锦霞。
朔塞长城牵碧海，灵山秀色荡青纱。
春风化雨凝紫玉，笑语欢歌醉千家。
澎湃心潮吟盛世，古岩岁岁绽新花。

铁门关

危崖似戟卷流云，壁垒崔巍泣鬼神。
两翼长城接碧霭，三关细水述陈闻。
仁皇落寨尝失色，日寇攻山俱丧魂。
盛世山河归一统，烽台宿鸟绝烟尘。

潘家口感怀

月落松亭霞满天，边城烽火化炊烟。
卢龙洗尽千古恨，锦鲤飞出万重山。

卜算子·河畔独坐

独坐滦河边，极目千山外。细数归鸿渐觉寒，故友知何在？

漫忆少年时，浩气冲冠盖。历尽浮沉白发生，无语听天籁。

江城子·夜宿青山关

深秋叶落雁长鸣。驻荒城，抚青锋。灯下彷徨，冷月伴残更。少保号令今犹在，羌笛远，有谁听？

霜天万里思无穷。绕阶行，数

寒星。怅问戍楼,何处觅神踪?寄我关山千古梦,飞不到,乱云中。

长相思·登八面峰长城

八面峰,八面风,过眼云烟千万重。夕阳几度红?

秦长城,明长城,将士无踪野草横。犹闻刁斗鸣。

长相思·登韩湘子攻书台有感

攻书台,悟书台,朗朗书声今犹在。湘子归去来。

左徘徊,右徘徊,唯见松影扫碧苔。山花为谁开?

第四编　诗颂美丽中国·旗帜，砥砺奋进的五年

车延高

汉绣

先是举案齐眉的手
后来
是红袖添香的红酥手
胆小，怕春秋无义战
将一颗女儿心躲在
群雄无法征战的针尖上，尺幅千里

后来学会给眼睛放生
请夜和白昼住进来
灯下构思，引两条江走针，举兰花手
灵感就跳出来，碰醒楚国的丝绸
那感觉真的好
花无正果，热闹为先
绣汉唐，绣宋元，再绣明清

如今
用一根比丝线长的时间绣流水有韵的日子
绣人间百态
绣花间一壶酒，绣月光下
一块会说话的石头

她已经成了画，坐在莲花上
湖面漾波，绣出水芙蓉
旁边有楚河汉街，有照亮半空的一盏灯笼
里面热闹
是别出心裁的汉绣

汽车城

审查国籍
武汉和底特律没有关系
看了这里的轿车生产线
再看把作品发表在天空下的停车场
会冒出一个念头
这里是武汉的底特律

走下生产线的轿车，一上路
就忘了这片厂房
就像出生后的婴儿
日后一定认定母亲
却记不住产房

把成人式改一个字
这里是成型式的集合地

是行前的整装待发
如果用诗人的眼睛看
这是新写成的一行行诗句
等着总编签发

光谷

1

算不算流失
当年，那么多精英去了硅谷
说实话
现在心里才算有底
很多声音在说
美国有硅谷，中国有光谷

2

如果世上真有神
这里的一切是不是神在起作用
楼长那么高，腰在半空里
一年拉出的光纤
可以绕地球一千七百万圈
一根头发丝细的光纤
可以让二十四亿人同线对话
一平方毫米面积的钢板上
打出二十个直径八十微米的孔
中国每出产五部手机，就有一部
诞生在这里
这里很牛，切割手是隐形的
光走过，不留任何切屑
乔布斯没来过这里
研究乔布斯的人说：乔布斯不是神
下一个黄皮肤的乔布斯

可能产生在这里

3

我琢磨了很久
汉阳造，是一杆老枪
武汉造，是一个产业群
青桐会，是潜力股
光谷，是硅谷的对手

4

不管是光纤陀螺的本事
还是人的本事
能让光束按预先设计的轨道走
辐射就算懂事了
知道躲开人的保护部位
这挺好的
多了一个不拿薪水的保镖

5

尽管光谷不是稻谷
资本这只鸟儿会成群飞来
时间在验证
马云盯着这里
世界五百强也在抢滩

他

七十五年前，毛泽东表扬他
一个外国人
把中国人民的解放事业当作他
自己的事业
这是什么精神？

他的名字后来进了《毛泽东选集》
中国人都知道他,他叫白求恩

七十五年后,我来到他工作过的地方
不是延安,也不是五台山
是武汉市第五医院
院长告诉我
这是白求恩飞抵中国后的第一个居住点

你如果能背诵"芳草萋萋鹦鹉洲",就知道这里
这里有一座小教堂
和大名鼎鼎的汉阳树比肩而立
白求恩就住在里面
他好像知道大诗人崔颢
早晨散步总对那棵树说:你早,你好

据说他在这里住了七天
为当地人做了七台手术
躺在手术台上的人不知道他叫白求恩
只知道拿刀的是一个蓝眼高鼻的外国人
很和蔼
镜片后的眼睛很负责,很认真
给人一种踏实,牢靠

他们还记得
这个人做手术不要钱,只听你说声
谢谢
他就笑了
笑得由里到外,很外国

王自亮

阿里巴巴外史

1
公元 8 世纪以后,从长安到汴京,
封闭的集市消失,一种更为
自由的街市模式就此诞生。

交换,从根本上挽救了帝国。

离宁波衙前巷不远处,人们忙碌着,
搬运、储存、加工和收银,
从药铺街、裁缝巷直到票号、当铺,
令文人士大夫深为疑惑——
"义利并举,方可万世转圜"?

在地中海,早就经历了一场对城市土地的彻底征服,
那两个新骑士是:贸易和航海。
城市方格,利润曲线:商业簿记的进展,
零售业、票号和仓储的挤占,
重塑了地理空间。

几个世纪之后,

权贵们从市中心撤出，商业的风暴吞噬了他们的房产。

二战后的生育高峰，与金融区一起到来，

建筑群兴起如同亚历山大远征，商业的大纛在太阳下闪亮。

女性漂亮的大腿、蕾丝、胸罩和吊带长袜，

在更衣室浓烈的香味中，

在舞厅的旋转和剧院的啜泣中，

吹奏着奥林匹亚竞技曲。

2

在所有的地方中，中国人表现出空前的商业热情，"阿里巴巴"

这一称呼，说明了一切。

一个干巴精瘦的商人，连接了沙漠地区

和京杭运河两端：以虚拟之魅。

第一次见他，我的脑子里疑云密布。

那是1999年，在大华饭店，我试图向自己求证：

这个人是谁？他能做到如他所说的——

让整个世界在他的平台上做生意，

不管在什么地方？他是何方神圣？

二十年之后，在体育场路一个大会议室，

这个叫马云的人对我说："作为商人

要承担起政治家、艺术家、建筑家一样的责任，

是梦想、理念、价值让我走得更远。"

他打太极拳。在化妆晚会上扮演白雪公主。

他西湖论剑。他以某种深不可测的神情走向纽交所。

他笑了。笑得如此迟疑，就像回放的玫瑰。

他出版"内部讲话"。他在大厅披露心情。

五年前，我到阿里巴巴食堂吃饭，

这是他们的第二议事厅，我的耳边回荡着

——"淘宝，每月纯PV（页面浏览量），支付宝，

MAAS（软件运营），注册用户，基础系统"。

他经常给员工写邮件，如同写小说。

3

此后我们很少见面，彼此遗忘。

在门前的早餐厅，使用完支付宝，店小二对我唱个诺，

在出租车上，司机对我说："马

云是思想者，

马云是战略家"。见我一脸疑惑，他说——

"我白天开车，晚上研究马云，这不好吗？"

晚上回家，一个商学院教授在路灯下提醒我：

马云取代了别人，别人也会取代马云。

我争辩说：他说要活一百零二年。

还引用马云的原话——

"我们并不想战胜谁，打败谁，只是要创造价值。"

那位教授耸耸肩，一副哈佛的派头。

此后我们天天见面，我，马云。

因为人人生活在他铸造的交换情境之中，

是他，我早先见过的人，改变了我的生活。

这朵云骑着马，这匹马在云中游移，

有声音远处传来："阿里人必须看到后天的太阳"。

消费、交换与支付，时空被赋予广袤气质，

而他依然消瘦，那么袖珍，背影矮小，

与这个小世界合二为一。

直至我碰上了T先生，一个理工男，

担任过阿里巴巴副总裁，大数据的"中国教父"，

他对我说，最向往的是诗歌。

我从根本上理解他：数字与玫瑰。

可是他总是想解决诗歌的内部配置、意义、逻辑。

我问他，这个世界的逻辑是什么？

林肯在苦闷时为什么读诗？

还有，逻辑之上的逻辑。

在谈论诗歌时，我们总是争论不休。

我们简直没有公约数。

直到我们举起酒杯，微笑，或陷入沉默，

才彼此交叉，有了道路的穿越。

后来，我们不约而同地说，人是诗歌与数据的公约数。

交往的无间道，欲望、梦与意志，

温情与玉石，黑陶与马，间歇泉，

都是公约数。

藕粉、龙井与瓷器。

超级市场、蓝光碟、丝绸之路上的月色。

黑色键盘中的白色情绪。

春江花月夜中的绝对元素。

4

这些，都是技术、商业与诗歌的公约数。

物质文明中的人伦、动力与词，
日晷的偏离，机翼上的热带植物，群岛的激情，
为免于恐惧而战胜墙壁、铁栅栏、虚构的风。
阿里巴巴的商业逻辑：建构共同体，
化妆晚会之后必须放弃面具，
然后是："芝麻开门"。

吉利汽车制造车间奏鸣曲

一辆汽车的诞生，也从胚胎开始。
基因、进化与匹配，其中的激情
与理性，类似于一部人类文明史。
我，经常在下班之后留在北仑车间——
领悟四大工艺，看到沉默的机器人
投下阴影，像一个陷入沉思的智者；
冲压机床压低了嗓音，吟诵俳句。
光与影晃动，流水线环绕，生产节拍
伴随着心脏的搏动，且不舍昼夜。
焊接继续进行，火花形成弧形之魅，
机械与电子融合，灵与肉一体化。
在不充分的灯线下，我看到车间
告示牌上的数字与句子，正在逾越。
哦，进气栏栅在偷吃夜晚的空气，
与前大灯交换眼神，还商议着什么。
何为新启示录？那是车间里叠加的
形体，无声的嵌合，疾驰的魂魄。
夜色中我终于造出一辆黑色轿车，
从冲压、涂装、焊装，直到总装，
以疯狂的理性，以祖辈赋予我的卓越之手。

刘起伦

最高处的漫步

有谁更能像你，最高处的漫步
成为全世界最美最亮丽的风景！此刻
你聚焦亿万双仰望的目光，和
黄皮肤千年飞天梦想。把神话变成现实

把浩浩天宇当作青青草地
如此优雅，如此充满自信
一手挽住广寒宫嫦娥寂寞的红袖
告诉她：归去吧，故园美得已超仙界
一手安抚太平洋海浪的细腰
嘱咐它：该咏唱一支和谐小夜曲
或扬扬手，牧放满天群星
像牧放温驯的羊群

我羡慕你啊，翟志刚
把十三亿人的渴望集合于自己双脚
在长天，闲庭信步
脚印在新世纪的扉页镌刻下壮美诗行
那是一个古老东方大国
征服宇宙的宣言，也是献给人类的大爱

我赞美你，来到最高处漫步的祖国
苦难为巨龙点睛，腾飞才是固有的姿态
从你步伐的来龙去脉，我读懂了
一个不屈不挠的民族，用智慧和汗水
抒写新的荣光！在蓝眼睛的倾听与仰望中
你进军的号角响彻寰宇，坚定的步伐
在行进中，虎虎生风

注：2008年9月25日，我国第三艘载人飞船神舟七号成功发射。三名航天员翟志刚、刘伯明、景海鹏顺利升空。27日，翟志刚身着我国自行研制的"飞天"舱外航天服，进行了19分35秒的出舱活动。中国随之成为世界上第三个掌握空间出舱活动技术的国家。

冰箭

明明是火箭，偏取名：冰箭
让我不得不放飞联想
那来自地心的烈焰
那千年的玄冰

是的，服从于魔术的律令
那些幽灵般活跃、调皮，在空气中的
氧分子、氢分子，在无限靠拢
无间隙合并同类项
我仿佛看见无色透明的灵魂里
漾动着蓝色之波
关键是，谁心念一动
在玄冰体内注入烈焰
让对立统一的矛盾体，昭告于苍穹
仿佛独弦之上的倾情弹奏
巡天的序曲，涵泳宇内最险峻的对话
我不知神话始于何年何月

我持有的信念是，这些人造的神
或将瞒天过海，自己成为神话的一部分
并最终代替人类接管神的领地

需补充说明的是
他还有个让人忍俊不禁的绰号："胖五"
——胖乎乎的钻石王老五
能够想象得到
他安静时
是怎样的一副憨态可掬的样子

注：冰箭，我国自行研制的长征五号运载火箭别称。除此之外，另有别称：大火箭、胖五。2016年11月3日20时43分，我国首枚大型运载火箭长征五号在中国文昌航天发射场点火升空，首飞成功。

程步涛

故居

在淮安看周恩来故居
如同阅读一部天书
我不知道
是该寻找那串幼稚但却坚定的脚印
还是该寻找大雁飞走后
留下的片片翎羽
所有的语言在这里都变得苍白
连同眼眶里溢出的
晶莹的泪滴

如今
叫故居的实在太多太多
太多的故居都长成了青草
长成了野花
只有孩子们采撷浆果时
才会吸吮到一些
历史的记忆

而这里不然
这里
从迈进门槛那一刻起
一砖一瓦
一草一木
都会给你讲述
一个家族和一个伟人的沉沉往事
还有那棵腊梅
遒劲的枝干
幽幽的暗香
时时都在告诉我们
什么是纯粹
什么是高洁
什么是追求和价值

轻轻地
我走到门外
一条石路正伸向远方
我看见
那个让一个民族刻骨铭心的身影
看见巍峨的山

和滚烫滚烫的土地

边区：一只碗和一粒黄豆

在太阳下面
在蓝天白云下面
在所有的目光和期待下面
用一只碗
和一粒黄豆
进行边区政府的民主选举

每一张脸笑得都是那么灿烂
每一个人都把黄豆紧紧攥在手里
一粒黄豆就是一颗心
放到碗里
便是交出全部的信任和期冀

黄豆不再是黄豆了
它是一座碑
一个标志
它是革命进程中的一段路
和一支进行曲

那天阳光很好
我站在被人们称为旧址的
边区政府的院子里
面前
有一株老树
高大
茂密
顶天立地
它见证了昨天
也见证了今天
老树是一部大书

把权力交给人民
把信任交给人民
一只碗和一粒黄豆
给了我们一个
永远的启迪

夏光明

编号 1927 的镰刀

1927 年的秋天
挺立田间的铁块
吹响集结号
打炉火里回到旗帜和歌谣

一群穿草鞋扎绑腿的南方籍农民
手握中国革命高品位的稀有金属
反复切割苦难的日子
举步维艰地爬过雪山草地
叮当作响地割断了 1935 年的雨季

从南中国的芦苇荡
到北中国的青纱帐
所到之处
淋漓酣畅
一排排灰麦倒地
根据地的炊烟米酒远近飘香

毛泽东激扬文字的大手
奋力挥镰
以工农武装割据的形式
收割一片片江山

编号为 1927 的那柄镰刀
锋利无比
开天辟地的作为
圆满收获 1949 年的金秋
月牙般高悬在天安门广场
像一枚钉子
把我们立志追求的高度固定在
红色的天空

而今
血液纺织的旗帜
经久不息地飘扬
一柄新镰
挥汗如雨
坚硬的品质依然闪闪发光
沿用中国革命的传统姿势
割开七月红艳
金属撞击的脆响
一片流淌

黄新初

桅杆

站在海岸上，
我扫描辽阔的海域，
寻找那支刻有我姓氏的桅杆。
潮起、潮落，
灯塔上歇息的海燕，
看得见我的眺望。

涛声不再依旧，
今夕是何年？
摇摇晃晃的海浪，
划出深深浅浅的海岸线。
疼痛的云挂在桅杆上，
落下来，就是雨骤风狂。

海燕的翅膀，
在天空留下划痕。
我走过的滩涂，
把脚印都交给了海，
海浪重叠了我的脚印，
高高举起桅杆。

我的桅杆不在沙滩，
在大海，是海燕飞翔的驿站。
浪尖上舞动的高度，
即使被风吹落了海拔，
也在海之上，
在潮头，站立我的信念。

河流

一路奔腾、呼啸，
我知道你从哪里来，
知道你要抵达的远方。
从不回头，
即使山高路长，
即使暗礁埋伏，
不变的是自己的方向。

你有一个家,
装进万里征途的行囊:
平原沟渠的温润,
高山流泉的滋养,
冰雪融化的呢喃,
大海深处的交响,
有家的行走不是流浪。

放低自己可以走远,
处处谦让能够战胜阻挡。
不痴迷春天的挽留,
不驻足冬天的冰封,
即使一坝横切,
即使千回百转,
也一笑而过,不会脱僵。

叮嘱的分量

以为脚比山高,
那是年轻时代的懵懂,
懵懂里还有点轻狂。
步入花甲的门槛,
才明白真正的山,
隐在岁月深处。
皱纹折叠的台阶,
铺成弯弯曲曲的路,
上山的每个路标,
都是妈妈叮嘱。

山下那间瓦屋里,
留下的叮嘱;
狭窄的木床上,
留下的叮嘱;

门前整理我行囊,
留下的叮嘱。
那是一句话:"好好的!"
那是一个好梦,
没有一点锈斑。
那是我行走一生,
真正的高山。

刘迪生

在高原水乡纳雍

这个春天
我在高原水乡
在纳雍
在古夜郎等你
我们聆听鸽子花温暖的呼吸
云贵高原的总溪河边
有一群正在摆脱贫困的人
他们是我的亲人

春天是干净的
寂静也是干净的
河流徐徐流淌
炊烟缓缓飘动
山坡上眺望的吊脚楼
这些都是纳雍人的话语

穿青人是苗族的一个后裔
在这片神的土地上
坚守自己的母语
它们像泥土里长出来的芦笙
干净的声音

想他们干净的心灵

西南的纳雍
终生怀揣了一种深沉
充满血的热量
他们等待燃烧
等待一次怒放

高原的风吹拂着
石头已经开了窍
要么说话要么开花
像这里的树木
都会爬山过河地走路

每一条小路都通往村庄
每一处田野上都是我们的故乡
野花和泥土中有你的名字
这里有值得亲爱的大地
有值得亲爱的人

毕节、纳雍
和我们血肉相连
我们携手
去触摸一段舞曲
把山路变成花园
让村民不愁饱暖

贫穷是暂时的
山花在富饶
河流在富饶
森林、云海、村庄
都持有富饶的爱

苗雨泽

英雄城

也许，它们性子太急
一旦倾诉，关于这个地方
便渴望一场风暴
金属碎裂吐出冲天火焰

这情形，并非坦途
应该是自己跟自己较劲儿
革命不是温良恭俭让，而是
朝向肌肤黝黑的日子
打响流光溢彩的第一枪
至于在什么地点打响的
什么人打响的，那并不重要
枪炮打开信仰的阀门
枪手叉开双腿像个八字
更像个人字，迎迓天地而立

凌晨，南昌这座老城
被突如其来的枪炮吵醒
老屋道路街头巷尾
一家一户一砖一瓦
被一粒粒奔跑的红，染上赤色
激情膨胀着每一个细胞
天地为之倾斜

那支枪的乳名叫信仰
那支枪的别名叫觉醒
那个年代的初心如此简单

常来这里听听看看
我们就拥有了同样的往事
走近一个个完整的人

红都的痛与幸福

你，去过那里吗？
去年我跟着夕阳红列车南下
补上了这一课

瑞金真是个好地方哟
难怪当年被苏维埃选中
革命者称她为红都
火红的红，映山红那样的红
红，在枪林弹雨的年代呼之欲出

青春伴着一颗颗燃烧的红星
为老俵们点上一支卷烟，送去
纯棉样的温暖与光明

可是，必须告诉另一种记忆
日子曾经受难在这里，负累在这里
贫穷而精瘦的革命死去活来
这里又是流血最多的地方
死，是去；活，是来
哦，那不就是一种重生吗
自己属于自己的人口和出口
一群群性命倒下，一片片碑林
站起，红像孩子们那样任着性子
仰着的稚气的脸还是那样顽皮
那时的红，天天被围追堵截

标语、鲜血和胆量仍活在墙上

你看风烟滚滚卷来的黑暗
石要过刀，人要换种
八万血肉组成的数字在反抗中
消失了容颜，那碗口大的疤
在历史的脖子上喊痛

泪水是咸的，心是肉长的
（抓一把热土就能听见心跳）
这一切是真实的，这时的我
不知身陷其中还是置身于局外
也许，补上这种大彻大悟之后
每一次真正意义的"扩红"
都要比石头更为坚定
那金子般的灵魂在高处行走
红红的土地又开出红红的花
仍然弥漫着特异的芬芳
流失太多的红，一如故去的亲人
这个最有重量最有活力的色彩
被风和叶子不停地喧哗，塞满耳孔
面对今世，您还有多少不甘？

我退休了，但腿脚还在路上
我这匹单骑还能记住红红的老区
而今天老区已是幸福的小区
下次我再乘高铁去，也要红一把

（选自《诗刊》2017年8月号）

与新时代同行　为新时代歌唱

——《旗帜，砥砺奋进的五年》读后

易行

《诗刊》2017年上半月刊（捌）发表的《旗帜·砥砺奋进的五年》是一组与新时代同行，为新时代歌唱的好诗。它们正如车延高在《光谷·汉绣》中所说：

　　如今
　　用一根比丝线长的时间绣流水有韵的日子
　　绣人间万象
　　绣花间一壶酒，绣月光下
　　一块会说话的石头

我们这个具有中国特色的社会主义，她的每一天不都是流水有韵的日子吗？有诗、有酒、有鲜花、有明月、有欢歌、有让世界一惊一乍的创造……而这创造：

　　我琢磨了很久
　　汉阳造，是一杆老枪
　　武汉造，是一个产业群
　　青铜会，是潜力股
　　光谷，是硅谷的对手
　　——车延高《光谷·汉绣》

不错，中国的光谷已经是美国硅谷旗鼓相当的对手，而我们正以一日千里的速度赶超，并同样可以在"最高处漫步"：

　　有谁更像你，最高处的漫步
　　成为全世界最美最亮丽的风景！此刻
　　你聚焦亿万双仰望的目光，和
　　黄皮肤千年飞天梦想，把神话变成现实
　　——刘起伦《最高处的漫步》

这写的是神舟七号，写的是翟志刚出舱太空漫步。

写中国的科技创新可以这么精彩震撼，写历史，写不忘初心则可以意味深长：

> 我退休了，但腿脚还在路上
> 我这匹单骑还能记住红红的老区
> 而今天老区已是幸福的小区
> 下次我再乘高铁去，也要红一把
> ——苗雨泽《红都的痛与幸福》

而不忘初心应该包括不忘那些确定初心的人：

> 轻轻地
> 我走到门外
> 一条石路正伸向远方
> 我看见
> 那个让一个民族刻骨铭心的身影
> 看见巍峨的山
> 和滚烫滚烫的土地
> ——程步涛《故居》

这个让"一个民族刻骨铭心的身影"——周恩来总理的身影以及那像伟人一样巍峨的高山和那样"滚烫滚烫"土地的民心，不正催动着我们时代的高铁，呼啸前进吗？毛泽东、周恩来时代的那些永不过时的好传统，不正在习近平新时代发扬光大吗？

> 把权力交给人民
> 把信任交给人民
> 一只碗和一粒黄豆
> 给了我们一个
> 永远的启迪
> ——程步涛《边区：一只碗和一粒黄豆》

当然，我们现在不会再用"一只碗和一粒黄豆"进行民主选举了。但充分发扬民主仍是我们中国特色社会主义的根基。而中国特色社会主义中仍有一些在过去能称得上"垄断资本家"的人，例如阿里巴巴的马云。但他们追求的已不是单纯的企业利润和自身的荣华富贵，而是改变新世界里那些千年未变的业态和交换、支付、出行等方式。例如："支付宝""网购""共享单车"，等等。用诗来表达，有王自亮的《阿里巴巴外史》，其第三节的最后是这样写的：

> 此后我们天天见面，我，马云。

因为人人生活在他铸造的交换情景之中，
是他，我早先见过的人，改变了我的生活。
这朵云骑着马，这匹马在云中游移，
有声音远处传来："阿里人必须看到后天的太阳"。
消费、交换与支付，时空被赋予广袤气质，
而他依然消瘦，那么袖珍，背影矮小，
与这个小世界合二为一。

他们不是巍峨高山，他们是推动社会突飞猛进的"核电"！他们也是诗人，他们懂诗的简约和跳跃，所以他们比一般诗人更懂诗：

直到我碰到了T先生，一个理工男，
担任过阿里巴巴副总裁，大数据的"中国教父"，
他对我说，最向往的是诗歌。
我从根本上理解他：数字与玫瑰。
可是他总是想解决诗歌的内部配置、意义、逻辑。
我问他，这个世界的逻辑是什么？
林肯在苦闷时为什么读诗？
还有，逻辑之上的逻辑。

不知道T先生是怎么回答的，只知道：

在谈论诗歌时，我们总是争论不休，
我们简直没有公约数。
直到我们举起酒杯、微笑、或陷入沉默，
才彼此交叉，有了道路的穿越。
后来，我们不约而同地说，人是诗歌与数据的公约数。

这样说来，每个正常的中国人的身上岂不是都有了诗的情绪与气质？是的，要不为什么说，诗是中华民族的文化遗传基因呢？所以才有了"忠厚传家久，诗书继世长"的古训和"腹有诗书气自华"的论断。习近平总书记说："学诗可以情飞扬、志高昂、人灵秀"。孔老夫子则说："不学《诗》，无以言"！孔子说的诗，是《诗经》。我们现在说的"诗"是指"真诗"。这些真的好的诗中既包括古体诗，也就是通常说的"诗词"；也包括新体诗，也就是通常说的"诗歌"。当代的一些诗歌，无韵，且无格律可言，但读起来仍诗意盎然，有的像诗散文（不是散文诗！），有的像是诗小说，有的甚至像是诗论文……但它们都具有诗的基本特质：言志抒情，精练，极度的精练；跳跃，大跨度地跳跃，有时就像前言不搭后语的

"童话",但却有内在的根脉相连。这样的诗读起来别有韵味。若说诗要与时代同行,那这样的新诗更便于与时代同行。《旗帜,砥砺奋进的五年》中的十几首新诗就是与时代同行的好诗,就是为时代歌唱的好诗。愿这样的诗年复一年地多起来,真正成为中国诗的主流,成为中国诗震聋发聩余音绕梁的主旋律。

第五编　纪念中国人民解放军建军九十周年

红叶军旗色，西山赤子诗
——在纪念建军九十周年和红叶诗社
成立三十周年大会上的讲话

李栋恒

各位领导、各位嘉宾、战友们、诗友们：

今天，我们在这里隆重集会，纪念中国人民解放军建军九十周年和红叶诗社成立三十周年。首先，我代表红叶诗社，对大家的到来表示热烈的欢迎和衷心的感谢！

九十年前，南昌街头走出了一支举着红旗的新型人民军队。这支军队历经艰难险阻，通过长征奔赴抗日战场；这支军队背靠人民群众，在党的指挥下赢得了历史性的胜利；这支军队正迈着坚实的步伐，朝着实现强军的梦想和建设世界一流军队的伟大目标奋勇进发。

金戈铁马多豪迈，将军本色是诗人。当代军旅诗随着人民军队的诞生而出现，毛泽东主席不但能马背上吟诗，而且影响和带动了一大批人。抗战时期，朱德、董必武、续范亭等人在延安成立了"怀安诗社"；陈毅、范长江、薛暮桥、李一氓等人在新四军总部成立了"湖海诗社"；聂荣臻、宋劭文、邓拓等人在晋察冀边区成立了"燕赵诗社"。老一辈无产阶级革命家在戎马倥偬之中，以剑作笔，以血为墨，以战场为纸，写下了不朽的光辉诗篇，使军旅诗词成为战火中的号角。

1987年3月，经军事科学院政治部批准，由军科17位同志发起，在军科第一干休所成立了诗社，推举高体乾同志为社长，并以陈毅元帅"西山红叶好"诗句中的"红叶"二字为诗社之名。同年《红叶》诗刊问世。薪火相传，中华"诗地图"的军旅板块再次出现。三十年来，我们取得了有目共睹的成绩，开创了可喜的局面，红叶诗社的总体形势越来越好。抚今追昔，我们感慨万千。这应归功于党和军队有关部门的高度重视与正确指引，归功于中华诗词学会等各界诗词组织的大力支持和广大军旅诗人的共同努力。在此，我谨代表红叶诗社，向诗词界的朋友们表示诚挚的谢意！向曾为红叶诗社的创立和发展做出重大贡献的包括已故的老前辈、老战友们表示深切的怀念和敬意！也向红叶诗社的各位同仁，表示诚挚的谢意！

同志们，军旗九十载，红叶三十秋，在庆祝建军九十周年和红叶诗社成立三十周年之际，我代表红叶诗社讲三个问题。

一、可喜可贺的红叶诗篇

三十年来，红叶诗社经历了艰难初创期、稳定发展期和繁荣创新期。几代红叶人牢记初心，辛勤耕耘，取得了丰硕的成果。一是《红叶》等军旅诗词出版物越编越好。《红叶》从最初的 32 开本、每年两集开始办起，到现在的 16 开本、每年六集（含增刊），发生了重大改变。迄今为止，已出版《红叶》和《红叶增刊》110 多辑，发行 30 余万册，刊发诗词 4 万余首；同时还编辑出版了《长征诗词选萃》《星火燎原诗词选萃》《抗日烽火诗词选萃》《百年抗争诗词选萃》《解放战争诗词选萃》和《中华诗词文库·军旅诗词卷》《当代军旅诗词奖获奖作品集》《首届军旅诗词研讨会论文集》等几十本、数百万字的诗词集和论文集。2013 年 12 月，《中华军旅诗词研究》创刊，先后刊发研究文章 200 余篇，增加了军旅诗词研究的领域和阵地。2014 年，红叶诗社还协助拍摄了《诗词中国·军旅版》电视片 10 辑发到全军基层部队。红叶诗社自成立以来，推出的当代军旅诗词，无论从数量上还是质量上，都是前所未有的。二是军旅诗词队伍不断壮大。红叶诗社在多方挖掘、联系军旅诗词作者的同时，自 2007 年 11 月，开始设立"军旅诗词函授班"，以《红叶》诗刊为基本教材，以函授点评为基本教学方式，辅以集中辅导、集体讲座、师生唱和、朗诵吟诵等形式，普及和提高军旅诗词。近十年间共培训函授学员 300 余名，点评和修改函授作业 5000 余首。老同志"足不出户"、中青年"人不离岗"就可以得到导师指点。对于那些发展潜力较大的青年作者，红叶诗社函授培训部则与他们建立密切联系，书信往来或网上交流，并组织有条件的作者，集中进行一些短期培训、集体会稿、新作共赏等活动，使他们"吃小灶"，得到格外的培养。诗社还组织军旅诗词专家到北京装甲兵学院、武汉士官学院、总参老干部大学、军科老干部大学、海军总医院等单位进行诗词讲座，听课官兵达数千人。三十年来，军旅诗词作者由最初的17人，发展到现在的8000多人，逐步形成了老战士、老将军、基层官兵、军队院校、复转军人等多个创作方阵，与诗社联系的诗词爱好者，更是多达数万人。红叶诗社成为"没有围墙的军旅诗词大学"。三是诗社的影响更加深远。近些年来，我们不断把《红叶》和《长征诗词选萃》《中华诗词文库·军旅诗词卷》《当代军旅诗词奖获奖作品集》等诗刊和诗词集赠送到送到军营、军舰、院校，送到边防战士手中，让军旅诗词在广大官兵中传播受益。这些好的做法受到了军旅诗词爱好者和部队官兵的热烈欢迎。一些部队的诗友反映：《红叶》是崇军尚武、砺剑铸魂的精神食粮，是弘扬主旋律、传播正能量的舞台，是广大中华军旅诗词爱好者共同的精神家园。洒下星星火，收获燎原诗。一部分得到赠书的单位，因此而成立了诗社；一些得到赠书的个人，因此而成为军旅诗词爱好者。

二、需要铭记的历史经验

三十年来，红叶诗社积累了丰富的财富和宝贵的经验，这是需要我们永远铭记的历史，也红叶诗社继续远行的"路标"。概括起来主要是：主动争取领导、矢志助力强军、不断追求精品、努力团结奋斗。

——主动争取领导，是做好工作的前提

红叶诗社诞生于军事科学院第一干休所，决定了它的性质姓"军"，必须主动争取军队有关部门和领导的支持。红叶诗社是一个特殊集体，三十年来，一直受到党和军队领导人，以及军队各个方面的大力支持和帮助。其中最主要的有三个方面：一是不断得到军委、总政治部、军委政治工作部等部门支持。"西山红叶好，壮歌三十年"，这是迟浩田上将今年5月第12次给红叶诗社题词鼓励。红叶诗社成立以来，收到军队有关领导的题词就多达50余次。不仅如此，军委原总政治部、军委政治工作部的有关部门还经常到红叶检查调研工作，在政治上领导，经费上支持。正是在这样的鼓舞和支持下，红叶诗社才得以健康发展，不断进步。二是始终得到军事科学院领导的支持与关怀。红叶诗社自成立那天起，就分别在军科第一干休所、第二干休所办公。诗社在人力、物力、财力等方面，都得到了军科的鼎力相助。诗社社长中的高体乾、贾若瑜、高锐、任海泉都先后来自军事科学院。军事科学院成为红叶诗社的坚强后盾。三是不断得到解放军文艺出版社和解放军出版社的工作指导和业务把关。两个出版社的领导都多次来红叶诗社检查指导业务工作，座谈提高出版质量等问题。而且，出版社还多次代红叶诗社向基层部队官兵赠送《红叶》《军旅诗词卷》等军旅诗词丛书，扩大《红叶》等出版物在军队中的影响。

——矢志助力强军，是军旅诗词的创作方向

红叶诗社以编辑出版《红叶》为主要任务。《红叶》是学习、研究、交流军旅诗词的"创作园地"，是以军队离退休老同志为主体的诗词爱好者的"精神家园"，是当代军旅诗词的集合点和推广站，是解放军出版社管理指导下的"军旅诗词丛书"编辑部，是传递正能量，助力强军的文化阵地和平台。三十年来，红叶人始终坚持爱国爱党爱人民的政治方向；坚持为兵服务的军旅特色；坚持弘扬主旋律、唱响正气歌的诗词格调。从而使《红叶》具有独特的思想价值和艺术魅力。正如许多人评价得那样：《红叶》军旅味浓，《红叶》阳光色足，《红叶》爱国音强。读了《红叶》，使人热血沸腾，荡气回肠，志壮心雄；读了《红叶》，使人更爱国家，更爱人民，更爱军队；读了《红叶》，使人想写军旅诗，想走长征路，想做红叶人。

——不断追求精品，是红叶扩大影响的途径

诗不在于多而在于精，《红叶》诗词作品的高度，会成为这个时代军旅诗词的"坐标"，也直接关系《红叶》影响的范围。因此，三十年来，我们一直把出好诗、出精品，作为诗社一项大的战略任务来抓。一是在《红叶》中不断推出"军旅百家"栏目，以此介绍军旅诗词大家和名家。二是编辑《中华诗词文库·军旅诗词卷》《长征诗词选萃》等军旅诗词丛书，较大范围地推出优秀作者和优秀作品。三是两次举办"当代中华军旅诗词奖"大赛和"当代中华军旅诗词研讨会"，把获奖作品、入围作品，以及优秀论文结集出版，集中推出军旅诗词佳作。四是在《红叶》和《军旅诗词研究》两个刊物中增设"佳作点评"栏目，重点推出军旅诗词新作。这些优秀诗篇已成为中华诗坛上一道耀眼的风景线，展示了中华军旅诗词异常靓丽的风采，增强了军旅诗词的传播效果。当代"红叶诗群""西山诗群"不断被人们认识和点赞。

——努力团结奋斗，是红叶发展的力量源泉

红叶人始终秉持甘于奉献、夙夜在公、克勤克俭、团结奋斗的军人作风。创建初期，没有固定的办公场所，老同志们就在自己的家里面办公。

经费紧张，他们就一点一滴地积累，把节省下的钱用在办刊和诗社发展上。那些年，老社长史进前将军拿自己的工资给诗社买了第一台电脑，吴荫越的家是《红叶》第一办公室，崔坚的家是第二办公室，……渴了，喝杯白开水；饿了，泡个方便面。在一间只有10几平米的斗室里，老红叶人呕心沥血，默默耕耘，编辑出版了一期又一期情感真挚、诗意隽永的《红叶》。三十年来，诗社一茬茬领导骨干和工作人员换了不少，诗社条件也不断改善，但一个原则和信念没有变，那就是"团结奋斗"，"把红叶诗社建成军旅诗词爱好者的精神家园"始终没变。正是坚守了这一精神，才为红叶诗社今天的壮大和发展奠定了坚实的基础。

三、攀登高峰的时代使命

必须指出的是，繁荣发展中华诗词，已经成为国家的文化战略。2015年10月3日的《中共中央关于繁荣发展社会主义文艺的意见》和2017年1月25日中办、国办联合印发的《关于实施中华优秀传统文化传承发展工程的意见》中都明确指出："加强对中华诗词、音乐舞蹈、书法绘画、曲艺杂技和历史文化纪录片、动画片、出版物等的扶持。"2017年5月7日，中办、国办联合印发的《国家"十三五"时期文化发展改革规划纲要》中提到传承弘扬中华优秀传统文化时，专门提到"普及中华诗词、音乐舞蹈、书法绘画等，举办经典诵读、国学讲堂、文化讲坛、专题展览等活动"。应该说，国家从来没有像今天这样重视中华诗词。这是中华诗词恢复发展三十年后，迎来的历史性发展机遇。军旅诗词是中华诗词的重要组成部分，我们要抓住这个有利时期，加快军旅诗词文化的发展。对此，我想讲三点意见：

第一，坚持军旅诗词的特色。我们认为，《红叶》能在中华诗坛上独树一帜，得到广泛认可和关注，是因为《红叶》姓"军"，始终坚持军旅特色，既是我们的成功经验，也是今后必须坚持的方向。坚持军旅特色，就要以创作、研讨和发表军旅诗词为主，保持《红叶》大部分内容是军旅诗词作品；坚持军旅特色，要注重时代发展。现在的巡逻兵可能是电子侦察机，现在的长剑可能是导弹，现在的潜伏者可能是核潜艇……我们要努力书写军队现代化的现实，书写部队训练、生活现在进行时。只有这样，才是真正贴近部队生活，才能真正助力强军；坚持军旅特色，就要不断地、尽可能多地培养军旅作者，尤其是部队的青年作者。军旅作者多了，军旅作品就充足和丰富；青年作者多了，军旅诗词才有后劲。这也应该是红叶诗社发展的长期任务。

第二，坚持正能量的创作导向。"正能量"是指那些积极的、健康的、催人奋进的、给人力量的、充满希望的人和事。诗词应以"用世为归"。也就是说，要以对国家、对社会、对人民有益为创作的最终目的。鲁迅先生1925年就说过："文艺是国民精神所发的火光，同时也是引导国民精神的前途的灯火。"绝不能低估中华军旅诗词中蕴涵的力量，要把这种创作之力引导到正能量上来。坚持正能量的创作导向。可以通过刊物栏目设置进行引导，可以通过大奖赛内容进行引导，也可以通过研讨某类作品进行引导，还可以通过作品点评、鉴赏来引导。总之，要把弘扬主旋律，传播正能量，作为我们一项长期坚持的创作导向和编刊宗旨。

第三，坚定向高峰迈进的步伐。中华军旅诗词与中华诗词一样，走过了三十年的发展历程。三十年的恢复发展，使中华军旅诗词走上了复兴繁荣之路，走上了艺术创作的"高原"。今后，我们的军旅诗词创作要从高原出发，向高峰攀登。也就是说，要打造军旅诗词的新高度，打造军旅诗词的时代高峰。攀登高峰，就要有当代军旅诗人的气魄，要有使命感和责任担当。要像习近平主席要求的那样："要把握时代脉搏，承担时代使命，聆听时代声音，勇于回答时代课题。"做一个积极进取的军旅诗人。攀登高峰，就要回归到诗词的本质特征上来，努力打造军旅诗词的艺术高度。好的作品一定是形式美与内容美、思想美与艺术美相统一的。我们在追求思想性的同时，不要忘了诗词艺术的本质特征是美。诗人要学会诗性思维，才能更好地表达思想情感，写出官兵喜闻乐见的军旅诗词。攀登高峰，就要提高诗人自身的思想境界，从"小我"走向"大我"。要做习近平主席提出的"胸中有大义、心里有人民、肩头有责任、笔下有乾坤"的新一代军旅诗人。

同志们、诗友们，"一瀑声高终小天，山溪独奏只潺潺。百川汇作黄河曲，时代强音在合弦。"繁荣军旅诗词，要靠大家齐心戮力，要靠社会各界同襄共助。我坚信，在我们共同努力下，红叶将是绚于秋枝上最灿烂的花朵！

二〇一七年九月九日

纪念建军九十周年军旅诗词选

李栋恒

我航母舰队巡洋有感

深蓝恭候碧空迎,初展英姿震四瀛。今日犁涛驰巨舰,来年镇海立长城。安邦赖有雄师护,富国休忘烽火惊。水寇侵吾千载患,替天挥剑一朝平。

蝶恋花三首
——为红叶诗社创建三十周年而歌

一

三十年前苗出土。沥血呕心,雨露将军布。根植柳营花处处,今朝长作参天树。　歌咏风雷镰斧举。韵味丹青,赫赫英雄谱。更颂中华园梦旅,佳吟直助神龙翥。

二

代代群贤旗下聚。鬓断衣宽,竞吐惊人语。多少甘甜多少苦,捧珠献玉神州许。　虽遇风云多歧路。向日诗心,再再驱迷雾。词仗军魂追李杜,胸怀豪气春常驻。

三

红叶风光安永著?而立之年,当思开新步。雏凤清声应辈出,好诗莫逐斜阳去。　火热军营藏宝库。生活洪炉,炼得瑶华句。个个天孙抛织杼,凝香彩锦钧天舞。

《红叶》创刊三十年

卅年心血染丹枫,吟罢风烟吟大风。兴国强军旋律壮,持枪挥笔苦甘同。豪情总自官兵发,新作常随时事丰。名句佳篇迸血性,家邦长盛咏坛隆。

缅怀老社长史进前

报国长歌起少年,凛然血性闯烽烟。精忠铸就英雄色,刚烈惊鸣霹雳弦。磨难饱经知冷暖,抗争遍历荡腥膻。毕生含笑观青史,浩浩汤汤总进前。

游甲午海战故战场刘公岛

落晖脉脉照刘公,隐约悲歌入海风。似祭英灵鸥裹白,如腾恨火浪翻红。舰残犹欲犁顽阵,炮缺依然啸远空。知耻男儿休洒泪,卧薪尝胆奋邦雄。

调寄十拍子·辞旧迎新

感叹光阴荏苒，奈何世事匆忙。
商市风云多诡谲，疆海波涛费思量。
又逢疯汉狂。

冷对筹谋帷幄，静观天地沧桑。
久蛰古龙腾玉宇，园梦中华奋自强。
逆之必灭亡。

任海泉

抗日英雄（十八首）

在中国人民抗日战争暨世界反法西斯战争胜利七十周年之际，想起那些为中国人民的解放事业英勇牺牲的无数英烈，不由得心潮澎湃，热血沸腾。择要赋诗，以寄怀念。

一

中华自古出英雄，壮丽如星耀夜空。
民族脊梁天砥柱，丰碑万载傲苍穹。

二

奉天事变倭奴肆，黑水白山仇火烘。
铭武血盟挥帜早[1]，鸿昌力尽献身崇[2]。

三

抗联斗敌功劳著，一曼坚贞尚志忠[3]。
更有将军杨靖宇[4]，绝粮肠胃树皮充。

四

卢沟桥上石狮痛，华北又遭强盗攻。
登禹捐躯麟阁继[5]，梦龄忻口倒军中[6]。

五

平型关外捷音报，但见贤生似铸铜[7]。
气绝身亡伤腹捂，刺刀紧握势前冲。

六

血洗南京禽兽乐，台儿庄我挽仇弓。
铭章饮弹扼滕县[8]，日寇万千成狗熊。

七

激战枣宜重庆险，敌强我弱众忧忡。
幸逢上将殉危国，青史永垂张自忠[9]。

八

八路军威扬四海，左权辅帅立丰功[10]。
百团大战神机运，铁壁突围挥血冲。

九

新四军神源八省，渡江东进震华中。
黎明在望巨星陨，痛失楷模彭雪枫[11]。

十

滇缅远征磨难巨，安澜誓死赴边戎[12]。
牺牲岗位层层代，遗嘱家书字字衷。

十一

英雄群体永难忘，壮士四行同阵终[13]。
八女投江天地恸[14]，狼牙山上五松葱[15]。

十二

男儿十勇救群众，马石山巅气似虹[16]。
刘老庄连牵敌寇[17]，刺刀见血疾如风。

十三

全民抗战汪洋汇，老幼武文中外同。
二小牛娃蒙鬼子[18]，功成遇害卧刀丛。

十四

驱狼报母本斋孝[19]，绝食昭儿文冠忠[20]。
韬奋笔犀呼大众[21]，达夫诗热感侨公[22]。

十五

白求恩别加拿大[23]，柯棣华来印度东[24]。
马尔威廉苏美士[25]，青春热血献天空。

十六

至仁至义中华魄，大勇大谋豪杰风。
幸有英雄千百万，才迎胜利炮声隆。

十七

而今盛世终来到，亡国之羞教稚童。
南海飞鱼常作浪，东洋赖犬急钻笼。

十八

心齐可缚下山虎，剑利能除出洞虫。
崇拜英雄强国本，复兴路上盼云鸿。

注：本组诗描写的抗日英雄，除戚继光、邓世昌等明清抗倭英雄外，其余主要来自中华人民共和国民政部公布的第一批300名著名抗日英烈和英雄群体名录，个别来自历史传记。他们是：① 辽东血盟抗日救国军总司令孙铭武。② 察哈尔民众抗日同盟军第2军军长、北路军前敌总指挥兼察哈尔警备司令吉鸿昌。③ 东北人民革命军第3军1师2团政治委员赵一曼，东北抗日联军第2路军副总指挥兼第3军军长赵尚志。④ 东北抗日联军第1路军总司令兼政治委员杨靖宇。⑤ 国民革命军陆军第29军132师师长赵登禹，国民革命军陆军第29军副军长佟麟阁。⑥ 国民革命军陆军第9军军长郝梦龄。⑦ 八路军第115师连长曾贤生。⑧ 国民革命军陆军第41军122师师长王铭章。⑨ 国民革命军陆军第33集团军总司令张自忠。⑩ 八路军副参谋长左权。⑪ 新四军第4师师长兼政治委员彭雪枫。⑫ 国民革命军陆军第5军200师师长戴安澜。⑬ 国民革命军陆军第9集团军88师524团谢晋元等四行仓库八百壮士。⑭ 东北抗日联军第2路军第5军妇女团冷云等八名女战士。⑮ 八路军晋察冀军区第1军分区1团7连6班狼牙山五壮士。⑯ 八路军胶东军区第5旅13团7连6班马石山十勇士。⑰ 新四军第3师7旅19团2营4连刘老庄连八十二烈士。⑱ 河北省保定市涞源县上庄乡上庄村少年王二小。⑲ 八路军冀鲁豫军区第3军分区司令员兼回民支队司令员马本斋及其母亲。⑳ 河北省献县东辛庄村民白文冠。㉑ 新闻记者、出版家邹韬奋。㉒ 新加坡文化界抗日联合会主席郁达夫。㉓ 加美援华医疗队医生白求恩。㉔ 印度援华医疗队医生柯棣华。㉕ 苏联空军志愿队队员马尔琴科夫，美国志愿援华航空队飞行员威廉·瑞德。

青春常驻——庆祝中国人民解放军建军九十周年

风雨兼程九十年，壮歌一路谱新篇。
赴汤蹈火心移岳，斩将攻关气极天。
刮骨疗伤功力显，整装重发步声坚。
人民军队春常驻，砺剑铸魂源古田。

李文朝

勿忘九一八

世代铭国耻，勿忘九一八。
警示钟常响，神州正奋发。

满江红·卢沟桥事变

千古卢沟，桥头堡，枪声激烈。睁睡眼，众狮齐吼，夜空撕裂。刀砍鬼头争寸土，身迎炮火拼颅血。宛平城，牵动万人心，群情切。

柳湖耻，犹未雪；兄弟阋，当停歇。铸忠魂血肉，筑城如铁。九域怒潮淹敌寇，抗日烽火烧妖孽。战旗挥，奋起保中华，同心结。

注：柳湖耻，指柳条湖事变，即九一八事变。

减字木兰花·题南京大屠杀遇难同胞纪念馆

一颅怒目，卅万同胞遭杀戮。野兽军团，暴虐凶惨绝宇寰。
　　如山铁证，犯罪事实当反省。又起阴云，警惕倭魔招鬼魂。

参观百色起义纪念馆

百色枪声天地惊，摧枯拉朽焕春荣。
伟人虽去辉光在，致富常怀邓小平。

参观四平战役纪念馆

军事咽喉势必争，四平四战显威名。
攻防夺占乾坤转，浩气雄风神鬼惊。

十六字令·临高角渡海解放烈士碑咏叹三首

一

船。军舰民舟战海天。千帆渡，登岛凯歌传。

二

人。赤胆忠心铸战魂。冲天堑，渡海换乾坤。

三

碑。祭奠英灵泪雨飞。千秋仰，日月永同辉。

古风·血肉筑长城
——为中国人民抗日战争
胜利七十周年而作

抗战胜利，转瞬七秩。东瀛阴云，引发忧思。义勇壮曲，萦绕脑际。奋然命笔，醒人警世。

序曲

古老东方地，千秋腾巨龙。
宏文兼烈武，万国仰英风。
盛世余荣光，鸦片肇祸殃。
甲午风烟惨，中华恸国殇。
柳条湖事变，东北遭沦陷。
狮吼卢沟桥，同仇齐抗战。
汪伪叛南京，陕北起红星。
民族危亡际，血肉筑长城。

第一部 国破家亡

富庶松花江，沦丧泣爹娘。
流淌亡国恨，悲歌念故乡。
抚顺平顶山，喋血星月暗。
扫射妇幼老，尸堆付烈焰。
山西天镇县，罪证如铁山。
劈妇摔童稚，残暴绝人寰。
野兽占南京，疯狂大屠城。
同胞三十万，血流大江腥。
父兄遭杀戮，姐妹被奸淫。
浮尸江流断，天地荡悲音。
活人试细菌，魔鬼忒残忍。
万恶七三一，杀人把血吮。
铁蹄踏城乡，腥风血雨狂。
烧杀加抢掠，满目尽"三光"。
覆巢无完卵，国破家难全。
生路只一个，奋起抗敌顽。

第二部 浴血抵抗

白山黑水间，抗日怒火燃。
义勇军威壮，倭贼心胆寒。
上海一二八，拼命把敌杀。
迫寇三换将，敌羞难洗刷。
长城布防线，同盟勠力战。
血火百余天，侵华诡计变。
宛平炮声响，守军浴血抗。
将士抛头颅，气吞山河壮。
淞沪八一三，日军挑战端。
交兵水空陆，速决迷梦残。
太原战幕拉，携手威力大。
首胜平型关，强敌破神话。
切断同蒲线，威震雁门关。
奇袭阳明堡，敌机化灰烟。
徐州阵势强，血战台儿庄。
万倭葬一役，军民斗志昂。
武汉抓战机，重兵抗敌师。
歼寇逾三万，战略转相持。

第三部 砥柱中流

大河万里去，中流赖砥柱。
风雨夜茫茫，明灯指道路。
蒋公算盘精，保家护朝廷。
攘外先安内，犯敌有机乘。
下令不抵抗，国门进豺狼。
侵吞东三省，勿须费弹枪。
锤镰红星起，救亡承大义。
兄弟止阋墙，抗日同心志。

天怒人心怨，西安生事变。
兵谏华清池，统一成战线。
正面排战场，敌后游击忙。
城乡连山野，众志筑铜墙。
南昌战火猛，长沙炮声隆。
桂南斗兵阵，枣宜亮剑锋。
百团大开战，瘫痪交通线。
八路壮军威，日伪蒙头转。
残酷大扫荡，倭魔报复狂。
广大解放区，成为主战场。
地雷战法精，地道出奇兵。
椰林传捷报，江南遍杀声。
峥嵘岁月稠，真理照心头。
布设天罗网，火阵烧野牛。

第四部　正义伸张

一篇持久战，长夜明灯灿。
抗战十四年，预言得实现。
倭贼不自量，贪心蛇吞象。
弹丸国力尽，丧钟已敲响。
敌我抗时空，相持转反攻。
强弩临末势，残云遇劲风。
长城号角吹，海南穷寇追。
黄河怒涛卷，大江巨浪推。
飞虎越驼峰，远征建奇功。
华侨解囊助，后方力协同。
玩火太平洋，丧心真病狂。
美军投核弹，日寇心惶惶。
苏联出重兵，铁帚扫关东。
捉襟已见肘，困兽叹途穷。
中华齐动员，汪洋卷巨澜。
残敌遭灭顶，禹甸凯歌传。
远东大审判，高扬正义剑。
战犯终伏法，绞刑送魂断。

尾声

时过七十春，东瀛起阴云。
余孽劣根固，鬼孙拜鬼魂。
恶行露嘴脸，包藏祸心显。
前事今之师，悲剧休重演。
知耻近乎勇，发奋图强盛。
富国加强兵，圆我复兴梦。
万众一心行，钢铁铸长城。
手握倚天剑，持久保和平。

抗战胜利大阅兵

震撼东方大阅兵，人民胜利鬼魂惊。
老兵列阵狮威显，少将排头虎气生。
动地铁流彰正义，铺天彩练写文明。
长城已若金汤固，宝剑锋寒佑太平。

纪念建军九十周年

一声枪响换江山，九秩春秋不等闲。
血雨腥风烽火路，机群舰阵水云关。
空天巨网拦凶寇，陆海长城御敌顽。
矢志强军谋制胜，转型突破令新颁。

庆祝建军九十周年朱日和阅兵

统帅穿迷彩，沙场大点兵。
雄威天地震，亮剑保和平。

高立元

赞辽宁舰女兵

重洋莽莽起长城，不让须眉浪上行。
万顷波涛犁岁月，一帆风雨励人生。
舰为战友深深爱，海是家乡脉脉情。
绿色年华蓝色梦，青春无悔嫁辽宁。

退休战友相约兰州参观黄河母亲石雕像有题

辞别边关下戍楼，金秋相约到兰州。
世居沪鲁湘苏豫，祖姓张司陆赵刘。
塞雁几行惊客梦，船歌一曲惹乡愁。
半瓢河水浓如酒，醉倒母亲怀里头。

退休老战友雅聚有题

（一）

海阔天空话古今，戎装一去性归真。
时逢晴雨论经纬，酒品酸甜问浅深。
过命过从皆过客，知情知己是知音。
乌纱摘后门庭静，茶热茶凉莫上心。

（二）

冰镇燕京对嘴吹，龙门阵上唾星飞。
关乎时政论长短，体恤民情道是非。
打虎新闻齐拍案，强军故事共扬眉。
一开话闸江堤决，月挂西山人未归。

回老营区

当年幼木已成荫，进此营门六十春。
漫漫征途开正步，熊熊烈火炼真身。
校场枪挑三更月，军帐机传千里音。
踏遍青山人已老，来寻旧梦觅初心。

沙场点兵

沙场亮剑点雄兵，陆海空天唱大风。
猎猎旌旗导航向，隆隆铁甲启征程。
涌来虎旅洪流滚，荡起心潮热血腾。
假我韶华三十载，长弓再向马头横。

周迈

望海潮·祖国颂

巍巍岱岳，悠悠青史，泱泱华夏虬龙。经历浩劫，乾坤扭转，英明党铸丰功。开放绽新容，巨擘挥椽笔，彩绘瑶琼。狮醒东方，
中华崛起万山崇。神舟呼啸凌空，引海迎母舰，月吻天宫。声震宇寰，雷惊鬼魅，戎威气贯长虹。盛世荡清风，改革添国力，芳苑春浓。喜看巨龙鹏举，逐梦尽飞腾。

赞空军女飞行员

巾帼添翼志飞高，不让须眉奋赶超。
抢险救灾云上影，造林植树雨间飙。
也曾舞彩迎嘉庆，更待弯弓射大雕。

三百木兰皆俊彦，刘洋最是队中豪
　　（注）中国空军共培养出328名女飞行员，航天女英雄刘洋曾是其中一员。

西江月·贺空军
――八一飞行表演队国外首秀

　　袖掠雷惊环宇，肩披云舞东欧。终圆几代梦追求，一展出国首秀。
　　彰显中俄自信，平添美日新愁。蓝天比翼竞风流，空海长城铸就。

赞空军英雄试飞大队

　　云端亦有万重山，敢闯初飞道道关。极限填白经砥砺，刀尖化险转危安。志坚可拒千金惑，血洒甘留一寸丹。誓为强军添两翼，蓝天不懈奋登攀。

浣溪沙·空军"追梦空天"航空开放日

　　受阅归来揭面纱，长空砺剑绽奇葩。鹰姿威武实堪夸。颜浑似醉，孩童笑脸灿如霞。飞天心种已萌芽。

鹧鸪天·读英雄遗言感怀

　　空军一级战斗英雄、北空原司令员刘玉堤将军弥留之际，当空军马晓天司令员看望他时，他用颤抖的手写下了遗言——"大大发展轰炸机"。

　　曾舞云霄唱大风，传奇孤胆一豪雄。拼将血刃歼飞寇，戍卫蓝天挽劲弓。存浩气，贯长虹，将军宏略蕴于胸。临终几字倾心腑，镇守空疆毋忘攻。

浣溪沙·访军委一号台女兵营

　　一袭戎衣淡淡妆，屏前酣战令麾扬。天波织梦载荣光。
　　纤指时弹春瑟曲，丹唇犹诵月诗章。玫瑰军旅也铿锵。

鹧鸪天·贺辽宁舰远巡凯旋

　　不屑南洋浊浪翻，劈波一任向深蓝。群鸥喜伴飞鲨舞，俩魅愁随恶梦残。冲岛链，破雄关，台峡穿越动瀛寰。旌旗猎猎国威振，一路欢歌奏凯还。

唐多令·纪念建军九十周年

　　举义起南昌，壮哉第一枪。挽狂澜、赤帜飞扬。赖有元戎挥巨手，扫倭匪，立家邦。　　九秩历沧桑，强军剑气昂。砺精兵、逐梦辉煌。但见长城如虎踞，雄天下，世无双。

南乡子·《红叶》三十周年感吟

　　擎帜聚英贤，志趣凝成红叶缘。诗海弄潮扬正气，拳拳。虎啸龙吟唱主旋。逐梦再加鞭，不辍耕耘不计年。为助强军擂战鼓，魂牵。血染丹枫霞满天。

范诗银

纪念中国人民解放军建军九十周年

操镰刀兮挥铁斧，上井冈兮破围堵。踏万水兮越千山，抗日寇兮下海南。三八线兮御强房，藏之南兮缚洋虎。补天倾兮缝地裂，献生命兮洒血热。筑天宫兮蛟龙潜，蓝水行兮靖三海。九十年兮金鼎勒，为人民兮子与我！

倾杯乐·朱日和阅兵有记

阵列天边，甲吹云底，盈腔热血如注。呼号裂铁，旌色映日，正御风翻舞。蓝穹送得燕群远，又雁行飞度。奔流横野，征雾卷、忽见沙痕雕虎。

绿原几回曾说，兔寒鹰爪，毡帐摇金斧。纵踏雪轻蹄，断刀缨举，直将鲲鹏掳。万里归来，长征遗脉，再写英雄谱。寸心许，肝胆烈、问秋知否？

浣溪沙·舟起大塘乌江红军渡有忆

两列秋山分玉窗，一舷北调共南腔。四番赤水渡无双。

半截湘烟香在手，千竿黔竹翠为桩。弹襟信步过乌江。

浣溪沙·鲁班场红军烈士塔前

屏气静心思弹飞，春山四面滚惊雷。此情梦里与君违。

空有龙泉能断水，几多妖孽未成灰。荷锄月下种玫瑰。

浣溪沙·也过红军三渡赤水桥

春水半湾肩铁凉，无声褴褛一行行。我来只有影偏长。

不语苍山斜照里，痴心孤念菊花黄。仰天就月藉浮觞。

浣溪沙·过红军苟坝会议旧址

一抱春峰一寸心，一苗烛火一更深。秋风今又为谁吟。

自古拿云凭只手，何曾孤影叹消沉。多情翠色印青襟。

浣溪沙·娄山关

征雁啼醒霜月浮，西风两度卷征矛。千重翠麓纵华骝。

壮句又关天下口，诗人无奈赋新愁。流云可解故人忧。

刘庆霖

弹壳口哨

钢枪虽不在双肩,退役男儿志未删。
弹壳一枚当口哨,常教心底警烽烟。

卢沟枪声

七十年前事岂埋,不须剥掉弹痕苔。
枪声衔在石狮口,每向行人吐出来。

过卢沟桥

正义人间不可欺,改书篡史罪难移。
男儿要在狮桥上,审判当年膏药旗!

抗战胜利七十周年纪念日,夜访卢沟桥

石狮五百自无伦,守在长桥晨复昏。
曾见侵华敌寇罪,相陪卫国士兵魂。
眼中犹带苍生泪,身上还留弹洞痕。
今夜知君心欲醉,携壶浊酒有余温。

退役十年有感

舞文弄墨亲风雅,久别军营觉味寡。
以笔作枪思练兵,每瞄凸字半身靶。

冀中地道战地雷战

以弱斗强赎自身,能攻能守冀中村。
洞壕道道由民造,霹雳镡镡为鬼存。
纵是绕开雷震子,绝难防备土行孙。
天罗地网敌寒胆,龟缩碉楼度晓昏!

一九四五年抗日战争胜利

图霸侵华纵铁蹄,三光开路恶行齐。
屠城卅万同胞死,掠地八千村落糜。
帝国心肝疑虎豹,皇军名字等熊罴。
炎黄儿女团结起,拔尽神州膏药旗!

腊子口战役

高耸雄关并险关,刀劈斧削尽危峦。
栈连陇蜀暗碉密,帜乱沟崖群敌顽。
炮弹钢牙啃石烂,马蹄铁月踏云残。
红军巧用攻迂策,虏了山中一线天。

巧渡金沙江

直逼昆明真意遮,回师江岸蒋方嗟。
云崖水拍七船小,峡谷兵拥万马赊。
陆路严封开水渡,皎平巧夺弃龙街。
敌人追击何收获,捡到多双烂草鞋。

鹧鸪天·卢沟桥事变

突变风云压岭低,侵华日寇犯京西。石狮眼里燃烽火,国士心中

踏铁蹄。

桥滴血，水含悲，狼烟渐向太行移。全民抗战从兹始，到处围歼膏药旗。

鹧鸪天·董存瑞

二十芳龄一个兵，枪林弹雨笑相迎。不思炸药指间爆，只把红心掌上擎。

山跃起，水翻腾，当时天地滚雷霆。风云传遍英雄事，莫向残碑问永生。

邱少云

前沿潜伏静凝神，油弹忽烧邱少云。
趴在火中终不动，犹如护着母亲身。

《大刀进行曲》诞生

万千将士斩倭妖，漫道男儿胆气豪。
血染喜峰因国破，身临战地已山摇。
忍教犁铁铸长剑，逼迫歌声成大刀。
后羿当年曾射日，只缘赤县正燃烧。

赠辽宁舰战士

一代男儿任在肩，守疆卫国敢争先。
持峰捧海登航母，已把山河安两舷。

登辽宁舰寄意

礁岛争端久，洋流忧虑深。
男儿守疆土，航母载民心。
已把金箍棒，还将定海针。
倚舷风猎猎，极目对天襟。

登辽宁舰感赋

巡疆护海铸军魂，守住和平即战神。
喜看深蓝发航母，载歌五万七千吨。

赠舰载机独立六团

伴航卫舰作先军，海域空间如战神。
做着比天还大事，是咱独立六团人。

李增山

回乡探老母

少年戍边去，到老始回乡。
望眼嫌家远，归心觉路长。
孤村刚入目，热泪已沾裳。
不等柴门进，隔墙先喊娘。

凭栏卢沟

不堪回首夜，血雨洗卢沟。
泪湿山无色，歌悲水断流。
弹痕依旧在，鸦噪几时休？
思绪浑难觉，星沉古渡头。

谒北洋海军忠魂碑

刀光剑气逼云霄,海雨天风恨未销。
朽府无能收失土,忠魂大义赴汹涛。
依稀舰影歌悲烈,缭绕鸥声慰寂寥。
肃立碑前传喜讯,自家航母已开锚。

瞻吴起镇红军军旗

阶前久立露沾衣,泪眼模糊半面旗。
血染残痕红尚在,曾经故事有谁知。
硝烟大渡冲锋处,风雪岷山漫卷时。
睹物思人心浪涌,齐声高诵泽东诗。

重访国防施工旧地孤山口

难觅青春脚步痕,却疑脚步耳旁闻。
攀山踏落天边月,涉水惊醒塞外云。
一路铿锵风带雨,千秋壁垒梦牵魂。
苍头莫笑今来客,拾取当年战士心。

人月圆·元夜望乡

年年此夜云深处,哨所盼鸿归。
故乡应是,人圆月满,鼓打箫吹。
万家灯火,谁曾想到,塞外边陲:斯时依旧,寒风凛冽,大雪纷飞。

出塞

寒风掠易水,月落紫荆关。
乱鸟惊荒野,飞尘没玉鞍。
山光明复暗,汗背湿还干。
军急马蹄疾,一鞭到二连。

重到平型关

魂牵梦绕太行山,终见当年大捷关。
堞断墩残烽火尽,牛肥马壮笛声闲。
稻花香里心犹醉,月色阑时梦正甜。
喜看老区成锦地,不禁热泪湿衣衫。

朱日和阅兵

热泪难禁大阅兵,沙场铁甲震寰瀛。
由他浊浪时掀起,任我雄师一扫平。
莫道步枪加小米,喜看航母展鹏程。
扬眉毋忘揭竿夜,城上枪鸣第一声。
三更得令风云动,夜半捷传破敌巢。

姚天华

勿忘国仇
——纪念抗日战争胜利七十周年

弹洞卢沟岂作休,位卑未敢忘国仇。
家国罹难腥风涌,百姓蒙羞血泪流。
激愤原由仇未报,悲歌乃系恨难收。
何当一雪金陵耻,不负颗颗烈士头。

阔别柳营四十载重登伏牛山寻路未遇感作

往事依稀入梦怀,秋深重向旧山来。

洞前柳叶悄然落,岩下菊花寂寞开。
松柏闲云流碧影,荆棘野草没苍苔。
莫言故道难识客,已把戎装作路牌。

过祁连山缅怀西路军烈士

举目祁连泪欲潸,腥风血雨忆当年。
丛蒿野草悲歌咽,落叶秋风往事残。
春满千山拂远梦,雪盈六月洗沉冤。
已将浩气归沧海,直教忠魂荡九天。

二连浩特寄情

夏日来寻大漠情,雄关万里马蹄轻。
荒原泉绕生青簌,野岭云飞落碧穹。
古道斜阳摇柳影,阴山明月醉松声。
敖包相会心何寄,煮酒别离唱大风。

游子吟

塞外从军日渐长,萱堂探望倍彷徨。
未言满面征途累,先看浑身制式装。
只盼儿郎能报国,不思鬓发染沧桑。
古来忠孝难齐美,大爱难书是俺娘。

满庭芳·红叶诗社成立三十周年抒怀

三秩年前,十七骚客,西山红叶流丹。笔携虎旅,英韵漫硝烟。一路经霜沐雨,今回首、拔地参天。待秋老,栌眉舒展,红透半边天。

登攀!军号响,声声振耳,催马扬鞭。率浩气雄风,浸润营盘。早把身心相许,为圆梦、沥胆披肝。抬眸望,枫林万顷,发力向云端。

临江仙·秋日书怀

最恋胡杨金叶,偾张血脉如丝。长林霜染踏歌时。毕生横朔漠,风雨几人知?

屡见人心不古,常闻众口称痴。孤烟残月自相随。魂飞身不倒,疏影任参差。

人民解放军建军九十周年颂

沙场百战定神邦,九秩春秋锈锦章。
驱寇靖边扶世难,救灾抢险挽国殇。
胸怀华夏千年梦,肩负神州万里疆。
今日军魂勤砥砺,他年仗剑写荣光。

沙场点兵

铁甲旌旗猎,沙场夏点兵。
荒原藏劲弩,大漠隐强弓。
祸患终难免,风波岂自停。
军魂常砥砺,虎旅敢称雄。

唐缇毅

破阵子·读《辽宁舰舰员诗歌作品选》

深海艨艟亮剑，长空铁翼鹰扬。驰驭惊涛千堆雪，滑跃冲霄九宇航。雄魂赋海疆。

万国旗飞飒爽，大风歌咏铿锵。航路新征操舵手，舍我其谁虎贲郎，安澜禹域昌。

建军九十周年朱日和阅兵

三面徽旗耀宇空，四方迷彩自拉风。挥师大漠千营吼，砺箭长天百战雄。云际"90"风雨路，中枢号令警时钟。国之重器和平盾，忠勇军魂赫赫红。

少年游·登泰山

人间五月落花风，岱岳漫山红。缆车代步，登临纵目，齐鲁正青葱。

云门紫气开光耀，旭日跃然升。九宇龙腾，齐州鹏举，雄峙海天东。

汉宫春·读史

沧海桑田，看人间几度，覆地翻天。开元盘古，炎黄苗裔昌繁。仓公造字，便文明、薪火承传。经万载、春秋推衍，风云变幻坤乾。

屈指三皇五帝，最秦皇一统，伟业无前。汤汤历朝青史，可点可圈。中华百族，历兴衰、共济同船。今更记、横空出世，昆仑崛起新元。

大江东去·贺建军九十周年

山河表里，正锣铿乐起，军容煊赫。九十功勋彪史册，枪响南昌第一。师会井冈，赤旗镰斧，数破重围敌。狼烟东炽，抗倭驱寇情急。

屈指二万征程，八年浴血，众舞刑天戚。百万雄师乘胜勇，推倒三山开国。稳固金瓯，扬威四海，空宇冲天翼。雄姿英发，举徽旗向朝日。

塞外阅兵

三面徽旗耀宇空，四方迷彩自拉风。挥师大漠千营吼，砺箭长天百战雄。云际"90"风雨路，中枢号令警时钟。国之重器和平盾，忠勇军魂赫赫红。

卢冷夫

苏幕遮·戍边

大山魂，君忆否？小站岿然，风雪还依旧。热血青春曾驻守。寂寞边关，相伴人和狗。

嘎仙白，来一口。月夜难圆，慷慨歌当酒。别梦依稀常聚首。泪眼星光，醉卧门前柳。

（注：嘎仙白是大兴安岭当地的一种白酒）

卜算子·秋思

夜雨唱秋归，霜冷京城月。借我西山一抹晖，共染相思切。

白首念边关，九月曾飞雪。遥想当年小站松，欲语声幽咽。

回乡感赋

霜染高楼第几层？南飞乌鹊月初升。
三缄梦里亲不语，百感床前孝重行。
嫩蕊独拈心恻恻，家鸡每唱愧声声。
花开终有团圆日，唤醒春风未了情。

八一感怀

南疆风雨北疆晴，林海兴安小站明。
远路依稀闻犬吠，野花独寂伴山行。
雪中松柏身长绿，醉里乡音月满情。
数载从戎思万缕，一生无悔一生兵。

塞外阅兵

元戎一声令，旷野绿无垠。
旌耀长空日，车惊大漠尘。
三军威武壮，万里铁流新。
战鼓催心动，铿锵入梦频。

丁浩然

钢铁长城

我军遵党指挥枪，历尽艰难百战强。
内定乾坤开伟业，外除贼寇卫家邦。
中华民族今复兴，世界风云尚乱狂。
力筑长城维国运，天安海靖世方康。

王珍

参观马栏革命遗址有感

马栏遗址久知名，数十年前曾厉兵。
绿覆荒山封往事，红翻旗帜忆枪声。
关中险据南门守，陕北终依圣地成。
尚有襟怀酬岁月，相期万里对晴明。

王琳

卜算子·访于都红军长征第一桥

江涨问平沙，日暮临鸳侣。目断孤鸿云里探，不忍桥头雨。

梅驿断春浓，折柳秋如许。谁忆分襟梦易惊，且共鹧鸪语。

浣溪沙·谒宣化地中原突围纪念碑

刺指青天锷未残，红绦三剑驭风烟。旌旗弹指一挥间。　　独剩断箍零羽冷，且看万马卷秋寒。濯缨回顾鸦犹翻。

醉桃源·中秋东风航天城现场观天宫二号升空

飞红炸紫各腾欢。将风直啸天。清蟾水浴媚无端，双明妆竞颜。

龙之梦，引心燃。浅深云可寒。何时重约到人间，拂襟相对看。

塞外阅兵

方阵雄浑势纵横，帐前极目气飞腾。
已过虎豹牙如铁，初试鲲鹏翼似升。
长剑遏云堪裂日，高天盘弩尽呼鹰。
梦中自荐重披甲，老骥昂头再出征。

王世繁

南海涛声

中华逐梦九章牵，高举锤镰探祖先。
曾母暗沙横碧浪，黄岩岛屿矗红船。
千秋有雨千秋月，万里无云万里天。
北斗人生皆定位，强军不改枕戈眠。

王品科

浣溪沙·丁酉清明凭吊红军烈士王公植金墓

风雨如磐压九天。故园四处起狼烟。书生投笔恰华年。

播火燃薪延赣鄂，舞刀飞戟动山川。血流横处百花妍。

注：王植金，字瑞亭，又名王丽生，男，汉族，生于1905年6月8日农历五月初六，九江县狮子玉米垅人。中共党员，1927年参加革命，任赣北地下特支书记。受党组织派遣创建赣北革命根据地，发动武装暴动。1929年9月18日农历八月十六日被国民党反动派杀害于狮子牌楼，年仅二十四岁。

王通路

鹧鸪天·战马飞歌

赤兔黄骠绿耳风，乌骓白鹤翠龙腾。飞骑陷阵冲霄汉，夺路开山筑柳营。

如闪电，似流星，无言战士乐嘶鸣。不须伯乐评头论，踏寇扬蹄抖筛旌。

注：首联一字排列六宝马。

塞外阅兵

建军九秩拭刀锋，大漠新开细柳营。
战阵排山声浩荡，机群拔地势冲腾。
镰锤劲旅倾肝胆，铁血英雄沐雨风。
正义担当无敌手，授旗统帅点精兵。

叶小明

八声甘州·赞彭德怀元帅

报石穿号举响平江，挥师上宁冈。要旌旗飞舞，数赢围剿，势壮兵强。路径悬峰诡谲，捍卫党中央。令百团天降，血刃豺狼。

横扫枭雄胡匪，剑锋腾西北，士气高昂，研桑田沧海，千里纵龙骧。战联军，奇谋贡旅，取汉城，寰宇赞神将。忠言谏，大江东去，千载名扬。

丛小明

井冈行

竹海松涛花渐明，轻摸国脉到茨坪。
泥窗灯下残黄纸，土铳壕前旧垒营。
潭影飘时成碎片，杜鹃连处是长缨。
乾坤再造谁人信，山起红星举世惊。

冯卫平

老兵建军节感怀

八一枪声破乌云，人民子弟庆生辰。
斧镰旗举秋收日，箕斗星辉闽水阴。
军是长城功卓著，兵为基石品忠贞。
冲锋号角时盈耳，枪刺戎装不染尘。

朱玉明

纪念八一建军节

打响南昌第一枪，硝烟弥漫战旗扬。
自从刀斧开基业，至此工农有武装。
砸碎铁镣求解放，冲开暗夜见阳光。
抗倭捣蒋轻生死，何惧征途万里长。

吕文芳

庆祝建军九十周年

雾漫神州蔽日光，岂容军阀任猖狂。
推翻暴政砺长剑，唤醒工农上井冈。
荆路迢迢险关阻，红星闪闪赤旗扬。
太平盛世来非易，莫忘当年第一枪。

朱佳木

建军九十周年有感

莫忘南昌第一枪，工农从此有戎装。
虽曾几度临绝境，毕竟千帆过大江。
战场拼杀声渐远，关山稳固路犹长。
时闻夜半妖风起，岂忍英魂再受伤。

向友星

入越抗美五十周年战友相聚感怀

逝去硝烟五十年，古稀聚会忆情缘。

寮棚坑道被长湿，阵地文盘炮急喧。
战友相拥流颊涕，安南弃义痛心田。
幸留一命思英杰，只问康宁莫问钱。

注：文盘，部队驻地名。

刘学刚

八一喝彩

军旗猎猎映苍穹，万里声威大国风。
天地豪情凝碧血，丹心铁骨尽英雄。

刘茂森

临江仙·建军九十周年颂

枪响南昌庚九秩，军魂哺育强兵。雄关漫道走雷霆。奇功威震世，血染战旗红。　　保驾护航中国梦，高山大海长空。厉兵秣马跃前程。江山娇似画，军旅铸峥嵘。

刘世恩

建军九十周年述怀

仰望军旗猎猎升，周身热血泪花腾。
义旗高举洪流滚，长夜终迎大宇明。
崛起须防狼再犯，梦圆还仗剑常鸣。
攥拳怀抱枪尤紧，放眼寰球不太平。

刘启方

西江月·建军九十周年颂

经历九旬风雨，痴心不改当初，悠悠岁月忆征途，生死存亡何顾。　　正义必摧腐朽，人间规矩重书。中华崛起展宏图，我自擎天一柱。

刘声祥

金缕曲·建军九十周年

记得南昌说。正今天，人民军队，揭开新页。九十年来犹记得，风卷红旗猎猎。举义帜、刀抢见血。周贺叶朱传命令，听一枪振起群英杰。思往事，壮怀烈。　　豪情万里关山沸。看今朝、与时俱进，拓开新辙。小米步枪当文物，火箭横空一绝。来犯者、寒蝉凄切。航母核潜深海闹，更空天银翼从头越。东方白，宇空澈。

江涛

纪念建军九十周年

赣江八月怒涛惊，枪响春雷第一声。
敢献丹心蹈白刃，誓将碧血染红旌。
点燃星火燎天地，卷起风云动甲兵。
抗日驱魔除霾雾，凯歌声里换乾坤。

汤道深

建军九十周年书感

拯民水火举刀环，血铸军魂代代传。
纵马惊涛排浊浪，鲁阳挥日换晴天。
凭将大纛摧强虏，赖有雄兵卫主权。
叱咤风云三尺剑，中华崛起拄其间。

孙学长

沁园春·纪念八一南昌起义九十周年

号角惊天，旗举洪都，赤县曙光。忆西山脚下，炮声阵阵；东湖岸上，顽敌惶惶。翔宇深谋，玉阶韬略，叶挺云卿志气昂。曾记否？是风流人物，兴我炎黄。

雄师从此腾骧。安社稷、驱倭倒蒋帮。惜遥空探月，舰船编队；蛟龙潜海，航母巡洋。铁甲铮铮，银鹰灿灿，犹筑铜墙护吾疆。乾坤定，愿金瓯永固，再铸辉煌。

邢会洪

赞"八一"精神

风雨兼程九十春，最堪点赞是精神。
南昌起义武装创，改地换天宗旨新。
笑对牺牲酬壮志，甘为信仰献微身。
丹忱始志难磨灭，红色基因育后人。

李广兴

浪淘沙·献给抗洪战士

营外雨涟涟，堤火阑珊。军衫透水斗凶顽。梦里还书生死阕，为我江山。

长坝阻风难，恶浪频翻。埋桩夯土战犹酣。十万黎民安乐也，爱满人间。

李长江

沁园春·建军九十周年感赋

风雨如磐，枪响洪都，举义肇先。忆井冈星火，燎原炽烈，长征血路，罹苦贞坚。缧缚凶倭，剑屠顽蒋，一扫昏霾见碧天。雄兵阅，正天安门上，曲壮旗妍。

昭昭宗旨如镌，赞子弟忠忱肝胆悬。屡屡救灾险，争先奋勇，迎寒斗暑，戍守边关。心向锤镰，情融家国，将士倾怀夙意虔。风云动，喜强军改革，好梦将圆。

李仁瑞

忆江南·白洋淀三首

一

遭日寇，河岳半沦亡。万众一心驰国难，九州百姓打东洋，看我好儿郎。

二

雁翎队，张网巧周旋。游击荷林焚敌舰，聚歼芦荡灭狼烟，能不忆当年。

三

白洋淀，苇绿映荷红。看剑挑灯寒敌胆，连营吹角仰征鸿，长啸一湖风。

李延志

中国人民解放军建军九十周年

济危每每有兵哥，血肉身心日打磨。一袭征衣酬唱少，三军将士往来多。已然守护民生梦，尽是延伸戎旅歌。且喜长城钢铁劲，山川四处好巡逻。

李静声

浣溪沙·庆祝建军九十周

八一枪声破碧空，从兹大纛属农工，驱倭灭蒋亦称雄。

星火燎原终有日，旌旗招展满天红，强军富国事犹崇。

杨森

沁园春·改革强军感赋

抖落纤尘，重整行装，阔步远征。立四梁八柱，中枢重塑；千军万马，浴火重生。利刃磨锋，雄鹰换羽，固本开新举世惊。强军路，正衔枚疾走，风雨兼程。

寰球鼓角争鸣。唤陆海空天势纵横。喜舰巡岛链，弓悬落日；师挥疆域，剑啸狼星。四海安澜，大洋逐浪，翼展凌霄广宇清。强军梦，正转型劲旅，铁血精兵。

塞外阅兵

九秩高歌唱大风，沙场受阅展新容。战鹰呼啸催征急，铁甲奔腾傲世雄。忆昔南昌枪破晓，看今劲旅气吞虹。天高海阔强军梦，尽在枕戈待旦中。

杨石英

解放军建军九十周年志庆

九十春秋天地荡，长城与日更新装。
飞船探月惊河汉，航母出巡捍海疆。
信息传输参北斗，阵图掐算握南洋。
丰功伟绩垂千载，一统江山祖业煌。

吴能武

诗颂建军九十周年

南昌第一枪，血染战旗扬。
马列胸怀壮，朱毛起武装。
井冈燃烈火，黑夜露星光。
一帜千秋举，三军百战强。
雪山冰峰远，草地泽流长。
遵义乾坤定，延安掌舵航。
抗倭得胜利，驱蒋见朝阳。
砺剑巡南海，挥师镇北疆。
维和擒恶虎，反恐射天狼。
富国强军梦，齐心奔小康。
峥嵘年九十，代代好儿郎。

余松生

纪念中国人民解放军建军九十周年

南昌八一起狂飚，九十春秋伟绩饶。
万里长征昭世史，八年抗战胜倭曹。

跨江打虎威名著，卫岛驱熊胆气豪。
镇海巡天今日事，试看何敌敢挥刀！

陈思明

望江怀八一南昌起义

掬起涛声听大江，谁将星火点苍茫？
英雄莫道浪淘尽，响彻千秋第一枪。

范志曾

临江仙·纪念建军九十周年

九秩春秋风雨路，征程历历艰辛。纵横驰骋扫残云，剑戈扬士气，铁血铸军魂。

摧枯拉朽开伟业，为国为民情真。勘天巡海建功勋。丹心昭日月，赤胆卫乾坤。

欧阳毛荣

强军之梦指日圆

酒令飞花逐海曒，金樽共举敬天阍。
南昌起义迎秋曙，修水擎旗孕武魂。
问鼎苍穹成霸业，挥戈中土定乾坤。
强军铸梦江山固，百万雄师镇国门。

周东葵

亮剑九秩

淬砺龙泉血火生，巡天潜海筑干城。
横戈冷对黑鲨恶，北倚昆仑十亿兵。

纪念建军九十周年兼怀军旅诗词

劲旅由来唱大风，西山红叶忆峥嵘。
长征万里黄河颂，梅岭三章炼狱生。
砺剑犁洪羡鱼水，巡天扫海写忠诚。
根连细柳屠龙手，霜染枫林色愈浓。

周守和

八一建军节感怀

又到军营庆诞时，戍边离梓练雄师。
守疆巡海廿年久，励志从戎一世为。
苟利国家无懈怠，岂因生死有疑迟。
苍颜未减英豪气，心系边关情不移。

周克夫

八声甘州·谒南昌八一起义纪念馆

唤当年王勃应重来，挥笔再歌讴。岂长天秋水，落霞孤鹜，唱晚渔舟？礼赞南昌号角，八一舞长矛。星火燎原地，孰与堪俦？

瞻仰英雄群像，铸丰功伟绩，史册长留。叹飘摇故国，血雨恶风稠。应长歌，壮哉先烈，克万难，军建起宏猷。英雄业，正承薪火，耀古洪州。

胡剑

建军九十周年有怀

国之重器在军兵，军散兵弛国可宁？
牢记当年先烈志，枪杆紧握铸长城。

柳国发

纪念建军九十周年感怀

仰望夜空瞻北斗，龄期鲐背兆民讴。
义枪声彻洪都夜，赤帜影摇修水秋。
万里征途连北国，百年砥柱立中流。
援朝抗日军魂在，瓯缺终期一战收。

段兴朝

纪念建军九十周年

长旌万里远戡魑，驱敌平倭任骋驰。
社稷扶危三尺剑，风尘纾难一戎骑。
新军涉海辽宁舰，重器升空北斗仪。
敢效伏波惟马革，拓疆护国有雄师。

段德虞

礼赞中国人民解放军建军九十周年

首义南昌第一枪，工农奋起战玄黄。
月明江畔驰新旅，炮响城头震旧邦。
先辈舍生驱万鬼，吾侪誓死逐诸洋。
迎风大纛呼声急，呼醒军魂第一强。

贾瑞珍

军旗

生辰八一斧镰魂，俊伟阳光赤色身。
烽火千锤红战地，霞光万丈壮乾坤。
沙场漫卷三山动，利剑跟随四海钦。
高举大旗重抖擞，脱胎还是老基因。

钱晓林

纪念建军九十周年

丰碑不朽脑中萦，九十年前举世惊。
血染湘江千幛卷，腥寒铁索一桥横。
乱云飞渡从容渡，浴火重生自信生。
今日苍穹邀月老，天神携手炼长缨。

鹧鸪天·八一建军节

觊幸雄鸡盗寇藏，南山擦亮御倭枪。头抛赤水心华夏，血染杜鹃映井冈。
旗猎猎，步锵锵，征途万里劲风扬。蛟龙入海巡游弋，更有天舟绕月航。

徐增产

参观八一起义纪念馆书感

霹雳枪声裂暮云，犁庭扫穴靖妖氛。
金瓯寸寸军人血，濡笔丹青不世勋。

徐炳奎

纪念建军九十周年

攻山越坎闯狼烟，跨海渡江征北南。
灭伪驱倭刀作响，锄奸倒蒋国换颜。
援朝抗美卧冰雪，边境出击捍地天。
卫域维和功显著，强军备战勇争先。

郭廷瑜

人民解放军建军九十周年感赋

八一铭心九十春，军徽熠熠久弥新。
江山赖有雄师卫，将士从来信仰真。
海陆宇空惊世界，箭机航母展雄魂。
长城万里扬威武，佑我边疆佑我民。

戚维才

纪念中国人民解放军建军九十周年

心潮涌似赣江波,险阻艰难奈若何?
抛却头颅全不顾,洪都起义永高歌。

曹艳福

写在人民英烈公祭日

连年公祭雨山前,感动神州泪洒肩。
壮士擎天身已死,唯将崛起告先贤。

崔德煌

赞中国海军驶向大洋

舰队雷霆向远开,戍边岂只陆轮台。
衡从舵试英雄胆,律吕舱扬赤子才。
白雨千条迷甲板,狂涛万里洗舷埃。
三辰常伴巡洋志,不霸深蓝誓不回。

梁安康

满江红·八一颂

响自南昌,八一动、旌旗猎猎。民唤起、武装起义,英雄豪杰。华夏巍巍雷雨涌,神州熠熠风云烈。忆腥风、茹苦斩棘途,峥嵘月。

移北上,防堵截,抗倭寇,抛鲜血。撼沧桑炼就、铸熔钢铁。百万雄师戎马砺,三军之志威风列。壮军魂、护百姓平安,维疆界。

蒋奇才

满江红·建军九十周年祭

血肉长城,群英谱,可歌可泣。风雨夜,洪都举义,旌旗熠熠。志士刀枪拼热血,先贤睿智担道义。堪回首,浴火九十春,今非昔。

强军策,国之计。排万难,争朝夕。正九天揽月,五洋捉鳖。东海南洋妖作乱,兰天北斗全知悉。有英豪,卫护我中华,同砥砺。

程运钦

送兵

家有众多弟子,先后一胞弟六血侄从军,每每送别,多有感触而无言。中国人民解放军建军九十周年将至,因拟一律以记之。

别过娘亲别过爷,今朝不是少时娃。
江南虽有摇篮曲,塞北能无猛志笳?
此去边关功射虎,敢潜深海力擒鲨。
众人眼里拳拳意,寄尔红披庄重花。

蔡大营

破阵子·记重颁"八一勋章"

统帅亲颁令状，英雄喜获嘉封。精武强军多将士，铁血丹心万古名。肩扛日月星。

镇海巡边靖宇，维和反恐擒凶。两弹一星扬利剑，航母神舟重器横。军魂卫太平。

朱日和阅兵

统帅点兵朱日和，雄师千里吼军歌。云霄剑舞惊边月，漠野戈横靖界河。海陆空天宣血誓，东西南北涌洪波。涅槃破茧三军壮，执锐披坚斩恶魔。

潘家定

纪念中国人民解放军建军九十周年

血雨洪都第一枪，罗霄会合气高昂。雄师激战成铮骨，败寇逃亡现曙光。万里边疆巡隘险，云天江海练兵忙。初心九秩犹坚定，重越雄关党领航。

纪念建军九十周年塞外阅兵诗选

岳宣义

万里长空碧，沙场夏点兵。
气吞关外月，剑指海中鲸。
铁帚无情到，狼烟彻底清。
军魂依旧是，浴火后重生。

张桂兴

南昌烽火起，九秩点兵戎。
七月鸣金鼓，千军贯日虹。
新装增战力，勇士自称雄。
但有侵疆土，挥戈唱大风。

曾卫华

沙场新旅试弯弓，统帅铿锵唱大风。
九十峥嵘风雨路，井冈旗帜血殷红。
吴钩重器惊雷震，钢铁军魂贯日虹。
胜战虎贲频亮剑，狂飚万里起征鸿。

马旭升

乘风塞北驭苍龙，饮尽黄沙剑气雄。
铁血传承井冈火，旌旗招展宇寰虹。

天雕挥翼神兵勇，猛虎腾威正义隆。
圆梦强军国安泰，空天海陆挽强弓。

马英杰

亘古荒原夏点兵，隆隆铁骑贯雷鸣。云天俯瞰雄鹰啸，故土留痕壮士行。

旗猎猎，鼓声声。东风快递踏征程。山河见证强军路，永固金瓯万里横。

（调寄《鹧鸪天》）

王玉芳

东风神剑亮，谁敢与争锋。
出鞘风雷掣，杀敌无影踪。
雄鹰苍宇啸，火箭卫疆行。
继续长征路，强军夏点兵。

叶开平

大漠点兵旗帜扬，三军听令党中央。
银鹰八一蓝天舞，铁翼九〇红日镶。
烽火南昌摧旧制，高科北斗启新航。
中华亮剑狼烟指，滚滚洪流固宇疆。

闫柱民

大漠云天碧，神州剑气横。
周知觊觎者，我本好和平。

朱永兴

沙场今亮剑，大漠起飚风。
劲旅英威烈，铁流气概雄。
尘飞扬赤帜，鹰啸刺苍穹。
热血一腔沸，倚天张满弓。

朱思丞

战机披白日，铁甲动苍穹。
众志排云壮，精兵亮剑雄。
持心护疆土，发愿立新功。
万里沙荒地，军旗分外红。

乔贵庆

荒原受阅震山河，沙场雄师谱壮歌。
神剑寒锋惊敌胆，战鹰威阵动天阁。
为圆跟党兴邦梦，何惧擒狼浴血泊。
立马横刀待军令，残云风卷灭群魔。

刘培荣

点兵大漠立高端，九秩三军展壮观。
迷彩昂扬沙场勇，铁流浩荡御敌坚。
银鹰列阵雄姿健，火箭冲天科技先。
亮剑出拳非炫武，锋芒小试儆凶顽。

汤道深

瀚海阑干试点兵，国之重器拥红旌。
风雷列阵惊天地，铁甲集群泣鬼灵。

号令声声催奋进,豪言句句证忠诚。
齐心助力强军梦,守土安邦世界宁。

孙继革

　　大漠铁流卷浪,碧天神箭凌空。九秩风霜锤劲旅,万里征途唱大风。旌旗一脉红。

　　昔日快刀斩寇,今朝重器称雄。掣电九霄鹏展翅,破浪重洋剑舞虹。煌煌华夏龙。

　　（调寄《破阵子》）

李满

　　天际荒原,万里无云,九秩阅兵。正精神焕发,庄严待命;歌声嘹亮,口令穿穹。钢铁长城,巍然屹立,步伐铿锵震碧空。军魂壮,展金戈铁马,劲旅雄风。

　　战车铁甲隆隆。亮利剑,三军气势宏。数尖端重器,五洲震撼;银鹰列阵,军种合成。科技强军,精英逐梦,敢打能赢举世雄。点兵将,正栉风沐雨,砥砺前行。

　　（调寄《沁园春》）

李东东

猎猎旌旗塞北飘,空天陆海卷狂涛。
硝烟密隐倚天剑,铁甲暗藏夺命刀。
昨日长缨操胜券,今朝重器展雄豪。
三更得令风云动,侵晓捷传破敌巢。

李景全

建军九秩横刀立,铁甲飞鹰众志成。
立体空间无微隙,四时气候有奇兵。
宇天陆海全方位,炮电磁雷各显灵。
大小霸权当勒马,整装待发舞长缨。

杨义

　　展雄姿气势彻云霄,威武列沙场。看三军将士,排兵布阵,斗志昂扬。铁骑洪流滚滚,利箭射天狼。霹雳机群现,声震穹苍。

　　赤帜高擎导引,有忠贞旗手,永不迷航。看当今天下,魑魅忒疯狂。剑锋亮、精兵劲旅。保边陲、骁勇敢担当。金瓯固、中华圆梦,屹立东方。

　　（调寄《八声甘州》）

杨景俊

三军会集尽强龙,杀气腾腾举世雄。
个个英姿鹏展翅,尊尊重器剑飞虹。
铁流滚滚东风劲,虎步锵锵北斗明。
只要中央一声令,拼将热血卫和平。

肖正平

长枪九十逐年磨,今日点兵朱日和。
决胜奇功成战史,和平劲旅奏征歌。
山呼可信精神足,将勇敢歼魑魅多。

东海劫波西域闹，一挥霜刃试如何？

张本应

火红三帜导飞扬，十里戎装尽武装。
队队神鹰开序曲，巍巍长剑镇东方。
心头国梦兼军梦，脚下操场即战场。
塞上大风歌细柳，归来宜赋满庭芳。

张振昶

军旗九秩越鲜红，引领沙场大阅兵。
重器新研瞄恶鬼，雄师久训比长城。
风云纵险稳操舵，恶浪虽凶敢抗衡。
海陆宇空长戒备，须知天下不太平。

陈志生

空天陆海挽长弓，震慑豺狼唱大风。
帅点三军驰漠北，旗升五岳沐霞红。
铁流喷出南昌火，利剑腾飞宇宙同。
圆梦神州兵马壮，复兴伟业看英雄。

陈新民

沙场慷慨阅貔貅，利箭神鹰涌铁流。
首义枪声如在耳，豫章星火照千秋。

陈旭榜

统帅沙场夏点兵，雄师浩荡势恢宏。
银鹰展翼风雷动，利剑横空天地惊。
昔日步枪歼恶寇，今朝重器缚长鲸。

敌人胆敢来侵犯，伏虎降龙战必赢。

武俊哲

塞上点兵朱日和，披坚执锐势磅礴。
四军列阵黄沙吼，空地合围大漠歌。
惊叹雄师龙虎勇，喜观利剑信息多。
最高统帅一声令，能战必赢斩恶魔。

范志曾

　　九秩春秋，征战路、丰功伟业。壮军威、点兵荒漠，势惊天阙。钢甲隆隆追日月，铁流滚滚山河烨。重科技、铸剑卫和平，频传捷。

　　烟阵阵，旗猎猎，冲岛链，谋雄略。任群魔乱舞，海翻波沸。永固长城披甲胄，久安社稷磨刀钺。捍主权、劲旅发雷霆，狼烟灭。

（调寄《满江红》）

周加祥

　　塞上旌旗猎猎，五军齐聚听声。主席威严勤问候，将士铿锵意志明。北疆夏点兵。

　　地面车轮滚动，空中机阵轰鸣。敢为神州拼热血，不问生前身后名。笑看白发生。

（调寄《破阵子》）

周学锋

沙场旗猎猎，瀚漠卷风烟。

铁甲惊荒路，银鹰掠碧天。
三军携壮势，一夜踏边关。
欲揽西疆月，弯弓射大鸢。

赵发洪

塞外沙场夏点兵，阴山列阵铁流横。
旌旗三面灼天色，血性四军豪气生。
五路挥师疆域固，九霄联网志成城。
巨轮带梦征千里，恶浪狂风誓碾平。

赵全仁

齐装陆海空天电，忠勇男儿惊地天。
战力融合新理念，强军建设谱新篇。

殷新中

　　沙场点兵亮剑锋，雄师列阵展威容。飞鹰可胜蓝天阙，铁骑当驰牧野中。
　　神利器，耀东风，和平保障蕴奇功。四方倭寇敢来犯，全部歼之惩敌凶。
　　（调寄《鹧鸪天》）

高庆森

风烟大漠舞蛟龙，热血黄沙胆气雄。
浩荡铁军燃电火，冲天银箭绘霓虹。
忠肠许国长温热，劲骨屯疆欲建功。
期盼中华圆大梦，倚天舒臂挽强弓。

唐昌棕

铁流滚滚出蛟龙，战隼呼啸气势雄。
血性刚强喷烈火，豪情壮志贯长虹。
井冈信念后生继，俱进与时改革功。
神勇东风降鬼魅，长征利箭发强弓。

屠爱平

边塞狼烟起，沙场大点兵。
旌旗三引路，列阵九连营。
轰六惊天响，东风动地鸣。
三军齐奋勇，敢打定能赢。

程启瑞

　　威武雄师，演兵场、三军检阅。红旗展、铿锵步伐，英姿昂烈。导弹五洲能灭敌，飞机闪电冲天阙。祈和平、亮剑固长城，神州崛。
　　名解放，歼顽劣；强军志，坚如铁。正兴邦圆梦，亿民同协。九秩艰难风雨急，长征万里从头越。大阅兵、如此撼人心，书新页。
　　（调寄《满江红》）

谭泽

迷彩映旗红，翱翔华夏龙。
长鲸腾碧海，神剑舞苍穹。
铁甲惊千里，壮心贯九重。
要圆中国梦，举世看英雄。

第六编　古体诗及诗评

丁芒诗词

咏长城

群山锁起供磨刀，砺我中华剑气豪。
枕畔千年风雨夜，城头十万马萧萧。

天亮庄

冷霜遍野雾朦胧，天亮庄前破晓风。
不使乡亲惊好梦，茅檐坐待早霞红。

与全国第一次诗词研讨会诗友风雨中游汨罗屈子祠

雨江悲唱万年歌，今日投诗叩汨罗。
唤醒国殇魂一缕，沛然助我洗山河。

湖南桃花源

问津何必觅渔郎，盛世桃源处处香。
借得清风三百里，扶摇送我到高唐。

武则天无字碑

一峰雄立独无言，功过且留后世填。
凭此一碑知圣哲，人心有字大如天。

梦畔之崖

苍波上壁目如飞，怒发疏狂触翠微。
听雨轩边秋独立，一声长笛唳天归。

奔溪

云触远山腾白烟，松岩浓翠忽如燃。
夜来雨落知多少，一早雷声已满川。

参观"一汽"车城

车城看罢足生风，云里长春万朵红。
奔向小康谁计步？一台"捷达"一分钟。

晨赴南坪

左挟群山右带江，风生两胁赴高冈。
涛声一路铺诗韵，句到南坪已有香。

致灵山海防战士二首

一

一岛如钉镇版图，水灵山上举枪呼：
我因祖国守疆海，风雨平生好结庐。

二

百里海疆一望收，惊涛恶雨伴春秋。
只因世上多风浪，我以铁锚定沉浮。

媚香楼即兴

方辞桃叶渡，又赏媚香楼。
幽兰迎客放，溪水载诗流。
朱色渲新阁，清波恋古舟。
秦淮今再造，一扫百年愁。

汤山温泉

温泉济世誉汤山，西顾金陵半日还。
日照晴烟心万里，风吹壮气志千关。
愿将浊秽驱尘外，更喜轩昂未老残。
却道岐黄堪疗疾，能医天下始开颜。

听雨

征程遇雨寻常事，叶下悠悠侧耳听。
曲膝青荷狂作鼓，擎天红萼笑无声。
霪泉倾盖潺潺泪，肃气挥云历历晴。
慢咽凄风收冷翅，盈怀奔宕有雷鸣。

家邻鸡鸣寺

劫波历尽欲参禅，遍顾神州觅好山。
心外原来无别佛，近邻恰可结真缘。
鸡鸣寺里敲云板，玄武湖边叩玉关。
一望台城今葺整，柳阴新殿沐尘颜。

梦游千峡湖

淡月轻风夜涉湖，清波摇梦客心舒。
岛村杂树掩映里，缕缕琴音向天浮。

千峡湖一览

绿烟四起碧波间，风送天光照影还。
一览千湾胸襟阔，入诗入画尽湖山。

白鹭四飞

应是峡湖开彩笔，欲将春絮染秋岚？
穿林白鹭遥空去，万朵羽花着画山。

千峡湖之晨

峡湖美景遥相呼，杂树生花早雾浮。
一饮仙风人已醉，楼前侧耳听鹧鸪。

千峡湖

雨溶峡影绿能舞，霞浴湖光红正飞。
走过三千环岸路，诗痕满袖不思归。

题青田县孝文化研究会

立身处世德为本，百善源头孝领先。
莫让高堂悲白发，敢擎博爱去书天。

[双调] 水仙子·江南春

湖光一望尽空濛，水畔人家屋几重，春波送绿帘钩动，渔舟一篙横。斜飞燕子情浓，呢喃语，一嘴红，编织那东风。

[双调] 宝鼎现·酷暑自嘲

南窗烧火，北牖蒸煮，笼中有个蛤蟆坐。活脱是剥皮罗汉，转眼变水红萝卜。一息游丝系住我，不让九泉去躲。只好在叹气声中，目瞪口呆，流光空过。

[中吕] 朝天子·这般弥陀

远听是支歌，近看像弥陀，大张口只懂得笑呵呵。烟茶里岁月消磨。凭唾沫，将牙锉，善吹善拍，能唱能和。扯烂污的英模。好人是他做，选票是他多。纸灯笼又谁敢去捅破？

[中吕] 卖花儿·本意

细听音带桃花粉，新剥玉葱水生生，一泓清澈绕诗魂。杜鹃声切，黄莺声嫩，向家家填满了春。

[正宫] 塞鸿秋·登山

断桥流水疑无路，秋来叶满桃花渡。犹怜破帽能遮暑，斜阳影里登山去。归禽啼暮林，野火明烟渚。笑谈空指前人墓。

诗路是条朝圣的路

——学习欣赏丁芒诗词的几点体会

刘庆霖

中华诗词研究院要编一套普及丛书，其中一本是《诗人评诗》，给我分配了任务——推评老诗人丁芒的作品。说句实话，这个任务对我压力很大，丁芒先生不但年龄比我大34岁，且在我出生前20年就开始写诗了。他的"南石桥高挹落霞，苍茫寺角晚烟斜。暮钟撞碎轻波月，邀得清风到我家。"（《石桥暮归》）就创作于1940年，当时他才15岁。当然，丁芒先生的诗词主要产生于上世纪八十年代后，也是在此阶段他便成了诗词名家和大家。压力归压力，我还是非常乐意推评丁芒先生的作品。一是我有幸在《古韵新风·当代诗词创新作品选辑二》中与丁先生同列，对其作品早就拜读了。二是我有一个体会——向他人学习的最好办法，就是研究他的作品、讲解他的作品，甚至是批评他的作品。所以，我把推评丁先生诗词的过程当做一次集中学习的过程，提升自己的过程。

诗非宗教，但有一点与宗教相似，那就是诗路也像宗教的朝圣之路。诗人要在"朝圣"的路上完成从灵魂深处到诗歌境界、表现艺术的不断超越，方能使自己的诗进入"诗歌圣殿"。古今优秀的诗人都自觉或不自觉地经历了以下三个方面的朝圣和超越，丁芒先生也不例外。

一、灵魂净化之路

"诗歌圣殿"是诗人的终极目标，它是距太阳最近的地方，是人类精神的理想家园。正如美国诗人惠特曼所说："看来好像奇怪，每一个民族的最高凭证，是它自己产生的诗歌。"要到达"诗歌圣殿"，诗人不但要用意志穿越时空，走一条艰难而漫长的路。而且还要以朝圣之心完成对自己灵魂的洗礼。真正经过朝圣洗礼的人，他们的手虽然依旧沾满风尘，可他们的心灵却是最干净的。诗人要写出真正的好诗，一定要有灵魂的参与，而我相信，灵魂的纯度与高度同诗人所能达到的高度是至关重要的。真正的好诗，是诗人灵魂的一部分。

那么，诗人灵魂净化要沿着一条什么样的路行走呢？艾青在《诗论》中说："一首诗就是一个人格，必须使它崇高与完整。一首诗必须具备一种造型美；一首诗是一个心灵的活的雕塑。"这也就是说：每一首诗都是诗人朝圣路上留下的深深足迹。故此，我们有理由用几首诗来观察丁芒先生内心世界"朝圣"的历程。且看以下四首诗：

其一：

> 劳顿一生似土埋，伤筋动骨未消灾。
> 世间虽颂夕阳好，梦里犹惊鞭影来。
> ——《悲剧形象——老牛图》

这首诗，作者以写牛之名写其自身，前二句叙事加议论，以叙事为主；后二句抒情加议论，以抒情为主。将牛的身世经历与自己的身世经历加以比较，再"以己之心度牛之腹"，假牛之口说出自己的想法。而且，语言纯朴自然，含蓄有力。从艺术手法上来看，实在是一首难得的佳作。然而，从思想境界上来讲，这首诗尚属于"小我"。所以，这首诗表现的是一种"小我"之境界。

其二：

  冷霜遍野雾朦胧，天亮庄前破晓风。
  不使乡亲惊好梦，茅檐坐待早霞红。
      ——《天亮庄》

这首诗写革命战争年代深夜经过"天亮庄"的情景。可能是写一个部队的整体行动，也许是写作者自己的单独行动。战士（自己）在"冷霜"加"破晓风"的"茅檐"下坐待晨曦的来临，为的是不肯惊扰"乡亲"熟睡的"好梦"。在这首诗中，诗人思想境界已进入了"忘我"的阶段。所以，这首诗表现的是一种"忘我"之境界。

其三：

  群山锁起供磨刀，砺我中华剑气豪。
  枕畔千年风雨夜，城头十万马萧萧。
      ——《咏长城》

这首诗以长城像一块巨大的磨刀石为比喻，回顾历史风云，诗中全然看不出我之所在。故称之为"无我"。这里所说"无我"针对作者的精神境界而言，并非指诗的表现方式。在这首诗中，作者面对中国古老的长城，视通万里，思接千载。在作者眼里，长城已是一块砥砺"中华之剑"的磨刀石。长城内外虽"千年风雨""万马萧萧"，但中华民族却能历经磨难而不衰，这就是"磨刀石"之功。在这里，作者已忘却了"不到长城非好汉"，从自我角度出发的思维方式，进入了一种"无我"之境界。

其四：

  雨江悲唱万年歌，今日投诗叩汨罗。
  唤醒国殇魂一缕，沛然助我洗山河。
——《与全国第一次诗词研讨会诗友风雨中游汨罗屈子祠》

诗人在雨中游屈子祠，身子也许早已被雨水淋湿，但他却全然不觉。他所听到的是屈原两千年前的爱国吟唱；所想到的是以己之诗叩响汨罗江水，唤醒此间的爱国灵魂，让他们像这倾盆之雨一样，"沛然助我洗山河"。这是何等的"以天下为己任"的责任与担当！"洗山河"三字用得极其得当，今日之中国，山河早已属人民所有，用不着去"收"，也用不着"主沉浮"了。但山河尚不纯粹，尚不理想，甚至还有不干净的地方。"洗山河"，作者同时也彻底地把自己的身心进行了洗礼。至此，诗人的"灵魂净化之路"也接近了目的地——"大我"之境界。

综上所述，我们可以画出诗人在灵魂净化方面"朝圣"的"路线图"了。那就是诗人经历了"小我""忘我""无我""大我"四个阶段，也可以说是四个过程。诚然，这四个阶段不一定是"依次"完成的。也可能是"小我"阶段有"大我"境界诗的出现；也可能进入"大我"阶段后还写"小我"境界的诗。这并不奇怪，每条到达山顶的路都是螺旋式上升的。灵魂"朝圣"之路，应该是诗人在灵魂深处对自己一次又一次地否定之否定的过程。这个过程极其艰难和漫长，许多诗人一生的努力也未必能够做到，而丁芒先生做到了。

二、诗境臻妙之路

要进入"诗歌圣殿"，一定要有精神的高格和灵魂的高尚，并最终以诗歌的形式为人民群众服务。但只做到这一点还远远不够，诗歌必须首先在艺术上感染人，才能够被他人所接受。"落花人独立，微雨燕双飞。""无可奈何花落去，似曾相识燕归来。"为什么能够感动一代又一代文人雅士和热爱诗歌的广大读者？就是因为诗境之臻妙。诗境臻妙之路，依然要诗人们以朝圣之心态去努力追求，去行走乃至自己去修筑、去开辟。丁芒先生便是在这条道路上一边行走，一边开拓的诗词家。

任何真正的诗词创作，大致都可以分成两个阶段，即思维上的发现和语言上的创造。要想写好诗词，思维上的发现又尤为重要，它在诗词创作过程中起着决定性的作用，而这一阶段可以用三个字来概括："看""想""悟"。也可以说，"看""想""悟"这三个字是诗境进入臻妙之路的基本方法。我们且看丁芒先生是如何运用这三种方法的。

（一）以看为主，思维在同一平面上滑行。例如：

> 雄狮直薄大江旁，战罢梁山小麦黄。
> 明月张灯悬野渡，长风挥策着帆樯。
> 神州雷动洪波鼓，青史辉煌炮火光。
> 才放中流三掬水，前锋已报下繁昌。
> ——《繁昌渡江战》

这首诗因为是写作者亲身经历的战斗场面，所以基本上是用"看"来完成的，并且作者的思维也基本上是在一个平面上滑行，没有太大的跳跃。其作品内容丰满，实写实描，大而不空。这与作者善写战争场面分不开，还与这种"看"的创作方法有直接关系。丁芒先生显然非常谙熟这种方法，所以经常使用，如《坚持苏北敌后》《水田行军》，等等。

（二）以想为主，思维在三维乃至多维空间旋转。例如：

> 胸罗四海气如山，壮岁风华指顾间。
> 两脚量天游万里，一肩载月度千关。
> 梦飞弹雨燃心热，神着刀光照胆寒。
> 阅尽沧桑人未老，丹忱似水自潺湲。
>
> ——《随感》

"想象是诗人的翅膀"，这句话一再被诗人演绎着。这首诗大开大合，作者的思维像一只羽翼丰满的雄鹰在天地之间自由地翱翔，一会儿"两脚量天游万里"，一会儿"梦飞弹雨燃心热"，一会儿"壮岁风华指顾间"，一会儿又"阅尽沧桑人未老"。在这里，时间与空间，现实与梦境，平面与立体，都在作者的想象中回环往复，自由碰撞，并找到了合适的位置。像这样的诗，在作者的集子中比比皆是，如《从军乐》《岂惯无聊白发吟》，等等。

（三）以悟为主，思维在现实与超现实的夹缝中穿梭。例如：

> 浅涉人间六十年，红褪腮边，白染鬓边。遍尝苦辣与酸甜。喜在眉尖，愁在心尖。
> 半是书生半是仙，血写真言，酒写诗篇。还将老骨去肥田。播个秋天，长个春天。
>
> ——《一剪梅·六十自遣》

严羽说"禅道唯在妙悟，诗道亦在妙悟"（《沧浪诗话》），并举孟浩然和韩愈为例："且孟襄阳学力下韩退之远甚，而其诗独出退之之上者，一味妙悟而已。"著名学者傅庚生写过这样一段话："欧阳文忠公曰：'晋无文章，唯陶渊明《归去来辞》而已。'李格非曰：'《归去来辞》沛然如肺腑中流出，殊不见有斧凿痕。'盖以其识通也，其情真也。"这里所说的"识"就是悟性，就是认识问题的能力，它对一个诗人作品的高度起着关键作用。比如山水诗，几乎人人都写，应该说有不少好的作品，但要论诗的高度，却很难达到王维、孟浩然、李白的成就，因为此三人虽不是知识最富有的人，却都是妙悟的高手。其实，"妙悟"无非是一种创造性思维，它既是对现实的深刻感悟，同时也掺杂一些超现实的想象。丁芒先生这首《一剪梅》便是如此。诗人一会儿说"浅涉人间六十年"、"半是书生半是仙"；一会儿说"血写真言，酒写诗篇"；一会儿又说"播个秋天，长个春天。"丁芒先生在填这首词的时候，思维和情感一定是在现实与超现实之间游移，这是优秀诗人的"妙悟"状态。而这种"妙悟"状态在丁芒先生的作品中几乎成了一种"常态"。我们不妨来看一首他写的新诗：

> 走过弯弯曲曲的路，
> 一百年，才找到这张弓。
>
> 今夜，箭已定位于弦，
> 做一个笔直的梦。
>
> ——《箭》

这首新诗像绝句一样简洁凝练，连标题加起来只有33个字。但它的内含却极其丰厚。其中奥妙就在于诗人的妙悟。一悟："箭"会走路，而且是"走弯弯曲曲的路"；二悟："箭"在寻找"弓"，而且寻找了"一百年"；三悟："箭"找到了属于自己的"弓"之后，便决定与其共寝共眠，同做一个梦；四悟："箭"的梦是"笔直"的；五悟：这个"箭"就是诗人自己。不难理解，丁芒先生要像"箭"一样，"做一个笔直的梦"。这个"笔直的梦"既是诗人追求的正直而诗意的人生，也是诗人勇往直前、义无反顾的决心。

这种"妙悟"的能力是创造诗词佳境的关键，在这方面，丁芒先生已经走了很远的路。我们每个诗人都应该努力学会创造性思维，以使我们的诗歌能够走上诗境臻妙之路。

三、语言锤炼之路

诗歌"朝圣"要攀登的还有一段至关重要的路，那就是语言锤炼之路。这段路，同样充满艰难险阻，须我们长行不殆、坚持不懈。要特别指出的是，锤炼语言不是强迫语言符合我们的意愿，而是让我们的意愿适应诗歌的语言条件。这就像一个元帅调兵遣将，必须知道官兵本身的特长，做到知人善任才能取得战争的胜利。也正如海德格尔说的："探索语言意味着：恰恰不是把语言，而是把我们带到语言之本质的位置那里，也即，汇入大道之中。"此"大道"便是诗歌语言表达意境的自身规律。丁芒先生显然深谙此理，诗词语言在他的笔下都找到了最合适的位置。其语言特点是能雅能俗；能大能小；能新能旧。

（一）能雅。诗词语言的典雅，是历代诗人所追求的一个目标，孔子编的《诗经》就有《大雅》和《小雅》之篇。不知什么时候开始，诗词也被列为雅文化之中。所以，能雅是诗词语言的基本要求。

  湖光一望尽空濛，水畔人家屋几重，春波送绿帘钩动，渔舟一篙横。斜飞燕子情浓，呢喃语，一嘴红，编织那东风。

         ——［双调］水仙子·江南春

这首小曲前四句写景，后四句写情，用语极其典雅。尤其是"斜飞燕子情浓，呢喃语，一嘴红，编织那东风"，让人感觉这些词语是柔软的链条，一下子就拴住了你的情感。

（二）能俗。有些人写诗，雅得可以，但却不能俗，而诗歌历来讲究的都是雅俗共赏，能雅的同时还要做到能俗才行。请看丁芒先生的一首曲：

  南窗烧火，北牖蒸煮，笼中有个蛤蟆坐。活脱是剥皮罗汉，转眼变水红萝卜。一息游丝系住我，不让九泉去躲。只好在叹气声中，目瞪口呆，流光空过。

         ——［双调］宝鼎现·酷暑自嘲

这首《酷暑自嘲》曲读后令人兴奋、想笑。丁芒在江南的"桑拿天"里"蒸煮"着，一会儿说自己像个"蛤蟆"，一会儿说自己像个"红萝卜"，实在受不住了，忽然想躲到"九泉"里去。然而"一息游丝系住"，又走不了，所以只好唉声叹气，挨着时光。曲中语言生动活泼，明白如话，是连村中老妪也能读懂的作品。

（三）能大。诗词语言表现大题材时，不易做得到位，所以诗人们都提倡以小见大，尽量不去直接写大场面，以免空泛。而丁芒先生却能做到"蓄积丰厚，大而不空"（臧克家语）。请看他的《坚持苏北敌后》：

  敌军压境沉沉黑，破雾穿云一线红。
  闯路机枪呼急雨，攻城大炮震秋风。
  纵横战道通千里，壁立寒村怒百峰。

游击战争方一载，烧牛火阵已熊熊。

这首七律从诗题到诗中表现的场面都是大的，就像毛泽东的《长征》一诗，视野开阔，场面盛大，联想得体，给人一种实实在在的感觉。毛泽东的《长征》写了"一条线"（两万五千里），丁芒的这首诗写了"一大片"（整个苏北），毛诗较为宁静，丁诗较为酣畅，但都是纵横捭阖，淋漓尽致，这种手段非等闲之辈能够为之。

（四）能小。小即细腻。好的诗人能大亦应能小，既能"造大船"也能在桃核上"雕舟"。请看丁芒先生下面这首曲：

马蹄儿裹布软绵绵，左臂上白带儿缠。茫茫夜海大军行，影绰绰一溜烟。恰似轻风掠过了草尖，碰落个露珠儿也听见。只小鬼机灵，拉住马尾，挨上个梦边。

——［般涉调］耍孩儿·夜行军

这首《夜行军》曲从细节着手，写出军队夜行军的几个关键环节：一是快，"影绰绰一溜烟"；二是轻，"似轻风掠过了草尖"；三是静，"碰落个露珠儿也听见"；四是困，"只小鬼机灵，拉住马尾，挨上个梦边"。这四个方面都用细节和形象来表现，尤其是尾句给人无限联想和回味。可以说，达到了宋代梅尧臣所说的"状难写之景如在目前，含不尽之意见于言外"，令人拍案叫绝。

（五）能新。诗的创新主要是思想新、思维新、语言新，而其中起到承上起下作用的是思维创新。丁芒先生的创新也主要是在思维方面，我们来看他下面这首曲：

细听音带桃花粉，新剥玉葱水生生，一泓清澈绕诗魂。杜鹃声切，黄莺声嫩，向家家填满了春。

——［中吕］卖花儿·本意

"细听音带桃花粉"，卖花儿人的声音带着"花粉"在大街小巷里传播开来，这种思维方式在新诗中常见，用在旧体诗词创作中也很得体；"杜鹃声切，黄莺声嫩"，卖花儿人的声音像杜鹃，又像黄莺，切切如催，嫩嫩滴露，以物喻人，以实比实，不夸不张；"向家家填满了春"更是奇妙，首先是家家都有了盛春的容器，然后是"卖花声"有了形体，可以填满每家的"容器"。认真读了这首曲之后，真是觉得它新的可以了。这种新是打破了传统思维方式的新，也许有些人暂时还不能完全理解，说这样的句式太"散文化"、太"新诗化"了,但这恰恰是语言创新的关键所在。朱自清在《闻一多先生怎样走着中国文学的道路》一文中指出:"新诗所用的语言是更向小说戏剧跨进了一大步,这是新诗之所以为新的第一个也是最主要的理由,其他在态度上,在技巧上的种种进一步的试验,也正在进行着。请放心,历史上常常有人把诗写得不像诗,如阮籍、陈子昂、孟郊、华兹华斯、惠特曼,而转瞬间便是最真实的诗了。诗这东西的长处就在它有无限度的弹性,只有固执和狭隘才是诗的致命伤。"这句话说得太精到了,我认为,如今诗词语言的创新不是太过,而是步伐太小了。

(六)能旧。能新固然是时代发展的要求,但只能创新不能继承,也未必是好的写手。有些场景,有些体裁,有些时候也需要旧的意象和思维。例如:

> 断桥流水疑无路,秋来叶满桃花渡。犹怜破帽能遮暑,斜阳影里登山去。归禽啼暮林,野火明烟渚。笑谈空指前人墓。
> ——[正宫]塞鸿秋·登山

这首曲的意境和语言可以说都比较陈旧,但是作者的情感却是真实的。这种用旧意象表达作者某一特殊时期的特殊情感,是完全可以的。这不同于那些钻到古人的思维和情感之中不能自拔的人,甚至专门打着复古旗号而反对创新的人。

丁芒先生诗词的语言特色还不止这些,由于篇幅所限,不能一一展开论述,我们可以从他的诗词选中去慢慢体会。

写到此,我可能暂时从丁芒先生的诗词妙境中走出来了,这次奉命在丁先生的诗词意境中穿越,总的感觉是不虚此行。其深刻的收获就是——诗路是条朝圣的路,每一首好诗,都是诗人焚烧思想留下的舍利子。在这条道路上,每个用灵魂写诗的人都需要匍匐前行,虔诚膜拜。我们不但要钟情于此,还要痴情于此,直至醉情于此,才有可能达到自己的理想目标。

第七编　新古体诗及诗评

贺敬之新古体诗

登延安清凉山

我心久印月，万里千回肠。
劫后定痂水，一饮更清凉。

莫干山二章

莫干风

信哉莫干风，沐我心清平。
数竹皆有节，访剑未折锋。

莫干峰

雄哉莫干峰，恍若见陈公。
拍案唤旧部，萧萧万马鸣。

登岱顶赞泰山

几番沉海底，万古立不移。
岱宗自挥毫，顶天写真诗。

大观西湖

大观西湖识壮美，九天峰飞仰岳飞。
于谦青白悬白日，千秋碧水接苍水。

长白山天池短歌

仰观悬河来远天，滔滔史卷并诗篇。
几经炎凉解深意，读瀑凝思天豁前。

游崂山

黄山尽美恐非真，山川各异似才人。
崂山逊君云入海，君无崂山海上云。

过镜泊湖

君心未眠奔地火，曾误君名为静波。
心托明镜非冥静，日运月行此中泊。

阳朔风景

东郎西郎江边望，大姑小姑秋波长。
望穿青峰成明月，诗仙卓笔写月光。

游九寨沟

银峰雪谷会众神，重海叠瀑醉客心。
我行步步白发减，彩池一照少年身。

咏烟台

神驼待飞饮碧海，向天大道此日开。

佳音惹人尽东望，高耸驼峰是烟台。

访桂山岛

宝岛无觅垃圾尾，桂山史留英雄碑。
情蘸南海如泼墨，写我百年两腾飞。

登岳阳楼

忧乐真见范公记，乾坤几浮杜甫诗。
浩浩洞庭催来者，岳阳楼上待新辞。

登武当山

七十二峰朝天柱，曾闻一峰独说不。
我登武当看倔峰，背身昂首云横处。

富春江散歌五首

一

平生总为山河醉，非酒醉我万千回。
三江澄碧今痛饮，不借韩囊岳家杯。

二

西湖波摇连梦寐，千里秀美复壮美。
山迴水洄少壮回，鹭飞瀑飞壮思飞！

三

车窗船头望如痴，可在大痴画卷里？
朱墨春山新诗意，富阳新纸写淋漓。

四

烟雨楼头南湖心，长河水源白云根。
窗开万厦须两手，挽此云水净埃尘。

五

壮哉此行偕入海，钱江怒涛抒我怀。
一滴敢报江海信，百折再看高潮来。

咏黄果树大瀑布

为天申永志，为地吐豪情。
我观黄果瀑，浩荡共心声。
怒水千丈下，破险万里征。
谁悲失前路，长流终向东。

钱江怒涛抒我怀
——贺敬之新古体诗论

高　昌

　　作为诗人的贺敬之，有《放声歌唱》《雷锋之歌》《桂林山水歌》等诸多新诗名作。而他晚年尤其是在进入 20 世纪 80、90 年代以来，他所集中创作的一大批带有古绝色彩的新古体诗，也是极富艺术特色和思想含量的艺术新花。舒芜先生曾经把当代新诗和旧体诗称作两个诗坛。其实，在这两个"诗坛"之间，还有一个相互连接、融会而又相对独立的第三个诗坛，这就是常常被人忽视和歧视的新古体诗创作。这第三个诗坛的代表性人物，我认为最重要最突出的就是贺敬之先生。

一、什么是新古体诗

所谓新古体诗，实际上就是借鉴古绝形式，采用七言、五言诗歌和词曲的基本样式，同时又不拘泥于严格的平仄格律的限制和约束的一种比较宽松自由的诗体。贺敬之对此有比较清晰的论述。他在《贺敬之诗书集自序》中说："旧体诗固然有文字过雅、格律过严，致使形式束缚内容的一面；但如果不过分拘泥于旧律而略有放宽的话，它对表现新的生活内容还是有一定适应性的。不仅如此，对某些特定题材或某些特定的写作条件来说，还是有其优越的一面。前者例如，从现实生活中引发历史感和民族感的某些人、事、景、物之类；后者例如，在某些场合，特别需要发挥形式的反作用，即选用合适的较固定的体式，以便较易地凝聚诗情并较快地出句成章。所谓合适的较固定的体式，对我来说，就是这个集子里用的这种或长或短、或五言或七言的基本属于古体歌行的体式，而不是近体的律诗或绝句。这样，自然无须严格遵守近体诗关于对、黏，特别是平仄声律的某些规定，这是不言自明的。但于人们往往不区分古体与近体，特别是对四句或八句的古体和近体不加区分，一概按近体的律诗或绝句的格律来要求。为此，我曾几次借集内某诗发表之机说明是不合旧律，甚至还说过无律。其实这原可不必，并且这样说也是不够准确的。因为，这些诗不仅都是节拍（字）整齐，严格押韵（用现代汉语标准语音），同时还有部分律句、律联。就平仄声律要求来说，绝大多数对句的韵脚都押平声（不避三平），除首句以外的出句尾字大都是仄声（不避上尾），因此，至少和古代的古体诗一样，不能说它是无律即无任何格律，只不过不同于近体诗的严律而属于宽律罢了。"

实际上，这种新古体诗可以看成是一种近体诗在当代文坛的解放运动。在这里，诗人完整地表述了对这种诗体的艺术追求和清晰认识，概述之有以下几要素：来自现实生活撞击心灵的触动；为了较快的较容易地凝聚诗情，出句成章；借鉴旧体诗的长处，但不严守旧体诗的格律；节拍整齐，严格押韵。比如贺敬之的《登延安清凉山》：

　　　　　　我心久印月，万里千回肠。
　　　　　　劫后定痂水，一饮更清凉。

　　这首诗写于上世纪90年代，和其写于1956年的《回延安》相比，有了更加深沉的艺术感觉和艺术感悟。前两句是诗人对延安的怀念，后两句是作者回延安时的感受。诗是由于现实的触动而引发的，而这种类似五绝的形式又简单明快，易于作者马上捕捉灵感，组句成篇。同时，诗人又在格律上突破了五绝的诸般禁忌，比如"久印月"就是所谓"三仄"，"千回肠"是所谓"三平"，"饮"字和"清"字是所谓"失对"。但是，这首诗读来节奏鲜明，节拍整齐，而且，出句都是仄声，押韵句都是平声，这一点与五绝的格律要求又是有一定相似的。

　　另外，诗人在这种类似绝句的新古体诗的基础上，又加以新的发展，创造了一些杂言古体，和改良体的词曲样式，读者仍然可以从中感受到旧体诗词的"特殊的语感、节奏、气氛和情势"，但同时又不受格律束缚，灵魂自由飞翔。以五言和七言绝句为主，间以杂言和类似词曲的形式为辅，构成了贺敬之新古体诗诗体探索的完整阵容。

　　诗人告诉笔者："我用过信天游体，用过马雅可夫斯基的阶梯式，用过其他民歌体，也用过完全自由诗的形式，都没有在写作之前就预先设定要创造什么诗体。新古体诗也是这样，主要是因为生活的触发，写作时觉得用这种形式可以更好地表达自己的思想感情。"尽管诗人如是说，但实际上诗人在新古体诗方面还是有着一种比较积极的创作追求，诗人的作品就是这种创作追求的鲜明例证。

二、贺敬之新古体诗的思想特色

　　贺敬之先生的诗歌，有着自己鲜明的思想特色。诗人和笔者谈到自己的新古体诗的时候，曾经多次提到"忧患"这两个字。可以说，忧患意识像一条红线，串联起一行行珍珠般闪耀着思想光辉的诗篇。说到忧患，并不意味着一律作黛玉葬花状，娇滴滴望月流泪，见花伤情。贺敬之的忧患意识中有着一种特有的自信和豪迈。比如《富春江散歌》中这首：

　　　　　　壮哉此行偕入海，钱江怒涛抒我怀。
　　　　　　一滴敢报江海信，百折再看高潮来。

　　他笔下的"百折"体现了忧患，但他充满信心的是"再看高潮来"。

诗人借钱江怒涛抒发自己的襟怀和忧思,同时更坚定地表达的是自己的信念和思辨。实际上,这首诗也可以看成诗人自己创作历程变迁的一个极富历史意味的象征。诗人的中青年时期主要在从事新诗创作,他的新诗大都洋溢着激情,充满着明亮的色调,而作者的新古体诗大部分写于晚年时期,当年的才气飞扬,一变而为思虑深沉。他的新诗像钱江怒涛,他的新古体诗则像是此行偕入海了。相对于早期的惊涛拍岸,这些新古体诗变得更深沉淡定,更汪洋恣肆,更辽阔浩渺了。

这些新古体诗记录着作者的行踪和心灵历程,像是作者的一篇篇感情日记。我们从中感受到诗人滚烫的心和智慧的目光。富春江、长白山、泰山、崂山……诗人笔下山川壮美,但每一程山水都不是孤立的静止的,都染上了鲜明的贺敬之的印记,变成了人化的自然。比如他看泰山,就说:

几番沉海底,万古立不移。
岱宗自挥毫,顶天写真诗。

这是泰山吗?是,泰山,但分明更是一位顶天立地的诗人的形象写照,气象恢弘,掷地有声。这是诗人的情感体验,也是诗人的人格追求。

再比如他访问长白山天池,就说:

半生龙饮未得醉,纵有千喜与万悲。
为筹环球大同宴,来倾天池试醉归。

这是在写山水吗?当然不完全是,诗中表达的还是诗人自我的感情态度和人生理念,是诗人的现实忧思和未来向往。出现在他笔下的不是闲情逸致和士大夫情调,而更多的是对天下大事的深刻思考,是对国家命运和人民前途的热切关注。

关于创作,诗人有着鲜明的个人理念。他说:"我们的文艺家一定要有自主意识和自主精神,毛泽东文艺思想给了我们充足的理由。艾青说过:'人们不喜欢我的歌,因为那是我的歌。'这个'我'就是'我们'。我们的作品不仅思想内容要反映人民群众的社会生活和理想愿望,而且也要发扬发展人民群众的文化创造力。世界观和文艺观有着密切的联系。文艺观不能脱离世界观,文艺思想不能脱离自己的立场,特别是革命文艺更为如此。在纠正了以往某些'左'的错误理解的时候,也有人提出'文学就是文学''文学不能为什么'的观点,甚至提出'躲避崇高''走向自我'等等议论,并且这种议论在当前文艺界的某些范围里甚至还占优势。

我认为这种观点需要批评和澄清。"

　　了解了诗人的这些创作理念，也就了解了为什么诗人的新古体诗虽然并非"所谓圆熟简练，静穆幽远之作"，但其中却总是闪耀着一种别样的心灵光泽的缘故。一篇作品的质量，最终取决于作者思想境界的高下。

三、贺敬之新古体诗的艺术特点

　　贺敬之的新古体诗，有着鲜明的艺术特点。概言之，有以下几点：

　　第一，形式不拘，灵活自由。诗人创作的新古体诗，虽然都有着浓郁的古典诗歌神韵，吸收了旧体诗的各种营养成分，但是这些新古体诗并非是从一个模具倒印出来的，而是有着杂花生树般摇曳多姿的各种自然生态。题材上咏怀状物、有借景抒情，有时评政论，有咏史鉴今，形式上有四言古诗、五言古诗、七言古诗、杂言古诗、五言古绝、七言古绝、曲词等等，非常自由。

　　第二，汲古纳洋，借鉴民歌。诗人作品中既有古典诗词和民歌的各种长处，也有外国诗歌的一些有益的借鉴。博采众长，转益多师，独树一帜，别有风骚。比如《游崂山》："黄山尽美恐非真，山川各异似才人。崂山逊君云入海，君无崂山海上云。"从中可以看出古人"梅须逊雪三分白，雪却输梅一段香"的韵味。而《阳朔风景》："东郎西郎江边望，大姑小姑秋波长。望穿青峰成明月，诗仙卓笔写月光。"这种借东郎山、西郎山、大姑山、小（玉）姑山、明月山、卓笔峰谐音和意象串联成诗的作法，又是民歌中经常可见的妙趣。

　　第三，节奏明快，韵律优美。诗人虽然不拘泥于古典诗歌的格律，但仍然保留了易诵易唱大致押韵的诗歌原则，读起来朗朗上口，自然流畅。似流水入耳，又似清风拂面。如《游九寨沟》："银峰雪谷会众神，重海叠瀑醉客心。我行步步白发减，彩池一照少年身。"前两句的节奏是"2－2－1－2"，后两句的节奏是"2－2－2－1"，既有整齐，又有变化，环佩叮当，逶迤而上，直抵人心。

　　第四，理趣盎然，情趣十足。诗人的新古体诗侧重说理的居多，但大都能够做到写出一个理的同时，写出一个灵动的趣字。比如《过镜泊湖》："君心未眠奔地火，曾误君名为静波。心托明镜非冥静，日运月行此中泊。"这里全是议论，即所谓无色之相，仅仅是思考湖的历史变迁和地质构造，追述湖的名称由来，并借咏湖来单纯的表述心迹，但实际上却由地火和明镜的意象生发出一种独具特色的艺术发现，尤其是"明镜非冥静"的谐音相映成趣，令人过目难忘。

第五，典从境出，信手拈来。诗人的新古体诗中用典处很多。但这些典故大都不是从书本中翻出来的，而是从当时情境中自然出现的，随手摘取，没有生僻造作的感觉。为了使这些典故不至于成为读者的阅读障碍，诗人在有时候加注了一些浅显的注释，说明典故的由来，特别是和当地的关系。比如《望石老人礁岩》："观海喜见潮，听松乐闻涛。风雨寻常事，石老解逍遥。"这里的逍遥实际上是因为观沧海而想起庄子的《逍遥游》。石老人历经沧桑，观海听潮，所以才有了"水击三千里，抟扶摇羊角而上者九万里"的逍遥游的感悟。虽然这是一个静的形象，却有了飞翔的动感。解逍遥三字，把一个静静的意象写出了精骛八极的逍遥气度。

第六，富于联想，巧借双关。诗人的新古体诗中一大特色就是富于联想。特别突出的就是借人名地名生发感慨。比如《题长春京剧团》："长春有京剧，京剧能长春。"借长春的地名表达艺术长春的祝愿，给人印象非常深刻。再比如《访石花洞》："欲探真美入下层，地心深与人心同。"借地心和人心的"心"字做文章，形成一个非常精彩的警句。在柳青墓前写的"父老心中根千尺，春风到处说柳青"，又是借助柳青的人名与春天景色的双关意象，写出了柳青艺术生命在百姓心中长青的巧妙寓意。

四、结语：贺敬之新古体诗的美学成就

贺敬之的新古体诗，是伴随着争议成长，也是伴随着争议更加广泛地引起读者注意的。作者从1962年开始这方面的写作，到上世纪70年代后有意识地集中精力实践自己的艺术理念，期间创作了300多首各类形式的新古体诗。由于篇幅短小，易于捕捉灵感的缘故，从数量上来说，已经是一大批喜人的收获了。尽管其中有的作品失于粗疏和随意，但再大的争议，再明显的缺点，也无法遮掩其中的思想能量和艺术光芒。客观评价其美学贡献和艺术成就，应该说现在已经是时候了。

平生总为山河醉，非酒醉我万千回。仔细系统地阅读了迄今能够找到的贺敬之新古体诗的全部作品，我得出个人的读后感或者曰结语如下：这是当代诗坛一个新的艺术创造和美学探索，是不容忽视和歧视的一个客观的艺术存在，是诗人创作历程中的一个引人瞩目和深思的精神高地。时间愈久，相信其读者面也定会更加与日俱增。

第八编　诗国论坛

美哉中华诗词

马凯

今年（2017）初，中央电视台《中国诗词大会》第二季热播。据报载，首轮（十场）收视人群近12亿人次，微博中相关话题的阅读量超过了1亿次。一档专业文化类节目，引起了这样超乎想象的社会轰动，史无前例。它将在中国电视史上写下灿烂的一笔，也将在中华诗词史上留下浓重的一页。

这档节目何以火爆？原因是多方面的。其中，重要的基础性因素是：以格律诗为代表的中华诗词本身有着无穷的内在魅力、厚重的历史积淀和广泛的民众基础。在编导、嘉宾、主持人和百人团选手的共同努力下，通过独具匠心的媒体传播形式，中华诗词的内在魅力被生动活泼地展现出来，浸入国人血脉中的中华文化基因和诗词情结被难以按捺地激活出来，不能不引起人们的共鸣和震撼。

以格律诗为代表的中华诗词，从起源看，它与舞蹈、音乐同源；从功能看，它是心灵的"窗口"，诗言志、词缘情，大凡好诗好词，无论是婉约还是豪放，都能给人以内心深处的触动；从形式看，它以汉字为载体，把汉字"独体、方块、单音、四声"的独特优势发挥得淋漓尽致，历经数千年先贤的千锤百炼，成为同时兼有"五美"的诗体，即其不仅具有其他诗体共有的"节奏美""音乐美"，而且具有其他诗体中只有个别诗作可以做到的"简洁美"，还具有以拼音文字为载体的诗体难以具备的"均齐美""对称美"；从内容看，大凡好诗好词，都是真情的流淌，并记录着中华文明的历史足迹，承载着中华文化的根和魂。它如乐，天籁悦耳；它如画，璀璨夺目；它如酒，沁人心脾；它如友，灵犀相通。格律诗是中华民族诗歌百花园中经古常新的一枝。在人类总是要追求美的规律作用下，只要汉字不灭，格律诗这一大美诗体就不会亡。毛主席说，"一万年也打不倒"，信然。

有感于上，试填《钗头凤》一阕如下，以赞中华诗词这一大美诗体，也算是对中华诗词学会成立三十周年的祝贺吧！

钗头凤·美哉中华诗词

霓裳袖，丝竹奏。泪盈潮涌心扉叩。格工对，律谐配。落寥寥笔，尽收霞蔚。美！美！美！

诗良友，词醇酒。万年难断香传口。真为贵，魂融内。敲平平仄，无穷滋味。醉！醉！醉！

二〇一七年四月

知古倡今　求正容变

——在 2008 年 12 月 23 日《缀英集》编辑出版暨中华诗词创作座谈会上的讲话（摘要）

马凯

我多次讲过，自己只是一个中华诗词的业余爱好者，或者说是一个中华诗词的"票友"。上中学的时候，一两角钱买了一本《诗词格律浅说》，是我的启蒙读物。后来陆续有一些习作，在夫人和友人的怂恿下，也出了一本小集子。在这个过程中，我得到了很多诗界学长、诗友的指点和帮助。比如，前年我曾经专门拜访过袁行霈馆长，他给我很大的帮助，鼓励我写诗一定写出自己的风格，在国家经济发展第一线工作就要写出能够反映一线工作的重大题材。这对我鼓励很大。我还请教过入声字怎么处理的问题，袁先生也给我出了主意。今年抗震救灾期间，跟总理五次到灾区，感触很深，真有一种不吐不快的感觉，写了《抗震组诗（十首）》。草就后，我将诗寄给袁行霈、沈鹏、郑伯农、周笃文、杨金亭等老先生和胡振民等同志。他们非常认真地给我提了很多建设性的修改意见，我觉得提得都很好。只举一个例子，第五首是《国旗半垂》，其中有两句原来是："八万同胞一瞬殁，天何糊涂天之罪。"一瞬间八万人遇难了，老天爷怎么这么糊涂啊，犯下这么大罪过。袁先生建议把最后几个字改成"天何糊涂人何罪"。这两个字确实改得很好。我希望以后在座的和不在座的学长、诗友对我有更大的帮助。

　　当前，中华诗词在沉寂了一个时期后，已经从复苏走向复兴。这是一种历史的必然。首先这是中华诗词自身的魅力所在。中华诗词是以汉字为文字载体的诗歌。汉字本身是人类的伟大发明。它是有"四声"的方块字，把语言和音乐、字形和字义、文字与图画等绝妙地结合起来，这是以拼音为特征的其他文字所不可比拟的。发挥中国汉字这个特有优势写出的格律诗，具有内在的魅力，其内涵之深、形式之简、音韵之美、数量之多、普及之广、流传之久、影响之大，是许多其他文学形式难以同时具备的，也是世界上用其他文字创作的诗歌难以比拟的。中华诗词的复兴，以毛主席为代表的老一辈革命家、诗词大家有着不可磨灭的历史功绩，同时也有在座和不在座的中华诗词界同仁们的努力和奉献。现在全国中华诗词作者队伍有几百万之众，学诗、读诗、背诗、懂诗的更以亿计。全球学习汉语的热潮此起彼伏，学习汉语必然要学习中华诗词，体验汉语的魅力。我们对中华诗词发展的势头感到由衷的高兴。

　　在看到中华诗词发展的同时，也要有危机感。我多次呼吁，要认真反思"新体诗"走过的道路。老一代的诗人创作了很多脍炙人口的新体诗，我们这一代人是朗诵着这些新体诗长大的。然而一个时期以来，不是说没有好的新体诗，但许多新体诗越来越远离读者、远离大众，一些新体诗杂志订阅量急剧下降。格律诗要从中吸取经验教训。现在每年发表的格律诗达几十万首，但是会不会在繁荣过后也走下坡路，应该警惕。这次四川汶川大地震期间，新体诗发生了"井喷"现象，一下子涌现出一大批像《孩子，快抓住妈妈的手》的新诗，感人之深、数量之多、速度之快、影响之大，也是空前的。希望新体诗的这种势头继续保持下去。与之相比，格律诗则稍逊一筹了。这是不是也值得中华诗词界认真思考呢？所以，进一步研究诗词包括新体诗和旧体诗的发展现状、问题和趋势是非常必要的，经过比较从中可以找出规律性的东西。

　　我曾在其他会议上提出发展和繁荣中华诗词要处理好五个关系，即：继承和创新的关系，普及和提高的关系，新体诗和旧体诗的关系，诗人和大众的关系，作诗和做人的关系。我希望诗界朋友们为中华诗词的发展和繁荣，深入地研究这些问题。这里，我仅就继承和创新的关系谈一点想法。我认为有两个"千万不能"。一是"千万不能丢掉传统"。丢掉传统，不讲基本格律，中华诗词就不成其为中华诗词，就会自我"异化"为别的文学形式，比如说成为散文诗、顺口溜或者其他，虽然形式上还是"七言""五言"、某某"词牌"等，但实际上已经名存实亡。为此，建议加强对诗词格律基本知识的普及工作，多搞一些大众化的讲座，多做一些培训、教育、宣传普及方面的工作。二是"千万不能没有创新"。没有创新，中华诗词就会丧失活力，就会脱离时代、生活和大众，也会被"边缘化"。丢掉传统而自我"异化"，与没有创新而被"边缘化"，二者殊途同归，都会使中华诗词丧失生命力。

　　处理好继承和创新的关系，一个重要方面是要正确处理诗词格律问题。刚才我已经谈了，既然要作格律诗，就要符合基本格律，不讲格律，就不是格律诗，但在这个前提下也要与时俱进。比如，在"音韵"上，有主张严守"平水韵"的，也有主张用"新声韵"的。我赞成中华诗词学会主张的"知古倡今"。"平水韵"至今已七八百年了，七八百年来语音已发生了很大变化，普通话已成主流。如果一味固守"平水韵"，有些诗词用"平水韵"读朗朗上口，但用普通话读会很拗口，中华诗词就会失去众多读者。随着语音变化倡导"新声韵"有其必然性。但又必须"知古"，如果不懂得"平水韵"，就不能很好地欣赏中华古典诗词之美。唐诗宋词很多入声字用得非常好，用现代语音就读不出韵味来。在"平仄格式"上，我主张"求正容变"。所谓"求正"，就是要尽可能严格地按照包括平仄、对仗等格律规则创作诗词。因为这些是前人经过千锤百炼，充分发挥了汉字的特有功能而提炼出的，是一个"黄金格律"，不能把美的东西丢掉。但也应"容变"，即在基本守律的前提下允许有"变格"。实际上很多诗词大家包括李白、杜甫，很多诗词名篇，"变格"也不是个别的。一位老先生曾说，有些诗，情真味浓，虽偶有失律亦能感动读者，不失为好诗；反之，则虽完全合律，亦属下品。我赞成这种说法。总之，我认为在音韵上要"知古倡今"，在格式上要"求正容变"。当然，所谓"创新"，不仅指在音韵、格式等形式上要与时俱进，更重要的是指在内容上要与时俱进：中华诗词必须也能够反映时代的精神风貌，反映当代人的情感和生活。以上看法，供大家进一步研究。

再谈格律诗的"求正容变"

马凯

对于格律诗的"求正容变"问题,总觉得言犹未尽。最近,又查阅了一些资料,请教了一些学长、诗友,想就这个问题再谈一些看法,与诗友们共同探讨。

一、问题的提出

格律诗是中华传统诗词中最具典型意义的诗体。它有多种具体形式,主要包括五言、七言律诗和绝句,以及按词牌和曲调填写的词和曲等。各种形式格律诗的共同特点是,在形式上有确定的语言格式,句数、字数、平仄、用韵等都有一定的规则。对这种格律体诗,近百年来一直存在激烈的论争:有的主张彻底废除,有的主张绝对固守,有的主张既要继承又要创新。

十九世纪末、二十世纪初,从黄遵宪、梁启超倡导"诗界革命"之后,随着白话文运动的兴起,自由体新诗应运而生,成为新文化运动的重要组成部分。胡适对提倡白话文、白话诗是作出了历史贡献的,但或许是因为矫枉过正,他却走到另一个极端,对格律诗采取了一棍子打死、彻底否定的态度。他提出,作诗要"不拘格律、不拘平仄、不拘长短",认为"五七言八句的律诗决不能容丰富的材料,二十八个字的绝句决不能写精密的观察,长短一定的七言、五言决不能委婉表达出高深的理想与复杂的感情"。他甚至把格律诗与小脚、太监等并列为林林总总的中国陈腐文化之一种。尽管新文化运动以来近百年的历史表明,在自由体新诗发展的同时,格律诗并没有被取代、被消灭,相反经过曲折的发展过程,又进入一个新的繁荣期。但是,当代还有些人认为,格律诗的基本形式、美学范式和表现形式,"已不适宜表现现代人复杂的生活和丰富的情思"。有的断言:"汉语诗歌的自由体对古代格律诗体的代替,是中外诗歌运动嬗变的一个历史性必然结果。"这种观点的延续更反映在许多"中国现代文学史"都把近百年的格律诗创作排斥在外,直到今天人们还在为格律诗创作要不要写入"现代文学史"争论不休。不少全国性诗歌创作、交流、研讨活动也竟然没有格律诗的一席之地。

当然，五四运动以后，也有一部分人，他们在重视民族文化传统、反对摒弃格律诗的同时，又走到另一个极端，认为既然要作格律诗，就要"原汁原味"地固守规则，不能有丝毫变动。这种观点也延续到现在。去年有一些人联名发布了一个反对诗词"声韵改革"的《宣言》，认为中华诗词学会倡导新声韵是"短视的改革，把媚俗附势当作与时俱进"，会"导致劣诗泛滥、伪诗横行"。他们坚持当今作格律诗，仍然必须固守七八百年前的平水韵，否则"传统诗歌创作的标准语言系统将不复存续，维系整个民族的历史文化的基石将无法巩固，势必造成民族文化传统的断裂、破碎和消释"。还有些人提出要对平水韵"正名"和"保护"，以反对任何"离经叛道"。一些诗词刊物、集选、评奖等，也以"平水韵"为尺子决定作品的取舍。

与上述两种观点不同，对格律诗主张既继承又发展的越来越多。近百年来，格律诗经过曲折已从复苏走向复兴，出现了一大批格律诗大家，创作出大量脍炙人口的经典，在毛泽东同志那里达到了一个新的高峰。需要关注的一个看似奇怪其实并不奇怪的现象是，一些格律诗的反对者后来又成了热衷的赞同者，像闻一多先生所说的"勒马回缰作旧诗"的人不在少数。60多年前，柳亚子曾经预言："再过五十年，是不见得会有人再作旧诗的了。"然而他自己和他所领导的南社创作了不少为革命鼓与呼的格律体战斗诗篇。著名诗人臧克家自称是"两面派"，既作新诗又作格律诗，并认为："声韵、格律，是定型的，应该遵守，但在某种情况（限制了思想、感情）下，也可以突破（李、杜等大诗人几乎都有出格之处）。也就是说，不以辞害意。"聂（绀弩）体诗，承古而不泥古，瓶旧而酒新，平中出奇，俗里见雅，信手拈来，随心流出，堪称当代格律诗既继承又创新的典范。中华诗词学会始终坚持既要继承又要发展的方针，在声韵上提出"倡今知古、双轨并行"的主张，编发了新声韵表，是历史性贡献。

我是赞成第三种观点的，即对格律诗应当持既继承传统又发展创新的态度。我理解，对格律诗的继承与发展，概括起来说，在内容上，就是要"求真出新"，即继承"诗言志""抒真情"的传统，同时又反映时代风采和现代人的思想情感；在形式上，就是要"求正容变"，即尽可能地遵循"正体"——严格的诗词格律规则，同时又允许有"变格"。对内容上要求真出新，已成为共识，但对形式上要不要"求正容变"，怎样"求正容变"，认识并不一致。这个问题事关格律诗的生存、发展和繁荣，有必要深入进行讨论。

二、先谈"求正"

这里需要回答两个问题：什么是"正体"，为什么要尽力追求"正体"。任何事物都有多种属性或特征，其中事物的本质属性是一事物区别于其他事物的本质规定性。本质属性不能变，变了，一个事物就转化为另一个事物；而本质属性以外的其他属性，在一定程度上则是可以有所变化的。那么，中华格律诗作为一种特定的文学形式，区别于其他文学形式的质的规定性是什么呢？也就是说其基本属性和特征是什么呢？

在格律诗的具体形式中，五言、七言律诗和绝句最具代表性。为了叙述方便，本文重点以五言、七言律诗和绝句（以下简称五、七言格律诗）为研究对象。作为五、七言格律诗，其"正体"至少有以下五个要素：

一是篇有定句，即每首诗都有固定的句数。"绝句"四句为一首，"律诗"八句为一首。每两句为一联，上句称"出句"，下句称"对句"。

二是句有定字，即篇中每一句都有固定的字数。五言绝句和五言律诗，每句五字；七言绝句和七言律诗，每句七字。

三是字有定声，即句中每一字位的声调都有明确的规定。有的字位，必须是平声；有的字位，必须是仄声；有的字位可平可仄。平仄排列是有规律的：一般地说，①一句中平仄相间，要力避末三字"三连平"或"三连仄"；②一联间平仄相对，要力避"失对"即出句与对句的节奏点平仄相同；③两联间平仄相黏，即后联出句的二、四、六字与前联对句的二、四、六字平黏平、仄黏仄，要力避"失黏"。

四是韵有定位，即每首诗必须押韵，且押韵的位置和要求是有明确规定的。除个别特定格式要求首句也入韵外，逢偶句句尾要押韵，且一般要押平声韵，要一韵到底。

五是律有定对，即作为五言律诗或七言律诗，除首、尾两联可以不对仗外，中间颔联、颈联两联的出句与对句，要讲究对仗。对仗的基本规则是对句与出句要做到：①词性相同，即上、下句中处于相同位置的词，其词类属性要相同，如名词对名词、动词对动词、数量词对数量词、形容词对形容词等；②语法相当，即上、下句的句法结构要一致，如主谓结构对主谓结构，动宾结构对动宾结构，偏正结构对偏正结构等，句子成分也要一一对应，如主语对主语、谓语对谓语、定语对定语；③节奏相协，即上、下句词组单元停顿的位置（节奏点）必须一致；④声调相反，即上、下句对应节奏点的用字平仄相反，节奏点之间平仄交替；⑤语意相关，即上、下句在表意上主题统一、内容关联，或是并列关系，或是正反关系，或是因果关系，或是延续关系等，但要避免意思重复、雷同，即"合掌"。

上述五个基本要素，共同构成了五、七言格律诗质的规定性，成为其区别于其他诗体的显著特征。这些就是五、七言格律诗的"正体"。丢掉了这些基本要素，即非五、七言格律诗。

为什么要尽力追求"正体"呢？道理很朴素，就是因为这种形式实在是太美了。格律诗是以汉字为载体的。汉字是世界上独一无二的以单音、四声、独体、方块为特征的文字。汉字把字形和字义、文字与图画、语言与音乐等绝妙地结合在一起，这是以拼音为特征的文字所不可比拟的。格律诗的上述五个基本特征，把汉字这些独特优势发挥得淋漓尽致，为格律诗的无比美妙和无穷魅力提供了形式上的支撑。仍以五、七言格律诗为例：

第一，它给人以均齐美。格律诗，充分利用了汉字独体、方块的特点。在五、七言格律诗中，每个字就像一位士兵，按照规定的行数（句）和列数（字），排列成整齐的队列和方阵，就像阅兵式上的仪仗队，在视觉上给人以均齐的而不是散乱的美感。同样是以汉字为载体的自由体诗，每首诗的句数不定，少则几行，多则十几行、几十行甚至更多；每行字数也不定，短则一个字，长则十几个、几十个字。其优点是形式更自由，有的也可做到大体整齐或有规律地排列，但其中也有不少自由体诗显得过于散漫，甚至给人以散乱无序的感觉。至于以拼音文字为载体的诗，由于每个字位本身的长短不同，少则单字母单音节，多则十几个字母多个音节，要做到均齐美显然是困难的。

第二，它给人以节奏美。五、七言格律诗，整体上有均齐美，但均齐中又不呆板，"队列和方阵"中词组停顿、音调升降有规律的变化，给人以强烈的参差感、节奏感。单音独体的汉字，便于灵活地组成单字、二字、三字、四字的音组，形成错落有序的停顿（节奏点），加之每个字都有四声的变化，特别是按照平仄或相间或相对的有规律的变化，呈现出结构上和语调上的差异性、多样性，词组长短相间，声调阴阳相错，使人吟诵起来抑扬顿挫、和谐悦耳。

第三，它给人以音乐美。格律诗，最讲究声调和押韵。声韵，是格律诗的"乐谱",它使节奏美插上了音乐的翅膀。正是借助有规律的韵脚,使全诗的联句之间相互照应,在全诗中发挥着整体性、稳定性的作用;正是借助有规律的韵脚,看似参差无序的音节"贯穿成一个完整的曲调",同一韵的声音间隔出现,往复回应,使人听起来悦耳动听,产生一种和谐回环的美感;正是借助于有规律的韵脚,使人读起来朗朗上口,比起其他任何诗作更便于人们吟诵和记忆。

第四,它给人以对称美。对称是一种高级美感。格律诗充分利用了"单音""独体""方块"的独特优势,把对称融于句型、结构、音调、词意中,使对称美发挥得淋漓尽致。"两个黄鹂鸣翠柳,一行白鹭上青天。窗含西岭千秋雪,门泊东吴万里船。"这样巧妙工对的句子,在格律诗中比比皆是。试问,世界上,哪一种以拼音文字为载体的诗有这样悦目、顺口、赏心的对称美?

第五,它给人以简洁美。格律诗,从句数看,多则八句,少则四句。即使少到四句,也符合一般作文"起承转合"的规律,为完整表意留下了必要空间。从字数看,多则56个字,少则20个字,这种"苛刻"的规定,客观上要求作者必须在炼字、炼句、炼意、炼格上狠下工夫,以最简洁的语言文字描绘多彩的客观世界和表述丰富的内心情感。

总之,格律诗,借助于汉字的独特优势,创造出美妙的情感表达形式,它是先贤们在长期的诗歌创作过程中、经过千锤百炼后形成的"黄金定律",是宝贵的艺术财富。艺术的本质是追求美。诗和其他艺术一样,也要追求形式之美。音乐美、节奏美,是各种诗体应该追求和具备的,有的还看重简洁美,有的也具有均齐美和对称美。但在各种诗体中能同时兼有"五美",是格律诗的特点。当今学作格律诗,就要尽可能"求正",以追求大美。如此美妙的文学形式,为什么要摒弃、否定呢?我赞成这样的观点,即作格律诗如同跳芭蕾舞,选择跳芭蕾舞而不是别的舞,就必须按规则用脚尖跳。尽管这种"束缚"是苛刻的,但经过勤学苦练,一旦掌握了它的规律,就会自如地跳出独具特色的优美舞蹈。顺便谈及的是,一些创作新诗的诗家,在总结反思新诗发展的过程中,也提出了"新诗格律"问题,即新诗可以不求句数、字数整齐,但也应有规律地安排"顿"(或曰"音组""音步""音尺")和"韵",以求音乐美。尽管"新诗格律"与古体格律诗的格律大不相同,但亦足可说明,既然自由体诗也在追求格律,传统格律诗的格律是绝不可废,也绝不会被废的。

三、再谈"容变"

这里也需要回答两个问题：在力求"正体"的同时，允不允许"变格"？如果允许，其变化的"边界"是什么？格律诗的格律是美的，完全按"正体"当然好，但格律毕竟只是诗作的形式，形式总是为内容服务的。为了更好地抒情达意，破点儿格，适当有些变化，应该允许；不但应该允许，有时不得不破格之句还会成为"绝唱"。例如，李白的《静夜思》从格律法则上看，不仅失黏，而且失对，不仅有重字，而且有"比肩"，然而从美的规律上看，谁能不说它是绝妙古今的佳作？又如，王维的《送元二使安西》（"渭城朝雨浥轻尘"）、崔颢的《黄鹤楼》（"昔人已乘黄鹤去"）、杜甫的《月夜》（"遥怜小儿女"）等等，均有破格之处，但又都是脍炙人口的千古名篇。据有诗家逐一分析统计，《唐诗三百首》所选五律和五绝，破格者竟居多数。可见，在格律诗的鼎盛时代，诗家也不是食古不化，创作氛围也很宽松，或许这也正是鼎盛的原因之一。

问题在于，作为五、七言格律诗的五大要素及其具体规则中，哪些是必须严守，一点儿不能改变的；哪些是可以"变格"，容许适当变通的；在允许"变格"的地方，"适当"这一"度"如何把握？不能变的变了，就不再是格律诗，而异化为其他诗体或其他文学形式；能变的，在"适当"边界内，若其变通没有丢掉格律诗的基本属性，仍不失为格律诗；若其变化超出了容许的边界，则不再是格律诗，也会异化为其他诗体或其他文学形式。仍以五、七言格律诗为例，如果把其五项基本要素作一具体分析，可以看出：

第一项"篇有定句"和第二项"句有定字"，是格律诗之所以为格律诗的最基础的条件，是不能改变的。如果变成篇无定句、句无定字，即非格律诗；如果虽有定句与定字，但不再是五言四句、八句，或七言四句、八句，则非五、七言格律诗，而成为或三言诗、四言诗、六言诗、八言诗，或某词和某曲等等。

第三项"字有定声"，讲的是要守"平仄律"。不讲平仄，即非格律诗。平仄律的本质是通过对诗中每一个字平仄的安排，形成声调上的抑扬顿挫、轻重缓急，达到全诗的音律谐美。在平仄律中，对平仄或相间、或相对、或相黏的基本要求是应当讲究的；按照这一基本要求，并根据首句是否入韵演化出的五、七言格律诗平仄组合的 16 种基本格式也是应当遵循的。

但是，在基本格式中具体某个位置的字，其平仄是否可以灵活变通，要作具体分析：有些字位的平仄绝对不能改变，如逢偶句字尾必须是平声，逢奇句字尾除首句入韵格式外必须是仄声；有些字位按规则本身就是可平可仄，如某些格式（不是全部格式）的五言诗中的一、三字，七言诗中的一、三、五字；个别字位为了更好地抒情达意，平仄可以替换同时通过"拗救"加以弥补，使声调总体上仍保持抑扬顿挫；个别字位即使"拗救"不成，只要是好句，"破格"也应允许。后两种情况，在古诗中屡见不鲜，这种突破"正体"的"变格"，就是在基本遵循平仄律基础上的"容变"。

第四项"韵有定位"，其具体规则，有丝毫不能改变的，也有可以适当变化的。"韵有定位"，不言而喻的前提是作为格律诗是要有韵的。对于作诗要不要有韵，上世纪初，就发生过一场论争。胡适不但主张作诗平仄声调要打破，韵脚也可以不要。他说："语言自然，用字和谐，诗句无韵也不要紧。"章太炎等则认为，是否押韵是区分诗与文的标准，"有韵谓之诗，无韵谓之文"，"现在作诗不用韵，即使也有美感，只应归入散文，不必算诗"。这场争论，至今同样没有结束。我们不去评价那些不押韵的诗是不是诗，但有一点是肯定的，即不押韵即非格律诗。这一点是不容变通的。

押韵的基本规则也是不能变的。作为五、七言格律诗，不但要押韵，而且一般要押平声韵（押仄声韵的律绝名篇也有，如柳宗元的《江雪》、孟浩然的《春晓》等等，但毕竟是少数，未能大行于世。不少人认为，宁可将其归于古风体）；不但一般要押平声韵，而且押韵的位置不能改变，即只能是逢双句句尾押韵和个别句式的首句入韵，其他奇句不得入韵；不但韵脚的位置不能改变，而且必须一韵到底，中途不能转韵；不但不能转韵，而且不能重韵。

押韵及其基本规则，对于格律诗来说，就如大厦之四柱、雄鹰之双翼、项链之串线，断然不可违背的。如果违背了，诗的整体性、节奏感、音乐美就要大打折扣。

作为"韵有定位"的规则，可以适当变化的，只是"韵"本身。一是不必固守平水韵，可以而且应该提倡新声韵。我赞成中华诗词学会提出的"倡今知古，双轨并行"的主张。前人早就说过："时有古今，地有南北，字有变革，音有转移，亦势所必至。"（《毛诗古音考》）纵观中华诗词的韵律史，本身就是一部因时而变的发展史。唐诗用唐韵，是在隋朝切韵的基础上发展成的。宋代唐韵又改为广韵，到了宋末，距隋唐时间过去了几百年，汉语的语音已明显发生了变化，韵书与实际语言的矛盾越来越大，于是又有了平水韵。平水韵作为官韵，是专供科举考试之用的。尽管它比广韵已简化为106个韵部，但仍显繁琐。平水韵距今又过去七八百年了，人们的语音已发生了很大变化，入声字在普通话中已不复存在，以北京语音为标准音的普通话成为人们交往的主导用语，并作为国家通用语言以法的形式确定下来，格律诗的声韵本身也要与时俱进，相应变化。平仄律和韵律本来完全是为了追求声调美的。今人作今诗，是写给今人看、今人听的，而不是写给古人看、古人听的。如果固守平水韵，今人读起来反而拗口，使人感觉不到和谐回环的美感，这就背离了韵律美的初衷。当然，阅读和欣赏古体诗，也应懂得点儿平水韵（现在印行的古典诗词选，应当作出必要的注释，以方便读者），否则有些古体诗用新声韵去读，韵律美也会打折扣。如杜牧的名篇："远上寒山石径斜，白云生处有人家。停车坐爱枫林晚，霜叶红于二月花。"其中的"斜"字，在平水韵中念xiá，与"家"字、"花"字同韵，读起来朗朗上口；而按新声韵则读xié，念起来就不和谐。对习惯了用平水韵的诗人也应当尊重。二是严守韵部固然好，有的邻韵通押也无妨。平水韵有106部，古人作格律诗一般要求押"本韵"，否则叫"出韵"，但突破这个规定，邻韵相押的好诗也不少。中华诗词学会顺应语音的变化，以普通话为准，按韵母"同身同韵"的原则，编辑了《中华新韵（十四韵）》，既继承了格律诗用韵的传统，又便于今人诗词的写作与普及。这是在继承传统基础上的创新发展，符合社会和诗词发展的方向，这种"变"应当充分肯定。

第五项"律有定对"，讲的是作为律诗（无论是五律还是七律）都要对仗。严守对仗的五个基本规则，做到完全的"工对"当然好，适当的"宽对"也应允许。比如，鉴于词性分类本身就是相对的，"词性相同"的范围即可适当放宽，可以是同一小类词组相对，也可以是同一大类词组相对，还可以是邻近两类相对。总的原则是，形式服从内容，不因刻意追求工对而以辞害意，影响抒情达意。又如，对于辞意既要相关又要避免"合掌"的要求，也不能过于苛刻。有些看似语意重复，像"独有英雄驱虎豹，更无豪杰怕熊罴"，仍不失为佳句，大可不必苛求。

在以五、七言格律诗为例说明格律诗的"求正容变"后，我想进一步说明的是，五、七言格律诗只是格律诗的一种类型，后来产生的词、曲，也是格律诗的一种类型。从某种意义上讲，词、曲也可以看作是对五、七言格律诗"求正容变"的产物。艺术的本质是不断地追求美，客观事物和人们情感的美是丰富多彩的，人们表达美的形式也应当是丰富多样的。词，是随着诗合乐歌唱演变而来的。五、七言格律诗的句数、字数所表现的均齐美是一种美，但句数、字数长短相间、错落有序的参差美也是一种美，而且在抒情吟唱时更灵活、更自由；五、七言格律诗以平声入韵，平声韵一般有悠扬高昂的特点，但仄声韵一般有猛烈急促的特点，人们在不同的情境下需要表达不同的情感；五、七言格律诗要求一韵到底，这是因为其一般只有两个或四个韵脚，中途转韵难以形成和谐回环的美感，但如果诗句较多，几句一换韵，不但不会影响和谐回环之美，而且往往还会给人以跌宕起伏之美。如此种种，适应人们抒发丰富多彩情感和合乐歌唱的需要，在五、七言格律诗鼎盛的唐朝中晚期，词也应运而生。词作为格律诗的一种类型，一方面各种词牌一般都遵循了五、七言格律诗"篇有定句、句有定字、字有定声、韵有定位、律有定对"的本质规定性的要求，另一方面它在"五定"的具体规则上，对五、七言格律诗又有所变化和突破：句数不拘泥于四句、八句，字数不拘泥于五言、七言，声调不拘泥于十六种格式，入韵不拘泥于平声和一韵到底，如有对仗位置也不局限于中间的两联。不过不同的词牌具体规则不同罢了。总之，词这种格律形式，定中又有不定，既继承了五、七言格律诗的长处，又比五、七言格律诗更加灵活自由。依曲谱而填的散曲，比词又更为灵活自由，但也不失格律诗之本质规定性。

　　应当指出的是，格律诗的"变格"，是有限度的。无论是五、七言格律诗还是词、曲，如果全篇处处不顾平仄律等基本要求和基本格式，也非格律诗。现在，有些人认为平仄律束缚人，主张大力提倡"新古体诗"，即只要做到每首诗句数或四句或八句，字数或五言或七言，基本押韵，至于平仄和对仗不必讲究。这种"新古体诗"作起来相对容易，便于推广，作为一种诗体，也有其优点，在中华诗词百花园中应有其地位。但必须明确不应"混名"，即这种诗体可以称为"新古体诗"或"五古""七古"，然而鉴于不讲平仄即非格律诗，这类诗尽管也是五言、七言，却不宜冠以"五律""七律""五绝""七绝"之名。同样道理，只是在字数、句数、大体押韵上符合某个词牌或曲调但不讲究平仄的作品，也不宜冠以"××词牌"或"××曲调"。

四、几点启示

通过上述分析，至少可以得出以下启示：

1. 格律诗是大美的诗体，是中华文化瑰宝中的明珠。历史告诉我们，因其大美，格律诗没有被打倒、被取代，也永远不会被打倒、被取代。经过一段历史曲折后，格律诗从复苏走向复兴有其历史必然性。还可以预言，随着时代的进步和语言习惯的变化，还会不断有新的诗体产生和发展，但在人们总是要追求美的规律的作用下，只要汉字不灭，格律诗就不会亡。

2. "求正容变"，是格律诗永葆生命活力的重要条件。其本质是，格律诗既要继承传统，又要发展创新；既要追求形式大美，又要讲形式服从内容。不"求正"，格律诗就不复存在；不"容变"，格律诗就不能发展。历史告诉我们，没有"容变"，就不会产生许多虽然破格但千古传诵的五、七言格律诗的佳作，也不会在唐诗之后进而产生了既保留五、七言格律诗的基本要素，又比五、七言格律诗更为灵活、自由的宋词、元曲这样新的格律诗形式。千百年来格律诗就是这样走过来的，今后的发展和繁荣仍然要走这条路。

3. "求正容变"，是格律诗不断普及和提升的现实途径。格律诗形式大美，但毕竟规矩严格，相对讲比较难作，不易普及。但难作不等于不能作，不易普及不等于不能普及（当然这种普及只是相对的）。对于任何诗人来说，格律诗都不会是生而会作，都会有个从不甚符合"正体"到逐步符合"正体"的"求正"过程。对这个成长过程，应当持宽容的态度。初学者可以由易到难从写作五古、七古或"新古体诗"入手，先做到"篇有定句""句有定字""韵有定位"，这样相对容易一些，使爱好古典诗词的队伍不断扩大；在此基础上，其中必有一部分兴趣浓厚、肯"求"善"求"的人，经过再在"平仄"和"对仗"上下工夫，逐步掌握"字有定声""律有定对"的要求，从而使能够用"正体"创作格律诗的队伍越来越大，精品越来越多。先"容变"后"求正"，在求得"正体"后又自如"容变"，或许可以走出一条在普及的基础上提高、在提高指导下普及的发展和繁荣格律诗的路子。

4. "求正容变"，从更宽的意义上讲，就是格律诗应有最大的包容性。诗体的多样性是由事物的多样性、情感的多样性、表达方式的多样性决定的。诗体的多样性是一个时代诗歌繁荣的重要标志。在中华诗歌的百花园中，各种诗体都有其所长、有其所短。格律诗再美，也只是多元中的一元，应与其他诗体并存齐放、各展其长。格律诗不但要容新古体诗、杂言诗、打油诗甚至"顺口溜"等，而且要与自由体诗、新格律诗、歌谣（民歌、民谣、儿歌、童谣）、歌词、散文诗等诗体互相学习、取长补短，共同繁荣中华民族的诗歌事业。在最近中国作协召开的全国诗歌理论研讨会上，与会诗人、评论家达成了新体诗与旧体诗要"比翼双飞""相互促进"的共识。在今年鲁迅文学奖的评选中，格律诗作品首次参加评选，有的已列入候选名单。这些都是十分令人欣慰和振奋的消息，必将对发展和繁荣当代诗歌产生积极的影响。

最后，我想重申的是，这里强调的"求正容变"，只是从形式上为继承和发展中华诗词"鸣锣开道"。繁荣和发展中华诗词，最重要的是在内容上要与时俱进，用诗的意境、形象的思维反映新时代、新生活、新事物、新情感。经过"求"的努力，掌握诗词格律的"正体"并不太难，最难的是真正做到情真、意新、格高、味厚，否则即使完全符合"正体"亦非好诗。霍松林先生在给我的一封信中指出："作近体诗，合律是必要的；然而窃以为忧时感事，发而为诗，倘意新、情真、味厚而语言又畅达生动，富有表现力，则虽偶有失律，亦足感动读者，不失为好诗；反是，则虽完全合律，亦属下品。"信然。

二〇一〇年九月九日

附录：

致马凯同志的一封信

马凯同志：

您好！手书早读悉，事冗迟复为歉。您负荷国家发展与改革重任，深入实际，心系国计民生，熟知利弊得失，一吟一咏，皆有感而发，这是您诗词创作的最大优势，与无病呻吟者不可同日而语。大札自谓"失律、失黏、失对、孤平等仍不少"，足见虚怀若谷，令人钦敬。作近体诗，合律是必要的；然而窃以为忧时感事，发而为诗，倘意新、情真、味厚而语言又畅达生动，富于表现力，则虽偶有失律，亦足感动读者，不失为好诗；反之，则虽完全合律，亦属下品。大致说来，忧时感事，激情喷涌，然后炼词、炼句、炼意、谋篇，反复推敲，这是历代大诗人所走的通途；博览群书，学以致用，不断提高文化修养和精神境界，这也是历代诗人取得成就的通途。从您的诗词创作看，您正是这样做，而且已经取得了显著成绩的。

您的《诗词存稿》分为六篇，而以"望远""感悟"两篇冠首，可谓别开生面。"望"时间、空间而至极"远"，其最大"感悟"，乃是对宇宙人生的终极关怀。这是大胸襟、大气度、大境界。您以对宇宙人生的终极关怀致力于诗词创作，正如您以对国计民生的深谋远虑致力于国家发展与改革一样，必将取得日益辉煌的成就。

霍松林
二〇〇六年二月十日

以精品推动中华诗词现代化

丁芒

自上世纪七十年代末开始，我国进入改革开放新时期以来，迄今已达二十五年。中华诗词因时而兴、与时俱进，在组织建设的同时，经历了复兴、推广、深化传承、酝酿并尝试初步改革种种艰巨的努力，成效非常惊人。我认为经过这么长期的自我振拔、自我完善并且同时产生了改革的萌芽，说明量变因素充分发育，渐趋完备，已经到达质变的临界点。可以说从2005年开始，中华诗词的发展一跃而进入第二历史阶段，也即进入了新的"质"，开始了新质下的量变时期。我把当代诗词发展史的两个阶段划分界线，定于2005年，是因为精品问题的提出和如下事实的启示。

2004年岁末中华诗词学会提出精品战略后，《中华诗词》2005年第三期发表了卷首语《让曲与诗词并茂》。我认为这是对当代诗词改革发展的开山辟路的引导，是对当代诗人振聋发聩的一声呐喊，读之令人振奋不已。山西省诗词协会于2004年建立了散曲研究会，并出版了《当代散曲》期刊，以提倡散曲乃至自由曲的创作与研究。这是全国第一个把曲提到诗词改革、向现代化进军的第一座桥梁的高度来认定的组织和刊物。这种认定，给《中华诗词》编辑部关于诗词发展趋势的观点以莫大的支持，才产生了上述指导全局的卷首语来。

更巧的是中国诗坛另一龙头刊物、以发表新诗为主的《诗刊》，于四月号旧体诗栏目刊出的本期聚焦，就是我的散曲和自由曲，并公布了作者对中华诗词向现代化方向改革前进的预期，以及散曲是第一桥梁，自由曲是路标的见解。同期《诗刊》还集中发表了顾浩同志的五首自度词，索性删去其自定的词牌，并和新诗一样分行排列。这在新诗界来说，实属空前的举措。

两个龙头刊物不约而同的动作，绝非偶然，起码说明了以下几点：

1. 注目于中国诗歌整体的发展，而不再是新旧体诗相互对立、各自为政了。

2. 新旧诗互融互补乃至接轨，产生新体诗歌，是中国诗歌健康发展的最理想的路线，因此，当前全国诗的刊物，从上到下，无论新旧，几乎一致地接纳了对方，连以发表先锋诗为主的新诗刊物也刊出了旧体诗。在十年前这是难以想象的事。

3. 都从利于推动诗歌，尤其是旧体诗向新诗靠拢、向现代化前进的角度，肯定曲的实用价值。

4. 对新旧诗互融互补产生的中间体——新体诗歌，都采取了关注、扶持的态度。《中华诗词》早就设有专栏，《贵州诗词》等地方刊物还大量刊登。《诗刊》更前进一步，在编排上把新体诗词与新诗同等对待。

见微知著，两大龙头刊物看似偶然巧合，实质上透露了诗坛重大的动向。就中华诗词来说，说成是复兴以来，向第二阶段跃进的信号，也未尝不可。从深层次回顾一下旧体诗坛是怎么走过来的，是很有教益的事。

一、二十五年来旧体诗坛的主流思潮是：偏重继承，拒绝借鉴，忽视甚至反对创新，把诗词看成孤立的、定型的、封闭的一个古典模型，说什么"律绝古风、词牌曲谱，够你写的了，还要创什么新体"？因此，眼光内向，泥古保守之风一直居于主导地位，至于所谓改革，大多停留在格律、用韵等的微调层面上。纵使改革创新的呼声和行为，自上世纪八十年代就已开始，但始终遭受漠视、冷遇和遏制，无法推广和发展。事物无不处于运动中，矛盾的一方总要向对方转移。上述状态也不能不受自然规律的支配，按照辩证法则发展变化，终于由量变发展到质变的临界点。

二、从中国诗歌应具的品位或者说发展的标准——民族化、大众化、现代化来看，民族化是旧体诗词的本质性优长，正因为它符合民族诗审美惯性，所以能被废黜多年顿然复兴，并成为当代主流诗体之一。但这一优长恰又蒙蔽了诗人的时代意识和发展观念，因而保守者多，以古人作品为不可逾越的标高者多，趋古之风太盛。就拿曲来说，"诗庄词媚曲谐"的传统观念被明清时代强化至今，一直笼罩着当代诗词，究其观念深处，就是根本看不到诗词必须大众化、现代化。因而也就看不到散曲体式的自由度与语言的口语化等种种直接有利于现代化（大众化其实应包括在现代化的内涵之中）的特色，跟着明七子亦步亦趋。随着时间推移，这种状况同样在发展变化，这才出现了以提倡曲创作为突破口的促使诗词转向大众化、现代化方向迈进的上述行为表现。这显然表示了：这正是当代诗词发展到质变的新阶段的前奏。

三、从量和质的发展状况来看，二十五年来中华诗词发展的总体趋向，相对而言是重量不重质，即重数量的发展、扩大，而比较放松对质的提高方面的努力。这虽是符合诗词复兴时期的需要，也合乎事物发展的普遍规律。但我们的自觉性太差：只满足于诗词组织的增多、诗人覆盖面广、题材面涉及广阔、进入大中小学校园、诗词刊物遍及城乡等等量的卓有成效的迅速扩展，满足于这种种轰轰烈烈的表面繁荣，甚至以此自诩，自缚手脚，相对忽视质的相应的提高，就必然造成量多质差的畸形发展状态。直到2004年，这种反差状态愈益明显，才提出了精品战略问题。精品问题的提出，虽然切中时弊，是对过去重量轻质后果的补救，虽为时稍晚，却也是必然和必要的提醒。谓之战略措施，尚觉未能到位，起码在方向性上还是模糊的。"精品"是个定位模糊的概念。例如唐诗有精品，写到唐诗那样水平的作品，是否就是我们这时代的精品呢？旧体诗坛恐怕有不少人就是这么认识的。我认为《中华诗词》提出倡扬曲创作的问题，起码在方向性上对"精品战略"作了实质性的补充和阐释，它暗示了走大众化现代化的发展道路，这也应是时代精品的主要衡量标准。

以上是我对中华诗词二十五年来发展状况的概观，和对两刊同时倡扬曲创作这一现象的透视和较深层次的思索，大胆有余，错谬甚多，无非一家之言、献芹之议，供大家参考。摆在我们面前的任务是：在认定改革开放后中华诗词的发展已进入第二阶段（即向现代化迈进的新阶段），我们应如何站在队伍前列，写出精品，推动诗词阔步前进，推动新体诗歌的诞生、完善，使中国的诗歌总体，在新世纪能摆脱上世纪的混乱，顺利健康地发展。

写出精品，这是时代的需要、人民的希望，也是诗人自己人生价值的追求。什么才算精品？怎样写出精品？除了对上述大方向的认定、遵循、努力实践外，除了完善人格、素养等基质性条件外，就是艺术技法的娴习运用。

　　最近我为一本大赛获奖作品的评论集写序，为了不再重复论集诸文中已经阐明的艺术观念以及引用的例证，我就作了一次艺术手法上的更为集中、升华，更便于人们运用的概括，叫做十个方面的"不如"。我在《当代诗词学》一书中，曾概括了诗词创作中的"十大关系"（古与今、同与异、气与势、直与曲、理与情、深与浅、虚与实、典型与特殊、文与质、律与散），多重于艺术观念上的辩证论点，而此"十大不如"，则侧重于艺术手法。一切素质、学养、观念、风格等等问题，无疑都很重要，但最终都要能运用到写作实践中去。正如战士的硬功夫，要落实到"刺刀见红"上，足球健将的硬功夫，最终要落实到"临门一脚"。这"十大不如"，我想对怎样创作出精品诗词，也许有点参考价值：

　　一、着眼（立意）：小不如大；着手（表现）：大不如小。主题立意，当然社会价值越高越好，因此，诗人必须站在时代的制高点上，俯视世象，站在人民大众的立场上为正义立言，不要只知书写个人"心中的奥秘"。但拙劣的诗人写高视角、大题材，易流于概念化、公众化、政治化，所以在表现手法上，要从小处、实处、具体具象处着手，越是"小中见大"，便越能发挥诗的形象感染功能，越能启动人们的联想能力。

　　二、思路：同不如异（趋同不如立异），套不如创（熟套不如创新）。面对一个题材，怎样去写？千万不要魂游古今、瞻前顾后，专找别人的足迹去踩。要丢开一切记忆，自己向茫茫荒野中去趟出一条路来。鲁迅说："路是人走出来的！"这话对当代诗坛，针对性太强了。

　　三、抒情主体：众不如个（力避公众化，力求个性化），外不如内（力避浅层次的共性感情的重复，力求内在的真切的感情外溢）。诗和小说、戏剧不同，一首诗，其抒情主体就是诗人本身。诗人是时代的、人民大众的代言人。这是指诗人的立场、观点，应站在时代的前列，代表人民大众的利益。但在写诗时，仍需充分投入个性，而不能以公众化的共性感情，来置换诗人抒情主体的地位。

　　四、诗意传达：显不如隐，直不如曲（力避直道其详，力求曲折、暗示）。民歌民谣是诗人汲取不尽的源泉，但诗歌艺术的高峰作品，却是文人诗。诗史，是以文人诗为标志的历史。文人诗不满足于明白晓畅，直抒胸臆，而需要更高境界、更多诗意、更具艺术魅力。

　　五、建构意象：状不如喻（正面描写不如多面映照；直状景物，不如托物比喻）。

六、结构意象（众多意象的有序链接）：密不如松。意象过密，尤其是长调诗词，形成意象堆叠、组构无序，反无助于传达。意象密集，是六朝骈文的遗风。绮靡不足珍，古人已加警惕。我们现在何必继承这种惰性传统呢？新诗中的朦胧诗，好处是意象新鲜，但往往也因意象过密，而又结构无序，造成朦胧费解。

七、章法（全诗的内结构）：平不如险。力避平铺直叙，力争波澜起伏，忽出奇思险象，出人意外，常得突兀奇峭的效果，全诗整体也就有了波澜起伏之致。我曾以打排球来比喻诗的内结构，以绝句作例：一、二句如一传手接球，第三句如二传手托球、配球，第四句如主攻手，一锤定功。所以第三句特别重要。

八、锻炼尾句：实不如虚。许多好诗，大多尾句特别警出。如"抓把春风也发芽"，形容大好时代的农业。本太虚玄，却是极佳尾句，新颖、感情外射张力强，因而感觉超常。另外，"虚"，给读者留下想象空间很广阔，亦一重要原因。把话说尽，就不是诗了。尾句一虚，全诗皆活。

九、格调：正不如反，只要主题思想正确，何妨正话反说，反话正说。聂绀弩的《北荒草》中许多名篇，莫不如此。正不如反，还包括：直不如曲，常不如奇，明不如暗（暗示），颂不如刺，刺不如幽（幽默）。我一向主张，写诗不必"一本正经"，幽默奇峭，效果更好。当代正面歌颂的诗太多了，总体格调一致，不但反映了诗人们的心态不正常，而且能产生夸饰、作秀之感。这种惯性，来自民族性、社会性的深处，非一时能扭转过来，也就成了当代诗坛的痼疾。诗人如果不医好这个心病，思想不自由，灵魂受禁锢，甚至还以此去敲打别人，以其"自封"来封杀他人，这样的人能写出精品来吗？

十、语言：雅不如俗。把文言说成雅言，口语说成俚俗，是观念上的错位，这与当代新文学界以趋向粗野、下流（所谓"下半身写作""狗日的小说"等）为时尚恰恰相反。当代诗理应使用当代口语，且应"一以贯之"为"语轴"，何必硬要翻译成文言来写？语轴者不但指语汇，连语序、语势、语气、语流，都应当口语化也。

以上十项"不如"，实即当代诗词创作艺术中的十个"矛盾的统一"。"不如"者，并不是绝对否定前者、肯定后者，只是比较而言，只是导向而已，都是当代诗词创作艺术中所亟须解决的普遍问题。如果在创作实践中逐步把这些问题，解决得多，解决得好，更多精品的出现，也许就不会是遥远的事了。

当代诗词的生命在革新

——致张同吾先生

刘征

同吾先生如晤:

您的来信,实际上是一篇充满诗韵的论文,读来如同细品一杯清醇的花雕,感到心畅神怡。您对我的诗词作了积极的评价,答以"不敢当"或"谢谢"一类的客套是不合适的。我把您的赞许看作是对我的策励。我一向只是埋头写作,觉得怎么写着舒坦就怎么写,很少想理论问题。您对新诗和旧体诗短长的剖析,站得高,看得远,想得深,对我颇多启迪。杜甫说:"百年歌自苦,未见有知音。"我的运气比起杜老先生来好多了。

我十几岁到二十岁在沦陷的北平读书,曾从两位老师习作旧体诗。后来,走进革命队伍,来了个自我否定,弃旧而图新,旧体诗一搁笔就是二十多年。直到"史无前例"的狂潮结束,我在万分欣喜的情绪中才重理旧业。这一回竟如揭去五行山上的天符,山底下跳出个泼猴子,这是连我自己也没想到的。

作旧体诗,如果只是弄着玩玩,为修真养性,为延年益寿,为祝贺应酬,本无所谓。如果认真一点就不难发现,在旧体诗的后面拖着一个又悠长又沉重的传统,在两千年的漫长岁月里,古人已经构筑了"辉煌的诗歌殿堂",已经酿造了无与伦比的"玉液琼浆"。且不必说那些接踵而出的巨匠,他们在诗史上涌起一个又一个高峰,令人仰望惊叹,就是无名之辈的作品也不乏珠玉。近日借得晚清某人的几本诗稿手迹。此人于诗坛或宦场都没留下名字,可见是个小人物,但那诗作表现的功力,今人殊不可及。这几本手稿不免令才人气短,似乎包含着一个耐人寻味的问题,很有意思,暂时还在我手里。您如有兴趣,请来一赏。楼高气爽,时果清茶,也来雅他一番。

旧体诗跟新诗不同。新诗前无古人,旧体诗是在古人走过的光辉道路的尽头接着向前走的。提超过古人,既不可能也不科学。宋词之于唐诗,元曲之于宋词,不是后者超过前者的问题。但既然是向前走,就不能如推磨那样原地打转,就要以新的步姿走出个柳暗花明的新境界,否则怕只是镜花水月，难以有生命力。我以为，当代诗词的唯一出路是革新，古韵出新声。具体地说，是以旧体诗的基本体式和谐而富于诗味地摹写新人物，反映新生活，表现新时代。诚如您所言，旧体诗反映新生活有一定的局限，也有独特的魅力。旧体诗和新诗，好比同是肉，一个是红烧肉，一个是炸猪排；同是酒，一个是老白干，一个是白兰地，适应不同的胃口，都是筵席上不可缺少的，两者理应以不同的丽质并秀于诗坛。

但革新又谈何容易！

诗词曲等各种体式已经成熟到凝固的程度，牵一发而动全身，是定而不可移。这一点有些像京剧。京剧改革何等艰难。且不说让萧恩不着戏装，光着脚板走台步，弄得啼笑皆非，就是改得较好的那几出，有些地方仍似乎不怎么够味儿。同时，习作诗词必须研习大量的古典诗词，涵泳其中，烂熟于心，才能写出像样的东西来。古典诗词反映的是古人古事古情古趣，古人的审美心理。在学习中受到潜移默化，认为旧体诗就该是这个味道。有些像画中国山水画，看山听泉泛舟垂钓，要画古装人物。其实而今的旅游者，不论是小姐还是先生，没有一个着古装的。

当前，胡适和刘半农所指责的那种反映虚伪道德的假诗虽已罕见，而旧词色与新生活的不调协却比比皆是。比如，有所动作前先向手心吐唾沫表示"加油"，是一种不文明、不卫生的坏习惯，人们早已不这么做了，诗词里却仍用"唾手"。夜间照明用电灯，少数尚不通电之处用煤油灯，蜡烛早已不用了，诗词里却仍用"剪烛"。妇女时装早无长袖，多是裸臂，面料也很少用罗，诗词里却仍用"罗袖"。妇女发式早无髻鬟，多是披肩发，诗词里形容秀丽的峰峦却仍用"螺髻"，似乎不如此就显得不雅。凡此种种，还不能算是革新面临的主要问题。

清朝末年曾有人提倡诗界革命，但似乎只是在旧诗里嵌进一些新名词，无大变化。近来以旧体写新思想的诗不少，祝贺节日、大会感言之类，那思想自然是新的，那作品却只是用勉强凑成的韵语发表直白的议论，还不能算是诗。我以为旧体诗的革新，最终谋求的应是熔炼一种独特的诗美，既有旧体诗的神韵又有浓郁的新鲜气息。人们熟悉它，似曾相识；却又如遇新知，一见钟情。这样的诗美，我不是凭空设想的。前辈巨匠如鲁迅、毛泽东等已经创出良好的开端，"横眉冷对千夫指，俯首甘为孺子牛"，"斑竹一枝千滴泪，红霞万朵百重衣"等佳句，就体现了这种诗美。

圣人门前卖《百家姓》。在您面前我竟唠叨了这许多。评论家和作家是一家人，倾吐心曲原不必拘形迹的。我不长于研究理论，还是要默默地耕耘下去。我理解，艺术的生命在于创造，在于拓进，在于冒险，在于创新。这之中自有抵消一切寂寞和忧愁的大欢喜。诗词革新的道路是很长的。假定有一百步，我才走了一步，而且殚毕生之力也许只能走一两步。我是个笨人，往往事倍功半。好在有许多诗友比我强，他们的脚步会快得多。

我非常珍重您的来信，不仅视为对我的鼓励，而且视为评论界对诗词创作的关注。这是一个吉祥的信号。只有在大家的关注下，诗词才能通过革新翻开新的史页。

一九九五年八月二十日

我在诗词形式方面的尝试与探索

——《贺敬之诗书集·自序》（摘要）

贺敬之

我从学写新诗以来，在形式方面曾作过各种尝试和探索，其中包括对我国旧体诗词的某些因素和特点的借鉴与吸收。上世纪六十年代以后，特别是近十多年以来，除在新诗写作中继续这样做以外，我还直接采用长短五、七言形式写了一些古体诗。

旧体诗对我之所以有吸引力，除去内容的因素之外，还在于形式上和表现方法上的优长之处，特别是它的高度凝练和适应民族语言规律的格律特点。无数前人的成功作品已经证明运用这种诗体所达到的高度艺术表现力和高度形式美。不过，同时也正由于它诗律严格，所用的书面语言与现代口语距离较大，因此，能熟练地掌握这种形式，得心应手地写出表现新生活内容的真正好诗来，是颇不容易的。特别是对才疏学浅的我来说，更是如此。

那么，作为一个原本是写新诗的人，我为什么要作这种力所难及的尝试呢？回顾起来，这不仅是由于旧体诗词在今天仍有众多作者和广大读者这一事实的启示，还由于自近代迄今已经出现的写旧体诗词的许多大诗人和许多成功作品的鼓舞。此外，自然也由于我从自己的尝试中也多少获得一点粗浅体会。约略言之，就是：旧体诗固然有文字过雅、格律过严，致使形式束缚内容的一面，但如果不过分拘泥于旧律而略有放宽的话，它对表现新的生活内容还是有一定适应性的。不仅如此，对某些特定题材或某些特定的写作条件来说，还有其优越性的一面。前者例如，从现实生活中引发历史感和民族感的某些人、事、景、物之类；后者例如，在某些场合，特别需要发挥形式的反作用，即选用合适的较固定的体式，以便较易地凝聚诗情并较快地出句成章。

所谓"合适的较固定的体式"，对我来说，就是这种或长或短、或五言或七言的近于古体歌行的体式，而不是近体的绝句或律诗。这样，自然无需严格遵守近体诗关于字、句、韵、对仗，特别是平仄声律的某些规定，这是不言自明的。但由于人们往往不区分古体与近体，特别是对四句或八句的古体和近体不加区分，一概按近体的律诗或绝句的格律来要求。为此，我曾几次借集内某诗发表之机说明是"不拘旧律"，甚至还说过我是"诗无律"（见《故乡行》小序）。其实这原可不必，并且这样说也是不够准确的。因为，这些诗不仅都是节拍（字）整齐，严格押韵（用现代汉语标准语音），同时还有部分律句、律联。就平仄声律要求来说，绝大多数对句的韵脚都押平声韵（不避"三平"），除首句以外的出句尾字大都是仄声（不避"上尾"）。因此，至少和古代的古体诗一样，不能说它是"无律"即无任何格律，只不过是不同于近体诗的严律而属于宽律罢了。

一九八八年发表《游长白山天池短歌》时，我在前言中曾说：

  关于运用旧体诗词形式写作是否必须绝对沿守旧格律，近年来有歧议。创作中的实际情况是，有许多作者现在多已不再严遵旧律。从文学史上看，自唐代近体格律诗形成后，历代仍有许多名诗人的名作不尽遵律。对此，有识之士未予诟病，亦有以"古绝"、"散绝"称之者。因此，对我们今天来说，我以为遵律严者固佳，不尽遵律者也应有一席之地。

现在，在这里还可以作一些补充：一、就平仄声律来说，由于历史发展造成的语言变化，按照现代汉语语音来读古典诗词，已有不少不能谐和之处。相反，如运用现代诗歌朗诵技巧来处理，不仅这些诗，别的不讲求平仄声律的诗，也都是可以读出抑扬、轻重、长短，以及相互的配合，从而达到声调和谐的效果的。二、就格律从严要求的本身来说，也是需要并可能根据生活和语言的变化而加以发展的。格律的形式美，不仅来自整齐，也可来自参差；不仅来自抑扬相异的交替，也可来自抑扬相同的对峙；不仅来自单式的小回环，也可来自复式的大回环，如此等等。因此，不仅对古体诗，即使是对近体诗来说，也是可以在句、韵、对仗，以及平仄声律等诸方面进一步发现新的规律，以改变并发展原有的格律，而不应永远一成不变的。

当然，首要的问题还是在于内容，在于形式和内容的协调一致。这对包括格律诗在内的任何艺术都是一样的。判断一首旧体诗的优劣高下，不能只是形式方面所要求的诗律，还必须要有从思想内容方面所要求的诗思、诗情；更必须要有使这种诗思、诗情得以艺术地显现的诗意；这才有可能从内容到形式做到整体表现的诗味。这些关于诗思、诗情、诗意和诗味的话，也许已经是老生常谈了，但我以为却是不应不谈的。而正是在这重要的方面使我感到惭愧。

一九九三年四月八日

现代诗应走新古典主义道路

旭宇

谈谈自由诗，也就是五四以来的新诗。

我喜欢白话诗，也写新诗。

新诗是五四新文化运动的产物，也是舶来品，是从国外翻译的诗开始，是中国人向人学习的结果。几十年下来，到现在快一百年了，但是它的时间还不太长。近百年来出现了一些新诗人，而且他们风格也不太相同。像比较早的诗人郭沫若、戴望舒、刘半农，还有好多。后来的包括艾青、臧克家、田间、闻一多等，这些老诗人，他们解放前出了名，好多诗是为时代鼓与呼，被认为肩负时代使命，向黑暗势力作斗争。这样的诗有它的时代性，也就有了它的时效性。

这时期也有好多诗写得非常好，很有影响。这些人中，我以为戴望舒的诗成就很高。他主要写人性，写人的共同情感，政治性不那么突出，所以他的诗时间性就没有那么局限，过去有人读，现在读起来还有共鸣之处。因此我想，新诗的发展在语言上像戴望舒那样就很好。戴望舒的语言也是非常讲究的。我们古人讲语言的凝练、弹性、形象性。戴望舒继承了传统的语言特点，又有发展。他是有白话又不完全是白话，有古典又不完全是文言，是又白话又精练，而且诗的句式上很讲究，韵律上很讲究，念起来朗朗上口。而且有境界，这种境界传达了人共有的情感。这种诗生命力比较强。当时在政治上并没有引起多大反响，但在人们精神的理解上、感受上、享受上，读他的东西感觉到还是美。

但是肯定了戴望舒，并不是否定郭沫若、艾青、臧克家……他们当时为革命鼓与呼，作出了贡献。只是时过境迁，现在再读感到诗的艺术魅力、境界差，感到不足。所以，诗言志，它这里言的志，是要通过艺术的语言，通过具体的形象，来表达诗人的志向。这种志向不单纯是对政治的评论，同时在很大程度上是诗人感情的流露，是人性自然的回归，这是永恒的主题。

陶渊明的诗为什么一千六百年了到现在读来还感到那么亲切，感到"悠然见南山"还是那么纯真，好像现在人写的一样，因为写的是人类共有的那种情感。戴望舒某种程度上像陶渊明一样，抓住了共同的时代感情，代表了别人的真情实感，这样它就有长久生命力。而且戴的语言像前面所说，比较精练，既继承古典传统语言，又有白话融入，感觉到很有特点。

建国以后出现了一大批诗人，这些诗人当中有很多有名的，很有才华的，但是大部分给我的感觉都是抒发人民的情感。这是必要的。但真正写自己心灵的，真正写自己的情感的东西，在新中国成立以后很少见了。只写共性的东西，那显得有点概念化。写个性，情感传达才生动具体。个性是从共性中提炼出来的，有个性才有人性。忽略个性，对时代表现就要流于形式，流于表面化，听起来慷慨激昂，实际上苍白无力。爱国主义思想需要弘扬，这毫无疑问，但是不能成为抽象口号的东西，要加以具体的、形象的、真诚的描写。那时候有些诗现在再读起来显得有点苍白。

改革开放以后又涌现了一批青年诗人，现在也都是五六十岁的人了。这些诗中有很多好诗，还有些朦胧诗。朦胧诗就是说得含蓄，含蓄到不知说的是什么。朦胧诗对新的诗歌形式起到了很大的推动作用。但归根结底，诗要反映时代，要通过具体形象，通过诗人个体感情抒发来反映时代，而不是为反映时代而反映时代。后来朦胧诗走到极致，写得很苦涩，艰涩，难懂。诗写得很艰涩，也是一种缺陷。

现在好多青年诗人写诗，把诗散文化了。当前诗的两个不好的倾向：一是散文化倾向，一是艰涩难懂。这两种倾向是当前诗歌创作中的弊病，不良现象。艰涩难懂，不知所云。散文化，不精练，甚至是一句话："今天我要走了"，"今天我做了一个馅饼"。这是诗？这是把诗庸俗化了。看起来大众化，实际上是庸俗化。那么，也不能说诗就是谁也不能触及的、脱离大众的东西，但它毕竟是高雅的，不能说所有的人都能写诗。它总是少数人为之，少数人写诗为多数人服务。诗要为多数人接受和理解，但绝不是说所有白话都是诗，不是什么语言都可以入诗。诗是从生活、情感、语言中提炼出来的精华，是思想的精华，情感的精华，语言精华，时代精华；是我们时代水晶一样的东西，宝石一样的东西；是生活中的玉——还是美玉。如果把一些碎石烂渣都弄成诗，那诗就没有前途了。人人都能写诗了，世界上就没有诗人了。

那么，新诗应该走什么道路呢？我觉得就是走现代人加古典诗风的道路，就是新古典主义道路。新古典主义诗的特点，语言精练、情感真诚、民族形式、时代生活，还包括我在谈古体诗创作中的一些看法。这样大家在读的当中容易接受，同时又不是白开水，它有味道，像茶水一样，是一杯清茶，而且应该相对地能够上口。现在好多通俗歌曲，它的词就是新诗，比如《驼铃》很有诗意。但是通俗歌曲的词有些推敲得不那么好，语言不那么美，但也有意境，也在抒情，已经是新诗化了。

我觉得新诗应与演唱结合起来，与古典诗的美结合起来。与古典诗的美结合起来，就是在精练上，在美的创造上，在语言打造上下工夫。和歌曲结合起来，新诗就长了翅膀，就有了位置、地位、市场，就能普及起来。新诗必须走向精练。新诗要鲜活起来，不要成为纸面上的文字。新诗要走向人群，走向生活，走向社会需要。新诗要和社会需要结合起来，不要成为少数几个诗人自己互相欣赏的工具。

建议新诗协会要与歌曲演唱单位结合起来，与表演单位结合起来。如果能够这样，那么新诗就有出路。新诗不要光是纸面上的文字、书本上的文字，不要光用眼睛欣赏，也要用耳朵欣赏，用心欣赏。而且，如果诗刊发的东西都可以谱成歌曲，像唐人绝句那样，可以演唱，那就好了。和演唱走在一起，最好了。

另外，现在无病呻吟的很多，为了写诗而写诗，诗到此也就走进了死胡同。新诗必须要真诚。我呼唤真诚。要把作者的真诚心态传达给读者，我觉得如此更能感人。要有感而发，以真诚之心创作，那么肯定有读者。将来我们新诗刊物，能和歌曲刊物一体，能和电视等新的媒体结合起来，那受众就多了，受众面就更大，应想到这个问题，应想到改造。这是我对新诗的一点建议。

中华军旅诗词的千古绝唱

——毛泽东长征诗词的意象与意境美

易行

2017年8月1日,是中国共产党领导的南昌起义胜利九十周年纪念日,也是中国人民解放军建军九十周年纪念日。可以说,自从90年前的那一天开始,也就是建军伊始,共产党便有了"军旅",随之便有了反映无产阶级武装斗争的军旅诗词。其中尤以毛泽东的军旅诗词最为突出。例如毛泽东作于1927年春的《菩萨蛮·黄鹤楼》,虽不是直接写军事的,却是反映大革命失败前夕心情的。毛泽东在为这首词作的自注中说:"一九二七年,大革命失败的前夕,心情苍凉,一时不知如何是好,这是那年的春季。夏季,八月七号,党的紧急会议,决定武装反抗,从此找到了出路。"于是,他在1928年秋兴奋地写下了《西江月·井冈山》:

"山下旌旗在望,山头鼓角相闻。敌军围困万千重,我自岿然不动。早已森严壁垒,更加众志成城。黄洋界上炮声隆,报道敌军宵遁"。

这可以说是中国现当代军旅诗词的开山之作。接下来,他又连续写下了《清平乐·蒋桂战争》《采桑子·重阳》《如梦令·元旦》《减字木兰花·广昌路上》《蝶恋花·从汀州向长沙》《渔家傲·反第一次大"围剿"》和《渔家傲·反第二次大"围剿"》,以及《菩萨蛮·大柏地》《清平乐·会昌》等一系列堪称军事史诗的不朽之作。其中的《清平乐·会昌》作于1934年夏,到1934年秋,中国工农红军主力开始战略大转移,踏上万里长征之路,毛泽东诗词也随之登上它的峰巅。从《十六字令三首》到《忆秦娥·娄山关》《七律·长征》《念奴娇·昆仑》《清平乐·六盘山》直至1936年2月的《沁园春·雪》,毛泽东诗词发展到它的最高峰。这八首写于长征中的诗词,首首都堪称千古绝唱,都可以使"千古词人共折腰"(柳亚子语)。

一、《长征》诗的写作背景与言外之意

《七律·长征》是毛泽东正式发表的第一首律诗,也是毛泽东律诗中

的巅峰之作。关于这首诗的写作背景,我在《红军北上抗日的昂扬战歌》一文中写道:"1934年,红军第五次反围剿失败后,在博古、李德的错误指挥下,红军抢渡湘江又遭惨败,由出发时的8.6万人锐减到3万余人。在红军生死存亡的紧急关头,毛泽东向中央政治局提议,放弃北上湘西往敌人重兵把守的圈子里钻的错误主张,改向敌人力量相对薄弱的贵州进发。经过激烈争论,政治局最终同意了毛泽东的提议,带领红军突破敌军的重重封锁进入贵州,后又强渡乌江、占领遵义、四渡赤水、巧渡金沙江,摆脱了40万敌军的围追堵截。紧接着又强渡大渡河,翻越夹金山,到达四川懋功。再后,于1935年9月突破天险腊子口进入甘南,占领岷州。10月又占领通渭,获得了红军战略大转移的初步胜利"(见2015年8月25日《人民日报》海外版)。关于这段历史,毛泽东在《忆秦娥·娄山关》一词的自注中说:"万里长征,千回百折,顺利少于困难不知有多少倍,心情是沉郁的。过了岷山,豁然开朗,转化到了反面,柳暗花明又一村了。以下诸篇(《十六字令三首》《七律·长征》《念奴娇·昆仑》《清平乐·六盘山》),反映了这一种心情"(见中央文献研究室编《毛泽东诗词集》)。也就是说毛泽东是在红军长征过了岷山,在豁然开朗的亢奋心情下创作的《长征》。对于《长征》这首七律,学界似无大的争论,总的看法是:这首诗扬溢着藐视一切困难的革命乐观主义精神。但有的学者竟据此认为长征诗"通篇看来,毛泽东看待长征,就好像一次狂喜的旅行,并没有什么艰难可言,不过是'等闲'"(人民出版社2008年版《毛泽东诗词的另一种解读》)。这样的"解读"过犹不及,是误解误读。因为毛泽东"看待长征",用他自己的话说是:"顺利少于困难不知有多少信,心情是沉郁的",是:"天上每日几十架飞机侦察轰炸,地下几十万大军围追堵截,路上遇着了说不尽的艰难险阻"(毛泽东《论反对日本帝国主义的策略》),并且几乎每天都会牺牲无数的红军指战员。这样的惨烈悲壮,怎么会"好像一次狂喜的旅行"呢?怎么会"没有什么艰难可言,不过是'等闲'"呢?毛泽东在诗中说:"万水千山只等闲",并没有说"万里长征只等闲"。因为长征不仅要突破激流险滩雪山草地等"天险难关",还要突破敌人的围追堵截,排除红军内部"左"右倾路线,特别是张国焘分裂主义的干扰,这才是最难的!在毛泽东看来,这些"难"同"万水千山"的天验之难相比,后者就"只等闲",就不在话下,算不得什么了。这恰是用天险之难衬托人患之难,但"红军不怕"这些难,这才是在战略上藐视敌人,在战术上重视敌人的革命乐观主义。袁枚在《随园诗话》中说:

"诗无言外之意，便同嚼蜡。"毛泽东也特别强调"诗贵含蓄"。所以说毛泽东的《长征》是含蓄的，有很深很"沉郁"的言外之意的，那就是"难"，难得连"五岭逶迤""乌蒙磅礴""金沙水拍""大渡桥横""万水千山"等天险难关在相比之下都不算什么，都可等闲视之了。"用难以逾越的天险之难，衬托突出战胜'人患'之难，正是毛泽东长征诗的高明精彩之处。"（见笔者《气壮山河的长征诗词》2016 年 9 月 24 日《人民日报》海外版），至于说这首诗的艺术成就，至今还未发现一首军旅诗，包括唐代的边塞诗和宋代的抗金诗，能与之相提并论的。尤其是这首诗对意境的营造，达到了出神入化的地步。毛泽东认为："诗贵意境高尚，尤贵意境之动态，有变化，才能见诗之波澜"（见长江文艺出版社 2002 年版《毛泽东诗话词话书话集》）毛泽东的这首长征诗，充分运用了形象思维，以"五岭逶迤腾细浪，乌蒙磅礴走泥丸。金沙水拍云崖暖，大渡桥横铁索寒"这样两组极其壮美的意象句子，构成四幅流动的内含壮烈的意境画面。最后作者笔锋一转引出"更喜岷山千里雪，三军过后尽开颜"一个全新的欢快的豁然开朗的境界，的确是神来之笔，不仅高尚且富于动态，从意境的壮烈美突变成愉悦美。所以在艺术审美上，毛泽东的《长征》也堪称中华军旅第一诗。

二、《十六字令三首》是明写高山实写红军的小令压卷之作

毛泽东的《十六字令三首》是写什么的呢？权威的解释是："这三首词都描写作者在行军途中所经过的群山形势的险峻"（中央文献研究室编《毛泽东诗词集》）。更进一步地解释为："山，快马加鞭未下鞍"之山，是指"高远突兀之山"，似指"华南最高峰猫儿山"；"山，倒海翻江卷巨澜"之山，是指"峰峦重叠之山"，似指"广西（东北部）、贵州（东南部）交界之起伏的群山"；"山，刺破青天锷未残"之山，是指"峭拔坚耸之山"，似指贵州东南部的"雷公山"（见中国文史出版社 2012 年版《毛泽东诗词句解》）。这些解释虽不错，但说的都是"山"表面的形象，也就是说毛泽东的《十六字令三首》写的都是山的雄伟、险峻、高远、峭拔，都只是山的颂歌。但进一步分析，山怎么会"快马加鞭未下鞍"呢？怎么会"倒海翻江卷巨澜"呢？怎么会"刺破青天锷未残"呢？实际上，在毛泽东的眼中那长征路上连绵起伏的高山已幻化为冲破敌人重重封锁一路高歌猛进的红军，他们快马加鞭，飞越离天"三尺三"的高山（作者自

注：湖南民谣："上有骷髅山，下有八面山，离天三尺三，人过要低头，马过要下鞍"）。红军飞越这样的高山，似倒海翻江般地奔腾，千军万马战斗得十分酣畅淋漓，结果是既刺破了"青天"（国民党政府）突出重围，自己的剑锋，自己的精锐也未尽失尽残，并将支撑行将垮塌的"青天"（国民党政府）抗日。毛泽东力主红军北上抗日，是既要粉碎国民党蒋介石的"围剿"即"刺破青天"，又要迫使并支撑蒋政府结成抗日统一战线共同抗日，不如此只能两败俱伤亡党亡国。这是毛泽东的伟大战略构想，在一年后处理"西安事变"时就实现了这一伟大构想，国共合作，全民抗战，终于赢得最后胜利。所以说，毛泽东的《十六字令》歌颂的绝不是单纯的山，而是以山喻人，将山意象化了，意象成了英勇奋战的工农红军。

出神入化地利用"意象"，是毛泽东常用的创作手法。例如他咏梅："俏也不争春，只把春来报，待到山花烂漫时，她在丛中笑。"（《卜算子·咏梅》），在这里"梅"便成了革命者的意象。类似的还有"梅花欢喜漫天雪，冻死苍蝇未足奇"中的"梅花""苍蝇"等，不一而足。而《十六字令》中的"山"运用得最妙，它不露形迹，山似红军，红军似山，在这样的幻化中既歌颂了山又歌颂了红军，真的是妙手巧得啊！

《十六字令》这一词牌，因其字少，每首仅16个字，难写，更难出彩。古人只有蔡伸的《天》："天！休使圆蟾照客眠。人何在？桂影自婵娟"和张孝祥的《归》："归！猎猎西风卷绣旗，拦教住，重举送行杯"这两首还差强人意，但它们远不能与毛泽东的《十六字令》相比。所以说毛泽东的《十六字令》乃"千古一令"。

三、《忆秦娥·娄山关》中的"雄关""苍山""残阳"各有寓意

毛泽东的《忆秦娥·娄山关》可视为红军一天征战的实录。作者在《〈忆秦娥·娄山关〉的写作背景》中说："在接近娄山关几十华里的地方，清晨出发，还有月亮，午后二三时到达娄山关，一战攻克，消灭敌军一个师，这时已近黄昏了。"所以，作者用极其悲壮的诗句浓墨重彩地描写了"清晨出发，还有月亮"的情境："西风烈，长空雁叫霜晨月。霜晨月，马蹄声碎，喇叭声咽。"一场攻坚克难的血战大获全胜后，作者的笔锋一转，颇为自豪地写道："雄关漫道真如铁，而今迈步从头越。"一座如

钢铁般易守难攻的雄关已被我红军攻破，现在即迈步重上征程。重新踏上征程时，面前展现的是"苍山如海，残阳如血。"这也预示着未来的征途一如苍海般充满暗流狂澜，而终将下山的残阳落日，即国民党反动派和日本侵略者依然猖狂强劲。关于"苍山如海，残阳如血"，作者解释说：是在战争中积累了多年的景物观察，一到娄山关这种战争胜利和自然景物的突然遇合，就造成了他自以为颇为成功的两句话（见中央文献研究室编《毛泽东诗词集》）这"颇为成功的两句话"完全可以引伸为：娄山关大捷后，前面的路更长更艰险，而残阳落日般的敌人，还会更凶残地反扑，但红军不会停下长征的脚步。清·吴乔在《围炉诗话》中说："诗贵有含不尽之意，尤以不著意见声色故事议论者为最上。"《忆秦娥·娄山关》看似写一具体战役，但作者用"雄关""苍海""残阳"等具有象征意味的词，写出要排除万难，继续长征的志向与决心，把一场惨烈的血战描绘得如此悲凉和壮美。这才是大手笔，不动声色而寓意尽出。

《忆秦娥》词牌又名《秦楼月》，《唐宋诸贤绝妙词选》题为李白作：

箫声咽，秦娥梦继秦楼月。秦楼月，年年柳色，灞陵伤别。　　乐游原上清秋节，咸阳古道音尘绝。音尘绝，西风残照，汉家陵阙。

李白的这首《忆秦娥·秋思》词当之无愧地被尊为"百代词曲之祖"，是当之无愧的"千古绝唱"。毛泽东的《亿秦娥·娄山关》，在词意境的开拓、诗句的锤炼、主题的生发、审美的高尚上都达到了一个新的高度，一个超越诗仙李白，后人难以企及的高度。

四、《清平乐·六盘山》中的"长城"与"苍龙" 各有兴会

毛泽东作于 1935 年 10 月长征途中的《清平乐·六盘山》，可视为一篇红军北上抗日的"宣言书"。其中又以"不到长城非好汉"和"今日长缨在手，何时缚住苍龙？"需作进一步的阐释。其一是对"长城"的理解。一般的解释为：长城即"长征的目的地"，也就是横在我国北方西起甘肃嘉峪关，东至河北山海关的万里长城，是红军长征预定的目的地。这样解释也对，但却不够"精准"。准确地说，"长城"在这句诗里是个意象词，它代指抗战第一线。因为早在 1933 年 3 月至 5 月，在长城沿线的义院口、冷口、喜峰口、古北口就曾爆发过抵御日寇入侵我国华北的"长城抗战"。而作于 1935 年的《义勇军进行曲》就已唱出："起来！不愿做奴隶的人

们,把我们的血肉筑成我们新的长城!"所以,"长城"已成为抗战第一线的意象词。毛泽东说:"不到长城非好汉",是说红军不杀上抗日最前线就算不上英雄好汉。由于当时陕北、甘肃一带的长城还不是抗日前线,所以,红军(八路军)后来才东渡黄河、奔赴抗日的敌后战场(长城内),这同样是"不到长城非好汉"!此其一。其二,关于"何时缚住苍龙"的"苍龙",毛泽东自注说:"苍龙:蒋介石,不是日本人。因为当前全副精神要对付的是蒋不是日。"这是毛泽东作词时的原意,即初始之意。因为那时不"缚住苍龙",也就是蒋介石,便无法腾出手来抗日。而"苍龙",并非一般意义上的龙,《后汉书·张纯传》注曰:"苍龙,太岁也。"而"太岁",是一种凶神恶煞,可以泛指一切凶残的敌人。所以,毛泽东后来进一步解释说:"苍龙是泛指敌人……无论说日本侵略者还是国民党反动派,都没错。"(见尼·费德林《我所接触的中苏领导人》)这是"何时缚住苍龙"中"苍龙"的引伸意。作词时想的是缚住蒋介石,缚住蒋介石后(西安事变后),想的则是缚住日寇。日寇投降后,蒋介石发动内战,想的又是"缚住"蒋介石。这没什么奇怪的,如果将来有强敌入侵,我们还可以用这句词发问:今日"火箭"在手,"何时缚住苍龙?"也就是说诗词可以多解,但万解不离其宗。就《清平乐·六盘山》而言,它既是反蒋的,也是抗日的,这并不矛盾。将"长城""苍龙"意象化,构成豪迈壮美的征战意境,具有非常强烈的艺术感染力。而"不到长城非好汉"也已成为中国人民励志抒怀的豪言壮语。

五、《念奴娇·昆仑》中的"昆仑"到底象征什么?

毛泽东的《念奴娇·昆仑》大气磅礴、超迈横逸、势压千古。但"昆仑"到底象征什么,至今仍众说纷纭。对此,毛泽东自注说:"昆仑:主题思想是反对帝国主义,不是别的。改一句:一截留中国,改为一截还东国。忘记了日本人是不对的。这样,英、美、日都涉及了。别的解释不合实际。"又说:"宋人咏雪诗云:'战罢玉龙三百万,败鳞残甲满天飞。'昆仑各脉之雪,积世不灭,登高远望,白龙万千,纵横飞舞,并非败鳞残甲。夏日部分消溶,危害中国,好看不好吃,试为评之。"有评家据此认为"昆仑"象征的是帝国主义,所以要把它裁为三截。因为毛泽东的手书中还有"一截抛洋,一截填海,一截留中国",但毛泽东最后的定稿是:"而今我谓昆仑,不要这高,不要这多雪。安得倚天抽宝剑,把汝裁为三截？一截遗欧，一截赠美，一截还东国。太平世界，环球同此凉热。"这样写，词的意境大变。变得更加高尚，既然这首词的"主题思想是反对帝国主义"的，那我们不妨将昆仑视为反帝反殖民的民主革命象征，它"横空出世""阅尽人间春色""飞起玉龙三百万，搅得周天寒彻"，也就是惊天动地，让帝国主义、殖民主义胆战心惊。同时，这样一场大革命也会牺牲很多人的生命，革命洪流在冲垮旧堡垒时，也会牺牲和殃及很多平民，即"人或为鱼鳖"。这"千秋功罪，谁人曾与评说？"又怎么评说呢？这样的革命，我们可以"不要这高，不要这多雪"，即不能一蹴而就，不可能一下子就实现共产主义，一下子就牺牲太多的人。把这样的革命分送给欧、美、亚洲，实现"环球同此凉热"的太平世界。显然，毛泽东当时的理想是实现民主革命的目标，是打倒帝国主义，解放全人类。"环球同此凉热"还不是共产主义的"世界大同"。实现共产主义是共产党人的最高理想和终极目标，是要分步分阶段走的。毛泽东在八九十年前，在《念奴娇·昆仑》中所展示的宏伟抱负，同现在提出的全球化，结成人类命运共同体，异曲同工！

用《念奴娇》这一词牌所作之词，以北宋大文豪苏轼的《念奴娇·赤壁怀古》为最。毛泽东曾评价该词为"千古绝唱"，中华书局出版的《宋词排行榜》则将其列为"宋词第一"。但它同毛泽东的《念奴娇·昆仑》放在一起，伯仲立现。苏轼颇有气势的起句："大江东去，浪淘尽、千古风流人物"，壮则壮矣，但暗含悲观；结句则慨叹："人生如梦，一尊还酹江月"，更是悲观之极。毛泽东词的气势不仅大得多，昂扬得多，其主题思想与审美的高尚更是苏轼词无法比拟的。毛泽东早年就在《讲堂录》里写道："学不胜古人，不足以为学"！他学古人，并立志胜古人，确实做到了。就他的《念奴娇·昆仑》而言，不仅胜过苏轼的《念奴娇·赤壁怀古》，而且胜过古今所有已知的豪放词。所以，毛泽东的《念奴娇·昆仑》可以同他的另一首词《沁园春·雪》并列中华万词之冠。

六、《沁园春·雪》乃词中翘楚，群峰之巅

毫不夸张地说，毛泽东的《沁园春·雪》是无与伦比的词中翘楚。在中宣部文艺局主办的"聚焦核心价值观"中华历代传统诗词推荐活动中，二十多万网友海选投票，毛泽东的《沁园春·雪》遥遥领先，荣登榜首。《光明日报》据此刊登专家点评说："纵观中华千秋诗词，尽管群星璀璨，

高峰林立，但网民排名第一的毛泽东《沁园春·雪》，无可争议地雄居群峰之巅。该词有'三最'：一曰艺术之最，如果说词是中国古代诗词文苑中的一畦鲜花，那么，《沁园春》就是这畦鲜花常开不败的奇葩，毛词在艺术上已独领风骚；二曰艺术魅力之最，正如柳亚子所说，毛主席这首词可谓千古绝唱，且技艺、胸襟之高超也是中国有词以来第一作手，连东坡、稼轩均屈居其下。该咏雪词脱尽前人窠臼，词出新意，意焕新彩，实乃'横绝六合，扫空万古'，大气包举祖国万里江山和中华悠久历史；三曰社会影响之最，该词在重庆谈判期间轰动朝野，似春雷炸响，一石千浪，波及全国，影响世界，非李杜苏辛任何诗词作品可比拟。"这一评点，绝非溢美。但凡真正懂诗的，特别是会写诗的人，没有不为这首《沁园春·雪》折腰的，即便是当年蒋介石的御用文人和当今极少别有用心的人士，也只能将该词歪曲为"帝王思想"，或污为是讨好蒋介石，歌颂蒋介石是"超越历代帝王"的献媚之作。这当然是十分可笑的无稽之谈。其实这首词并不难懂，写得明明白白。它先写北国江山之辽阔广袤雄伟，但被雪"红装素裹"之后，又似绝代美女般无比妖娆、婀娜多娇。如此多娇的美人，自然使得无数英雄为之倾倒。但"问天下谁是英雄"？毛泽东历数古代英雄，可惜的是秦始皇、汉武帝、唐太宗、宋太祖等均"略输文采""稍逊风骚"，也就是"武略"可以"文韬"不足。号称"天之娇子"的成吉思汗呢？也只晓征战，"只识弯弓射大雕"而同样缺少文采、不解风情。毛泽东只一笔便荡平"五帝"，让他们"俱往矣"，且无话可说。应该看到，毛泽东的这首《沁园春》词也是对着苏轼《念奴娇》词写的。苏轼慨叹："大江东去，浪淘尽，千古风流人物"。毛泽东则盛赞："数风流人物，还看今朝"；苏轼盛赞三国周瑜："遥想公瑾当年，小乔初嫁了，雄姿英发。羽扇纶巾，谈笑间、樯橹灰飞烟灭。"。但在毛泽东看来，无论周瑜（字"公瑾"），还是"秦皇汉武""唐宗宋祖"，同无产阶级的杰出人物相比都多有不及。就以红军长征来说，不但冲破国民党几十万大军的围追堵截，而且跨越了几乎是生命禁区的雪山草地，还在征途上唱着歌，在马背上哼着诗，这是何等的英勇，何等的风流啊！毛泽东曾自问自答说："自从盘古开天地，三皇五帝到于今，历史上曾经有过我们这样的长征么？""没有，从来没有的"（《论反对日本帝国主义的策略》）。历史从来没有过的长征，也就从来没有过如此高超豪迈领导长征的风流人物。对于这首词和词中"风流人物"特指何人，毛泽东在其自注中说："雪：反对封建主义，批判二千年封建主义的一个反动侧面。文采、风骚、大雕，只能如是，须知这是写诗啊！难道可以谩骂这一些人们吗？末三句，是指无产阶级"（见中央文献研究室编《毛泽东诗词集》）。为什么说《雪》是"反对封建主义，批判二千年封建主义的一个反动侧面"呢？因为封建帝王把国家的大好江山都当成自家的，即"普天之下莫非王土"，并像争夺美人一样争夺，为此不惜连年混战，使百姓流离失所，甚至家破人亡。共产党领导的工农红军，却是为驱逐日寇、解放全中国而奋斗。所以，他们才是真正的英雄。这样解析《沁园春·雪》，无疑符合毛泽东的本意。但当时谁最能代表无产阶级呢？当然是非毛泽东莫属。所以，毛泽东才是一面指挥着千军万马，粉碎几倍乃至十几倍于己敌军的围追堵截，一面在马背上"哼"着气吞山河的诗词。这才是英雄本色，这才是真正的风流人物！毋庸讳言，尽管毛泽东在作《沁园春·雪》时可能并不认为只有自己才称得起超越千古的风流人物，但现在看来只有毛泽东才最能使历代帝王将相、英雄豪杰"俱往矣"！另外，我们还可以把《沁园春·雪》与《念奴娇·昆仑》连在一起读，连在一起解。因为毛泽东及其解放全人类的宏伟思想就是"横空出世""阅尽人间春色"的"莽昆仑"，她一出世，便搅得旧社会"周天寒彻"，但无论这"千秋功罪"后人如何评说，他都会献身，将反封反帝的民主革命进行到底，并把这一革命思想送给全世界，以达到"太平世界，环球同此凉热"。毛泽东就是这样一位具有伟大革命抱负和理想、又肯做出巨大牺牲的空前英雄。难怪郭沫若先生心悦诚服地评价毛泽东："经纶外，诗词余事，泰山北斗"。

军旅诗：梦回吹角连营

朱向前

以 1949 年新中国诞生作为发端，审视中国当代军旅诗歌的发展，既有鲜明的时代特色，又有清晰的时间节点。有了这个前提，公刘写于上世纪 50 年代的《五月一日的夜晚》，便从时间、格调和精神向度上框定了军旅诗在我们这个国度和我们共同经历那个时代的基本走向："天安门前，焰火像一千只孔雀开屏，/空中是朵朵云烟，地上是人海灯山，/数不尽的衣衫发辫，/被歌声吹得团团旋转……整个世界站在阳台上观看，/中国在笑！中国在舞！中国在狂欢！/羡慕吧，生活多么好，多么令人爱恋，/为了享受这一夜，我们战斗了一生！"

当我们把目光投向20世纪50年代初期，可以看到，新中国的军旅诗，最初是以风格鲜明的"战歌"和"颂歌"两种基本样式登上历史舞台的。这两个诗群一南一北，遥相呼应，就像两个璀璨的星座照亮新中国诗歌的星空。因为新中国的建立，把中国共产党领导下的人民军队艰苦卓绝的革命斗争和历史功勋昭告天下，受到全国人民由衷的热爱和景仰；革命胜利后，我军迅速转入保家卫国的抗美援朝战争和驻守祖国边疆及领海、领空，同样赢得人民群众的衷心拥戴。这种特殊的政治地位和荣耀，反映到军旅诗的创作中，从一开始就形成了以弘扬革命英雄主义和爱国主义为主旋律的创作风格。有人形象地归纳为四个短句："英雄旋律、青铜品格、烈火情怀、热血文字"。这也是20世纪50年代军旅诗被归纳为"战歌"和"颂歌"两种基本类型的历史背景和渊源。

所谓战歌，是来自抗美援朝战场的一群青年军旅诗人带着炮弹的呼啸和燃烧的空气的战斗呐喊。他们带着枪管和炮膛的余温，从战场昂首走上诗坛，未央、张永枚、柯原、胡昭、叶知秋是他们中杰出的代表。昌耀比他们成名晚一些，但几十年后，在中国诗坛，却比他们中的任何一个人都走得更远，取得了更大的成就。所谓"颂歌"，基本发自遥远的风光旖旎的西南边疆，它们的歌手，是一批见识过抗日战争和亲身参加了解放战争的青年军旅诗人，以当时身处昆明军区的公刘、白桦和周良沛最为突出。进军并驻防西南边睡，带着纯真的欣喜与青春的朝气加入这支队伍的公刘，被亚热带雨林和边疆少数民族的独特风情迷住了。当他以诗歌发出心底的声音，赞美兄弟民族的翻身解放，抒写大西南这片土地上前所未有的社会变革和精神风貌，便化作一股清新的激流，从他的笔端奔腾而出。1955年，《人民文学》以罕见的篇幅，连续发表了他的三个组诗《佧佤山组诗》《西双版纳组诗》和《西盟的早晨》，全国诗人和热爱诗歌的朋友，立即对他笔下迷人的西南景象和独特的风格发出由衷的赞叹。艾青称赞他的诗就像他的诗里描述的风光一样，是"带着深谷底层的寒气，带着难以捉摸的旭日的光彩"，而迎面扑来的"一朵奇异的云"。白桦是中国当代作家中为数不多的能进行多种体裁创作的作家，他与公刘一样，也是随着新中国的成立，在西南边疆吹着欢快的竹笛，登上军旅乃至中国诗坛的。50年代，他在西南边疆服役时期，连续出版了《金沙江的怀念》和《热芭人的歌》两本短诗集，《鹰群》和《孔雀》两部长诗，显示出旺盛的创作激情和不可遏制的诗歌才华。散落在其他边疆地区及各军种兵种的高平、饶介巴桑、安谧、顾工、杨星火、蓝曼、胡征、梁南、纪鹏、韩笑等等，也纷纷以各具生活特色的作品，汇入创作大潮。在北京大学受到过东西方诗歌熏陶，在解放战争中以随军记者身份跟随部队南征北战的李瑛，解放后迅速来到军事文化的核心总政文化部和后来的解放军文艺社工作，这使他的诗歌创作有了比同代军旅诗人更深的文化底蕴，更开阔的视野和更大的兼容性。

需要指出的是，当时像李瑛那样受过高等教育，文化准备比较充分的军旅诗人，实属凤毛麟角。因为大部分军旅诗人，来自热血青年以身报国的庞大群体，他们的文化素养和艺术准备存在明显不足。所以，他们的创作虽然充满战地和边疆的生活气息，但作品的质地和艺术含量，却明显低于来自延安、此时已成为国家文化部门的领导和主编的那批曾在军旅的诗人，比如贺敬之、艾青、田间、郭小川、李季、张志民、邹狄帆、闻捷等等。必须承认，他们1949年的诗歌创作，以及在1949年前写作但在中华人民共和国成立初期集中出版的那些反映战争生活的作品，风靡一时，成了当年诗坛的扛鼎之作，其中郭小川的《白雪的赞歌》《深深的山谷》《一个和八个》《将军三部曲》，贺敬之的《回延安》，李季的《王贵与李香香》，田间的《戎冠秀》《赶车传》，闻捷的《复仇的火焰》等等，把这批诗人以自身经历而创作的军旅诗，抬到了一个众人仰望的高度。

进入20世纪60，70年代，虽然人民群众一如既往地热爱我们这支军队，但随着社会主义建设的深入，各条战线的成就日益突出，人们对军队、军人和军事生活的关注，回归到比较理性的状态，军旅诗的创作也由五十年代的全民追捧状态渐渐还原为军旅文学中的一个普通门类。这时候，由于公刘、白桦、周良沛等人先后离开部队，遂使李瑛的诗歌创作得以凸显并且迅速成为军旅诗创作的一面旗帜。青年李瑛在北大读书的时候便参加过学生运动，解放后又经历各种政治运动的洗礼，因而具有成熟的政治经验，言行谦逊谨慎。落实到诗歌创作，他把自己清醒地控制在既不脱离意识形态，又与意识形态保持一定距离的位置上。他注重深入基层，努力反映部队官兵和人民群众的火热生活，得到军内外报刊和广大读者的欢迎。他的创作量大，题材涉及描绘祖国的大好河山、赞颂新时代与新生活、注目国际国内政治风云和部队现实生活等方面，但重心还是落在军旅题材上，以致他的军旅诗表达的内容，以及基本结构、语言和抒情方式，从60年代至80年代初期，成了军旅诗（其实不止军旅诗）创作的范本和标杆。他这个时期出版的军旅诗集《寄自海防前线的诗》《静静的哨所》

《红柳集》《红花满山》等，本本热销，流传甚广。如短诗《边寨夜歌》的最后一节的表达方式："边疆的夜，静悄悄/山显得太高，月显得太小/月，在山的肩头睡着/山，在战士的肩头睡着。"可以看出来，他总是在生活中发现诗，然后又从这些独特发现的诗里提炼思想，升华境界。由于这样的作品受到普遍青睐，人民群众也喜闻乐见，很长一段时间里，被广泛传抄和仿效。我曾把这种现象称为"李瑛模式"。20世纪50、60年代之交起步的一批年轻军旅诗人，像石祥、周纲、宫玺、廖代谦、元辉等等，跟随李瑛的创作步伐，如同雨后春笋般地涌出来。再晚些，到了60、70年代之交即"文革"中期，由于军队的政治地位重新崛起，《解放军文艺》在全国文学期刊中率先复刊，60年代初期入伍的一批诗人，如叶文福、韩作荣、喻晓、瞿琮、峭岩、纪学、胡世宗、曾凡华、王耀东、邢书第等，在几年时间里相继脱颖而出，迅速扩大军旅诗创作队伍的阵容，对沉寂的诗坛带来不小的冲击。但是，这时的军旅诗创作，地域特色越来越淡，辨识度越来越模糊，相互影响、集体发力、共同提高，再也没有出现50年代那种特色鲜明的诗群了。

20世纪70、80年代之交的军旅诗创作，随着思想解放运动的深入和近十年南线自卫反击战对军旅诗人的深刻触动，出现了如同50年代初期那样的一段喷发时期，无论数量和质量，都让人们刮目相看。极大地鼓舞了军旅诗人的创作热情。1979年爆发的南疆自卫反击战，更是把军旅诗创作推向了一个黄金时期。

除了诗人们纷纷走上前线，体验战地生活，采访写作，在当时的老山和法卡山前线，还出现了有影响的战士诗社，上至将军，下到士兵，利用战斗间隙，兴趣盎然地在罐头商标上、香烟盒上，甚至在手纸上写诗。这次战争引发的诗潮，到80年代中后期仍方兴未艾。

与以前的战争诗相比，南线战争诗开始在多方面有所突破，拓展和深化了军旅诗的内容和表现方式。这些作品，不再是单纯表现我军英勇豪迈的英雄主义和爱国主义；诗的触角，开始深入到80年代普通士兵多层次的心灵世界，开始进入焦土上因战争的残酷引起的神经末梢的震颤，开始有了对战争的反思和对军人命运的反思，开始表现新时期军人所具有的新时代心理、道德观念、精神素质和性格特征。可以说，南线战争是新时期军旅诗歌变革的先声。这种变化，在杜志民的创作中表现得特别明显。杜志民是80年代初期部队诗人中抒写军旅生活的佼佼者，他1984年出版的诗集《阵地上的小花》，风格热情而明朗，到了1989年出版的反映南线战争的诗集《山地风》，开始热衷于一种"前线纪实诗"的诗体试验，整体风格变得沉郁而凝重。、另一个情感深度和诗歌风格变化突出的诗人，是在《昆仑》编辑部担任诗歌编辑的李晓桦，他在地方完成大学语文教育，后被调到《昆仑》编辑部担任诗歌编辑。1984年，他到云南前线采访，受到强烈冲击和震撼。南疆之行后交出的诗歌，出人意料地超越以往同类作品对正义战争的渲染、对英雄人物的廉价歌颂，而是直接面对浸透鲜血的战争产儿：死亡与毁灭。他的《我的墓志铭》《士兵谈论死》《这里埋着一个女兵》和《一棵被削掉顶冠的大树》等一系列诗作在《青春》和《青年文学》杂志发表后，引起相当大的反响。之后不久出版了获得全国新诗集奖的诗集《白鸽子，蓝星星》，还在《收获》发表了试验意味强烈的长诗《蓝色高地》，引起诗坛极大关注。

受到南疆诗歌创作激励，以潇洒俊逸的创作风格，把这个时期的军旅诗坛搅得风生水起的，非创造力旺盛的贺东久莫属。以他为圆心的南方军旅诗人，有邓海南、程童一、孙中明、孙浃、葛逊、汪沉、李峰、阮晓星等等。贺东久身为南京军区前线歌舞团专业歌词创作员，长期坚持走诗歌与歌词创作并举的道路，并在两条战线硕果累累。他的诗歌创作，把和平年代的军人置于战争的背景中，想象力丰富，常有惊人之笔。在他的诗里，战士的头颅是"装满思想的炸弹"，士兵的眼睛是"天生雄性的太阳"，士兵的钢盔是盛开的金葵般的"桂冠"，士兵的墓地是"庆贺战争惨烈的精制蛋糕"，具有粗犷、豪爽的生活质感。

在持续几年的南线战争诗歌创作热潮中，将军诗人朱增泉异军突起。他是以高级指挥员（集团军政治部主任）的身份走上战场的，当时年过半百，没有任何文学创作经历。集团军热爱诗歌的官兵在前线自发成立"橄榄诗社"，创办《橄榄风》诗报，他以支持战地文化的姿态，在这张诗报上发表了他的两首很短的习作。之后，他以南疆特殊的战争环境为视点，一发而不可收拾，连续写作并在《人民文学》和《解放军文艺》等文学大刊发表了系列风格迥异、想象奇特且浩浩荡荡的长诗，不仅在部队诗坛，而且在地方诗坛引起较大反响。他主要收入战争诗作的诗集《地球是一只泪眼》，获得第二届鲁迅文学奖。

把南线战争诗歌一波波推向纵深的，除了杜志民、李晓桦、贺东久、朱增泉外，当时活跃在军旅诗坛的李瑛、纪鹏、喻晓、胡世宗、瞿琮等新老诗人也功不可没。但就作品分量和诗歌技艺而言，还必须等到80年代中后期周涛的长诗《山岳山岳，丛林丛林》，和由刘立云、蔡椿芳和简宁三人组成的"战壕诗会"系列作品的出现。周涛完成于 1986 年的长诗《山岳山岳，丛林丛林》，具有宏大构架、史诗气象，探讨了战争的起源和对社会进程的推动及颠覆。但因种种原因，这部长诗未及时以全貌面世，也没有出现诗人所期待的社会反响。1987 年夏天，《解放军文艺》杂志社组织一批青年诗人奔赴南方前线体验战地生活和写作，这次南方之行创作的作品，发表在这年的《解放军文艺》8 月号隆重推出的"战壕诗会"特辑中，其中有蔡椿芳的组诗《南殇》、刘立云的组诗《红色沼泽》和简宁的长诗《麻栗坡》。这三部组诗（长诗）以罕见的篇幅和分量，在对战争诗的开掘上，已经与传统的"李瑛模式"大为不同了。如果说南线战争诗是新时期军旅诗歌变革的先声，那么这次"战壕诗会"就是对传统军旅诗的一次挑战。

　　1979 年从喀什以特招方式进入新疆军区创作室的周涛，不仅轻车熟路地汇入 80 年代军旅诗的蓬勃发展大潮，而且迅速成为领军人物，他第一本出版的军旅诗集《神山》就在军旅诗坛引起相当大的震撼。周涛的军旅诗，博大、沉雄、洁净、优雅、对战争与和平、军人的意识和命运，袒露出与生俱来的一种高贵情怀，这是以往的军旅诗所少有的。我曾指出，周涛对新时期军旅诗的贡献，表现为两个方面一是"他以天山的长风吹来一股强大的气流，用马背民族歌手强悍、粗犷的大气，冲击和改造了军旅诗形态的小气和精致"；二是"创造了《山岳山岳，丛林丛林》这样的'大诗'，诱导军旅诗坛出现了一种'大诗'现象。"具体地说，周涛既写《生命里有一段当兵的岁月》《一群新兵》这样体味军人职责和使命的短诗，发出当兵的历史"它会在你的两腿上/留下一种干练、果断的步伐/它会在你的瞳孔里/留下一丝难以捉摸的警觉/它会在你一生中/永远留一幅出击者的雕像/挺起枪刺般的脊骨/宁折不弯，是意志的钢铁"那种高亢的声音；又把庸常生活不时上升为一种境界，如"新兵不一定全能成将军/将军从前可全都是新兵"。他的另一个贡献，便是由《鹰之击》《猛士》这样一些博大沉雄、慷慨高歌的高蹈性作品作为铺垫，最终在他生活的新疆的文学杂志上，全文发表了他那首用力最大并情有独钟的长诗《山岳山岳，丛林丛林》，完成了他对军旅诗雄心勃勃的最后冲刺。因此，他无愧为军旅"大诗"的始作俑者。

　　在《山岳山岳，丛林丛林》之后，马合省抒写长城烽烟的《老墙》，王久辛反映南京大屠杀的《狂雪》，李松涛借评判《水浒》人物而省察中华民族历史的《无卷沧桑》等透迤而来。到 90 年代，经历过战争而回到和平阳光下的朱增泉，收不住思绪中狂奔的烈马，一部接一部地写出了《前夜》《国风》《世纪的玫瑰》和《黑色的辉煌》等长诗。他的诗风雄浑洒脱，联想丰富，从古至今，神游八极，思维大幅度跳跃，超越了一般意义上军旅诗的视野和范畴，体现出更深层次的时代精神、文化渊源和人类意识。

20世纪涵盖70年代末至90年代中期的新时期军旅诗创作，我们不应该忽视程步涛、李钢、李松涛、张雅歌、廖代谦、张力生、李武兵、王小末、乔林、尚方、陈云其、曹宇翔、郭晓晔、梁梁、曹树莹、刘业勇等诗人作出的贡献。他们以自己不懈的努力，在传统军旅诗与"新生代"之间架起来了一座桥梁。在这里，特别应该提到程步涛和李钢两位诗人的名字。

程步涛继转业到地方的雷抒雁担任《解放军文艺》诗歌编辑，面对几代人及南北军旅诗的交汇和碰撞，他披沙拣金，推波助澜，在刊物上精心组织军旅诗人向军旅诗歌的精神高地发起一次次集体冲锋。同时，他又以自己的创作参与以至引领军旅诗的变革。程步涛是最早将笔触伸进军人内心的军旅诗人，他那首描写探亲军人复杂心绪的《三十天》，堪称军旅诗"向内转"的先声之作。1985年出版的诗集《爱·生·死》，把当代军人在承担光荣和神圣职责背后的辛酸苦辣，还有第一次上战场与敌人搏杀时的心理活动，通过诗歌情感的宣泄和细节的渲染，纤毫毕现地展示在读者面前。例如，他时刻关注军人在当代社会转型时的生存困境和内心焦虑，一则报道刚下火线的残废军人因抱怨车门夹住断腿而遭公交车售票员拳打脚踢的新闻，使他愤怒地写出了《回声》："在我们的同龄人/进行论文答辩的时候/在我们的同龄人嫌城市太乱/结队去郊外寻觅田园诗的时候/我们用头颅充填着一个个弹坑/我们用血肉浇铸着一寸寸边土。""我们需要的是理解啊/理解我们的生/理解我们的死/理解我们的勇敢/理解我们的怯懦。"他这些诗告诉人们，为祖国而战，我们的士兵别无他求，只求理解。正因此，程步涛一度被称为"军人心灵的代言人"。

曾在南海舰队服役的李钢，离开海军十年后，在《诗刊》举办的"青春诗会"上，令人耳目一新地捧出了组诗《蓝水兵》。作品清新、浪漫，像童话般书写人们心中曾经如英雄雕像般的士兵形象。譬如"蓝水兵/你的嗓音纯净得发蓝/你的呐喊，带有好多小锯齿"（《蓝水兵》）；又比如"我不敢合上我的本子/我怕合上了海水会溢出来打湿我的军装"（《水兵日记》）和"现在，舰长啊/命令你的车钟两车进三吧/让军舰全速驶向海洋/让我们把岸拖走"（《靠岸》）。如同寻找到一条梦幻般的全新路径，独特而深刻的生活体验，使李钢的诗一出来，便大受欢迎。海军诗人陈云其和陈知柏在李钢的启迪下，脑洞大开，一组组新作如海浪般奔腾而至。一时间，卓越并五彩斑斓的水兵生活、严酷的海上人生、粗犷的男性世界，构成一幅幅浪漫而瑰丽的现实雕刻，力与美的诗篇竞相绽放。

简宁和蔡椿芳是80年代中期从军旅诗坛冉冉升起的两颗耀眼的星星。他们一个毕业于安徽科技大学热物理系，特招至空军蚌埠某航校担任物理课教员；一个毕业于军事院校高炮专业，主动申请进藏，在中印边界驻军任基层指挥员；两人的共同点，是熟读中外文学经典，对现代诗歌有着自己清醒的判断和深厚积累。简宁入伍前就以《小平，您好》一诗风靡诗坛，成为地方大学生诗歌创作的代表人物，来到部队后，以揭示核威胁的长诗《倾听阳光》引起军旅诗坛注意。他把军旅诗带进了以往部队诗人难以企及的高科技领域。以后，他又潜心阅读二十四史，写了《垓下》《秦时明月》等一系列反映古代战争的长诗。蔡椿芳以雪域诗歌见长，作品清新、峻峭、纯粹，在军旅诗中独竖一帜。1987年的"战壕诗会"，当两个人分别捧出长诗《麻栗坡》和组诗《南荡》后，意味着他们在军旅诗坛占据了新的高度，建立了自己的功勋。

80年代末至90年代前几年，解放军艺术学院文学系第三期和第四期，把部队一批更年轻并已崭露头角的诗作者招入麾下，军旅诗人"新生代"概念和队伍由此诞生。他们中的佼佼者，包括王久辛、殷实、屈源、吴国平、马正建、杜红、阮晓星、曹树莹、辛茹、史一帆、黄恩鹏、张子影、张春燕、冷燕虎、湛虹颖、胡凤亭、小叶一秀子、康桥、海田等等。前面提到的简宁和蔡椿芳，在年龄上也属于这个诗群，不奋过比他们起步更早，走得也更远。与传统军旅诗人和70年代末80年代初那批过渡诗人比较，"新生代,诗人吸吸着更为新异的诗学观念登上诗坛，在美学观念上与当代诗坛的所谓"后朦胧诗"或"第三代诗"取同一步调。新生代军旅诗人着重于内心情绪的挖掘，在语言的使用上也更加轻松、俏皮和口语化，意识流手法姿肆蔓延，诗歌意象缤纷而绚丽。他们之中从兰州走来的王久辛和辛茹，分别以诗集《狂雪》和《寻觅光荣》获得鲁迅文学奖。有意思的是，在军旅新生代的一大批军旅诗人中，到了90年代中后期，渐渐呈现出阴盛阳衰的败落迹象。不知不觉中，这支曾经阵容强大的队伍，最后只剩下几个编制在专业创作室的女诗人在孤独起舞。1997年，解放军出版社给她们出版了一部诗歌合集，并取了一个现在看来寓意深刻的书名《火中舞者》。印在这本合集上的女诗人名字有辛茹、张春燕、康桥、湛虹颖、阮晓星和小叶秀子。到20世纪末的中国军旅诗坛，已是暮色苍茫，门前冷落车马稀。如果追溯原因，勉强可以总结三条：一是军旅诗的领军人物，如周涛、朱增泉等彻底转向了散文写作；二是部队编制调整，文艺创作室划归文工团管理，不少诗人转入歌词创作；三是部分诗人转业地方，或转向影视剧创作。

新世纪之初，军旅诗歌的发展依然处于低谷期，上世纪90年代形成的落寞特征在这个阶段继续延续着并且变得更为凸显、醒目，从创作的数量上看，军事刊物上的诗歌园地日益萎缩或消失，偶有出现也几乎是美化版面的一种点缀，从创作的质量上看，新世纪以来获得鲁迅文学奖的军旅诗集仅有刘立云的《烤蓝》。

如果说"落寞"是新世纪军旅诗歌的一个令人刺眼的关键词，那么另一个关键词"坚守"的出现则赋予了军旅诗歌一种可贵的品质。虽然新世纪的军旅诗歌在政治语境和商业语境的双重夹击之下出现极为窘迫的生存状况，但是依然有一批诗人坚守在军旅诗坛之上，这批诗人主要是由三个群落组成的：第一个群落是由以李瑛、程步涛、峭岩、曾凡华等为代表的老诗人所组成的，在这个群落中既有现实主义写作传统的传承，也有现代意义上的全新思索。第二个群落是由以刘立云、王久辛、辛茹、康桥等为代表的中间代诗人所组成的，这个群落从整体而言呈现出坚实的丰富性。第三个群落是由以姜念光、刘起伦、温青、董玉方为代表的新生代所组成，这个群落从整体而言呈现出"小众写作"的特点。值得一提的是在这个阶段出现了一些非军旅诗人积极写作军旅诗歌的现象，例如黄亚洲于2005年出版了诗集《行吟长征路》，在关于红军长征主题的诗作中诗人以饱满的激情和个性化的体验、奇特的想象力、奇崛的意象，再现了悲壮的长征历史，为军旅诗写作提供了新的经验。与此同时，伴随着中华民族伟大复兴的壮美历程，在文化回归、国学升温的浪潮中，以喻林祥、李栋恒等将军诗人为代表的许多军旅诗人也纷纷投身中国古典军旅诗词的创作。

新世纪军旅诗坛首先值得人们致敬的是依然可见的一些活跃了多年的身影，例如李瑛、程步涛、峭岩等。在上个世纪，他们或者以蔚为壮观的军旅诗作支撑起一个庞大的创作体系，从而见证了共和国军人在民族自强历程中的昂扬奋进和迷惘失落，记录了共和国前行中的辉煌荣耀和艰难曲折；或者在滚滚硝烟和炫目血光中升腾起关于军人生命之历史、现世和未来的哲学思索。他们亲历了当代军旅诗歌60余年的发端、发展、繁荣乃至落寞，他们或者是当代军旅诗歌的奠基者，或者是当代军旅诗歌发展历程中起到关键作用的领军者,进入新世纪,他们中的绝大多数已经步入了花甲之年,较之其他诗人,他们对战争、军队、军人等等有着更为深邃的理解,对当代军旅诗歌的写作传统,例如国家民族立场的坚守、崇高英雄精神的弘扬等,有着更为自觉的传承和固守。当然,在全新的历史时期他们也一直在进行积极的探索,他们试图运用最熟悉的现实主义创作方式传达出崭新的时代思索。李瑛新世纪以《一只马蹄铁》为代表的为数不多的军旅诗,显示出一种超越既往的努力,辐射出军旅诗歌的某些特质在特定时代语境下被压抑与释放的历程,以活的方式让人回味当代军旅诗歌拥有过一份怎样的历史。程步涛的诗集《记住那些地方》和峭岩的长诗《遵义诗笔记》都是红色经典写作,或真诚追问,或激越放歌,都显示了军旅诗人勇敢深沉的历史责任与现实担当。这是一批值得尊重的诗人,因为他们的存在,新世纪的军旅诗歌拥有了令人敬畏的历史沧桑感。

　　从上个世纪80年代中后期一路坚韧转战至新世纪的刘立云、王久辛、辛茹、康桥等,仍然坚守在日益落寞的军旅诗坛,从年龄构成而言,他们是当今军旅诗坛的中间代,他们以日益成熟的写作为军旅诗坛奉献出数量众多、风格迥异的高品质诗作,从这个意义而言他们又是当之无愧的中坚代。刘立云的《高地》《开放日》《听某将军谈八年抗战》等诗作以具体的形态刻画军营日常生活面貌和追溯八年抗战胜利的奥秘,诗人以观察者身份审视平常平凡的军人和我军走过的艰难历史,却又擅长从中提纯出军人特有的精神品质。王久辛以长征为题材的《大地夯歌》借用了民间夯歌的形式,让夯歌伴随着长征漫漫征途一路响起,让长征途中的所有物件与夯歌一起发出气势宏大、沉雄悲壮的夯歌交响曲,那从小到大、从弱到强的声响变化也寓意和对应了人民军队的发展壮大,是红色经典创作中一首颇具特色的创新之作,也是作者继《狂雪》之后的又一部长诗力作。辛茹和康桥两位女诗人在新世纪的持续发力,让人们真正感受到了什么是"巾帼不让须眉"——辛茹用三首长诗《火箭碑》《杨业功之歌》《洞天》构成了《火箭兵三部曲》,以构塑英雄而呼唤民族伟力,以英雄的存在而映照、支撑和引领日常生活。康桥反映长征的长诗《征途》以生者为逆旅,以死者为归客的进军路线为中心,以时间推移为经线,以英雄传奇为纬线,织成了庞大的红色记忆之网。尤其是女性视角的移入,使宏大壮烈的长征历史具有了真切可感的痛楚。而且,辛、康二人在诗歌创作与探索中表现出来的坚韧执著与大气磅礴令人动容。

　　新世纪以来军旅诗坛出现了一批优秀的青年诗人,例如董玉方、温青、贾卫国、大兵、马萧萧、郭宗忠、刘笑伟、周承强、周启垠、董晓宇、艾蔻等等（尽管其中的一部分由于各种原因而中断了创作）。与前辈诗人们不同，出生于70年代之后的他们既没有太多的历史重负，也没有过多的现实磨难，他们更多时候是源于自身生命感觉去理解世界、现实、军队乃至军人生活，在艺术储备方面他们拥有比前辈更为丰富的营养资源，从这个角度而言，他们是共和国最为幸运的一代军旅诗人。生命的书写和文本的自足是新生代军旅诗人写作的重点，"他们的写作淡化了题旨的确指性，冲决了题材的严格界定，而强化了诗的意蕴，拓展了诗意空间，从而获得了对人类生命存在状态的抚摸和探究的勇气"，然而当自身生命感觉几乎成为这批诗人进行创作时唯一的体验基础时，必然会导致双重效应的出现，即一方面生命回避历史和现实的纠缠会呈现出异常的清澈和澄明，而另一方面生命失去历史和现实的托举也容易失重，与此同时，文本自足的探索一方面促进了军旅诗歌的个性发展，而另一方面过于浓烈的文本实验将会导致军旅诗歌走向艰涩的境地。因此，从某种程度上而言，背负着中国军旅诗歌未来希望的新生代军旅诗人注定将步履维艰，在传统与现实、生命与使命、文本自律与他律的左奔右突中引领军旅诗歌突出重围。

"醉里挑灯看剑，梦回吹角连营"。在中华民族伟大复兴的壮阔征程上，我们期待着、聆听着强军梦、中国梦的诗之号角，它永远在前头嘹亮、深沉、激越地吹奏。

（选自《诗刊》2017年8月号）

毛泽东诗词与中国新诗的发展

吴欢章

要正确观察和估量毛泽东诗词与中国新诗发展进程的关系，首先要明确几个重要问题。

一个问题是：由于毛泽东的崇高历史地位和光辉创作成就，他的诗词对中国新诗发展的影响，不是一般性的和局部性的影响，更非枝节性的影响，而是方向性的、全局性的影响，从根本上影响着中国新诗的发展进程。

另一个问题是：毛泽东在长期的诗词创作过程中发表过不少诗学主张，这是他对自己的艺术实践经验的提炼和概括。他的诗词创作的艺术形态和理论形态是一致的，都统一地作用于中国新诗的发展进程。

再一个问题是：毛泽东诗词创作有一个历史发展过程。由于毛泽东晚年在政治思想方面的失误，也不免影响到他的某些诗词创作和某些理论表述，但这在整个毛泽东诗词创作中不占主导地位，并不足以影响毛泽东诗词在总体上对中国新诗的巨大积极作用。

把握了以上三个问题，我们就可以树立一个明确的坐标，去深入地观察和评价毛泽东诗词对中国新诗历史进程已经发生并将继续产生的巨大影响。

一

毛泽东诗词结束了"五四"以来新诗与旧诗长期二元对立的态势，奠定了新体诗歌和旧体诗词多元共生的战略格局，为中国现代诗歌开拓了广阔的道路。

"五四"新诗革命，是以冲破封建旧诗的藩篱而实现的。它的目的就是为了使诗歌更好地表现现代社会生活和现代人的思想感情，并且尽可能地为广大群众所掌握，因而白话新诗的诞生符合历史的潮流，具有巨大的进步意义。但是由于新诗的先驱者们的形式主义的思想方法，没能把封建主义的旧诗词同中国古典诗歌的优秀传统区别开来，没能把封建旧诗的僵化形式和陈腐的艺术教条同中国古典诗歌长期积淀的丰富而优良的艺术经验区别开来，因而导致了"泼脏水把婴儿也泼出去了"的错误，对我们民族的诗歌传统采取了全盘否定的态度。"五四"以后不少新诗人一直把新诗与旧诗看作水火不容的两极，完全看不到旧体诗词艺术表现现代生活的可能性，更说不上存在着向旧诗借鉴的可能性。毛泽东诗词的辉煌成就，彻底纠正了存在于新诗界的这种偏见，改变了"五四"以来新诗单脚独行的局面，不仅激活了传统诗体表现新时代的巨大能量，而且使新诗改革与民族诗歌传统重新实现了对接，从而经过否定之否定，推动中国现代诗歌螺旋形上升到一个更为宽广的全新境界。

毛泽东诗词有力地纠正了"五四"以来新诗界的观念偏颇，重新发现继承我国民族诗歌传统的必要性和重要性。"五四"新诗革命的确受到外国诗歌的启发和影响，向外国诗歌借鉴了不少表现形式和表现方法，许多新诗的先行者虽然本身的民族诗歌素养对其创作依然发挥着潜移默化的作用，但在观念上却没有继承民族诗歌传统的自觉。新诗究竟应在什么基础上发展，这个有关新诗发展的方向性问题在历史进程中愈来愈尖锐地突现出来。"全盘欧化"论就是在这样的背景下被提出来的。毛泽东诗词的光辉成就及其巨大影响雄辩地表明：民族诗歌的传统在现代条件下依然保持着旺盛的活力，中国新诗要获得健康的发展就不能忽视我国民族诗歌的优秀传统。正是在毛泽东的诗词艺术实践和诗学理论的影响和推动下，新诗界又经历一次观念上的更新，把新诗的发展重新定位在继承民族诗歌优秀传统和借鉴外国诗歌良好经验的基础上，这对于中国新诗的长远发展具有不可估量的历史意义。

毛泽东诗词结束新诗与旧诗对立的局面，使我国现代诗歌发展中构建起新体和旧体互相学习、互相影响、互相制约、互相促进的关系，这有利于民族新诗歌的建设。传统诗词主要是格律体，新诗主要是自由体，但也包含一部分半格律体和新格律体。两者确立互动的态势，既可以使旧体诗词学习和吸取新诗擅长表现现代生活的长处，有利于传统诗体的现代化，又可以使新诗学习和吸取旧体诗词的艺术优点，有利于自由体的精练化，也有利于半格律体和新格律体的规范化和丰富化。新体和旧体取长补短，传统的艺术积淀和当今的新鲜经验互相交流，这种辩证发展的格局可以为民族诗歌的探索和建设创造有利的条件。

二

毛泽东诗词以革命的政治内容和完美的艺术形式的统一，为中国新诗正确处理内容和形式的关系树立了光辉的典范。

内容和形式的问题是新诗发展进程中反复遇到的一个问题，也是关系到新诗创作优劣成败的一个问题。毛泽东几十年来始终关注着新诗发展中的这个重要问题，曾经多次在理论上加以阐述。他历来反对诗的空洞无物，强调新诗要有内容，有意义。"诗言志"，这是1945年9月毛泽东在重庆谈判期间给诗人徐迟的题词，就是勉励新诗要表现真情实感，抒发个人的志向理想。从20世纪30年代以来，他屡次评论新诗，都是首先着眼于内容进行热情的肯定。1938年夏季，他阅读了诗人柯仲平反映中国人民抗日斗争的叙事长诗《边区自卫军》以后，立即批示："此稿甚好，赶快发表。"[①]1939年6月，他看了诗人萧三的手抄诗本，当即写信说："大作看了，感觉在战斗，现在需要战斗的作品，现在的生活也全部是战斗，盼你多作些。"[②]从这些事例中我们可以看出，毛泽东十分重视新诗内容的革命性和战斗性。虽然今天的和平年代与过去的战争岁月有所不同，但毛泽东强调新诗应反映时代脉搏，表现人民群众生活斗争的精神，却是值得我们永远记取的。

毛泽东在对新诗的内容提出要求的同时，也从来没有忽略新诗的形式的重要性。他曾经明确指出："我们只是强调文学的革命性，而不强调文学艺术的艺术性，够不够呢？那也是不够的，没有艺术性，那就不叫做文学，不叫做艺术。"[③]值得注意的是，他谈到诗时尤其坚持诗歌艺术的特殊性。他强调诗要有"诗意"，指出"写诗不能每人都写，要有诗意，才能写诗"[④]。从他称赞别人诗作和对自己诗词的自谦中，也可看出他十分看重诗须有"诗味"和"趣味"。他又强调"诗要用形象思维，不能如散文那样直说"[⑤]。他也注重诗要明白晓畅，为大众所理解，但同时又强调要有节制，要讲含蓄，曾经针对那些一览无遗的诗说："作诗不留余地，统统讲完像韩愈作诗，人们批评他的缺点，就是文章和诗都是讲完的，他不能割爱。"[⑥]我们可以看出，毛泽东对新诗提出的要求是符合诗歌的艺术规律的，他是把内容和形式、思想性和艺术性放在同等重要的地位来强调的。统起来说，做到富有时代精神的内容和富有诗美特质的形式的完美统一，这就是毛泽东所指出的新诗应该努力的方向。

毛泽东这种诗学主张，正凝聚着他自身的创作甘苦，是他进行诗词艺术实践经验的理论概括。毛泽东诗词极其深刻地反映了20世纪中国社会的历史主流，表现了中国人民前赴后继的英勇斗争，抒发了共产党人改天换地的壮志豪情，同时从艺术上又精益求精，从构思创意到形象塑造，从结构布局到语言锤炼，既继承传统又刻意创新，既遵循艺术法则而又匠心独运，使作品达到前无古人的诗美境界，具备不朽的艺术魅力。毛泽东对内容和形式的辩证理解和运用，从理论到实践给新诗树立了学习的楷模和奋斗的标尺。

在中国新诗发展途程中，对内容和形式问题曾经出现过两种错误的认识。一种是只强调内容而忽略形式。以为内容决定一切，只要思想内容是革命的，就是革命诗歌，至于艺术形式则是无关紧要的。标语口号式倾向，题材决定论，都是从这种错误认识中派生出来的。另一种是只追求形式而摈弃内容。以为诗只到形式为止，淡化生活，取消意义。艺术至上论，唯美主义，就是这种错误认识的表现形态。以上两种错误倾向看起来相反，但其认识的根源都在于对内容和形式关系的形而上学理解，都违背了诗的艺术规律，因而只能导致新诗艺术力量的消解，造成新诗的停滞甚至倒退。为了推动中国新诗的健康发展，我们须要总结历史的教训，进一步认真领会毛泽东诗词所体现的艺术真谛并贯彻到创作实践中去。

三

毛泽东诗词自发表以来，在广大读者中引起热烈的反响，以深邃的思想内涵和巨大的艺术魅力感化了无数的心灵。它帮助我们认识中国社会，又深化我们对生活真理的理解；它激励我们进行现实斗争的勇气，又坚定我们把握未来的信心；它净化和美化我们的心灵，又拓宽和提升我们的人生境界。这种审美效果的获得，正是来源于毛泽东诗词所采用的革命浪漫主义和革命现实主义相结合的创作方法。

毛泽东诗词的"两结合"创作方法，给中国新诗关于如何处理生活和艺术的关系提供了重要的启示。"两结合"创作方法的精神实质，就是现实和理想的辩证统一。在艺术表现中，要把对现实生活本质的冷静观察和对现实生活发展趋势的热情展示结合起来，要把真实描写人们的生存状况和改善生存状况的努力结合起来，要把作者忠于生活的态度和充分发挥主观能动性结合起来，总起来说，就是在反映生活时，要站得更高些，看得更远些，满腔热情地推动生活的前进。毛泽东在这方面曾经明确指出："革命精神和实际精神的统一，把俄国的革命热情和美国的实际精神统一起来。在文学上，就是革命的浪漫主义和革命的现实主义的统一。"⑦"两结合"的创作方法，实际上是深刻地概括了艺术和生活的辩证法。艺术是生活的反映，但绝不是生活现象的原封不动的翻版。艺术是生活的提炼和升华，艺术所表现的生活，应该深入生活的本质，更能揭示生活的神髓，这样艺术才能高瞻远瞩地给人们以教育和鼓舞。对于最精练的艺术样式的诗歌来说更是如此。毛泽东说过："太现实了，就不能写诗了。"⑧诗作为主观性更强、个性更突出、生活容量更集中的艺术样式，理应站得更高，写得更美，充满理想主义的激情，这才是诗意的所在。如果缺乏理想的光照，只在生活的表面爬行，那就会诗味全无了。

对于生活和艺术的关系的认识，中国新诗的确经历过不少曲折。我们曾经有过离开现实的基础而片面强调表现理想的失误。根据这样的错误认识创作出来的新诗，假话空话大话连篇，完全违背了生活的真实而陷入空想。这种伪浪漫主义的诗篇就像美丽的肥皂泡，只能随风而逝。我们也曾有过丢掉理想而片面强调写实的失误。根据这种错误认识创作出来的新诗，内容空虚，形象苍白，描写生活琐事，表现狭小心理，既无理想的光耀，也无火热的激情，完全失去打动人心的力量。违背了艺术和生活的辩证法，是不能不受惩罚的。教训种种，令人深省。我们还得向毛泽东诗词学习。尽管革命浪漫主义和革命现实主义的统一，是一种很高的艺术境界，并不是人人都可以达到的，但毛泽东诗词所显示的源于生活又高于生活的艺术真谛，却具有普遍的意义，是值得我们深长思之的。

四

毛泽东在长期的革命斗争和诗词写作生涯中，一贯对诗歌形式问题给予极大的关注。概括起来说，他对诗歌形式的要求就是民族化和大众化。值得注意的是，他是把民族化和大众化作为统一体提出来的，即诗歌形式的民族化和大众化是不能分离的，创造具有中国气派的诗歌形式正是为了更好地服务于人民群众。他之所以采取旧体诗词形式写作，主要是"旧体诗词源远流长……因为这种东西，最能反映中华民族和中国人民的特性和风尚"[9]他之所以对旧体诗词进行改革，不仅加进现代的新内容，而且采用了不少现代口语，目的也是为了更易于为现代读者所接受。他之所以不囿于个人的审美爱好，指出虽然"旧诗可以写一些"，但是"诗当然应以新诗为主体"，[10]这也是着眼于现代人民群众的阅读习惯和接受能力。

毛泽东在指出"新诗的成绩不能低估"的同时，根据他的诗体美学思想，对"五四"以来的新诗形式的确表示了不满。他多次批评新诗的形式"太散漫"，"太自由化"，"记不住"。因此他强调新诗要学习古典诗歌的优点，学习民歌的长处，并且期望在这种基础上，新诗能逐步创造出"一套吸引广大读者的新体诗歌"[11]。他在总结前人艺术智慧和自己创作经验的基础上，明确提出了关于新诗形式的美学主张："精练，大体整齐，押韵。"[12]毛泽东的诗体美学思想和"五四"以来许多先驱者关于诗体改革的主张，譬如说20世纪20年代闻一多所提出的"音乐美，绘画美，建筑美"的"三美"说，譬如20世纪30年代鲁迅所提出的"新诗先要有节调，押大致相近的韵，给大家容易记，又顺口，唱得出来"的主张，是一脉相承而又有创造性地发展的。

毛泽东关于新诗形式的主张，应该说是有针对性的，的确切中新诗在形式方面的某些弊端。大体说来，"五四"以来的新诗主要有三种比较流行的诗体。一种是自由体。这主要是借鉴外国诗歌而创造的一种新形式，它能比较自由地表现现代的丰富生活和现代人的复杂情感，但不少作品确实存在过于散漫的毛病，从而影响到诗的音乐性和精练程度。另一种是半格律体。这是一种中西交融的诗体，既有一定的自由度，又有一定的格律性，但也经常表现出散漫和不够精练的缺点。再一种是新格律体。有不少诗人尝试着融汇中西诗歌的长处，构建一种适合现代汉语特点的格律形式。然而这还只是在探索途中，尚无明确稳定的形式，也少有艺术实践的成功之作。新诗的形式改革不必忙着定于一尊，仍然应当鼓励百花齐放。不过，毛泽东关于民族化和大众化的诗体美学思想，对于如何处理新诗与读者的关系给予了重要的启迪，应当成为各种诗体改革共同努力的方向。

"高山仰止，景行行止"。毛泽东诗词作为20世纪中国人民艺术智慧的结晶，不但它表现的艺术的美是不朽的，它所蕴藏的诗歌美学思想也是永放光芒的。毛泽东诗词不仅属于过去和现在，也属于将来，它将激励我们满怀信心、百折不挠地去创造无愧于中华诗国传统的现代民族新诗歌！

注释：

① 武在平：《巨人的情怀》，中共中央党校出版社1995年11月版。
② 武在平：《巨人的情怀》，中共中央党校出版社1995年11月版。
③ 《毛泽东文艺论集》，中央文献出版社2002年4月版。
④ 陈晋：《文人毛泽东》，上海人民出版社1997年12月版。
⑤ 《毛泽东文艺论集》，中央文献出版社2002年4月版。
⑥ 陈晋：《文人毛泽东》，上海人民出版社1997年12月版。
⑦ 陈晋：《文人毛泽东》，上海人民出版社1997年12月版。
⑧ 陈晋：《文人毛泽东》，上海人民出版社1997年12月版。
⑨ 《毛泽东与梅白谈诗》，《文摘周报》1987年3月26日
⑩ 《毛泽东文艺论集》，中央文献出版社2002年4月版。
⑪ 《毛泽东文艺论集》，中央文献出版社2002年4月版。
⑫ 臧克家：《在毛主席那里作客》，河北人民出版社1992年5月版。

贺敬之与中国新诗

——为中国新诗百年而作

陈玉福

诗歌是运用集中凝练的表现手法、富有音乐性的语言文字，塑造蕴蓄深厚而又意味绵长的意象和意境，高度概括地反映社会生活，特别长于抒情言志的一种文学体裁和审美艺术。我们伟大祖国历来是诗的国度，中华诗词是传统文化的瑰宝，五四以来的新诗也有光荣的革命传统，发挥了重要的社会功能。在新诗百年的发展历程中，先后涌现出了五四前后、抗战前后以及新中国成立前后三代诗人群体。而郭沫若、艾青、贺敬之，无疑是崛起在三代新诗高原上的三座巍峨的高峰，闪耀在三代新诗星群中的三颗璀璨明珠。在纪念新诗百年诞辰的时候，我们要研究和总结以郭沫若、艾青，尤其是贺敬之为代表的新诗发展道路和创作经验，继承和发扬新诗的光荣革命传统，重振新诗雄风，再造新诗辉煌。

一

文艺家必须通过主体客体化和客体主体化以及个体群体化和群体个体化的双向互动，才能创造出既源于生活又高于生活的文艺作品。因此，革命的文艺家必须走与一定时代的社会生活和人民群众相结合的创作道路，正确认识和处理创作主体与客体、个性与群体的关系，与时代同步，与人民同心，在同人民群众一起进行的社会实践和艺术实践中不断加强思想与艺术修养，才能做好时代和人民的代言人和抒情主人公，创作出无愧于时代和人民的作品，用艺术的形式推动社会的进步和历史的发展。

贺敬之出生在贫苦的农民家庭，与劳动人民有着天然的割舍不断的血肉联系和深厚感情。童年时代在他出生的齐鲁大地亲身感受了农民遭受剥削压迫的阶级苦，少年时代在流亡路上亲自体验了沦陷区人民颠沛流离的民族恨。青年时代到了革命圣地延安，对革命根据地人民的斗争生活和美好品质有了深切的感受。在鲁迅艺术学院上学期间，系统学习了马克思主义文艺理论和中外古今文学名著。特别是深入学习了毛泽东《在延安文艺座谈会上的讲话》，懂得了文艺为人民服务的道理，并亲耳聆听了毛泽东关于"小鲁艺"要同"大鲁艺"（即人民生活）相结合，"鲁艺"要造就有远大的理想信念、丰富的生活经验、良好的艺术技巧的一流文艺工作者的讲演，更坚定了他终生的奋斗目标。后来他积极参加延安的整风运动、大生产运动以及革命根据地人民的新秧歌运动。在华北联合大学文艺学院工作期间，更参加了土改、支前等群众工作，还亲自参加了解放华北的青沧战役的战斗并立功受奖。这一切学习和实践活动，使贺敬之对文艺创作主体与社会生活客体，以及诗人作家个体与人民大众群体的关系有了更深刻的体验和认识。他正确处理了主观和客观、小我和大我统一的关系，和时代同呼吸，和人民共命运。贺敬之诗中的"我"，正如他在《放声歌唱》中所说："啊，我，是谁？我啊，在哪里……一望无际的海洋，海洋里的一个小小的水滴，一望无际的田野，田野里的一颗小小的谷粒……""啊，我！我的——我们：我们的——我——是这样地谐和统一！"海洋里的一滴水，既可以折射太阳的光芒，又可以掀起洪波巨浪；田野里的一粒谷，既可以感知劳动的艰辛，又可以化作无穷的能量！

二

文艺家要坚持意识形态属性与艺术审美属性的统一，站在党和人民的立场上，时刻关注国家和民族的前途和命运，以艺术的审美方式积极反映党领导的革命，建设和改革的大业，热情讴歌党和社会主义祖国，努力塑造社会主义和共产主义一代新人的典型，大力彰显爱国主义民族精神和社会主义时代精神，鼓舞和激励广大人民群众促进社会的进步和历史的发展。革命的进步的诗人和作家大都热心创作政治抒情诗。郭沫若、艾青是这样，贺敬之更是这样，创作长篇政治抒情诗是他的长项。近些年来，由于受文艺非上层建筑说、非意识形态说，以及所谓"去政治化""去思想化""去历史化""去主流化""去中国化"等错误思潮的影响、政治抒情诗几乎成了当代诗坛的空白。

贺敬之在新民主主义革命时期和革命战争年代，创作了反映旧社会人民苦难和暴露黑暗的诗集《乡村的夜》，反映革命根据地人民新生活和歌颂光明的诗集《并没有冬天》，以及反映新旧社会对比的诗集《朝阳花开》。他创作的歌词《南泥湾》《翻身道情》《民主建国进行曲》《平汉路小唱》等，也插上音乐的翅膀，唱遍了全边区、全中国。

新中国成立后，贺敬之的诗歌创作进入了成熟阶段和黄金时期，几乎每发表一首诗，都能产生轰动效应，这种情况在中国新诗史上是罕见的。《回延安》是解放后诗人创作的良好开端，它通过不可遏制的激情，朴实优美的形式，符合中华民族审美特点和劳动人民审美趣味的比兴手法，表达了继承和发扬革命传统和延安精神的主题思想。在1956年建党35周年和党的八大即将召开之际，诗人创作了长篇政治抒情诗《放声歌唱》，通过澎湃的激情、磅礴的气势、高亢的格调、精巧的构思、丰富的想象、壮美的意象，歌颂了中国社会主义革命和建设的高潮，反映了祖国山河面貌和人民精神面貌的巨大变化，特别是对中华传统文化和美学精神进行了创造性转化和创新性发展，塑造了我们伟大的党和社会主义祖国的意象和意境："在节日里，我们的党/没有在酒杯和鲜花的/包围中，醉意沉沉。党，正挥汗如雨！工作着——在共和国大厦的/建筑架上！""啊！井冈山——宝塔山！——我们稳固的基石，老红军——老八路！——我们的钢骨铁梁！这就是/我们共和国大厦的/质量的保证！这就是/为什么/我们的万丈高楼/会这样地/坚强雄伟——青云直上！"在1958年党的八大二次会议召开的时候，诗人献上了《东风万里》，新中国成立10周年前夕，又献上了《十年颂歌》，创造了更为精巧和瑰丽的意象和意境，把社会主义新中国的面貌和人民群众的精神面貌表现得更加出彩和动人。从1958年到1965年，贺敬之一连写了《向秀丽》《雷锋之歌》《回答今日的世界——读王杰日记》三首歌颂新一代英雄人物的诗，特别是受到一致好评的《雷锋之歌》，为我们当代诗歌塑造英雄形象提供了十分宝贵的经验，它没有重复叙述英雄的先进事迹，而是把英雄人物的出现，放到广阔的历史背景上，揭示英雄人物的精神境界，从英雄人物身上发掘人生哲理，给人以深刻的思想启迪。此外，贺敬之还写了歌颂祖国壮美秀丽河山与宏伟建设工程的精美诗篇《三门峡歌》和《桂林山水歌》。其中《梳妆台》借用历史典故，反衬新中国治黄的伟大意义；《中流砥柱》借用山水名胜，象征性地歌颂万古不朽的民族脊梁和开拓未来的擎天巨柱。《桂林山水歌》更寄希望于全国人民挥洒汗水、挥动彩笔，到处描绘更新更美的"桂林山水"的远大理想。创作于1963年的《西去列车的窗口》也是一首抒情佳作。诗人通过当年开发南泥湾的359旅老战士与上海赴新疆支边军垦的知识青年新战友，在西去列车的窗口倾谈革命、人生、战斗的情景，营造了"祖国的万里江山、万里江山啊，革命的滚滚洪流、滚滚洪流！"的意象和意境，预示我们党领导的革命事业前赴后继，代代相传。

"文化大革命"结束后，沉默了10多年的贺敬之又热情焕发。《中国的十月》以气象森严的艺术形象，揭示了粉碎"四人帮"伟大胜利，像遵义会议一样，成为历史的转折点。《八一之歌》在历史的大转折点纪念建军50周年，以生动贴切的比喻"我们阶级大军的灿烂太阳系"，歌颂我们人民军队的官兵，都是太阳系中的大小"星球"，都是寓自转于公转之中相互带动、共同运转的一个战斗集体。贺敬之始终关注近在身边的风雨吹洒和远在天边的风云变幻，他在《访江油太白故里归后值生日忆两见转轮藏》诗中云："百世千劫仍是我，赤心赤旗赤县民"。可以看作他在这个时期思想感情历程的写照。他在《富春江散歌》之二六中又云："一滴敢报江海信，百折再看高潮来"。又表现了他这个"海洋中的一滴水"，在国际共产主义运动低潮时敢报春信，呼唤高潮的勇气和信心。

　　贺敬之的政治抒情诗，从题材、主题来说，所反映和表现的都是重大的革命题材和政治主题，诗人常常直抒胸臆，鲜明地表明自己的政治见解，具有强烈的政论色彩。但诗人诉诸读者的不是简单的说教，也不是生活表象的罗列，而是渗透于具体生动的意象和意境中有血有肉的发自内心的激情和哲理，是诗与政论的结晶。从美学表达来说，诗人善于运用形象思维与逻辑思维相结合的思维方式捕捉客观外在的有形可感的物质载体，通过想象和联想、概括和虚构等心理机制，采取比兴、比拟、象征、暗示、寄寓、烘托等表现手法，营造心物同构、形神兼备、情景交融、寓理于情的意象和意境，表达主观内在的抽象和无形的思想感情。从创作方法来说，诗人运用了革命现实主义与革命浪漫主义相结合的创作方法，以现实主义为基础，以浪漫主义为主导，既真实地反映现实又充分地展现理想，既展现前途的光明又揭示道路的曲折，既有忧患意识又有乐观精神。从艺术格调来说，贺敬之的诗吸取了我国词坛两大流派的优长，他的诗以阳刚豪放的崇高壮美为主格调，也不乏婉约阴柔的雅致优美。

三

　　内容和形式是有机统一的。包括诗歌在内的文艺作品和其他事物一样，也有自己的内容和形式，构成内容的要素有题材、主题、人物、情节和环境，包括诗歌的意象和意境。构成形式的要素有语言、结构、体裁，包括诗歌的节奏和韵律等。作家和诗人必须通过内容形式化和形式内容化的双向互动，才能达到内容与形式的水乳交融、有机统一。马克思要求文艺创作"在更高得多的程度上用最朴素的形式把最现代的思想表现出来。"(马克思:《致斐·拉萨尔》)毛泽东说:"我们的要求则是政治和艺术的统一,内容和形式的统一,革命的政治内容和尽可能完美的艺术形式的统一,缺乏艺术性的艺术品,无论政治上怎样进步,也是没有力量的。"(毛泽东《在延安文艺座谈会上的讲话》)为适应表现革命化、政治化的思想内容,贺敬之朝着民族化,群众化的方向,遵照毛泽东主席"在民歌和古典诗词的基础上发展新诗"的指示,坚持"精练、押韵、大致整齐"的原则,对新诗的艺术形式进行了多种成功的探索和拓展。

第一种形式是民歌体的直接运用,如《回延安》《向秀丽》《又回南泥湾》《桂林山水歌》《西去列车的窗口》等作品,创造性地运用了陕北"信天游"的形式,在语言上比较纯熟地运用了民间口语,在表现手法上,运用了群众习见的比兴、蝉联、夸张等手法。更重要的是力图创造性地吸取这种形式的朴素清新,流畅自然,悠扬婉转等特点,用以丰富和发展自己的艺术风格。

第二种形式是侧重汲取古典诗词的长处,铸造精练、优美的自度曲,如《三门峡歌》《咏南湖船》《怀海涅》等,类似于汉赋、乐府诗、唐诗的歌行体、宋词的长短句、元曲的散曲等,但又更自由奔放,使新诗变得更为精练优美。不是古典诗词,胜似古典诗词。

第三种形式是兼取民歌、古典诗词在遣词造句、布局谋篇等方面的优点,以及外国诗歌的特殊排列方法,熔铸出一种富有个性特点的"楼梯式"新体诗,如《放声歌唱》《东风万里》《十年颂歌》《雷锋之歌》等,这是诗人成就最高的一种新体诗。这种立足于民族化的基点,对外来形式进行了改造和利用的形式,以高亢激越、澎湃磅礴见长,非常适宜表现重大革命题材和政治主题的内容。这是贺敬之在诗歌形式探索方面最突出的实绩。

第四种形式是新格律诗的探索。鉴于自由体新诗过于自由散漫,闻一多、何其芳等诗人提倡现代格律诗即新格律诗。贺敬之在这方面也进行了成功探索,他的《回答今日的世界——读王杰日记》,由若干小节组成,每小节四句,双数句押韵,每句字数大致整齐,就是一首新格律诗。

第五种形式是新古体诗的创作。直接运用近体诗中律诗、绝句和排律的形式,每首八句或四句或更多句,每句五字或七字,双数句押韵,中间句对仗。但押韵、平仄、对仗又不怎么严格,比律诗、绝句和排律更自由些。如新五律《谒黄陵》、新七绝《访西安·七贤庄》、新排律《咏长岛》等。

第六种形式是唱词、歌词和朗诵词创作。如歌剧、电影《白毛女》《画中人》唱词、电影《白毛女》《军垦战歌》插曲和主题歌唱词、音乐舞蹈史诗《东方红》朗诵词等，都是很好的新诗，又比新诗精练优美，富于节奏和韵律。贺敬之的诗歌创作从《乡村的夜》到《朝阳花开》，从《放歌集》到《心船歌集》，从新自由诗到新古体诗，从思想内容到艺术形式，都是践行党的文艺理论、路线、方针、政策的光辉典范。诗人为中国新诗奋斗了近80年，如今虽然93岁高龄，依然精神矍铄，情绪高昂，我们愿他如自己诗句所言"江山多娇人多情，使我白发永不生"；"对此江山人自豪，使我青春永不老！"

新诗与时代同行

谢冕

100年前，新诗的诞生是一件举世瞩目的大事。100年来，新诗走过了不平凡的曲折历程。百年新诗发展到今天，有什么得与失？新诗应如何向前发展？本报记者日前采访了北京大学中文系教授、诗歌评论家谢冕。

新诗诞生是惊天动地的大事

记者：您说新诗的诞生是中国历史上规模最大、影响最深的一次诗学挑战，是中国新文化建设的一件惊天动地的大事，为什么这么说？百年前新诗的诞生有什么历史意义？

谢冕：中国诗歌历史非常悠久，随着时代变迁，诗歌不断变化，每个时代都有自己的诗歌形式，无论是诗经、楚辞、汉魏六朝诗还是唐诗、宋词，政治、经济变化，人文环境变化，诗歌艺术形式也不断跟随时代变化，但无论如何变化都是中国诗。中国诗歌传统是几千年延续下来的，在中国诗歌传统中诗言志是最重要的传统。诗歌用来传达人们的思想情怀，不管时代怎么变，这个传统一直延续下来，比如曹操的《龟虽寿》和五言诗，表达一种情怀，传达个人的、社会的、民族和国家的意志和愿望，唐诗也一样，每个朝代诗人都表达自己的理想，这个理想是一脉相承的。

新诗产生于中国古代文明和现代文明的接点上,在19世纪20世纪之交,在文学史上是近代与现代的交汇点。当时中国内忧外患,面临民族生存危机、社会发展危机,中国文学与文化包括诗歌在内都在这个十字路口陷入非常大的思考,就是要变,戊戌变法、辛亥革命在政治层面上想变,诗歌变革、文学变革、新文化运动都与这个接点有关系,要适应时代变化。当时的处境促使一批仁人志士思考中国如何向前走,诗歌、诗人命运与此捆绑在一起,纠缠在一起。

诗歌产生了重大变革。诗界革命已考虑变革,没成功,新诗革命成功了,前者没考虑形式问题,保留旧形式,五言、七言、律诗束缚太大,丰富的新内容装不进去。到胡适、陈独秀,把旧的一套打倒,用白话写作,不要旧形式,要自由体,变动非常大,所以说是惊天动地,翻天覆地。一时守旧的人不接受,认为是异端。胡适他们照样做了,这样新思想、新知识、新思维都可以装进来,在诗歌中国计民生、时代盛衰、社会进退、民间忧乐都能得到表达,没有了约束,表达前所未有的好。这是千年诗歌史上最大的诗学挑战,取得成功,至今100年了,100年来我们享受前辈的冲锋陷阵打破一切陈规的战果,今天大家都能接受新诗,并能得心应手。

记者:您说过新诗的产生以旧形式的摧毁为突破点,经历了为思想而牺牲艺术、为艺术忽视思想的过程。新诗发展到今天,这些问题是否还存在?

谢冕:为思想牺牲艺术,为内容忽视形式,这是新诗革命早期留下弊端。当时梁实秋等认为新诗不能为图新忽视了诗的本质,不能为白话忘记了诗。新诗革命最初出现的问题是忽视艺术、忽视诗歌本质,因为求新,以诗歌为武器表达对社会关怀,诗歌艺术得到了很大削减,现在还有这个问题。李白、杜甫、李商隐的诗有深厚的内容,有精美的形式,新诗没有了。

新诗百年中批判过唯美主义,其实许多主张纯美的诗人并没有忽视思想,值得珍惜的是用新诗的形式保留诗歌的本质,这是很可贵的。新月派、创造社后期,包括戴望舒、现代派都很重视艺术,但他们在历史过程中不断受批判,为艺术而艺术帽子始终没离开他们。为艺术忽视思想在新诗发展过程中不是主要问题,现在看来艺术仍然很好,有唯美倾向对新诗危害不大。新诗发展每个阶段,都有它的问题,都与社会背景有关,诗歌批评不断在调整,克服弱点,增强优良的地方,伴随新诗发展我们进行了艰苦的工作。当前这些问题不同程度存在,大的问题已逐渐得到了解决,当下的问题是为抒发个人情感忘记了更大的关怀。这些问题是每个时代流变过程中的一些现象，思想与艺术之间、诗歌与社会之间曲折地摇摆着前进，始终要坚守的是诗歌的艺术性，诗的艺术性是第一要紧的，不能抛弃的是艺术本身。

新诗达到了时代高峰

记者：新诗发展到今天，是否已走向成熟，是否达到高峰？

谢冕：新诗运动改变了旧体诗写法，它有高峰，它的高峰体现在诗歌要为社会代言、呼喊。产生新诗的五四新文化运动阶段，五四时代精神在诗歌中得到完整体现，就是高峰，郭沫若的《女神》诗集中体现了最初的高峰，五四狂飙突进的时代精神在郭沫若诗中得到非常完整的体现，郭沫若对中国新诗的贡献功不可没。胡适是开创者，没达到高峰，郭沫若诗达到了高峰。郭沫若的诗奔放浩大，张扬个性，以郭沫若为代表的新诗创作体现时代精神高度，郭沫若达到的高度后人达不到，与郭沫若一起的鲁迅的文章也体现了五四时代精神。后来 14 年抗战，外敌侵略，国土沦丧，诗人们用诗歌与民众一起进行挽救危亡的时代任务，又达到高峰。这个高峰表现民族自救自强，抵抗外敌，代表是艾青，艾青的《向太阳》《大堰河，我的保姆》《火把》达到了高峰。郭沫若的"天狗，我把月亮吞了，我就是我呀"创造一个新的文体，用新的形式表达新的时代；艾青又创造了一个文体，《大堰河，我的保姆》用散文美表达时代。高峰不断被创造，不断出现，100 年中，每个时代随着社会处境变化，诗人们的歌唱、写作、呼喊与时代融为一体，以此评价诗人的卓越成就，他们的伟大杰出体现在与时代密切关联，通过自己声音个性的张扬，体现时代、人民共有的情绪。郭沫若、艾青的诗是成熟的。一些年轻人、一些批评家说郭沫若诗不好，他们目光短浅，没有历史感。前辈诗人站在大风浪中，在国土危亡之时呼号，脱离了时代，高峰就不存在。新诗已经达到了高峰，无愧于时代，无愧于诗歌艺术，完成了使命。

记者：上世纪 80 年代您的《在新的崛起面前》引发了关于新诗潮的广泛讨论，对推动中国新诗发展产生积极影响。文中呼唤"五四"那种自由的充满创造的精神，呼吁对新诗的探索采取宽容的态度。今天来看，是否达到了您当时预期的目标？

谢冕：我们现在与上世纪 80 年代初期比发生了变化，那时主张宽容，现在不存在这问题,那时舆论界不宽容,写诗必须用固定的样子、词、主题,自由表达个性的声音就有问题。在某种意义上,诗歌就是个人内心的歌唱,越是个性的越是伟大的、杰出的、有创造性的,诗歌变成号筒、传声筒,就没有诗歌。个人的体验、表达方式当时不被允许,认为古怪,诗歌就是一个人一个样,就是古怪,有创造性。新诗试验者现在被承认了,可以按照自己的样子去写。

好诗是动人的

记者:诗歌界对新诗的评价和大众对诗歌的评价有一定的距离,诗歌界认为新诗写得很好了,大众对新诗有质疑、拒绝的态度。您认为判断新诗优劣的标准是什么?

谢冕:对当前诗歌总体评价我和大众一样,诗歌界不能提供大众心中的诗歌,大众失望,我有同感。诗歌界认为新潮就是好,一味读不懂就是好,诗人们互相吹捧,像皇帝的新衣,大众读不懂,这就是潮流、时尚。我不听这一套,大众有大众的道理。我写过《有些诗离我们越来越远》,我很痛心有些诗离我们很远,自我抚摸,小天地、小格局、小忧愁、小喜欢,沉溺于个人,忘记世界的丰富性、广阔性。诗歌界与大众对诗歌评价有距离,圈子里叫好,老百姓不买账,老百姓觉得诗歌和他没关系。那些诗歌和自己小圈子小快乐有关系,与大悲悯、大关怀、大胸怀没关系,与大欢乐、大痛苦没关系。故作深奥这很要命,走到死胡同中去了,真正的好诗不那么深奥。别拿深奥吓唬人,把老百姓吓唬走了。

大众对诗歌的意见,不能说不懂诗,大众懂得诗歌应该表达心声、情感,唤起情绪激动。好诗是动人的,海子的诗动人,"从明天起,做一个幸福的人,喂马劈柴,周游世界,给每一条河每一座山取一个温暖的名字。"把个人情感表达得那么动人,当然要读透海子也不容易,海子的诗内涵非常丰富。

记者:今天总结新诗的历史教训,重新提出向古典学习,应如何向古典学习?

谢冕:古典诗和新诗都是中国诗歌的一部分,是中国诗歌从古到今发展的一个阶段,并没有构成和中国诗的断裂,还是中国诗,一脉相承。古典诗是祖宗,诗学传统没断裂,如同唐诗有自己的传统,新诗也形成了自己的传统,是大传统的组成部分,只是语言发生了变化,古代诗用文言写，新诗采取白话而已。当然要向古典学习，向传统学习，用传统宝贵的东西来滋养今天的新诗。有人说新诗另类，我把它看成像唐诗那样是一个阶段，唐诗是伟大的，新诗也是伟大的，无愧于它的时代，把时代追求和理想表达出来，就是伟大的。

我不主张现代人用旧体诗形式写作，虽然有些人写得不错，但大部分写得不好。现代人没有文言写作的习惯，没有古典文学的背景和素养，写成老干体、民歌体。我也不主张新诗建立新体式，创造新格律体，闻一多、何其芳、臧克家倡导新格律体，没成功。做试验不要改变新诗的格局。

新诗用白话写作后，到现在发展为口语的泛滥，语言非常不讲究，口语化使诗意荡然无存，更谈不上反复体会、咀嚼，一唱三叹。诗是美丽的，不是丑陋的。格律打破后，重要问题是，诗歌文体特点要不要维护？诗歌文体就是音乐性，诗歌是音乐的文学，音乐性去掉，诗不是诗了，是散文，这条线必须守住。诗歌的语言是精炼的语言，诗人的写作不考虑语言、声音、音乐的效果，连节奏感也没有，这个问题非常大。

要完善语言、节奏，写得精炼再精炼，语言浓缩再浓缩，向古典学习炼字炼句，用字妥贴、确切。要守住节奏感，押韵能押也好，不能押罢了。诗歌特点要维护住。

（原载《人民日报》海外版）

第九编　诗国钩沉

希望的田野，艰辛的起步
——《中华诗词》创办点滴

梁东

今年，是中华诗词学会成立三十周年。杂志社的朋友一再说："你是《中华诗词》创刊社长，希望写点回忆文章，否则，有些尘封的往事就湮没了……"郑欣淼会长也交给了这个任务。

由于同为中国书法家协会理事的相识，孙轶青把我作为花甲之年的"壮丁"拉到了中华诗词学会。学会是靠一大批有影响的老学者、老干部的鼎力推动、奔走呼号得以被批准成立的。他们大多年事已高，难以在第一线冲锋陷阵了。此时学会的第一要务，是争取批准一个能面向海内外的刊物——《中华诗词》。在孙轶青、高勇、吴报鸿等的辛勤工作之下，终于批准了。1994年6月宣布我为学会副秘书长兼杂志社社长。孙轶青作为学会前线实际工作的领导者、推动者，他只能把重点和抓手放在杂志社。刘征同志在教育岗位学术任务还很多，著作也不少，没想到《中华诗词》主编的任务落到自己身上。经过孙老"三顾"，终于被请出了山。四位副主编是周笃文、林从龙、王澍、洪锡祺。他们承担了最繁重的组稿编辑实际工作。副社长王吉友负责行政和发行工作。孙老运筹帷幄，靠前指挥。实际上他手里并没有多少可用之兵，更没有多少可用之钱。力不从心，可想而知。我们这些人一旦被"扎上靠"（进入角色），瞬间都成了"热锅上的蚂蚁"。刘征原来只答应审定每期最后编成的稿件，不久也就跟我们一起趟进了深水。这一阵子，大家其情也切切，其乐也融融。仅据我简要日记，这一段与我有关的要务大略是：

1994年4月5日，讨论并修改当时被称为"宣言"的《中华诗词》创刊发刊词。

5月6日，在煤炭部多功能厅召开《中华诗词》创刊座谈会并会后午餐。这是我的"老家"对诗词事业所表达的一点心意。出席的有张报、张璋、汪普庆、陈贻焮、李锐、乐时鸣、毛大风、姚普、张常海、张结、吴学林、马力、刘文卉。孙轶青主持。大家都热情地提出很多意见、建议，更多的是表达了由衷的支持和期望。

5月16日，孙轶青组织杂志社各位再次讨论"发刊词"的修改和刊物编务、发行等工作。

5月17日，我去看望启功先生。当他知道我参与《中华诗词》工作，备极关注，谈了很多关于诗学理论问题，使我受益良多。

6月17日，确定尽快召开第一次编委会。起草给老会长们的信，汇报工作并希望发挥余热，为学会和杂志社找点资金来源。起草给会员的信，扩大杂志征订工作。

6月23日，研究刊物宣传和扩大发行工作。

6月30日《中华诗词》封面设计出炉。刊名为赵朴初老所书，四个充满书卷气的行书字。下面是若隐若现的一个诗人形象，把酒凌虚，举杯邀月，寓义深深。

7月14日，《中华诗词》在煤炭部所属煤田地质印刷厂印刷，创刊号拿到500本，其余的数日内送到。由于财力原因，我们只能暂时自办发行。无非是"老婆孩子齐上阵"。看着这本装满了广大诗人的诗心和承载着传承民族文化希望的杂志，大家都有说不出的滋味。她像是一个小天使，呱呱坠地了！

7月15日，在劳动人民文化宫召开了《中华诗词》首次编委会。创刊号人手一册。编委丁芒、王澍、刘征、田俊江、张结、李汝论、林岫、林从龙、苏元章、杨金亭、周笃文、姚普、洪锡祺、梁东，除了李汝论、林岫因事缺席，其余都到了。

至此，好像一场大戏，锣鼓敲响了，大幕拉开了。孙轶青是扑下身子抓工作的，他家里常常是议事厅、会谈室，甚至是餐厅。白天黑夜，电话铃声不断。刘征身体力行，从学术上、艺术上掌握着航向。周笃文既擅呼风唤雨、联络八方，又承担着主体的编辑业务，是最忙碌的一个。我和笃文之间即使在各自家里也是联络不断，一天要通上六、七次电话，有时一说就是二三十分钟。王澍和洪锡祺是两头"老黄牛"，既有深厚的学养，又古道热肠，工作辛苦得很。王吉友以很强的责任心，对行政事务和发行工作抓很紧（他由于工作变动，不久就离开杂志社了）。林从龙是个特例，他生活在郑州，可心却完全搁在杂志社了。早先学会的发起、成立，他到处奔走呼号。为出刊他依旧夜以继日。创刊号诗稿，他抱起稿子是在北京大山子女儿家里彻夜编成的。毕竟两地工作不方便，杂志社又穷，他搞了一段不得不忍痛回郑州了。但他对学会和杂志社的工作事事关心。

这一段日子是"穷，并快乐着"！穷得我这个社长几年来连一个固定的办公桌都没有。穷得无力支付出差费用，不得不出点子放下身段，同地方合作开展诗词活动，由对方开支。穷得编辑人员向我投诉办公室发稿纸是半本一发。显然，杂志社的正常运转需要有必要的经济支撑，这是当前第一要务。

1994年8月17日，我和刘征去文采阁向张锲同志（中国作家协会副主席、中国文学基金会负责人）求援。张锲表示理解，帮助设想一些模式，解决一些实际问题。后来确定为"中华诗词学会主办、中华文学基金会协办"，1995年起在《中华诗词》封面上署明。然而经济的拮据难有缓解。此时，我不得不把目光转向我的本家——煤炭企业。1994年9月4日，我专程来到山东的兖矿集团。董事长赵经彻、党委书记萧立方看我来得急切，连夜接谈。他们只知道我现在的身份是"中国煤矿文化基金会会长"，不知道我现在还有"这么大一摊子事"。我从事情原委一直说到中华诗词现状和民族传统文化的命运。希望我的好友、有见识的企业家伸出援手。经过商讨，他们当场表示原则上决定支持，先立即支付一个小额，今后逐步安排一定资金。我喜出望外，回到招待所连夜打电话向孙老汇报，我想孙老那天夜里一定跟我一样睡了一个好觉。这像是一泓清流，汩汩流向干涸的田野。它不仅解决了眼前的急需，而且为《中华诗词》从季刊到双月刊、到月刊，奠定了物质基础。《中华诗词》从1996年第三期起，加署"兖州矿业（集团）有限责任公司协办"。

1995年元旦一过，了解到赵经彻出差北京，考虑到他是大忙人，我们抢先在飞机刚到的傍晚请他吃饭。一位炙手可热的著名企业家，只能屈尊在和平里宿舍区一个小饭馆接受"宴请"，而且最后还是他让秘书抢先付了账。孙老说，请大家见见面，真要好好感谢兖矿集团的支持。那天孙老微醺，讲了不少大家都动感情的话。赵总说："诗词我也喜欢，但不知道还有那么多事。反正根据多年工作交往，我毫不怀疑梁东同志那么上心的事，肯定是对国家民族有利的事。"此言一出，我差点落泪。二十多年过去，至今难忘。

创业艰难。杂志社的伙计们也都想方设法为刊物找点经济收入。洪锡祺是个大好人，也只习惯用最大的善意去揣度别人。他联络到一个"会议专业户"，声称"愿为诗词事业作贡献"，合作搞一个诗词改稿会。杂志社办公室主任蒋永年也冒着书生傻气，把印模交给对方任由他们发通知。于是承诺的事难以做到，责任自然就落在"改稿"方面。而应交付我们的收益却大打折扣。我们要动员一大批诗人还面临"赔本赚吆喝"。再三交涉未果，不得不决定退出此次活动。各地诗人正是冲着学会来的，一下到了三四百人。看不见学会的人就闹开了。大家聚集在会场，慷慨激昂地说要告状，要找"焦点访谈"，要游行。在这种情势下，我们的"合作伙伴"十万火急地找到我家里。我们决定避免事态扩大，前去救场，恢复合作，但前提是按原协议执行。经请示孙老后，第二天，也就是1995年10月23日上午，我和王吉友、周笃文赶到位于门头沟的现场。会场人声鼎沸，不少人正在抢话筒。诗友王成纲，费劲拦住众人，高喊："中华诗词学会领导来了，请大家安静……"记得我讲话的着眼点和内容是：首先，站在广大诗友的角度说话，出现目前状况是完全可以理解的。主办双方的缺点给大家造成如此精神负担，作为学会要向大家表示歉意。学会一方退出，是因为对方不执行原有的协议。造成这种现状，我方工作人员有不可推卸的责任，虽然他们工作十分辛苦、努力，包括我在内都应受到批评。我是一老一实，和盘托出。看来什么事越从实际出发，越有力量。大家一下子安静下来，甚至有鼓掌的。我接着说，怎么办？我们马上回来，已与对方达成一致。我们一定把诗人老师们请回来，组织好，同大家一起完成"改稿"任务。事情终于缓和了，解决了。诗友们评价这次的处理是：诚恳，坦荡，自我批评，大局出发。这件事有的老诗友记忆犹新，多年后还一起笑谈这次"门头沟事件"。

从我当年的记录本上找出参与"改稿"的诗家名单：李汝伦、缪海棱、林锴、苏仲湘、叶晓山、吴柏森、陈莱芝、林岫、张结、蔡厚示、周笃文、杨金亭、钱世明、王成纲、石理俊、刘胜旗……到现在我还要感谢他们热情支持了杂志社成立后首次并不怎么成功的活动。

别看学会（杂志社）人不多，心气还挺高。送走1995年的时候，我们在孙老的率领下，早就开始酝酿下一个目标——"回归颂"诗词大赛。1997年，香港将回归祖国。赶上这个日子是华夏儿女的福分，正是诗人们一舒胸臆、高吟家国情怀的时候。分析当前形势，海内外炎黄子孙会群起响应，这是我们最大的智力资源和基础。这场活动必将大大高扬广大诗人的爱国主义精神，有利于进一步组织诗人队伍，政治上、诗词艺术上的收获都不可限量。

　　历史的机遇不能坐失，决心必须下定：不管有多大困难也要搞！但是，活动面临两个重要难题：首先，是报批。一个没有编制，没有资金来源的群团组织"空手套白狼"，还"涉外"（港澳均属境外事务）。果然，举步维艰。香港回归的文化活动由文化部港澳司归口，报送文化部又退回来要主管部门（中国作协）先批准。作协外联部有理由十分谨慎。于是乎这个圈子就够转的了。有一个环节值得一提。我们报送给中国作协的材料，外联部提出的意见实际上不利于批准。在报党组书记翟泰丰之前被张锲压下了。他利用两天后与翟泰丰同去上海的火车上详细汇报说明，终获首肯。这一关才终于过去了。前后一年多，为了"回归颂"诗词大赛的举办，报告、文件写了一大摞，找过多少次领导，就说不清了。

　　张锲这次的转圜，不无回天之功。这里，我又联想到一个人——王莲芬。改革开放以后，政界、军界、学界大老们奔走呼吁，联络各地，"中华诗词学会"已呼之欲出。成立吉日订在1987年端午节。万事俱备，只待审批。大老们把希望寄托在文化部诗书双擅的王莲芬身上。申报社团，本来就难，要命的是国家体改委刚发来关于社团审批一律停办的通知，文化部收到后即将向部领导送阅。从办公厅获悉，此前有20个待批文件，排队也排不上。王莲芬硬是多方斡旋，使诗词学会报批件提前列入当天部党组会上获得通过。这真是千钧一发！过了这个村到哪里找那个店呢？

　　学会和杂志社的诞生，我们在感谢一大批老人们鼎力推动的同时，绝不能忘记在一些关键节点上发力玉成的人们。那是要有超常付出的。张锲已经驾鹤西去，王莲芬也已缠绵病榻，让我们向他们表示由衷的敬意吧！十多年前我和莲芬大姐常通电话，我曾赠她一首和诗，也包含这个心意：

　　　　忧患元元国步艰，淋漓瘦皱总相关。
　　　　心依天籁裁云出，腕挟烟萝揽月还。
　　　　万顷莲花波涌翠，半窗星斗夜吟寒。
　　　　韩潮苏海手中桨，便有东风百尺澜。

　　其次，是找钱。真是"金钱不是万能的，但没钱是万万不能的"。正在一筹莫展之际，迎来一线生机。外交部一位资深法学家，香港基本法起草团队的重要成员邵天任先生，是位老诗家。他来到北兵马司十七号，或为买书、订刊之事，被周笃文敏锐地获得信息。于是，亲自接谈，还叫上我一起参加。这一谈终致打开了一扇通往香港之门。由邵老斡旋、发动，香港著名企业家查济民、李福善解囊相助，成为这次活动的主要经济支撑。

"回归颂"诗词大赛大获成功。征稿百日，收到诗稿五万余，地域远及海外二十一个国家和地区。

到"回归颂"大赛的举行，中华诗词学会迎来十周年的生日。《中华诗词》也是垂髫之龄了。不管怎么样，"坚冰已经打破，航线已经开通"，这支航船一直破浪前行。

图书在版编目（CIP）数据

诗国. 新十六卷 /《诗国》编辑组编. －－北京：
中国书籍出版社，2018.1
　ISBN 978－7－5068－6624－8

　Ⅰ. ①诗… Ⅱ. ①诗… Ⅲ. ①诗集－中国－当代
Ⅳ. ①I227

中国版本图书馆 CIP 数据核字（2017）第 318513 号

诗国：新十六卷
《诗国》编辑组　编

主　　编	易　行　沈华维
责任编辑	陈德勇　刘　娜
责任印制	孙马飞　马　芝
封面设计	美迪文化
出版发行	中国书籍出版社
地　　址	北京市丰台区三路居路 97 号（邮编：100073）
电　　话	（010）52257143（总编室）　（010）52257140（发行部）
电子邮箱	chinabp@ vip. sina. com
经　　销	全国新华书店
印　　制	三河市顺兴印务有限公司
开　　本	787 毫米×1092 毫米　1/16
字　　数	273 千字
印　　张	19.75
版　　次	2018 年 1 月第 1 版　2018 年 1 月第 1 次印刷
书　　号	ISBN 978－7－5068－6624－8
定　　价	55.00 元

版权所有　翻印必究